古典文獻研究輯刊

七　編

潘美月・杜潔祥　主編

第4冊

《說文解字》引《詩》考異

朱寄川　著

國家圖書館出版品預行編目資料

《說文解字》引《詩》考異／朱寄川著 — 初版 — 台北縣永和市：
花木蘭文化出版社，2008〔民 97〕

序 2+ 目 2+224 面；19×26 公分
（古典文獻研究輯刊 七編；第 4 冊）

ISBN：978-986-6657-55-9（精裝）
1. 說文解字 2. 研究考訂
802.21 97012640

ISBN - 978-986-6657-55-9

古典文獻研究輯刊
七 編 第 四 冊 ISBN：978-986-6657-55-9

《說文解字》引《詩》考異

作 者 朱寄川
主 編 潘美月 杜潔祥
總 編 輯 杜潔祥
企劃出版 北京大學文化資源研究中心
出 版 花木蘭文化出版社
發 行 所 花木蘭文化出版社
發 行 人 高小娟
聯絡地址 台北縣永和市中正路五九五號七樓之三
電話：02-2923-1455／傳眞：02-2923-1452
電子信箱 sut81518@ms59.hinet.net
初 版 2008 年 9 月
定 價 七編 20 冊（精裝）新台幣 31,000 元 版權所有・請勿翻印

《說文解字》引《詩》考異

朱寄川　著

作者簡介

朱寄川：民國三十二年生，籍貫湖南省長沙縣人，成長於台北縣新莊鎮。
學　歷：國立台灣師範大學國文系畢業
　　　　中國文化大學中國文學研究所碩士班畢業
曾　任：私立高級耕莘護理學校專任國文教師
　　　　私立高級育達商業職業學校專任國文教師
現　職：私立台北海洋技術學院通識教育中心專任國文講師
　　　　私立中國科技大學通識教育中心兼任國文講師
著　作：《孟子思想體系》〔約 10 萬字〕
　　　　《詩選賞析》〔約 5 萬字〕
　　　　《說文解字》引《詩》考異〔約 16 萬餘字〕
碩士論文：《說文解字》引《詩》考異〔約 16 萬餘字〕
單篇論文：〈出土文獻研究〉、〈東坡居士的參禪悟道與禪詞研究〉、〈白居易的長恨歌賞析〉、〈楊家將演義研究〉、〈樂府詩歌賞析〉、〈綜論天台宗，華嚴宗，禪宗的思想特色及成佛之道〉、〈從般若波羅密多心經、論菩薩修證境界〉、〈佛學專題研究報告、落紅不是無情物，化作春泥更護花〉

提　　要

王念孫〈說文解字注序〉曰：「《說文》之為書，以文字而兼聲音、訓詁者也。」又云：「訓詁、聲音明而小學明，小學明而經學明。」〔註 1〕誠哉斯言。每讀《詩》經，常感於其中假借字甚多，辭義闇昧難明，恐有"別風淮雨"之誤，求諸《說文》，又見其引《詩》之處與今本異文者，屢見不鮮，為探賾索隱，先對前賢研究中，見解獨到、精微之處，予以提示、章顯，簡略之處，予以補充，訛誤之處，則加以訂正，從其文字、聲韻、訓詁三方面，作詳實縝密之考證，分辨引《詩》異文之正借，說明其本義或引申，各章內容如次：

第一章〈諸論〉：

敘述本論文撰寫之動機、目的及研究材料與方法。

第二章 前賢對《說文解字》引《詩》之研究成果：

分別就吳玉搢《說文引經考》；柳榮宗《說文解字引經考異》；陳瑑《說文引經考證》；雷浚《說文引經例辨》；承培元《說文引經證例》；馬宗霍《說文解字引經考》；黃永武《許慎之經學》等加以說明並論之。

第三章《說文解字》引《詩》考異：

本章為本論文之主題，卷帙浩繁，依《說文解字》引《詩》先後次第為序，總計：二百四十五字，分條縷述，所列篆文、隸定均特為電腦造字。有關「字目表」中之「字目」，本篇為清楚起見，一概以《說文》引《詩》之字為字目，不論楷書，篆書或隸書，除「《說文》所引為『讀若詩曰』之字例外。

第四章 結論

就《說文解字》引《詩》考異中之本字、借字、訛字等分別列表統計於后，並歸結《說文解字》引《詩》異文表，於附錄，期能明其通假之變，窮音義之本，詳予考證，得經義之確詁，為繼承民族文化之遺產充分利用。

卷末附參考書目及附錄。

〔註 1〕見段注《說文解字》，洪葉文化事業有限公司出版，1998 年（民國 87 年）初版，頁 1。

目　次

序

《詩經》爲我國最早之詩歌總集，內容有民間歌謠，及諸侯朝會、燕饗之雅樂詩歌，與宗廟祭祀，蹈歌樂舞之詩。內容生動活潑，極富趣味性及教育性，流傳至今，仍廣受歡迎。唯自秦始皇焚書坑儒，《詩經》同遭厄運。時至今日，《毛詩》文多假借，恉意晦暗難明。於研讀《詩經》之時，查證《說文》，發現其中，異文者甚夥〔見於二百四十五字之中〕，遂啓探賾尋幽之動機與興趣。

許慎叔重精研經學，漢時被譽爲「五經無雙」，其《說文》引《詩》，珍藏有無數已亡佚之三家《詩》文在內，極俱保存之價值。今考其引《詩》，一以毛《詩》爲宗，若遇《毛詩》字義皆異時，則許從三家而不從毛矣，爲存其眞知正見也。筆者嘗蒐聚前人考證《說文解字》引《詩》之資料，以及各經典中，凡徵引《詩》文者，詳加考證，期能明其通假之變，窮音義之本，得經義之確詁。今考《說文解字》引《詩》，形之異者；借字最多，次爲異體字、重文、俗字、訛字。歸納《說文解字》引《詩》異文；假借類型中之比例與黃季剛先生〈求本字捷術〉所呈現之假借條件類合；假借同音最多，然同韻之比例又多於同聲。若聲韻俱異，部距遠隔，絕不可通者，即所謂訛字。究其造成之原由；有形近致誤者，有因襲前篇或前文而致誤者，有義同而致誤者，有古人引書不檢本《詩》相涉而誤者……等。今別其異文，校正訛誤，期能拋磚引玉，爲宏揚中華文化輝煌燦爛於世界，增加更多新力量。

本書之出版，多承花木蘭文化出版社潘主編美月及杜主編潔祥與高小娟小姐等人，爲《古典文獻研究輯刊》出刊而供獻心力。在此謹致上由衷之謝忱。筆者自揆才疏學淺，其中罣漏失誤之處，在所難免，尚祈博雅君子，前輩先進，不吝斧正賜教爲禱。

中華民國九十七年六月三十日

朱寄川謹識於台北海洋技術學院通識教育中心

第一章　緒　論

第一節　研究動機

許慎《說文・敘》曰：「蓋文字者，經藝之本，王政之始，前人所以垂後，後人所以識古。」〔註1〕故治經者必治小學，小學者通經之由也。《說文》引經範疇包括：《詩》、《書》、《易》、《禮》《春秋傳》、《論語》、《孝經》、《爾雅》、《孟子》等，內容廣泛其中引經之處與今傳本異文者，屢見不鮮。黃季剛先生云：「凡人皆有求眞匡謬之心。於文字之有誤者，必考其致誤之由；有變者，必考其本」〔註2〕，黃先生之言洵不誣也。有清一代，經學鼎盛，學者多能服膺顧炎武「研經自考文始，考文自知音始」之家法。筆者每讀《詩經》，常感於其中假借字頗多，本意難明，坊間譯本，眾說紛紜，莫衷一是，遂興起探本窮源之動機。《說文解字》引《詩》者甚多，依字目計，有四百二十四字，其中與《毛詩》異者，二百四十五字。爲本字？爲借字？抑或爲訛字？欲通經文，首先須明小學，考證其本，明其變異之由。筆者蒐聚前人考證之資料，以及各經典中凡徵引《詩》文者，逐字加以考證，期能求其本字，明其本義，達到求眞匡謬之目的。此即所以寫「《說文解字》引《詩》考異」之動機也。

第二節　研究材料及方法

本論文所據以段注《說文》〔註3〕爲主，參以大徐《說文》〔註4〕與梁・顧野王

〔註1〕〔漢〕許愼撰，〔清〕段玉裁注：《說文解字注》（臺北：洪葉文化事業有限公司出版，民國87年初版），頁771。

〔註2〕見〈訓詁述略〉《黃季剛先生遺著》，頁569。

〔註3〕同註1。

〔註4〕見徐鉉校定《說文解字》《叢書集成新編》（臺北：新文豐出版公司，民國74年）。

《玉篇》〔註5〕，檢索其引《詩》與《毛詩》〔註6〕相異者，考其形異，辨其通假。音切采自段注、參以《廣韻》〔註7〕、《集韻》〔註8〕，考其字之古聲古韻。《說文》引《詩》，其說字義，本於《毛傳》，多合於《爾雅》〔註9〕，若毛《傳》無訓，則或鄭玄有《箋》，故必取《毛傳》、《鄭箋》、《爾雅》比對，以證其義。段注《說文》所引《詩》與今傳本《毛詩》相異者計二百四十五字，茲先依《說文》引《詩》之先後次第逐一列舉，考其形之本字、異字、俗字、借字等。再從反切歸納古音，聲依黃季剛先生十九紐，古韻依陳新雄先生三十二部〔註10〕，參以段玉裁「古音十七部」〔註11〕，冀能破除假借，尋求本字，得其確詁。

〔註5〕顧野王《玉篇》（台北：新興書局印行，民國52年2月）。
〔註6〕《十三經注疏・詩經》（台北：新文豐出版公司印行，民國67年再版）。
〔註7〕陳彭年《廣韻》（黎明文化事業有限印行，民國81年10月13版）。
〔註8〕丁度《集韻》（台北：商務印書館，1965年初版）。
〔註9〕《十三經注疏・爾雅》（台北：新文豐出版公司印行，民國67年再版）。
〔註10〕同註1，附錄：「古韻三十二部諧聲表」，頁49～58。
〔註11〕同註1，「古十七部諧聲表」，頁827～867。

第二章　前賢對《說文解字》引《詩》考之研究成果

第一節　吳玉搢《說文引經考》

清・乾隆淮安山陽吳玉搢著《說文引經考》，吳氏精於六書之辨，自謂其參考《釋文》〔註1〕、諸經異本及鼎、彝、碑、版、班馬文字〔註2〕，嘗謂《說文》引經致異之由爲：「轉寫之疢也、或經師授受各殊、或篆隸相承遞變、或形聲近似即相通假、或以訛傳訛漸至縣絕。又曰：偏旁定而後訓故明，訓故明而後經解正」〔註3〕。

其《說文引經考》據許慎《說文》字之部首爲順序，次依所引如：「詩曰」爲標題。抬上突顯「詩」句，考證方式，博引群經條列證之於後，重視從文字之偏旁，以明訓故之考證，條目清晰明白，易於讀者查閱。然於文字之考證，專重於字之偏旁，而忽略字之諧聲；兼具音訓，「凡从某聲，必有某義」、「凡从某聲，古皆讀某」音同，可通用之理。如：「吳氏云：『詩曰：祝祭于鬃』今〈小雅・楚茨〉篇作『祝祭于祊』按《說文》『鬃』重文作『祊』，今《詩》從重文也」（見吳玉搢著《說文引經考》，頁二。）。而省略「門內祭先祖，所（以）旁皇也，彭聲。」按，「彭聲」亦爲「鬃」字，旁皇之義也。吳氏皆未詳言。

〔註 1〕陸德明：《經典釋文》（臺北：藝文印書館，民國59年初版）。

〔註 2〕「班馬文字」：班馬指漢史學家，班固及司馬遷。見《晉書・陳壽傳》：「丘明既沒，班馬迭興」。婁機：《班馬字類》，5卷，《四庫提要・經・小學類》。採《史記》、《漢書》古字僻字，以四聲部分編次，於考訂訓詁，辨識音聲，假借通用諸字臚列頗詳，深有裨於小學。

〔註 3〕吳玉搢著：《說文引經考・序》（北京：中華書局，1985年，北京新1版），頁1～2。

第二節　柳榮宗《說文解字引經考異》

道光年間丹徒柳榮宗著《說文引經考異》〔註4〕十六卷，其中卷六至十二爲《毛詩考異》，依今本《詩經》異文作爲標題，再按部首分條序列，予以考證之。於字義之考證，雖較吳玉搢詳細，唯佐證仍有不足，誤判之處所在多有，亦未見其從文字之形、音、義三方面作深入探討。例如：〈小雅・楚茨〉「祝祭于祊」。柳氏云：「示部『鬃』『門內祭先祖，所以徬徨也。釋文引作所徬徨也。從示，彭聲，詩曰：祝祭于鬃。』又『祊』云：『鬃或從方』今本作『祊』，即許所見或本也」。又引《爾雅・釋宮》云：『閍謂之門』，郭注云：『《詩》云：祝祭于祊』。」〔註5〕則「閍」即「祊」，以本在廟門內，故其字從門，以本爲祭名，故其字從示，「彭」「旁」、「方」古通，故其字從「彭」又從「方」，許以『鬃』爲正字或蓋其所據《毛詩》如此，或毛作『祊』，齊魯作『鬃』。」〔註6〕

據馬宗霍《說文解字引詩考》（卷一），「鬃」字下謂：「陳喬樅《魯詩遺考》〔註7〕謂：『《爾雅》經文作『閍』，是用魯《詩》之文。』今新出漢・《熹平石經殘字》，《魯詩》此文正作『閍』。」〔註8〕由此證之，魯《詩》不做「鬃」，義甚明矣。蓋柳氏未見漢・《熹平石經殘字》本之出也，而誤謂：「齊、魯作『鬃』也」。筆者參見《魯詩世學》〔註9〕與馬氏說同，作「閍」無誤。

第三節　陳瑑《說文引經考證》

清、同治甲戌湖北陳瑑著《 說文引經考證》，其所引經文按《說文》部首分條序列，考其與今本《毛詩》異者。陳氏曰：「說文之存於今者，誤鼇脫落，竄入改易，許君原本僅十之六七耳，惟所偁諸經雖亦經傳寫移易，而左證以他書，漢經師之訓詁，七十子之微言大義，往往而在，由文字以究聲音，由聲音以通訓詁，經之津，逮識字之指歸也，其與今本同者，概不贅，作《說文引經》考證。」〔註10〕

陳氏經由聲音以求訓詁，此爲長也，然不分經目，讀者查尋困難。過於簡略，恉義難明爲其短也，茲例舉一二如后：

〔註4〕柳榮宗撰：《說文引經考異》（道光年間，微軟版〕。
〔註5〕《十三經注疏・爾雅》（台北：新文豐出版公司印行，民國67年再版），頁74。
〔註6〕同註4，釋卷十，「祝祭于祊」示部「鬃」132條〕。
〔註7〕陳壽祺撰：陳喬樅述：《三家詩遺考》（臺北：新文豐出版公司印行，1989年）。
〔註8〕馬宗霍撰：《說文解字引經考》（臺灣：學生書局印行，60年初版），頁291。
〔註9〕豐坊：《魯詩世學》三十二卷，〔明〕越勤軒藍格抄本，微軟片。
〔註10〕陳瑑：《說文引經攷證・序》（湖北：崇文書局刊本，同治十三年）。

一、例如：陳氏曰：「琇」，「石之次玉者，詩曰：充耳琇瑩」，今作「琇」，《說文》無「琇」字。未詳言「琇」與「琇」之關係。

二、例如：陳氏曰：「䒠」「鳧葵也，詩曰：言采其䒠」今作「薄采其茆」案〈泮水〉「薄采其芹，薄采其藻，薄采其茆」，〈汾沮洳〉「言采其莫，言采其桑，言采其藚」，以類屬詞，一則三言「薄采」，一則三言「言采」，本自不誤，許書于「䒠」字前五字，「藚」字下引「言采其藚」，于「䒠」字下言「言采其䒠」，校書者，涉彼注而誤「薄采」爲「言采」也。〔註11〕

筆者以爲其於「䒠」、「茆」二字之異文，未予考證。又以「『薄采』爲『言采』，乃校書者，涉彼注而誤也」。蓋陳氏未就〈泮水〉篇，文義作研判，「薄」與「言」二字，字義之差異何在？與《詩》恉是否相合？在《詩經》中是否有用此句法者？以上諸問題皆未詳審也。

第四節　雷浚《說文引經例辨》

清、光緒九年吳縣雷浚撰《說文引經例辨》〔註12〕三卷，卷上引經說本義；卷中引經證本字；卷下引經說假借。長州潘鍾瑞爲雷氏作敘曰：「許氏之書說文也，解字也，非詁經也，其所引經者爲其字之義作證也，所引之經有與其字之義不相應者，古字少，經典字多假借，不盡用其本義也，許君引其用本義者，兼引其不用本義者，而字義之直指，字音之旁通，無不了然矣。後人不察以詁經之法，攷《說文》之引經，拘泥則窒礙，泛濫則穿鑿，均之無當焉，將欲廓而清之，必先理其緒而分之，然後能比其類而合之，此雷深知廣文，所以有《引經例辨》之作也。」〔註13〕

雷氏《說文引經例辨》認爲《說文》引經之例有三（一）、說本義，所引之經與其字之義相互發明者也。（二）、說假借，所引之經與其字之義不相蒙者也。（三）、說會意，所引之經與其字之義不相蒙，而與其從某、從某某聲相蒙者也。其歸結異文亦有三：（一）、有正假之異。而假借字有無正字者，許君所謂：『本無其字，依聲託事，令長是也』。無正字之假借，其義從本義展轉引伸而出，訓詁家謂之引伸，而於六書則屬假借。有正字之假借，但取音而義不必通。（二）、有古今之異。（三）、

〔註11〕見陳瑑：《說文引經考證》（湖北：崇文書局刊本，同治十三年），頁11。

〔註12〕見雷浚：《說文引經例辨》，光緒中長洲蔣氏刊，民國14年（1925）文學山房重本，民國69年（1971），（臺北：藝文印書館三編影印）。

〔註13〕見雷浚：《說文引經例辨》潘鍾瑞爲雷氏作〈敘〉。

有正俗之異〔註 14〕。

雷氏《說文引經例辨》，歸納引經分爲三大類。考證精密而有系統可循，爲文簡明扼要，其指陳陳氏之缺失，見解獨到。唯於聲韻考證，僅以音近或同某聲，一言以蔽之，過於疏略。

第五節　承培元《說文引經證例》

清、光緒二十一年江陰承培元撰《說文引經證例》〔註 15〕依經分卷，總共十二卷。卷五至卷十一爲《詩經》部分，分別依《詩》中之篇目編列，其考證方式與雷氏《說文引經例辨》類似。承氏分析《說文》引《詩》有八例：

（一）引《詩》證通借字

承氏云：「『天方薦瘥』，田部『瘥』下曰：『殘薉田也。從田，差聲。詩曰：天方薦瘥』。今作『瘥』，此引《詩》證通借字。」〔註 16〕

（二）引《詩》證字。

承氏云：「『食鬱及藿』，艸部『藿』，艸也。從艸，隺聲。詩曰：『食鬱及藿』。今作「薁」，此引《詩》證字也」〔註 17〕。按：筆者曾於十九「藿」字條之考證。《說文》「藿作「艸也」〔註 18〕，《爾雅・釋草》曰：「藿，山韭也。音育」〔註 19〕。《毛傳》曰：「薁，蘡薁也」。孔穎達《正義》曰：「此鬱、薁言食，則葵、菽及棗皆食之也，但鬱、薁生可食，故以食言之」。「藿」，山韭也，不可生食之。是「薁」爲正字，則「藿」爲借字矣。此仍屬引《詩》證通借字之例，承氏誤爲引《詩》證字也。

（三）、引《詩》證字義。

承氏云：「『譬彼瘣木』，疒部『瘣』，『病也。從疒，鬼聲。一曰：腫旁出也・詩曰：譬彼瘣木。』『瘣』今作『壞』，此引《詩》證一曰之義也。」〔註 20〕

（四）、引《詩》證從某某義也。

承氏云：「『仄弁之俄』，人部『俄』，頃也。從人，我聲。詩曰：『仄弁之俄』，

〔註 14〕同註 12，卷上，頁 1～2。

〔註 15〕見承培元：《說文引經證例》（上海：古籍出版社），1995 年出版。

〔註 16〕同註 15，卷 7，頁 611。

〔註 17〕同註 15，卷 8，頁 602。

〔註 18〕同注 1，頁 45。

〔註 19〕《十三經注疏・爾雅》（臺北：新文豐出版公司，民國 67 年）卷 8，頁 134。

〔註 20〕同註 15，卷 8，頁 614。

此引《詩》證從人之義也」〔註21〕。

（五）引《詩》證字說。

承氏云：「『酒醴惟醹』，酉部『醹』，厚酒也，从酉，需聲。詩曰：『酒醴惟醹』。此引《詩》證字說也。《毛傳》同」〔註22〕。

（六）引《詩》證音。

承氏云：「『赤舄掔掔』手部『掔』，固也。從手，臤聲。讀若詩曰：『赤舄几几』。此引《詩》證聲也，證聲無正字，當從《詩》作「几」爲正」〔註23〕。

（七）引《詩》證字異義同也。

承氏云：「『毳衣如𦵔』，糸部『緂』，帛騅色也，从糸，剡聲。詩曰『毳衣如𦵔』。此引《詩》證字異義同也。今本『如𦵔』作『如緂』。」〔註24〕。

（八）引《詩》證用引申義

承氏云：「『我夃酌彼金罍』，夊部『夃』，秦以市買多得 爲夃。从乃从夊，夊，益至也。詩曰：『我夃酌彼金罍』。此引詩證用引申義也，市買多，引申義爲滿。」〔註25〕承氏《說文引經證例》雖較雷氏《說文引經例辨》詳細，創見獨到，唯佐證單薄，且少聲韻之考證。

第六節　馬宗霍《說文解字引經考》

馬宗霍《說文解字引經考》〔註26〕云：「許君引《詩》，雖宗毛，然其引《詩》則不廢三家，蓋《說文》爲字書，訓義必求其本，所稱諸經，固亦有說假借引申之義者，要之以證本義爲主，《毛詩》古文多假借，以本義詁之，時則不遂，則不得不兼采三家矣」〔註27〕。

爲清楚起見，茲依據馬氏所提出之綱要，條分於后：

一、凡字異義同而毛爲借字三家爲正字者，則義多從毛，而字從三家。

二、若毛與三家字雖異而音義皆同古本互用，無正借之分者，則字亦從毛。

三、毛本字異義亦異，與三家各自爲說，故亦各取所證也。

〔註21〕同註15，卷8，頁620。
〔註22〕同註15，卷8，頁630。
〔註23〕同註15，卷6，頁604。
〔註24〕同註15，卷8，頁591。
〔註25〕同註15，卷8，頁578。
〔註26〕見馬宗霍：《說文解字引經考》（臺灣：學生書局印行），民國60年4月景印初版。
〔註27〕同註26，〈引詩考・敘例〉，頁281。

四、又有一詩兩引，一從三家，一從毛者。則義取兼存，使後之治詩者可於是以觀古今詩異同之故也。〔註28〕馬氏博采廣證，至爲詳贍，然於聲韻之考究仍有留予後學者研究之空間。

第七節　黃永武《許慎之經學》

黃永武撰《許慎之經學》〔註29〕，其自敘云：「若許君之五經異義……。異義之家法不明，通學之風概莫睹；說文之條例既隱，經師之雅訓難洽。古義荒翳，誠後學者之憂也。」全書之綱領有八；分經爲五類：《易》學，《書》學，《詩》學，《禮》學，《春秋》學等。

歸納黃氏論許慎引《詩》有十七說：

一、許君《說文引經》釋字，義歸一貫，其引《詩》之例，訓解全本《毛傳》者，爲數甚夥，其義故不待詳證。〔註30〕

二、其與毛傳義近者，亦依奉毛氏者也，蓋臨文有異，恉要實同。〔註31〕

三、許書之訓釋，其義有較毛氏爲詳者，每因許書爲解字之書，或就字形爲說，或就聲符載義爲說，義有專屬，故較毛傳爲詳。〔註32〕

四、許書之義，有與毛傳可通者，鄭箋孔疏每每發其逸緒，辨跡溯源，咸可得其本氐而會其恉意。〔註33〕

五、其有毛傳不備而許君申之者，檢覈其義，亦猶毛詩之恉者。〔註34〕

六、許君之詁訓有與《毛傳》相出入者，或因《毛傳》係依經義作訓，而許則就字義作訓；或因《毛傳》係總括上下句經文作訓，而許則但就一字作訓，故有不同。〔註35〕

七、因許書所訓爲字之本義，毛傳則說引申之義，故而訓詁微殊，然毛所以用引申之義者，蓋亦依經作訓之故。〔註36〕

八、因傳可用假借字作訓，而許訓則不可用假借字者，今尋繹其緒，其義乃相

〔註28〕同註26，〈引詩考・敘例〉，頁281～282。
〔註29〕黃永武撰：《許慎之經學》（臺灣：中華書局印行），民國69年初版。
〔註30〕同註29，頁232～249。
〔註31〕同註29，頁249～262。
〔註32〕同註29，頁249～255。
〔註33〕同註29，頁255～263。
〔註34〕同註29，頁263～269。
〔註35〕同註29，頁269～272。
〔註36〕同註29，頁272～277。

通貫。〔註 37〕

九、許書本從毛作訓，而今本已有漏奪或改竄，故成不同者。〔註 38〕

十、許書本從毛作訓，而今本毛詩已爲三家詩所淆亂，故成歧牾者。推明其故，知許君引詩原本宗於毛氏者也。

十一、至於許君引詩，有字從三家而義仍本毛恉者，蓋以詩爲假借字，三家詩爲正字之故，若毛詩有其字，而許書無其文，則許引詩亦採三家，此則亦以毛詩非正字之故〔註 39〕

十二、有引詩，字以三家，而義則補足毛義者，亦因毛詩爲假借字之故。許書主在解字，故以取本字爲宗。〔註 40〕

十三、有引三家之文，而毛氏於此句無傳者今劈析其義，與毛詩每多可通而毛詩亦爲假借字。〔註 41〕

十四、許稱詩時，有一詩兩引，從毛而並存三家之例，蓋因毛與三家，皆非假借字，故兼存三家。〔註 42〕

十五、若三家與毛有異文，說文列以爲重文者，則不別字之正借，許君雖引三家之文，亦不以毛詩爲假借。〔註 43〕

十六、有許君引詩本爲讀若，用以取證字音，後世傳寫有誤，遂至紛紜難解者，非許書字自亂其例也。〔註 44〕

十七、然許君引詩，亦有字義並從三家者，蓋許以三家之說，爲本字本義，較諸毛詩爲長。而毛詩之字，必非本字本義。由是以知，許書雖詩稱毛氏，而實亦兼採三家，其取舍之道，則以本字本義爲依歸者也〔註 45〕。

據黃君云：「許君說文引經釋字，義歸一貫，今考《說文》引《詩》之例，訓解全本《毛傳》者，爲數甚夥，其義故不待詳證」〔註 46〕。除此而外，就其論證部份而言，博引群經，內容繁富，文辭精贍而條理分明。

〔註 37〕同註 29，頁 277～278。
〔註 38〕同註 29，頁 279～293。
〔註 39〕同註 29，頁 295～315。
〔註 40〕同註 29，頁 315～333。
〔註 41〕同註 29，頁 333～338。
〔註 42〕同註 29，頁 338～346。
〔註 43〕同註 29，頁 347～352。
〔註 44〕同註 29，頁 352～357。
〔註 45〕同註 29，頁 357～368。
〔註 46〕同註 29，頁 232～262。

第三章　《說文解字》引《詩》考異

凡　例

一、本篇所據之《說文解字》〔註 1〕以段玉裁注爲主，蓋該本爲目前流傳盛行之標準本也，間以大徐本〔註 2〕作參考。

二、本論文檢索《說文》引《詩》與今本《毛詩》〔註 3〕相異者，考其形異，辨其通假。《說文》引《詩》，其說字義，本於《毛傳》，多合於《爾雅》。若《毛傳》所無，則或《鄭箋》有之，兼取與《爾雅》比對，以證其義。

三、本篇取段注《說文》所引《詩》與今傳本相異者，計二百四十五條，依《說文》所引之先後次第逐條列舉，據詩義考其本字、借字，辨字形之正俗字、異體字及訛字，論定古今字。

四、聲之考訂據《廣韻》四十一聲類，及黃季剛先生之古本聲十九紐。韻之考訂依陳新雄先生古韻三十二部，並附段玉栽「古韻十七部」，以明其韻部遠近。

五、本篇所稱之「本字」，係指與《詩》義相合者而言。則爲區分俗字、異體字、訛字等「正字」。

六、凡《說文》所無之字，則依據《集韻》、《廣韻》及《玉篇》之切語，然後就經典載籍，詳予考證。

七、本篇「字目表」中之字目，以《說文》引《詩》之字爲準。

〔註 1〕同註 1。

〔註 2〕〔漢〕許愼記，〔南唐〕徐鉉等校定：《說文解字》十五卷，《叢書集成新編》第 36 冊，（臺北：新文豐出版社印行，民國 74 年）。

〔註 3〕《十三經注疏・詩經》（臺北：新文豐出版公司印行，民國 67 年再版）。

字目表〔二百四十五字〕

1	2	3	4	5	6	7	8	9	10
[illegible]	禂	瑱	玼	璱	瑲	玤	璓	壿	藼
11	12	13	14	15	16	17	18	19	20
芄	薺	[illegible]	蕣	薾	莜	蘀	蔡	萑	藻
21	22	23	24	25	26	27	28	29	30
菉	芑	蕡	茆	薅	犉	㘈	呬	啍	呭
31	32	33	34	35	36	37	38	39	40
咠	嗔	嘵	噭	唸	趚	[illegible]	躋	諶	詁
41	42	43	44	45	46	47	48	49	50
誐	謍	詍	訿	讖	謞	業	羹	埶	叏
51	52	53	54	55	56	57	58	59	60
隸	敼	棥	眓	矉	[illegible]	雚	鷖	鷻	鴥
61	62	63	64	65	66	67	68	69	70
殣	[illegible]	膻	臠	膫	[illegible]	觓	觲	衡	翬
71	72	73	74	75	76	77	78	79	80
朁	鼛	鼘	鼞	饎	飫	覃	來	𥝌	憂
81	82	83	84	85	86	87	88	89	90
韘	夃	椽	枖	槮	韡	壼	邰	郃	晤
91	92	93	94	95	96	97	98	99	100
昌	旝	稙	稑	穎	秠	穧	秩	舀	[illegible]
101	102	103	104	105	106	107	108	109	110
宎	[illegible]	窒	瘣	瘇	痑	罛	罦	[illegible]	俅
111	112	113	114	115	116	117	118	119	120
佖	俟	侗	偏	僾	佸	[illegible]	佻	僻	伎

121	122	123	124	125	126	127	128	129	130
俄	催	僔	忮	卬	襮	禘	蓺	袢	袾
131	132	133	134	135	136	137	138	139	140
褮	鏋	歗	吹	頲	㐱	鬒	猎	岨	庬
141	142	143	144	145	146	147	148	149	150
唇	豝	豣	豜	驈	驖	驍	驕	騋	駪
151	152	153	154	155	156	157	158	159	160
騯	鷽	駾	駉	猲	獜	焜	烰	羙	熠
161	162	163	164	165	166	167	168	169	170
煋	烕	䞓	鼀	戴	奰	慶	忱	愃	怖
171	172	173	174	175	176	177	178	179	180
愾	慉	怞	懨	惄	恖	怛	惔	潧	洍
181	182	183	184	185	186	187	188	189	190
湝	滮	濊	淪	濫	湜	瀆	湑	灘	汕
191	192	193	194	195	196	197	198	199	200
砅	淒	瀑	瀀	汔	州	羕	滕	滭	溧
201	202	203	204	205	206	207	208	209	210
霝	攕	搯	捊	擊	𢱍	掔	摡	挍	𡛜
211	212	213	214	215	216	217	218	219	220
𡡉	晏	娑	婓	媟	𡢾	嬒	戠	緁	絣
221	222	223	224	225	226	225	228	229	230
緂	綅	紑	轡	虺	蜀	蝠	鼉	坺	圪
231	232	233	234	235	236	237	238	239	240
堀	塀	壇	垤	䁟	曈	鍠	鐓	鉞	鐊
241	242	243	244	245					
所	輶	軜	醹	醺					

一、鬃

《說文》一篇上示部「鬃」字下曰：「門內祭先祖，所旁皇也。从示，彭聲。或从方。詩曰：祝祭于鬃。」段注：「鬃，補盲切。又舊『所』下有『以』。」〔註4〕

按：「祝祭于鬃」出自〈小雅・楚茨〉。《毛詩》云：「祝祭于祊」〔註5〕，「鬃」作「祊」；《魯詩》作「閍」〔註6〕。義謂：「祝者祭於廟門之內」。《毛傳》曰：「祊，門內也。」未言「祭先祖，所以旁皇也」，毛許義異。《鄭箋》云：「孝子不知神之所在，故使祝傳求之平生門內之旁，待賓客之處」。《爾雅・釋宮》云：「閍、謂之門。詩曰：『祝祭于閍』」。李巡注曰：『閍、廟門名』。」〔註7〕孔穎達《正義》曰：「祊，廟門之名。其內得有待賓客之處。」又曰：「繹祭之『祊』在廟門外之西，此正祭之『祊』或在廟門內之西，天子迎賓在門東，此祭當在門西，大率繫之門內為待賓客之處耳。」〔註8〕孔氏據《爾雅》以申《傳》義。說明祭祀之地點在「廟門內」，又於「鬃」字前已有「祝祭」二字，故非指「祭名」而言甚明，《爾雅》與《毛傳》相合。馬宗霍《說文解字引經攷》云：「陳氏喬樅《魯詩遺說考》謂：《爾雅》經文作『閍』，是用《魯詩》之文。漢《熹平石經殘字》《魯詩》此文，正作『閍』」。〔註9〕《說文》門部無「閍」字。《玉篇》門部「閍」字下曰：「宮中門亦巷門。補行切」。〔註10〕《廣韻》十二庚「閍」下曰：「宮中門也，一曰巷門，甫盲切。」又「祊」下曰：「廟門旁祭」。「鬃」下曰：同祊。」〔註11〕《禮記・禮器》曰：「設祭于堂，為祊乎外。注曰：『祊祭、明日之繹祭也，謂之祊者，于廟門之旁，因名焉，其祭之禮，既設于室而事尸于堂、孝子求神非一處也』。」〔註12〕由以上可證《詩》、《禮》二經相合。「閍」字如李巡注作「廟門名」又从方聲，有「旁」之義。蓋祝祭於「廟門之旁」與《詩》義正合。「祊」、「閍」二字，同以「方」為聲母，可通用。「閍」

〔註4〕〔漢〕許慎撰、〔清〕段玉裁注：《說文解字注》（臺北：洪葉文化事業有限公司出版，民國87年初版），頁4。

〔註5〕《十三經注疏・詩經》（臺北：新文豐出版公司印行，民國67年再版），頁455。

〔註6〕王雲五主編：馬盈持註譯：《詩經今註今譯》（臺灣商務印書館民國76年4月3版），頁381。

〔註7〕《十三經注疏・爾雅》（臺北：新文豐出版公司印行，民國67年再版），頁74。

〔註8〕同註5，頁456。

〔註9〕見馬宗霍：《說文解字引經考》（臺灣：學生書局，民國60年4月初版），頁291。

〔註10〕〔梁〕顧野王撰：《玉篇》（臺北：新興書局印行，民國52年2月），頁172。

〔註11〕陳彭年：《廣韻》（臺北黎明文化事業有限公司印行，民國81年10月13版），頁184。

〔註12〕《十三經注疏・禮記》〔臺北：新文豐出版公司印行民國67年再版），頁472。

於《詩》爲本字，則「鬃」爲借字，又「祊」爲「鬃」之或體也。

二、禂

《說文》一篇上示部「禂」字下曰：「禱牲馬祭也。从示，周聲。詩曰：既禡既禂。（𩦞）禂或从馬，壽省聲。」段玉裁云：「壽聲足矣不當取省聲。《詩》無此語，鉉又誤入正文。」段注：「都皓切」〔註13〕

按：徐鉉本《說文》引《詩》曰：「既禡既禂」〔註14〕，出自《小雅・吉日》，《毛詩》云：「既伯既禱」。「禡」作「伯」；「禂」作「禱」，〔註15〕，義謂：「祭了馬祖而又祈禱」〔註16〕。《毛傳》曰：「禱，禱獲也」。孔穎達《正義》云：「於馬祖之伯既祭之，求禱矣」〔註17〕。《周禮・春官・甸祝》曰：「禂牲禂馬。杜子春注：『禂、禱也。爲馬禱無疾，爲田禱多獲禽牲』」〔註18〕。是《詩》，《禮》之義相合也。又《說文》一篇上示部「禱」字曰：「告事求福也」〔註19〕。蓋爲「馬禱無疾，爲田禱多獲禽牲」謂「禱」也，與《詩》義亦合，唯「既禡」在先，「既禂」於後，則「禂」字更切合《詩》恉。「禂」、「禱」二字，段注同爲「都皓切」音同，通用。「禂」於《詩》爲本字，則「禱」爲借字，又鉉作「騳」乃或體字也。

「禡」《毛詩》作「伯」。《說文》一篇上示部「禡」下曰：「師行所止，恐有慢其神，下而祀之曰禡」即「祭馬祖也」。《毛傳》曰：「伯、馬祖也」。《爾雅・釋詁》曰：「伯、長也」〔註20〕。《爾雅・釋天》曰：「既伯既禱，馬祭也。釋文曰：『伯、祭馬祖也』」〔註21〕。又《禮記・王制》曰：「禡於所征之地。釋文曰：『禡，師祭也』」〔註22〕。蓋「禡」爲馬祭名也。《說文》人部「伯」作「長也。」無「馬祭」之義，與詩恉不合。「伯」，段注：「博陌切」。幫母，十四鐸部（段氏五部）。「禡」，段注：「莫駕切」。明母，十四鐸部，（段氏五部）。「伯」、「禡」二字，爲同位雙聲疊韻，可通用。「禡」於《詩》爲本字，「伯」爲假借字矣。

〔註13〕同註4，頁7。
〔註14〕徐鉉校定《說文解字》《叢書集成新編》（臺北：新文豐出版公司，民國74），頁4。
〔註15〕同註5，頁369。
〔註16〕同註6，頁298。
〔註17〕同註5，頁369。
〔註18〕《十三經注疏・周禮》（臺北：新文豐出版公司印行，民國67年再版），頁398。
〔註19〕同註4，頁6。
〔註20〕同註7，頁27。
〔註21〕同註7，頁99。
〔註22〕同註12，頁236。

三、瑱

《說文》一篇上玉部「瑱」字下曰:「以玉充耳也。从玉、真聲。詩曰:玉之瑱兮。(瑱)瑱或從耳。」段注:「佗甸切」。[註23]

按:「玉之瑱兮」出自〈鄘風・君子偕老〉。《毛詩》云:「玉之瑱也」[註24],義謂:「耳際掛著瑱」[註25]《毛傳》曰:「瑱、塞耳也」。《說文》「瑱,以玉充耳也。」蓋「瑱」者,男士用以塞耳,女士則用爲耳飾也,二者於義無差,毛與許同。《儀禮・既夕禮》卷四十云:「瑱,塞耳也。疏曰:『縣于耳旁,故記人言之也』。」[註26]蓋「瑱」爲塞耳之用,若欲聽記人之言也,即縣于耳旁。「瑱」,从玉,以玉爲之者。「瑱」或從耳,用以塞耳也。《左傳》昭公二十六年:「縛一如瑱」。釋文曰:「瑱本或作瑱」[註27]。「瑱」爲「瑱」之或體也。

「兮」《毛詩》作「也」;據《說文》女部「媛」字下引《詩》『邦之媛兮』。[註28]〈鄘風・君子偕老〉作『邦之媛也』」[註29]。又「也」段注:「余者切」;喻母,古歸定母,十支部(段氏十六部)。「兮」段注:「胡雞切」;匣母,十支部(段氏十六部)。「也」、「兮」二字,音近。通用。〈邶風・旄邱〉曰:「何其處也」,〈邶風・日月〉曰:「乃如之人兮」,[註30]而〈鄘風・蝃蝀〉曰:「乃如之人也」;[註31]又《曹風・鳲鳩》曰:「其儀一兮,心如結兮」,[註32]《禮記・緇衣》引作「其儀一也」。[註33]《經傳釋詞》曰:「也猶兮」。[註34]皆「也」、「兮」通用之證。

四、玼

《說文》一篇上玉部「玼」字下曰:「玉新色鮮也。从玉,此聲。詩曰:新臺

[註23] 同註4,頁13。
[註24] 同註5,頁111。
[註25] 同註6,頁78。
[註26] 《十三經注疏・儀禮》(臺北:新文豐出版公司印行,民國67年再版),卷四十,頁475。
[註27] 《十三經注疏・左傳》(臺北:新文豐出版公司印行,民國67年再版),卷五十二,頁900。
[註28] 同註4,頁628。
[註29] 同註5,頁111。
[註30] 同註5,頁78。
[註31] 同註5,頁122。
[註32] 同註5,頁271。
[註33] 同註12,頁934。
[註34] 王引之:《經傳釋詞》(臺北華聯出版社印行,民國58年元月),頁96。

有玭。」段注：「且禮切。」又曰：「各本無『新』字，詩音義兩引皆作『色鮮也』，今補」。〔註35〕

按：「新臺有玭」出自〈邶風・新臺〉。《毛詩》云：「新臺有泚」〔註36〕，「玭」作「泚」。義謂：「鮮艷的新臺」。《毛傳》曰：「泚，鮮明貌」〔註37〕。《說文》以「玉新色鮮也」，比喻新臺之「鮮明貌」，是毛與許合也。又《說文》十一篇上二水部「泚」字下曰：「清也」〔註38〕。無「鮮明貌」，與《詩》義不合。又「泚」段注：「千禮切」，清母，十支部（段氏十五部）。「玭」段注：「且禮切」，精母，十支部（段氏十五部），清、精爲同位雙聲，又「泚」、「玭」二字，同爲十支部（段氏十五部），韻同，可通用。「玭」於《詩》爲本字，則「泚」爲借字矣。

五、瑟

《說文》一篇上玉部「璱」字下曰：「玉英華相帶如瑟弦也。从玉，瑟聲。詩曰：「璱彼玉瓚。」段注：「所擳切。」〔註39〕

按：「璱彼玉瓚。」出自〈大雅・旱麓〉。《毛詩》云：「瑟彼玉瓚」〔註40〕，「璱」作「瑟」作「卹」。義謂：「那鮮潔的玉瓚」〔註41〕。《說文》「瑟」作「玉英華相帶如瑟弦也。」狀「玉瓚」之鮮潔貌，《毛傳》無訓。《釋文》云：「瑟字亦作璱」。《鄭箋》云：「瑟、鮮絜貌」。孔穎達《正義》云：「《箋》以瑟爲玉之狀，故云鮮絜貌」〔註42〕，與許說實相同也。《說文》玉部「瑟」字作「庖犧所作弦樂也」段注：「所擳切」〔註43〕。爲樂器名，與《詩》義不合。又《周禮・春官・典瑞》鄭司農引《詩》云：「卹彼玉瓚」。注：「卹，玉采也」〔註44〕。《說文》血部「卹」字曰：「憂也。从血，卩聲。一曰鮮少也。」〔註45〕無「玉采」、「鮮潔貌」之義，與《詩》義不合。「璱」從「瑟」聲，二字音同，可通用。「璱」，

〔註35〕同註4，頁15。
〔註36〕同註5，頁106。
〔註37〕同註6，頁72。
〔註38〕同註4，頁552。
〔註39〕同註4，頁16。
〔註40〕同註5，頁558。
〔註41〕同註6，頁451。
〔註42〕同註5，頁558。
〔註43〕同註4，頁640。
〔註44〕同註18，頁314。
〔註45〕同註4，頁216。

「所擳切」〔註46〕，疏母，古歸心母，五質部（段氏十二部）。「卹」，「辛聿切」〔註47〕，心母，五質部（段氏十二部）。「瑟」、「卹」二字，雙聲疊韻，通用。「瑟」於《詩》爲本字，則「瑟」、「卹」爲借字也。

馬宗霍《說文解字引經考》曰：「按新出漢《熹平石經殘字》『魯《詩》下文作『瑟』』。〔註48〕是毛、魯《詩》皆作「瑟」，許氏所據或齊、韓《詩》。

六、瑲

《說文》一篇上玉部「瑲」字下曰：「玉聲也。从玉，倉聲。詩曰：攸革有瑲。」段注：「七羊切」。〔註49〕

按：「攸革有瑲」出自〈周頌・載見〉。《毛詩》云：「鞗革有鶬」〔註50〕，「攸」作「鞗」；「瑲」作「鶬」，義謂：「鸞鈴、轡飾鏘然作聲」〔註51〕。鏘然者，爲轡首金飾之聲也，《說文》「瑲」作「玉聲也」，與《詩》義略異。《毛傳》於「鶬」字無訓，僅合而曰：「鞗革有鶬，言有法度也」。《鄭箋》云：「鶬，金飾貌」。孔穎達疏曰：「鞗，皮爲轡首之革，其末以金爲飾，有鎗然而美」，又於《正義》曰：「李巡曰：『鞗革有鎗』；『鎗』爲『革』之貌，言有法度，雖在『有鎗』之下，主爲『鞗革』而言，其意亦兼言『旂鈴』皆有法度也」。《說文》十四篇上金部「鎗」字作「鎗鏓，鐘聲也」段注：七羊切」〔註52〕，與《詩》義相合。《說文》四篇上鳥部「鶬」字下曰：「麋鴰也。」段注：「七岡切」〔註53〕。爲鳥名，與《詩》義不合。又「鎗」、「鶬」、「瑲」三字皆以『倉』爲聲母音同，可通用。「鎗」於《詩》爲本字，則「鶬」、「瑲」爲假借字。

「攸」《毛詩》作「鞗」〔註54〕，《說文》無「鞗」字。段注：「『攸』，各本作『鞗』，今正」〔註55〕。《鄭箋》云：「鞗革，轡首也」〔註56〕。就上、下文義研判，若「轡首」無飾物，如何「有瑲」？故轡首下必連「飾也」二字，

〔註46〕同註4，頁16。
〔註47〕同註4，頁216。
〔註48〕同註9，頁296。
〔註49〕同註4，頁16。
〔註50〕同註5，頁735。
〔註51〕同註6，頁565。
〔註52〕同註4，頁716。
〔註53〕同註4，頁155。
〔註54〕同註5，頁735。
〔註55〕同註4，頁16。
〔註56〕同註5，頁735。

方可言貌也、聲也。又《說文》人部「攸」字作「行水也。」段注：「以周切」。〔註 57〕而無「轡首飾」之義，與《詩》義不合。《說文》十四篇上金部「鋚」字下曰：「鐵也。一曰轡首銅也。」段注：「以周切」〔註 58〕，段氏云：「許釋鋚爲轡首銅，鋚即鞗字，詩本作攸，轉寫誤作鞗」。《廣韻》三蕭「鋚」下云：「紖頭銅飾」〔註 59〕。「紖」，段注曰「牛鼻繩也」，馬而言則爲「轡首銅飾」，與《詩》正義合。又「鞗」、「鋚」同以「攸」爲聲母，「鋚」、「鞗」、「攸」三字音同，可通用。「鋚」於《詩》爲本字，則「攸」爲借字。又「鞗」爲「攸」轉寫訛誤也。

七、玤

《說文》一篇上玉部「玤」字下曰：「石之次玉者，㠯為系璧。从玉，丰聲，讀若詩曰：瓜瓞菶菶，一曰若蛤蚌。」段注「補蠓切」〔註 60〕。

按：段玉裁於「玤」字下注云：「此引《經》說字音也。今音『玤』在『講』韻，古音『江』、『講』合於『東』、『董』」。承培元《說文引經證例》亦云：「此兩引《詩》皆證聲也」。〔註 61〕「瓜瓞菶菶」，文出〈大雅・生民〉。「菶菶」《毛詩》作「唪唪」，云：「瓜瓞唪唪」，〔註 62〕義謂：「后稷種些瓜果，瓜果結出累累的瓜實。」《毛傳》曰：「唪唪然，多實也」。《說文》「玤」字作「石之次玉者，以爲系璧也」。與《詩》義不合，蓋許氏引《詩》以證音也，又艸部「菶」字下曰：「菶，艸盛。」〔註 63〕，本義作「艸盛也」，引伸爲凡「瓜實之茂」亦云：「菶菶」。與《詩》恉合也。於口部「唪」字下曰：「大笑也。讀若詩曰：瓜瓞菶菶。」〔註 64〕「唪」本義與《詩》義不合，蓋引《詩》亦以證音也。「玤」、「菶」段注同爲「補蠓切」，幫母，十八東部（段氏九部）。「唪」段注「方蠓切」，非母，古歸幫母，十八東部（段氏九部）。是「玤」、「菶」、「唪」三字聲韻俱同，可通用。吳玉搢以爲：「『菶』、『唪』因形聲近而誤，《毛傳》訓『唪』爲『多實』非是。」〔註 65〕蓋吳氏不明古多同音通假之例也。是「菶」於《詩》爲本字，則「唪」與「玤」二字爲假借字矣。

〔註 57〕同註 4，頁 125。
〔註 58〕同註 4，頁 709。
〔註 59〕同註 11，頁 144。
〔註 60〕同註 4，頁 16。
〔註 61〕見〔清〕承培元：《說文引經證例》（上海：古籍出版社，1995 年），頁 628。
〔註 62〕同註 5，頁 592。
〔註 63〕同註 4，頁 38。
〔註 64〕同註 4，頁 58。
〔註 65〕見〔清〕吳玉搢：《說文引經考》（北京：中華書局發行，1985 年，新 1 版），頁 9。

八、璓

《說文》一篇上玉部「璓」字下曰：「石之次玉者，从玉，莠聲。詩曰：充耳璓瑩。」段注「息救切。」〔註 66〕

按：「充耳璓瑩」出自〈衛風・淇奧〉。《毛詩》云：「充耳琇瑩」〔註 67〕，「璓」作「琇」。「璓」作「琇」義謂：「耳上的美瑱，明澈晶瑩。」〔註 68〕。《毛傳》曰：「琇瑩，美石也。」蓋「琇」爲玉石之類，爲美石也，是毛許之義互足耳。釋文云：「琇音秀，《說文》作「璓」云：「石之次玉者」〔註 69〕。釋文依《說文》爲訓也。孔穎達《正義》引《周禮・冬官・玉人》曰：『天子用全，上公用龍，侯用瓚，伯用將。』〔註 70〕又云：『諸侯以石，謂玉石雜也。』謂「玉石雜也」，即石之次玉者也。綜上所云皆與《說文》義同。段玉裁云：「按《說文》从『莠』隸从『秀』」〔註 71〕。「璓」爲正字，則「琇」爲隸省也。

九、壿

《說文》一篇上士部「壿」字下曰：「士舞也，从士，尊聲。詩曰：壿壿舞我。」段注「慈損切。」〔註 72〕

按：「壿壿舞我」出自〈小雅・伐木〉。《毛詩》云：「蹲蹲舞我」〔註 73〕，「壿」作「蹲」。「壿」作「蹲」。義謂：「我蹲蹲而舞」。〔註 74〕「蹲蹲」形容舞貌，《說文》作「士舞也」，以字從「士」而取義。「壿壿」二字重疊，下有「舞」字，蓋二字作形容詞用。《毛傳》曰：「蹲蹲，舞貌。」與《說文》義近。《鄭箋》云：「爲我興舞，蹲蹲然」。不言：「我舞」而曰：「爲我興舞。」是舞者爲「士」也，「蹲蹲然」乃舞貌。釋文云：「蹲本或作壿，《說文》云：『士舞也』」。《爾雅・釋訓》曰：「蹲蹲，喜也。釋曰：『皆鼓舞歡喜也。『蹲』、『壿』音義同』」〔註 75〕。孔穎達《正義》曰：「此與故舊宴樂，不當王親舞也。」是孔氏以申《箋》義也。本篇爲天子燕朋友故舊之詩。查《說文》足部「蹲」字下曰：「居也。」段注：

〔註 66〕同註 4，頁 16。
〔註 67〕同註 5，頁 127。
〔註 68〕同註 6，頁 92。
〔註 69〕同註 4，頁 127。
〔註 70〕同註 18，頁 631。
〔註 71〕同註 4，頁 16。
〔註 72〕同註 4，頁 20。
〔註 73〕同註 5，頁 327。
〔註 74〕同註 6，頁 262。
〔註 75〕同註 7，頁 56。

「徂尊切」〔註 76〕。不作「舞貌」。與《詩》恉不合。又「壿」、「蹲」二字皆以「尊」爲聲母音同，可通用。「壿」於《詩》爲本字，則「蹲」爲假借字矣。

十、藼

《說文》一篇下艸部「藼」字下曰：「令人忘憂之艸也。从艸，憲聲。詩曰：安得藼艸。（蕿）藼或从煖。（萱）藼或从宣。」段注「慈損切。」〔註 77〕

按：「安得藼艸」出自〈衛風・伯兮〉。《毛詩》云：「焉得諼艸」〔註 78〕，「藼」作「諼」。義謂：「怎能得到一棵忘憂草。」。〔註 79〕《毛傳》曰：「諼艸令人忘憂。」與《說文》義相近。《鄭箋》云：『憂以生疾恐將危身欲忘之。』釋文云：「『諼』本又作『萱』，《說文》作『藼』，云：『能令人忘憂也，或作蕿』。」〔註 80〕孔穎達《正義》申《傳》曰：「『諼』訓爲忘也，非草名。故〈釋訓〉云：『萲諼，忘也』〔註 81〕。孫炎引《詩》云：『焉得諼艸』，是『諼』非草名也。」《說文》言部「諼」字下曰：「詐也。」〔註 82〕而無「忘憂」之義，與《詩》義不合。又「諼」段注「况袁切。」曉紐，三元部（段氏十四部）。「藼」段注「慈損切。」〔註 83〕曉紐，三元部（段氏十四部）。是「諼」、「藼」二字，聲韻俱同，可通用。「藼」於《詩》爲本字，則「諼」爲借字矣，又「蕿」、「萱」皆爲「藼」之或體字也。

十一、芄

《說文》一篇下艸部「芄」字下曰：「芄蘭，莞也。从艸，丸聲。詩曰：芄蘭之枝。」段注「慈損切。」〔註 84〕

按：「芄蘭之枝」出自〈衛風・芄蘭〉。「枝」《毛詩》作「支」，云：「芄蘭之支」〔註 85〕，義謂：「那個像芄蘭的細枝般，柔弱的童子」。〔註 86〕下文有「「芄蘭之葉」蓋知上

〔註 76〕同註 4，頁 84。
〔註 77〕同註 4，頁 25。
〔註 78〕同註 5，頁 140。
〔註 79〕同註 6，頁 107。
〔註 80〕同註 5，頁 140。
〔註 81〕同註 7，頁 59。
〔註 82〕同註 4，頁 96。
〔註 83〕同註 4，頁 25。
〔註 84〕同註 4，頁 26。
〔註 85〕同註 5，頁 140。
〔註 86〕同註 6，頁 104。

文應作「芄蘭之枝」。《說文》木部「枝」字作「木別生條也」，段注「章移切」。〔註87〕與《詩》義合。《毛傳》於「支」字無釋。《鄭箋》云：『芄蘭柔弱，恒蔓延於地有所依緣則起。』蓋言芄蘭之「枝」柔細也。查《說文》支部「支」字下曰：「去竹之枝也，从手持半竹。」段注：「章移切」〔註88〕「支」本義爲「持也」，不作「枝條」解，與《詩》義不合。又「枝」從「支」聲，「枝」、「支」二字，通用。「枝」於《詩》爲本字，則「支」爲借字矣。

十二、薺

《說文》一篇下艸部「薺」字下曰：「疾黎也。从艸，齊聲。詩曰：牆有薺。」段注「疾咨切。」〔註89〕

按：「牆有薺」出自〈鄘風・牆有茨〉。《毛詩》云：「牆有茨」〔註90〕，「薺」作「茨」。義謂：「牆有蒺藜也」。《毛傳》曰：「茨、蒺藜也」《鄭箋》申《傳》云：『猶牆之生蒺藜也。』《說文》「薺」作「疾黎」，即「蒺藜」二字之假借字也，毛與許之字異而義實同。《說文》艸部「茨」字作「茅蓋屋。」〔註91〕本義不爲「蒺藜」，與《詩》義不合。又「薺」，段注「疾咨切」，〔註92〕從紐，四脂部（段氏十五部）。「茨」，段注「疾資切」〔註93〕，從紐，四脂部（段氏十五部）。「薺」、「茨」二字，音同，可通用。「薺」於《詩》爲本字，則「茨」爲借耳。

十三、虉

《說文》一篇下艸部「虉」字下曰：「綬艸也。从艸，鶂聲。詩曰：邛有旨虉。」段注：「五狄切。」〔註94〕

按：「邛有旨虉」出自〈陳風・防有鵲巢〉。《毛詩》云：「邛有旨鷊」，〔註95〕「虉」作「鷊」。義謂：「高丘之地而生有美好的綬草」〔註96〕。《毛傳》曰：「鷊，綬艸也。」與《說文》同。孔穎達《正義》引「《爾雅・釋艸》云：『鷊，綬也。』

〔註87〕同註4，頁251。
〔註88〕同註4，頁118。
〔註89〕同註4，頁32。
〔註90〕同註5，頁110。
〔註91〕同註4，頁43。
〔註92〕同註4，頁32。
〔註93〕同註4，頁43。
〔註94〕同註4，頁33。
〔註95〕同註5，頁255。
〔註96〕同註6，頁217。

郭璞曰：『小草有雜色似綬也。』陸璣云；『鷊，五色，作綬文故曰綬草。』」蓋知「鷊」爲類似綬之草也。《說文》鳥部「鶂」字下曰：「鶂鳥也。鷊鶂或從鬲。」〔註 97〕爲鳥名，不作「綬艸」，與《詩》恉不合。又「虉」段注：「五狄切」，疑母，十一支部（段氏十六部）。〔註 98〕「鷊」五歷切，疑母，十一支部（段氏十六部）。〔註 99〕是「虉」、「鷊」二字音同，可通用。「虉」於《詩》爲本字，則「鷊」爲假借字矣。

十四、蕣（䑞）

《說文》一篇下艸部「䑞」字下曰：「木堇也，朝華莫落者。从艸，舜聲。詩曰：顏如蕣華。」段注：「舒閏切。」〔註 100〕

按：「顏如蕣華」，出自〈鄭風·有女同車〉。《毛詩》云：「顏如舜華」〔註 101〕，「蕣」作「舜」。義謂：「容顏之美，好像木槿花一樣。」〔註 102〕《說文》作「木堇」乃「木槿」之借字。《毛傳》曰：「舜，木槿也」。釋與許說同。孔氏〈疏〉引《爾雅·釋草》曰：「椵，木槿。櫬，木槿。樊光曰：『別二名也。其樹如李，其華朝生暮落，與草同氣，故在草中。』陸璣疏云：『舜，一名木槿，一名櫬，一名椵。齊、魯之間謂之王蒸，今朝生暮落者是也。五月始華，故月令仲夏木槿容榮』。」〔註 103〕《說文》舛部「舜」字下曰：「舜草也，楚謂之葍。秦謂之藑。蔓地生而連華象形。」段注：「舒閏切。」〔註 104〕「葍，屬蔓菁之類也，可食。」〔註 105〕「藑、藑茅，葍也。一名舜」。〔註 106〕「舜」爲草本蔓生植物，與木槿不同科，「蕣」以「舜」爲聲母，可通用。「蕣」於《詩》爲本字，則「舜」爲借字也，又「䑞」隸作「蕣」。

十五、薾

《說文》一篇下艸部「薾」字下曰：「華盛。从草，爾聲。詩曰：彼薾惟何。」

〔註 97〕同註 4，頁 155。
〔註 98〕同註 4，頁 33。
〔註 99〕同註 4，頁 155。
〔註 100〕同註 4，頁 37。
〔註 101〕同註 5，頁 171。
〔註 102〕同註 6，頁 136。
〔註 103〕同註 7，頁 134。
〔註 104〕同註 4，頁 236。
〔註 105〕同註 4，頁 30。
〔註 106〕同註 4，頁 30。

段注：「兒氏切」。〔註 107〕

按：「彼薾惟何」出自〈小雅，采微〉。《毛詩》作「彼爾維何」〔註 108〕，「薾」作「爾」。義謂：「那茂盛的花是什麼花兒？」〔註 109〕《毛傳》曰：「爾，華盛貌」。多一「貌」字，蓋《詩》乃狀「華」之盛也，與許義實相同。《鄭箋》申之云：『此言彼爾者，乃常棣之華，以興將率車馬服飾之盛』。段氏曰：「此於形聲見會意，『薾』爲華盛，『濔』爲水盛」。《說文》㸚部「爾」字曰：「麗爾，猶靡麗也，此與爽同義」〔註 110〕。馬瑞辰於《毛詩傳箋通釋》云：「爾與薾音義同也，古讀如彌，與靡音同……皆盛貌也。自後人借爲爾汝之稱，而爾之義晦矣」。〔註 111〕按：「靡麗」與「華盛」，義雖相近，仍有差異，「爾」與「爽」同義，「爽」作明也，不作華盛也，與《詩》義異。又「薾」，段注：「兒氏切」〔註 112〕，日母，古歸泥母，四脂部（段氏十六部）。「爾」，段注：「兒氏切」〔註 113〕，日母，古歸泥母，四脂部（段氏十六部）。「爾」、「薾」二字音同，通用。「薾」於《詩》爲本字，則「爾」爲假借字矣。

十六、蔋

《說文》一篇下艸部「蔋」字下曰：「草旱盡也。从草，俶聲。詩曰：蔋蔋山川。」段注：「徒歷切」。〔註 114〕

按：「蔋蔋山川」出自〈大雅・雲漢〉。《毛詩》作「滌滌山川」〔註 115〕，「蔋」作「滌」。義謂：「旱之太甚，山川好像是洗過似的，乾乾淨淨，沒有一草一木的存在。」〔註 116〕《毛傳》曰：「滌滌，旱氣也。山無木，川無水」。孔穎達《正義》曰：「此皆爲旱而言，故知滌滌是旱氣也。旱氣之害於山川者故爲山無木，川無水」〔註 117〕。是毛許之義相互補足也。朱熹《詩集傳》曰：「滌滌，言山無木，川無水，如滌

〔註 107〕同註 4，頁 38。
〔註 108〕同註 5，頁 333。
〔註 109〕同註 6，頁 267。
〔註 110〕同註 4，頁 129。
〔註 111〕馬瑞辰：《毛詩傳箋通釋》（廣文書局印行，民國 69 年 8 月再版），頁 159。
〔註 112〕同註 4，頁 38。
〔註 113〕同註 4，頁 129。
〔註 114〕同註 4，頁 39。
〔註 115〕同註 5，頁 661。
〔註 116〕同註 6，頁 521。
〔註 117〕同註 5，頁 661。

而除之也」。〔註 118〕《說文》十一篇上水部「滌」字曰：「滌，洒也。」段注：「徒歷切」。〔註 119〕無作「旱氣也」。《玉篇》艸部「蔋」字下曰：「旱氣，亦作滌」〔註 120〕。《廣韻》二十三錫韻「蔋」下曰：「草木旱死也」〔註 121〕。段玉裁疑「『蔋』當作『蓧』，草木如盪滌無有也。又謂『叔』聲『淑』聲字不轉為徒歷切」〔註 122〕。馬宗霍《說文解字引經考》謂：「陳喬樅《詩經，四家異文考》疑《玉篇》「蔋」為「蓧」之訛字」〔註 123〕。《說文》無「蓧」字。「滌」、「蔋」段注同為「徒歷切」。是「滌」、「蔋」二字音同，通用。又「淑」段注：「殊六切」〔註 124〕，禪母，古歸定母，二十二覺部（段氏三部）。「條」段注：「徒遼切」〔註 125〕定母，二十一幽部（段氏三部）是叔聲，條聲同在古音第三部，可通用。《集韻》以「蔋」為「蔋」之或體〔註 126〕。「蔋」於《詩》為本字，則「滌」為借字矣。

十七、蘀

《說文》一篇下草部「蘀」字下曰：「艸木凡皮葉，落陊地為蘀。从草，擇聲。詩曰：十月殞蘀。」段注：「他各切」。〔註 127〕

按：「十月殞蘀」出自〈豳風，七月〉。《毛詩》云：「十月隕蘀」〔註 128〕，「殞」作「隕」。義謂「十月的時候草木隕落」〔註 129〕，《毛傳》曰：「蘀，落也」〔註 130〕。《說文》曰：「艸木凡皮葉，落陊地為蘀」。是毛訓簡而許說字義為詳，二者實同也。《廣韻》十九鐸韻「蘀」下曰：「落葉」〔註 131〕。馬瑞辰《毛詩傳箋通釋》曰：「〈月令〉季秋黃落，特木葉微脫之始。〈豳風〉『十月隕蘀』，乃草木陊落之盛月」〔註 132〕。《說文》無「殞」字。又十四篇下𨸏部「隕」字下曰：「從高下也。」

〔註 118〕見朱熹集注：《詩集傳》（臺灣：中華書局印行，民國 60 年 10 月壹 4 版），頁 210。
〔註 119〕同註 4，頁 568。
〔註 120〕同註 10，頁 206。
〔註 121〕同註 11，頁 522。
〔註 122〕同註 4，頁 39。
〔註 123〕同註 9，頁 815。
〔註 124〕同註 4，頁 555。
〔註 125〕同註 4，頁 251。
〔註 126〕〔宋〕丁度等編《集韻》（臺北：學海出版社印行，民國 75 年 11 月初版），頁 751。
〔註 127〕同註 4，頁 41。
〔註 128〕同註 5，頁 276。
〔註 129〕同註 6，頁 234。
〔註 130〕同註 5，頁 276。
〔註 131〕同註 11，頁 506。
〔註 132〕同註 111，頁 138。

段注：「于敏切」〔註 133〕。《毛傳》曰：「隕，墜也」〔註 134〕。毛許之義合也。《玉篇》歹部「殞」字作「歿也，爲憫切。」〔註 135〕《廣韻》十六軫韻「殞」下訓與《玉篇》同，無「墜落」之義，與《詩》恉不合。《爾雅、釋詁》〔註 136〕，同《廣韻》十六軫「隕」下曰：「墜也，落也」〔註 137〕。又「殞」、「隕」二字，同以「員」爲聲母，可通用。朱駿聲《說文通訓定聲》屯部第十五曰：「隕字亦作殞」〔註 138〕，是亦通用之證。「隕」於《詩》爲本字，則「殞」爲假借字矣。

十八、藥

《說文》一篇下艸部「藥」字下曰：「草旋貌也。从草，縈聲，詩曰：葛藟藥之。」段注：「於營切。」〔註 139〕

按：「葛藟藥之」出自〈周南・樛木〉。又於《說文》衣部「褮」字下引「讀若《詩》曰：『葛藟縈之』。」〔註 140〕《毛詩》曰：「南有樛木，葛藟縈之」〔註 141〕，「藥」、「褮」作「縈」。義謂：「南山的樛木，有很多葛藟，圍繞在它的身上。」〔註 142〕《說文》「藥」作「草旋貌也。」「草」即指「葛藟」也，與《詩》義合。《毛傳》曰：「縈，旋也。」少一「草」字，《詩》中已有「葛藟」二字，蓋《毛傳》不贅言也，與《說文》實相同。釋文曰：「帶本又作縈，《說文》作藥。」〔註 143〕「帶」即「縈」之重文。朱熹《詩集傳》訓與《毛傳》同。〔註 144〕又《說文》糸部「縈」字作「收卷也。」段注：「於營切。」〔註 145〕「卷」字乃段玉裁改，各本作「韋」。段注曰：「收卷長繩，重疊如環是爲縈。」訓與《詩》義異。又《說文》衣部「褮」字作「鬼衣也。」段注：「於營切。」〔註 146〕本義不作「旋也。」與《詩》義不

〔註 133〕同註 4，頁 740。
〔註 134〕同註 5，頁 276。
〔註 135〕同註 10，頁 179。
〔註 136〕同註 7，頁 27。
〔註 137〕同註 11，頁 277。
〔註 138〕見〔清〕朱駿聲：《說文通訓定聲》（臺北：藝文印書館印行，民國 64 年 3 版），頁 826。
〔註 139〕同註 4，頁 41。
〔註 140〕同註 4，頁 401。
〔註 141〕同註 5，頁 35。
〔註 142〕同註 6，頁 10。
〔註 143〕同註 5，頁 35。
〔註 144〕同註 118，頁 4。
〔註 145〕同註 4，頁 664。
〔註 146〕同註 4，頁 401。

合。又「藥从榮聲」，「榮从熒省聲」〔註 147〕。是「藥」、「縈」、「褮」三字皆以「熒」爲聲母，音同，可通用也。「藥」於《詩》爲本字，則「縈」、「褮」假借字矣。

十九、蓷

《說文》一篇下艸部「蓷」字下曰：「艸也。从艸，隺聲。詩曰：食鬱及蓷。」段注曰：「余六切」〔註 148〕

按：「食鬱及蓷」出自〈豳風・七月〉。《毛詩》云：「六月食鬱及薁」〔註 149〕，「蓷」作「薁」。義謂：「六月的時後，吃唐棣和葡萄（野生者）。」〔註 150〕《毛傳》曰：「薁，蘡薁也」。孔穎達《正義》曰：「此鬱、薁言食，則葵、菽及棗皆食之也，但鬱、薁生可食，故以食言之。葵、菽當烹煮乃食，棗當剝擊取之，各從所宜而言之」〔註 151〕。又《說文》「蓷」作「艸也」。《爾雅・釋草》曰：「蓷，山韭也。音育」〔註 152〕，與《詩》義不合。又《說文》一篇下艸部「薁」字作「嬰薁也。」〔註 153〕段玉裁云：「『嬰』鍇本作『蘡』，俗加艸頭耳。《廣雅・釋草》曰：『燕薁，蘡舌也』。」〔註 154〕，又云「《齊民要術》引陸璣《詩》義疏曰：『櫻薁，實大如龍眼，黑色，今車鞅藤實是』。」〔註 155〕《毛詩會箋》云：「郭璞〈上林賦〉注云：蒲萄似燕蘡，可做酒，是燕薁實藟及葡萄之屬，宋開寶本草注，燕薁是山葡萄，亦堪做酒，但山葡萄實小與陸疏言燕薁實如龍眼者不合，山葡萄蓋藟也，此陸璣所云：藟似燕薁者，非即燕薁也，燕薁爲車鞅藤，漢以前中國尚無葡萄，故蘡薁亦爲名果，葡萄種入中國以後，於是別之爲山葡萄，即野葡萄，品斯下矣」〔註 156〕。是毛、許訓「薁」字，正同。又「蘡」、「櫻」二字同以「嬰」爲聲母，可通用。或以屬草本植物，或歸類木本科，从艸、从木，各依所見，於義無害。蓋「薁」別名：「蘡薁」、「燕薁」、「蘡舌」即「野葡

〔註 147〕同註 4，頁 249。
〔註 148〕同註 4，頁 45。
〔註 149〕同註 5，頁 285。
〔註 150〕同註 6，頁 239。
〔註 151〕同註 5，頁 285。
〔註 152〕同註 7，頁 134。
〔註 153〕同註 4，頁 30。
〔註 154〕同註 4，頁 30。
〔註 155〕同註 4，頁 30。
〔註 156〕見〔日〕竹添光鴻：《毛詩會箋》（臺灣：大通書局印行，民國 9 年 2 月），頁 888～889。

蒮」也，《詩》云：「六月食鬱及薁」。「薁」可生食者，而「蘬」乃「山韭」，不可生食也。「薁」、「蘬」二字，段注同為「余六切」，可通用。「薁」於《詩》為本字，則「蘬」為借字。承培元《說文引經證例》云：「詩曰：「食鬱及蘬」。今作「薁」，此引《詩》證字也」〔註 157〕。誤以「蘬」、「薁」為古今字，差矣。

二十、藻（藻）

《說文》一篇下艸部「藻」字下曰：「水藻也，从艸水，巢聲。詩曰：于以采藻。（藻）藻或从澡。」段注：「子皓切。」〔註 158〕

按：「于以采藻」，出自〈召南・采蘋〉。《毛詩》云：「于以采藻？于彼行潦」〔註 159〕，「藻」作藻」。義謂：「往那兒去採藻？往那行潦之處。」〔註 160〕《毛傳》曰：「藻，聚藻也」。乃特就藻類群聚之性質而言。《鄭箋》申之云：「藻之言澡也。婦人之行，尚柔順自絜清，故取名以為戒」〔註 161〕。蓋鄭氏就該字之聲音而為訓。朱熹《詩集傳》申《傳》曰：「藻，聚藻也。生水底，莖如釵股，葉如蓬蒿」。段玉裁注：「今水中莖大如釵股，葉蒙茸，深綠色，莖寸許，有節者，是左氏謂之蘊藻」〔註 162〕。段注與《詩集傳》訓義大致相同，又引左氏稱「蘊藻」，此乃「聚藻」之另一名也。《毛詩，草木鳥獸魚蟲疏》認為「藻」乃泛稱「水草也。」〔註 163〕與《說文》同。《毛詩會箋》云：「于以采藻者，藻，水草也，生水底即《左傳》之蘊藻，杜注、蘊藻，聚藻也」〔註 164〕。《說文》以「藻」為「藻」之或體也。

二十一、菉

《說文》一篇下艸部「菉」字下曰：「王芻也。从竹，彔聲。《詩》曰：菉竹猗猗。」段注：「力玉切。」〔註 165〕

按：「菉竹猗猗」，出自《衛風，淇奧》。《毛詩》云：「綠竹猗猗」〔註 166〕，「菉」作

〔註 157〕同註 61，卷 8，頁 614。
〔註 158〕同註 4，頁 46。
〔註 159〕同註 5，頁 52。
〔註 160〕同註 6，頁 24。
〔註 161〕同註 4，頁 52。
〔註 162〕同註 4，頁 52。
〔註 163〕見陸璣：《毛詩，草木鳥獸魚蟲疏》《百部叢書》（臺北：藝文印書館，民國 74 年），頁 108。
〔註 164〕同註 156，頁 122。
〔註 165〕同註 4，頁 46。
〔註 166〕同註 5，頁 127。

「綠」。義謂「綠竹長得多麼的多采而多姿」〔註 167〕。《毛傳》曰:「綠,王芻也。」毛許訓同也。《爾雅,釋艸》云:「菉,王芻。郭璞云:『菉,蓐也。瞻彼淇奧,綠竹猗猗是也。』今呼爲鴟腳莎,草似竹,高五、六尺,淇水側,人謂之菉。」〔註 168〕《說文》一篇下艸部「蓐」字作「陳草復生也。」段玉裁云:「蓐,訓陳草復生,引伸爲薦席之蓐,故蠶蔟亦呼蓐。」〔註 169〕二者非同類之草也。「菉」爲莖葉像竹的草,一名「王芻」。「蓐」,即「藎草」,可爲席者又名「菉蓐」因承上「菉」字。故郭樸據以作「菉」之訓義也。朱熹《詩集傳》申《傳》云:「綠,色也。淇上多竹,漢世猶然,所謂淇園之竹是也。」〔註 170〕《說文》糸部「綠」字曰:「綠,帛,青黃色也。」段注:「力玉切。」〔註 171〕本義不作「竹也」,與《詩》義不合。「菉」、「綠」皆以「彔」爲聲母,二字音同,可通用。陳奐《毛詩傳疏》曰:「綠、《大學》引《詩》作菉。」〔註 172〕,〈小雅,采綠〉「終朝采綠。」《鄭箋》云:「王芻也」〔註 173〕。《文選,司馬相如,上林賦》〔註 174〕曰:「揜以綠蕙。」注曰:「綠,王芻也。」是皆「菉」、「綠」通用之證也,「菉」於《詩》爲本字,則「綠」爲假借字矣。

二十二、芑

《說文》第一篇下草艸部「芑」字下曰:「白苗,嘉穀也。从艸,己聲。詩曰:維虋維芑。」段注:「驅里切。」又曰:「今本,無此六字,依韻會所據補」〔註 175〕。

按:大徐本《說文解字》無《詩》曰:「維虋維芑」等六字。段氏依《韻會》所據補。「維虋維芑」出自〈大雅,生民〉。《毛詩》云:「誕降佳種……,維穈維芑」〔註 176〕,「虋」作「穈」。義謂「上天降賜后稷以很好的種子……,有赤苗有白苗。」《說文》一篇下草部「虋」字下曰:「赤苗,佳穀也。」段注:「莫奔切」又曰:「按

〔註 167〕同註 6,頁 92。
〔註 168〕同註 7,頁 145。
〔註 169〕同註 4,頁 48 頁。
〔註 170〕同註 118,頁 34。
〔註 171〕同註 4,頁 656。
〔註 172〕見陳奐:《毛詩傳疏》(臺灣:學生書局,1986 年 10 月第 7 刷),頁 52。
〔註 173〕同註 5,頁 512。
〔註 174〕〔梁〕蕭統撰:《昭明文選》(臺北:河洛圖書出版公司,民國 69 年 8 月初版),卷 8,頁 162。
〔註 175〕同註 4,頁 47。
〔註 176〕同註 5,頁 127。

蒼頡篇曰：『苗者禾之未秀者也』。禾者今之小米，赤苗白苗謂禾莖有赤白之分」〔註177〕。《毛傳》曰：「穈，赤苗也。芑，白苗也」〔註178〕。毛許訓同。《爾雅，釋艸》曰：「虋，赤苗。注：今之赤粱粟。」是《說文》與《爾雅》、《毛傳》訓同也。朱熹《詩集傳》曰：「穈，赤粱粟也。」〔註179〕《說文》「粱」作「禾米也。」〔註180〕又「粟」作「嘉穀實也。」〔註181〕《說文》無「穈」字。《集韻》二十三魂韻「虋」下曰：「《說文》：『赤苗，嘉穀也。』或作穈。」〔註182〕亦通用之證也。是「虋」於《詩》爲本字，則「穈」爲或體矣。

二十三、蕒（藚）

《說文》一下篇艸部，「藚」字下曰：「藚，水舄也，从艸，賣聲。詩曰：言采其蕒。」段注：「似足切」〔註183〕。

按：「言采其藚」出自〈魏風，汾沮洳〉。《毛詩》云：「言采其蕒」〔註184〕，「藚」作「蕒」。義謂：「去採蕒草」，《說文》「藚」字作「水舄也」，即水草之一種，《毛傳》曰：「水舄也，音續。一名牛脣」。《爾雅，釋艸》云：「蕒，牛脣。釋文曰：『毛《詩》作水蕮也』。邪昺《疏》曰：『蕒，牛脣』。郭璞云：『如續斷寸寸有節』。陸機以爲『今澤蕮也』。」〔註185〕蓋郭氏就「蕒」之形狀而言，是《說文》訓義與毛《傳》同也。馬宗霍《說文解字引經考》以爲「藚」隸省爲「蕒」〔註186〕。

二十四、茆（茒）

《說文》一篇下艸部「茒」字下曰：「鳧葵也，从艸，丣聲，《詩》曰：言采其茒。」段注：「力久切」〔註187〕

按：「言采其茒」，出自〈魯頌，泮水〉。《毛詩》云：「思樂泮水，薄采其茆」〔註188〕。

〔註177〕同註4，頁23。
〔註178〕同註5，頁127。
〔註179〕同註118，頁191。
〔註180〕同註4，頁333。
〔註181〕同註4，頁320。
〔註182〕同註126，頁140。
〔註183〕同註4，頁47。
〔註184〕同註5，頁208。
〔註185〕同註5，頁139。
〔註186〕同註6，頁320。
〔註187〕同註4，頁47。
〔註188〕同註5，頁768。

「言采」作「薄采」，「茆」《毛詩》作「茆」，義謂：「快樂的泮水那邊，可以去採蓴菜。」〔註 189〕。《說文》「茆」作「鳧葵也」，即「蓴菜」。《毛傳》曰：「茆，鳧葵也」，毛許訓同。釋文曰：「鄭小同云：『江南人名之蓴菜生陂澤中，今之浮菜即豬蓴也，本草有鳧葵』」〔註 190〕。孔穎達《正義》引「陸機《草木魚蟲疏》云：『茆與荇菜相似，菜大如手，赤圓……莖大如匕柄葉，可以生食，又可鬻，滑美，江南人謂之蓴菜或謂之水葵，諸陂澤水中皆有』。」〔註 191〕馬宗霍《說文解字引經考》引「王夫之《詩經・稗疏》曰：『後漢書馬融廣成頌，唐太子賢注曰：茆，鳧葵，葉圓似蓴，生水中今俗名水葵』。言如蓴則非即蓴可知，蓴唯江南有之，所謂千里蓴羹也，使魯泮，漢苑而皆有，張翰無勞遠憶矣。茆與蓴皆有水葵之名，然二種相似而有辨，陸機所未審也。」〔註 192〕《集韻》三十一巧韻「茆」下曰：「艸名，鳧葵也，莫飽切」〔註 193〕又四十四有韻「茆」下曰：「艸名，《說文》鳧葵也，引《詩》曰：『言采其茆。』力九切」〔註 194〕。「茆」，段注：「力久切」〔註 195〕，來母，二十一幽部（段注三部），後人假借作時辰之「卯」，始讀作「莫包切」，明母，二十一幽部（段注三部）。段玉裁注：「丣聲，卯聲同在第三部。」〔註 196〕是「丣」，「卯」韻同，可通用。《周禮、縫人》卷第八曰：「衣翣柳之材」。註曰：「故書『翣柳作接橮』」〔註 197〕。《周禮，醢人》第六卷「茆菹」，註：「鄭大夫讀茆爲茅。杜子春讀茆爲丣。丣北人音柳。」〔註 198〕以上皆「丣」，「卯」通用之證也，段玉裁以爲「漢時有『茆』、『茆』二字，經文作『茆』，兩鄭皆易字爲『茆』也，从艸，丣聲。力久切三部，俗作『茆』音卯，非也」〔註 199〕。

又「言采」《毛詩》作「薄采」〔註 200〕。《毛傳》「薄」字此處無訓。《鄭箋》云：「言己喜樂僖公之脩泮宮之水，復伯禽之法，我采泮水之芹，見僖公來至」

〔註 189〕同註 6，頁 584～585。
〔註 190〕同註 5，頁 768。
〔註 191〕同註 5，頁 768。
〔註 192〕同註 9，頁 323。
〔註 193〕同註 126，頁 397。
〔註 194〕同註 126，頁 435。
〔註 195〕同註 4，頁 47。
〔註 196〕同註 4，頁 828。
〔註 197〕同註 18，頁 128。
〔註 198〕同註 18，頁 89。
〔註 199〕同註 4，頁 47。
〔註 200〕同註 5，頁 768。

〔註 201〕。《說文》艸部「薄」作「林薄也，一曰蠶薄」〔註 202〕，與《詩》皆不合也。又《說文》言部「言」字曰：「直言曰言，論難曰語。」〔註 203〕《經傳釋詞》曰：「言，云也，語詞也。話『言』之言，謂之『云』。語詞之『云』亦謂之『言』」〔註 204〕。又〈魏風，汾沮洳〉：「言采其莫」《鄭箋》云：「言，我也。」〔註 205〕〈周南，葛覃〉：「言告師氏，言告言歸。」《毛傳》曰：「言，我也。」〔註 206〕不當語詞。是「言」爲「我」之假借字。「薄」，段注：「旁各切」〔註 207〕，並母，十三魚部（段氏第五部）。「言」，段氏曰：「語軒切」〔註 208〕疑母，三元部（段氏十四部）。按：「薄」、「言」聲韻俱異，又古音部居隔遠，絕不可通。《說文》戈部「我」字下曰：「施身自謂也。或說我，頃頓也。」〔註 209〕「我」，段注：「五可切。」〔註 210〕疑母，一歌部（段氏十七部）。「言」、「我」同屬疑母爲雙聲，又元寒與歌戈古韻同部。二字音近，可通用。「我」於《詩》爲本字，「言」爲假借字耳。《毛詩》作「薄」訛字也。《詩經》「言采其」之句分用於：〈小雅〉（我行其野）、〈魏風〉（汾沮洳）、〈鄘風〉（戴馳）、〈召南〉（草蟲）等各《詩》篇之中，計有十處之多，《詩經》用「薄采其」之句僅見於〈魯頌，泮水〉一文而已。或本篇乃因襲前篇〈魯頌，駉〉文：「薄言駉者」，及〈小雅，采芑〉：「薄言采芑」而誤將「言采」書作「薄采」也。

二十五、茠〔薅〕

《說文》一篇下艸部「薅」字曰：「拔田艸也。从蓐，好省聲。䒠籀文薅省，（茠）薅或从休，《詩》曰：既茠荼蓼。」段注：「古好聲、休聲同在三部。」「呼毛切」。〔註 211〕

按：「既茠荼蓼」出自〈周頌．良耜〉。《毛詩》云：「以薅荼蓼」〔註 212〕，「茠」作「薅」。

〔註 201〕同註 5，頁 767。
〔註 202〕同註 4，頁 41。
〔註 203〕同註 4，頁 90。
〔註 204〕同註 34，頁 107。
〔註 205〕同註 5，頁 207。
〔註 206〕同註 5，頁 31。
〔註 207〕同註 4，頁 41。
〔註 208〕同註 4，頁 90。
〔註 209〕同註 4，頁 638。
〔註 210〕同註 4，頁 638。
〔註 211〕同註 4，頁 48。
〔註 212〕同註 5，頁 749。

義謂：「持著快利的鋤兒以除草。」〔註213〕大徐本《說文》「薅」字曰：「拔去田草」〔註214〕。小徐本作「披田草也」，段玉裁從之謂：「披者，迫地削去之也」。「披」，《說文》作「從旁持曰披。」〔註215〕訓與《詩》義不合。《毛傳》「薅」字，無訓。《鄭箋》云：「薅，去荼蓼之事。」〔註216〕。朱熹《詩集傳》曰：「薅，去也」〔註227〕。《經典釋文》及《玉篇》，《五經文字》等，皆作「除田草也。」與大徐本義近。然《集韻》六豪韻「薅」字下云：「《說文》拔去田草也」〔註228〕，同大徐本。又《廣韻》六豪韻「薅」字下云：「除田草也」〔註219〕，亦與大徐本義近。《詩》上句曰：「其鎛斯趙」。《毛傳》曰：「趙、刺也。」《鄭箋》云：「以田器刺地，薅去田荼蓼。」孔穎達《正義》曰：「鎛，是鋤類。」〔註220〕若依段玉裁謂：「披者，迫地削去之也」。削去之則如何用「鎛」耶？《鄭箋》云：「以田器刺地。」蓋以「鎛」翻鬆田土，除去田間荼蓼等雜草也，《說文》曰：「䒗籀文，薅省，茠薅或从休」〔註221〕，是「茠」爲「薅」之或體字。

二十六、犉〔犉〕

《說文》二篇上牛部「犉」字下曰：「黃牛黑脣也。從牛，臺聲。詩曰九十其犉。」段注：「如匀切」〔註222〕。

按：「九十其犉」出自〈小雅・無羊〉。《毛詩》云：「九十其犉」〔註223〕，「犉」作「犉」。義謂：「黃身黑唇之牛，就有九十頭之多。」〔註224〕，《毛傳》曰：「黃牛黑脣曰犉」。是《說文》訓與《詩》義合。《釋文》云：「犉本又作犉」。孔穎達《正義》申《傳》，引「《爾雅・釋畜》曰：『黑脣曰犉』〔註225〕，《傳》言『黃牛者』，以言黑脣明不與深色同，而牛之黃者眾，故知是黃牛也」。〔註226〕段玉

〔註213〕同註6，頁573～574。
〔註214〕同註14，頁30。
〔註215〕同註4，頁608。
〔註216〕同註5，頁749。
〔註227〕同註118，頁234。
〔註228〕同註126，頁190。
〔註219〕同註11，頁156。
〔註220〕同註5，頁749。
〔註221〕同註4，頁48。
〔註222〕同註4，頁52。
〔註223〕同註5，頁388。
〔註224〕同註6，頁316。
〔註225〕同註7，頁194。
〔註226〕同註5，頁388。

裁注：「按《爾雅》不言黃牛者以黃爲正色，凡不言何者皆謂黃牛也。」〔註227〕《廣韻》十八諄韻「犉」下曰：「黃牛黑脣」〔註 228〕。《正字通》曰：「犪，犉本字」〔註229〕。馬宗霍《說文解字引經考》云：「『犪』隸省作『犉』」〔註230〕。

二十七、嶷

《說文》二篇上口部「㘈」字曰：「小兒有知也，从口，疑聲。詩曰：克岐克㘈。」段注：「魚力切」〔註231〕

按：「克岐克㘈」出自〈大雅・生民〉。《毛詩》云：「誕實匍匐，克岐克嶷」〔註232〕，「㘈」作「嶷」。義謂「后稷慢慢的會在地上爬了，又慢慢的會站起來了。」〔註233〕「㘈」，《說文》作「小兒有知也」，小兒由爬行，漸至站立，皆屬有知也。《毛傳》曰：「嶷，識也」〔註 234〕。是許說與《詩》義實合。《鄭箋》云：「其貌嶷嶷然，有所識別也，以此至于能就眾人，口自食謂六、七歲時」〔註235〕。朱熹《詩集傳》曰：「岐嶷，峻茂之狀。」〔註236〕馬瑞辰謂：「岐嶷承上匍匐言，匍匐謂初能伏行，岐嶷謂漸能起立也。嶷當讀如仡之仡」〔註 237〕。《說文》山部「嶷」字曰：「九嶷山也。舜所葬，在零陵營道。」〔註238〕段玉裁注：「按此由俗人不識『㘈』字，蒙上『岐』字，改從山旁耳。」〔註239〕「嶷」本爲山名也，與《詩》義不合。「嶷」，段注：「語其切」〔註 240〕，疑母，二十四支部（段氏第一部）。「㘈」，段注：「魚力切」〔註 241〕，疑母，二十四支部（段氏一部）。二字音同，通用。《集韻》曰：「㘈或從山作嶷」〔註242〕。「㘈」於《詩》爲本字，「嶷」爲借字耳。

〔註227〕同註4，頁52。
〔註228〕同註11，頁107。
〔註229〕見張自烈：《正字通》（譚陽成萬材本，1678年），頁26。
〔註230〕同註9，頁324。
〔註231〕同註4，頁55。
〔註232〕同註5，頁592。
〔註233〕同註6，頁469。
〔註234〕同註5，頁592。
〔註235〕同註5，頁592。
〔註236〕同註118，頁190。
〔註237〕同註111，頁272。
〔註238〕同註4，頁442。
〔註239〕同註4，頁55。
〔註240〕同註4，頁592。
〔註241〕同註4，頁52。
〔註242〕同註126，頁760。

二十八、呬

《說文》二篇上口部「呬」字下曰：「東夷謂息為呬。从口，四聲。詩曰：「犬夷呬矣。」段注：「虛器切」。〔註 243〕

按：「犬夷呬矣」《說文》無此文，段玉裁以爲，出自〈大雅・緜〉。《毛詩》云：「混夷駾矣，維其喙矣」〔註 244〕，蓋許合二句爲一句，「呬」作「喙」。義謂「混夷存在不住，也就奔竄而逃了，日趨於衰困。」〔註 245〕《說文》曰：「東夷謂息爲呬」。《說文》「息」字，作「喘也」〔註 246〕。《毛傳》曰：「喙，困也」。《鄭箋》申《傳》云：「逃甚困劇也。」蓋困劇而喘也，是許說與《毛傳》義近。又《說文》「喙」作「口也」〔註 247〕，與《詩》義不合。「喙」，段注：「許穢切」，曉母，三元部（段氏十五部）。「呬」，段注：「虛器切」〔註 248〕，曉母，五質部（段氏十五部）。是「喙」，「呬」聲同，可通用。「呬」於《詩》爲本字，則「喙」爲借字矣。

二十九、哼（嚎）

《說文》二篇上口部「嚎」字下曰：「口气也。從口，臺聲。《詩》曰：大車嚎嚎。」段注：「他昆切」〔註 249〕。

按：「大車嚎嚎」出自〈王風・大車〉。《毛詩》云：「大車哼哼」〔註 250〕，「嚎」作「哼」。毛《傳》曰：「哼哼、重遲之貌」。孔穎達《正義》曰：「哼哼行之貌，故爲重遲。上言行之聲，此言行之貌，互相見也。」〔註 251〕《說文》「嚎」作「口氣也」，言口氣之緩，故引申以爲「重遲之貌」。馬宗霍《說文解字引經攷》云：「『嚎』隸變而爲『哼』」〔註 252〕。

三十、「呭」

《說文》二篇上口部「呭」曰：「多言也。从口，世聲。《詩》曰：無然呭呭。」

〔註 243〕同註 4，頁 56。
〔註 244〕同註 5，頁 550。
〔註 245〕同註 6，頁 447。
〔註 246〕同註 4，頁 506。
〔註 247〕同註 4，頁 54。
〔註 248〕同註 4，頁 56。
〔註 249〕同註 4，頁 56。
〔註 250〕同註 5，頁 154。
〔註 251〕同註 5，頁 154。
〔註 252〕同註 9，頁 328。

段注：「余制切」〔註253〕。

按：「無然呭呭」出自〈大雅・板〉。又《說文》於言部「詍」字云：「多言也。詩曰：「無然詍詍。」段注：「余制切」〔註254〕。《毛詩》云：「天之方厥，無然泄泄」〔註255〕，「呭」、「詍」作「泄」。義謂：「現在天正在顛倒失常，千萬不可不負責任，亂發議論。」〔註256〕《毛傳》曰：「泄泄，猶沓沓也。」〔註257〕「沓」《說文》作「語多沓沓也」〔註258〕，毛與許義實相同。《鄭箋》云：「天斥王也，王方欲艱難天下之民，又方變更先生之道，臣乎，女無憲憲然，無沓沓然，爲之制法度，達其意，以成甚惡。」孔穎達《正義》云：「憲憲泄泄，制法則也。引李巡，孫炎之說謂：『此直解詩人言此之意，而不解其狀，故《傳》解其義，泄泄猶沓沓，競進之意也，謂見王將爲惡政，說隨從而爲之制法也』。」〔註259〕《說文》水部「泄」字曰：「水受九江，博安，洵汲，北入氐。」段注：「余制切」〔註260〕，「泄」爲水名，與《詩》恉不合。「詍」、「呭」二字爲「多言也」，與毛《傳》作「沓沓也」義同。又「呭」、「詍」、「泄」三字均爲段注：「余制切」，定母，二月部（段氏十五部），音同，可通用，「呭」於《詩》爲本字，則「泄」爲假借字耳，又「詍」、「呭」爲音義皆同之字，段氏以爲四家之別也。

三十一、咠

《說文》二篇上口部「咠」字曰：「聶語也。从口，耳聲。詩曰：咠咠幡幡」段注：「七入切」〔註261〕。

按：「咠咠幡幡」今《詩》無此文，段玉裁以爲出自「〈小雅，巷伯〉三章『緝緝翩翩』，四章『捷捷幡幡』〔註262〕，許引當云：「『咠咠翩翩』，而云：『咠咠幡幡』，誤合二章爲一耳」〔註263〕。「咠咠」《詩》作「緝緝」，義謂：「口舌緝緝，說長道短，往來翩翩，撥弄是非」，又謂「在君主跟前口才鋒利，往來

〔註253〕同註4，頁58。
〔註254〕同註4，頁98。
〔註255〕同註4，頁633。
〔註256〕同註6，頁356。
〔註257〕同註5，頁633。
〔註258〕同註4，頁205。
〔註259〕同註5，頁633。
〔註260〕同註4，頁539。
〔註261〕同註4，頁58。
〔註262〕同註5，頁428。
〔註263〕同註4，頁58。

飄忽」〔註 264〕。《說文》「咠」作「聶語也。」《毛傳》曰：「緝緝，口舌聲。」蓋於耳邊私語，口舌之聲也，與許說相輔相成。又曰：「翩翩，往來貌。捷捷猶緝緝也，幡幡猶翩翩也。」孔穎達《正義》申《傳》曰：「上言謀多而巧，此言爲謀之狀，言口舌緝緝然，往來翩翩然，相與謀欲爲讒譖之言以害人，自相計議，唯恐不成」。朱熹《詩集傳》曰：「緝緝，口舌聲。或曰緝緝，入之罪也。或曰，有條理貌，皆通。翩翩，往來貌。捷捷，儇利貌。幡幡，反覆貌。」〔註 265〕《說文》十三篇上糸部「緝」曰：「績也。」段注：「七入切」〔註 266〕，訓與《詩》義不合。又「咠」、「緝」均爲「七入切」，二字音同，通用。「咠」於《詩》爲本字，「緝」借字也。又「捷」，段注：「疾葉切」，從母，二十九帖部（段氏八部）。「緝」，段注：「七入切」〔註 267〕，清母，二十七緝部（段氏七部）。是從清爲古雙聲。又侵覃閉口九韻，古韻旁轉，每多相通，此段氏七、八部合韻也，「緝」、「捷」音近，蓋《毛傳》曰：「捷捷猶緝緝也」，「緝」與「捷」不分本字與借字也。

《說文》巾部「幡」字曰：「書兒拭觚布也。」段注：「甫煩切」〔註 268〕，引申作「反覆貌」。又《說文》羽部「翩」字作「疾飛也。」〔註 269〕，引申有「往來貌」。「幡」、「翩」二字訓與《詩》義合也。「幡」非母，古歸幫母，三元部（段注十四部）。「翩」，段注：「芳連切」，敷母，古歸滂母，六真部（段氏十二部）。幫滂爲旁紐雙聲。又真臻與元寒，古韻次旁轉，每有相通。《毛傳》曰：「幡幡猶翩翩也」，是「幡」、「翩」二字皆爲引申義，不分本字與借字也。

三十二、嗔

《說文》二篇上口部「嗔」字曰：「盛氣也。从口，真聲。詩曰：振旅嗔嗔。」段注：「待年切」〔註 270〕。

按：「振旅嗔嗔」出自〈小雅・采芑〉。《毛詩》云：「振旅闐闐」〔註 271〕，「嗔」作「闐」。義謂：「振旅歸來，鼓聲闐闐壯盛。」〔註 272〕《說文》「嗔」作「盛氣

〔註 264〕同註 6，頁 356。
〔註 265〕同註 118，頁 145。
〔註 266〕同註 4，頁 666。
〔註 267〕同註 4，頁 666。
〔註 268〕同註 4，頁 363。
〔註 269〕同註 4，頁 141。
〔註 270〕同註 4，頁 58。
〔註 271〕同註 4，頁 362。
〔註 272〕同註 4，頁 293。

也」，蓋指鼓聲闐闐然，壯盛貌，與《詩》義合。《鄭箋》云：「至戰止將歸，又振旅伐鼓闐闐然。」闐闐然，振旅之盛氣也，訓與許說義近。孔穎達《正義》曰：「淵淵闐闐俱是鼓聲，闐闐謂戰止將歸而伐鼓。」《爾雅、釋天》曰：「振旅闐闐，釋文曰：『闐闐，群行聲』」〔註 273〕。是《正義》與《爾雅》二義互見也。

《說文》門部「闐」作「盛貌也」。段注：「盛滿於門中之貌也」〔註 274〕。非謂「氣」之盛也。又「嗔」、「闐」皆為「待年切」，音同，通用。「嗔」於《詩》為本字，則「闐」假字也。

三十三、嘵

《說文》二篇上口部「嘵」字曰：「懼聲也。从口，堯聲。詩曰：予唯音之嘵嘵。」段注：「許么切」。〔註 275〕

按：大徐本引《詩》作「唯予音之嘵嘵」〔註 276〕段注《說文》引《詩》作「予唯音之嘵嘵。」出自〈豳風・鴟鴞〉。《毛詩》云：「予室翹翹，風雨所飄搖，『予維音嘵嘵』。」〔註 277〕，「唯予」作「予唯」。義謂：「我的窩巢，搖搖欲墜，再加以風雨的漂蕩，教我如何不悲懼哀訴呢？」〔註 278〕《說文》「嘵」，作「懼聲也」，與《詩》義吻合。《毛傳》曰：「嘵嘵，懼也。」少一「聲」字，《鄭箋》云：「嘵嘵然，恐懼告愬之意。」是《毛傳》與《說文》實同也。《爾雅・釋訓》曰：「憢憢，懼也。釋文曰：『〈豳風・鴟鴞〉曰：予維音嘵嘵』。」〔註 279〕《說文》無「憢」字，據《廣韻》四宵韻「憢」字下曰：「懼也。許么切。」〔註 280〕訓與毛《傳》同，與《說文》略異。又「嘵」、「憢」均為「許么切」，音同，通用。「嘵」於《詩》為本字，則「憢」為假借字矣。

《說文》引《詩》多一「之」字，蓋求語氣之連貫也。按《玉篇》口部「嘵」〔註 281〕及《廣韻》三蕭韻「嘵」下引「《詩》曰：『予維音之嘵嘵』〔註 282〕。亦有「之」字也。馬宗霍先生《說文解字引經考》云：「今詩音下多『之』字，

〔註 273〕同註 4，頁 100。
〔註 274〕同註 4，頁 596。
〔註 275〕同註 4，頁 60。
〔註 276〕同註 14，頁 43。
〔註 277〕同註 5，頁 294。
〔註 278〕同註 6，頁 242。
〔註 279〕同註 5，頁 54。
〔註 280〕同註 11，頁 146。
〔註 281〕同註 10，頁 94。
〔註 282〕同註 11，頁 146。

蓋出三家。」〔註 283〕又「唯」位於句首，作語辭，承接下文「余音嘵嘵」。《說文》口部「唯」作「諾也。」〔註 284〕，引申作語辭，與《詩》義合。《說文》系部「維」:「車蓋維也。」〔註 285〕，本義不作語辭，與《詩》義不合。「維」，段注:「以追切」〔註 286〕，喻母，古歸定母，七微部（段氏十五部）。「唯」，段注:「以水切」〔註 287〕，喻母，古歸定母，七微部（段氏十五部）。「唯」、「維」二字，音同，可通用。「唯」於《詩》爲本字，則「維」爲借字耳。

三十四、嗸

《說文》二篇上口部「嗸」字下曰:「眾口愁也。从口，敖聲。詩曰:哀鳴嗸嗸。」段注:「五牢切」。〔註 288〕

按:大徐本作「哀鳴嗷嗷」〔註 289〕出自〈小雅，鴻雁之什〉。《毛詩》云:「哀鳴嗸嗸」〔註 290〕，「嗷」作「嗸」。段玉裁注:「此字《五經文字》、《玉篇》、《廣韻》、《經典釋文》皆下「口」上「敖」，本《說文》也，今《說文》作『嗷』，後人所妄改」〔註 291〕。筆者以爲中國字，協聲偏旁易位，而音義同者常有之，如:「鄰」書作「隣」;「夠」書作「够」;「群」書作「羣」……等字。《詩》義謂:「鴻雁悲哀的鳴聲，喧擾嘈雜。」〔註 292〕《說文》無「嗷」字，《毛傳》曰:「未得所安集則嗸嗸然」。鄭《箋》云:「此之子所未至者」，釋文曰:「嗸本又作嗷」。《集韻》六豪韻「嗷」下曰:「《說文》眾口愁也引《詩》哀鳴嗷嗷，亦書作嗸」〔註 293〕。《廣韻》六豪韻「嗷」字亦曰:「嗷同嗸」〔註 294〕。是「嗷」、「嗸」二字。音義全同，可通用。朱駿聲《說文通訓定聲》曰:「嗷，眾口愁也。从口，敖聲，字亦作嗸」。今後世俗从口在左，然段玉裁以爲「嗸」爲正字。

〔註 283〕同註 6，頁 338。
〔註 284〕同註 4，頁 57。
〔註 285〕同註 4，頁 664。
〔註 286〕同註 4，頁 664。
〔註 287〕同註 4，頁 57。
〔註 288〕同註 4，頁 60。
〔註 289〕同註 14，頁 43。
〔註 290〕同註 5，頁 374。
〔註 291〕同註 4，頁 52。
〔註 292〕同註 6，頁 301。
〔註 293〕同註 126，頁 190。
〔註 294〕同註 11，頁 158。

三十五、唸

《說文》二篇上口部「唸」字曰：「呻也。从口，念聲。詩曰：民之方唸吚。」段注：「都見切」〔註295〕。

按：「民之方唸吚」出自〈大雅・板〉。《毛詩》云：「民之方殿屎」〔註296〕，「唸」作「殿」；「吚」作「屎」。義謂「人民正在呻吟號啼。」〔註297〕《說文》「唸」作「呻也」，與《詩》義合。《毛傳》曰：「殿屎，呻吟也。」訓與許說義同。《鄭箋》云：「民方愁苦而呻吟」。孔穎達《正義》曰：「〈釋言〉文『民愁苦而呻吟，是無所告訴也』。」〔註298〕又《爾雅，釋訓》曰：「殿屎，呻也。郭璞注：『殿屎，呻吟之聲。』孫炎曰：『人愁苦呻吟之聲也』。」〔註299〕又《說文》殳部「殿」字作「擊聲也」〔註300〕，訓與《詩》義不合。又「殿」，段注：「堂練切」〔註301〕，定母，九諄部（段氏十三部）。「唸」，段注：「都見切」〔註302〕，端母，二十八侵部（段氏七部）。是端定二母，爲旁紐雙聲也。九諄部與二十八侵部，雖部居遠隔，但《廣韻》「唸」、「殿」二字，同屬「三十二霰韻」〔註303〕。是「唸」、「殿」二字，可通用，「唸」於《詩》爲本字，則「殿」爲借字矣。

《說文》「吚」作「唸吚也」〔註304〕，與《詩》義合。《毛傳》曰：「殿屎，呻吟也。」釋文曰：「殿屎，《說文》作唸吚」〔註305〕，與《說文》義近也。《說文》無「屎」字，《玉篇》尸部「屎」字下曰：「呻也，許夷切。」〔註306〕又《說文》「𡳝」字下曰：「糞也，俗作屎」。施視切〔註307〕。蓋「屎」之本義與《詩》義不合。「屎」，許夷切，曉母，四脂部（段氏十五部）。「吚」馨夷切〔註308〕，曉母，四脂部（段氏十五部）。是「屎」、「吚」二字音同，可通用，「吚」於《詩》爲本字，「屎」爲借字耳。

〔註295〕同註4，頁60。
〔註296〕同註5，頁634。
〔註297〕同註6，頁497。
〔註298〕同註5，頁634。
〔註299〕同註7，頁61。
〔註300〕同註4，頁120。
〔註301〕同註4，頁120。
〔註302〕同註4，頁60。
〔註303〕同註11，頁407。
〔註304〕同註4，頁60。
〔註305〕同註7，頁634。
〔註306〕同註10，頁174。
〔註307〕同註4，頁60。
〔註308〕同註4，頁60。

三十六、趚

《說文》二篇上走部「趚」字下曰:「側行也。从走,朿聲,詩曰:謂地蓋厚,不敢不趚。」段注:「資昔切」。〔註309〕

按:「謂地蓋厚,不敢不趚」出自〈小雅,正月〉。《說文》足部「蹐」下亦引《詩》曰:「不敢不蹐」〔註310〕,《毛詩》云:「「謂地蓋厚,不敢不蹐」〔註311〕,「趚」作「蹐」。義謂「地可以說是很厚的了,但是人們不敢不小步而行」〔註312〕。《說文》「趚」作「側行也。」段玉裁注:「側行者謹畏也」,與《詩》義略異。《說文》足部「蹐」字作「小步也。」〔註313〕與《詩》義吻合。《毛傳》曰:「蹐,累足也。」段玉裁注曰:「小步之至也」〔註314〕。訓與《說文》同。《鄭箋》云:「局蹐者,天高而有雷霆,地厚而有陷淪也,此民疾苦,王政上下皆可畏怖之言」〔註315〕。「蹐」、「趚」二字,段注同爲「資昔切」〔註316〕音同通用。「蹐」於《詩》爲本字,「趚」爲借字矣。《說文》兩引者,段玉裁以爲「此不同者,蓋三家文異也」。

三十七、蹡

《說文》二篇下足部「蹡」字下曰:「行貌。从足,將聲,詩曰:管磬蹡蹡。」段注:「七羊切」〔註317〕。

按:「管磬蹡蹡」出自〈周頌,執競〉。《漢書・禮樂志》引作「鏘鏘」〔註318〕,《荀子・富國篇》引作「管磬瑲瑲」〔註319〕。「管磬」《毛詩》作「磬筦」,又「蹡」作「將」,《毛詩》云:「磬筦將將」〔註320〕,義謂:「磬筦之聲,將將然」。《毛傳》曰:「將將,集也」〔註321〕。孔穎達《正義》云:「將將,聲也,謂與諸樂

〔註309〕同註4,頁66。
〔註310〕同註4,頁84。
〔註311〕同註5,頁399。
〔註312〕同註6,頁326。
〔註313〕同註4,頁84。
〔註314〕同註4,頁84。
〔註315〕同註5,頁399。
〔註316〕同註4,頁66。
〔註317〕同註4,頁82。
〔註318〕見班固撰,顏師古注:《前漢書・禮樂志》第二,《四部備要》(台灣:中華書局,民國54年初版),頁8。
〔註319〕見熊公哲:《荀子》〈富國篇〉,第十(臺灣:商務印書館發行,民國64年9月初版),頁183。
〔註320〕同註5,頁720。
〔註321〕同註5,頁720。

合集也」。據《毛詩》:「磬筦將將」之文義研判;「磬筦」屬樂器名,則「將將」乃狀樂聲也。《說文》作「行貌」,與《毛傳》不合。又《說文》寸部「將」字曰:「帥也」。段注:「即諒切」〔註 322〕。非「樂聲也」,與《詩》恉不相合。《說文》金部,無「鏘」字,又十四篇上金部有「鎗」字曰:「鐘聲也」。〔註 323〕段玉裁曰:「鎗或作鏘,乃俗字,《漢書・禮樂志》『鏗鎗』、〈藝文志〉作『鏗鏘』。」又《說文》一篇上玉部「瑲」字作「玉聲也」〔註 324〕。是「鎗」、「瑲」之義,與《詩》恉合也,段玉裁云:「或作鏘鏘乃俗字」。是「鎗」爲正字,「鏘」爲俗字。又「蹡」以「將」爲聲母,「蹡」、「將」二字,可通用。「蹡」、「鎗」、「瑲」三字,段注同爲「七羊切」音同,通用。,是「鎗」、「瑲」於《詩》爲本字,則「將」、「蹡」爲假借字矣。

《說文》竹部「筦」字作「筟也」〔註 325〕。「筟」:「筳也」〔註 326〕。「筳」:「繀絲筦也」〔註 327〕。「繀」:「箸絲於筟車也」〔註 328〕。蓋《說文》「筦」字,不作「樂器」之名,與《詩》義不合。《說文》竹部「管」字作:「如篪,六孔」〔註 329〕,爲樂器名也,與《詩》義正合。又「管」、「筦」段注同爲「古滿切」〔註 330〕二字音同,通用。《漢書、禮樂志》曰:「鐘石筦弦」。注:「筦字與管同」〔註 331〕。是「管」、「筦」,通用之證也。「管」於《詩》爲本字,「筦」爲假借字耳。又「管磬」《毛詩》作「磬筦」者;《荀子,富國篇》引《詩》亦作「管磬」〔註 332〕,又《集韻》十陽韻「蹡」下曰:「《說文》行貌。引《詩》:『管磬蹡蹡』或書作鏘」〔註 333〕。蓋知古本作「管磬也」,今《毛詩》改作「磬筦」耳。

三十八、躓

《說文》二篇下足部「躓」字曰:「躓,跲也。从足,質聲。《詩》曰:載躓

〔註 322〕同註 4,頁 122。
〔註 323〕同註 4,頁 716。
〔註 324〕同註 4,頁 16。
〔註 325〕同註 4,頁 193。
〔註 326〕同註 4,頁 193。
〔註 327〕同註 4,頁 193。
〔註 328〕同註 4,頁 650。
〔註 329〕同註 4,頁 199。
〔註 330〕同註 4,頁 199。
〔註 331〕同註 321,頁 2。
〔註 332〕同註 322,第 10,頁 175。
〔註 333〕同註 126,頁 213。

其尾。」段注：「陡利切」〔註 334〕。

按：「載躓其尾」出自〈豳風・狼跋〉。《說文》於「疐」字，亦引《詩》作「載疐其尾」〔註 335〕，同一《詩》句，分引兩處者一以證假借字，一以證本字也。《毛詩》云：「載疐其尾」〔註 336〕，「躓」作「疐」。義謂：「後退則自跲其後部之尾」〔註 337〕，是《說文》訓與《詩》義合也。《毛傳》曰：「疐，跲也。老狼有胡，進則躐其胡，退則跲其尾，進退有難，然而不失其猛」〔註 338〕，訓與許說相同。《鄭箋》云：「退則跲其尾，謂後復成王之位而老成王又留之，其如是，聖德無玷缺」。孔穎達《正義》曰：「疐，跲也。引《爾雅，釋言》文：『李巡曰：跲郤頓曰疐』」，〔註 339〕。《毛傳》訓與許說同也。又《說文》四篇下「疐」字曰：「礙不行也」〔註 340〕，本義與《詩》義略異。又「疐」，段注：「陟利切」〔註 341〕，知母，古歸端母，五錫部（段氏十一部）。「躓」，段注：「陡利切」〔註 342〕，知母，古歸端母，五質部（段氏十二部）。是「躓」、「疐」二字雙聲也，又庚青與眞臻古韻旁轉，每多相通，可通用。「躓」於《詩》爲本字，則「疐」爲假借字矣。

三十九、諶

《說文》三篇上言部「諶」字曰：「諶，誠諦也。从言，甚聲。《詩》曰：天難諶斯」。段注：「是吟切」〔註 343〕。

按：「天難諶斯」出自〈大雅・大明〉。《毛詩》作「天難忱斯」〔註 344〕，「諶」作「忱」。議謂：「上天是難於完全仗恃的」〔註 345〕，《毛傳》曰：「忱，信也」〔註 346〕。《鄭箋》云：「天之意難信矣」。《說文》「諶」作「誠諦也」，「諦」曰：「審也」〔註 347〕，「審」曰：「悉也」〔註 348〕，「悉」作「詳盡也」〔註 349〕，是誠之詳

〔註 334〕同註 4，頁 83。
〔註 335〕同註 4，頁 161。
〔註 336〕同註 5，頁 304。
〔註 337〕同註 6，頁 250。
〔註 338〕同註 5，頁 304。
〔註 339〕同註 7，頁 304。
〔註 340〕同註 4，頁 161。
〔註 341〕同註 4，頁 161。
〔註 342〕同註 4，頁 83。
〔註 343〕同註 4，頁 93。
〔註 344〕同註 5，頁 540。
〔註 345〕同註 6，頁 440。
〔註 346〕同註 5，頁 540。
〔註 347〕同註 4，頁 92。

盡者謂「諶也」，即盡信也。《爾雅・釋詁》「諶」云：「信也」〔註350〕。《廣韻》二十一侵韻「諶」下曰：「誠也」〔註351〕，許說與《毛傳》訓義相合也。又《說文》心部「忱」字曰：「誠也。《詩》曰：天命匪忱」〔註352〕，「誠」《說文》作「信也」〔註353〕，與《詩》恉合也。又「忱」，段注：「氏任切」〔註354〕，禪母，古歸定母，二十八侵部（段氏七部，段氏「六書音韻表」，「冘」聲在第八部，疑誤作心聲，入第七部）。「諶」，段注：「是吟切」〔註355〕，禪母，古歸定母，二十八侵部（段氏七部）。「諶」、「忱」二字爲雙聲，又段氏七、八部合韻之說，可通用。《文選》班固〈幽通賦〉曰：「實棐諶而相訓。」李善注：「尚書曰：『天威棐忱』。諶與忱古字通」〔註356〕。是亦「諶」、「忱」通用之證也。「諶」、「忱」無分本字、借字也。

四十、詁

《說文》三篇上言部「詁」字曰：「訓故言也。从言，古聲。《詩》曰：詁訓」段注：「公戶切」〔註357〕。

按：「詁訓」，《詩》無此文。錢大昕《十駕齋養新錄》、《潛研堂答問》云：「許氏引《詩》往往不舉全文，『詁訓』即『古訓是式』善讀書者，融會貫通，知其體例，不爲孟浪之言，不以《詩》曰：『詁訓』爲不成語也」〔註358〕。「古訓是式」出自〈大雅・烝民〉。《毛詩》云：「古訓是式」〔註359〕，「詁」作「古」。義謂：「以古訓爲法式」〔註360〕，《說文》「詁」作「訓故言也」。「故」《說文》作「使爲之也」〔註361〕，引伸之爲「故舊」，「故」曰「古故也」。《毛傳》曰：「古，故訓」〔註

〔註348〕同註4，頁50。
〔註349〕同注4，頁50。
〔註350〕同註7，頁09。
〔註351〕同註11，頁218。
〔註352〕同註4，頁509。
〔註353〕同註4，頁93。
〔註354〕同註4，頁509。
〔註355〕同註4，頁93。
〔註356〕同註174，卷14，志上，頁298。
〔註357〕同註4，頁93。
〔註358〕錢大昕：《十駕齋養新錄》（台灣：商務印書館，民國57年3月），下卷，頁37。
〔註359〕同註5，頁675。
〔註360〕同註6，頁529。
〔註361〕同註4，頁124。
〔註362〕同註5，頁675。

362〕。《鄭箋》云：「故訓先生之遺典也。」孔穎達《正義》曰：「古，是舊故之義，故以古爲故也」。又曰：「古訓者，故舊之道，故爲先王之遺典也」。許與毛義實相合也。《說文》古部，第三上「古」字曰：「古，故也」〔註 363〕，引申作「故言」，與《詩》義亦合。又「詁」、「古」段注同爲「公戶切」〔註 364〕，二字音義皆同，可通用。「詁」、「古」二字，無分本字與借字也。

四十一、誐

《說文》三篇上言部「誐」字下曰：「嘉善也。从言，我聲。詩曰：誐以謐我」。段注：「五何切」〔註 365〕。

按：「誐以謐我」出自〈周頌・維天之命〉。《毛詩》云：「假以溢我」〔註 366〕，「誐」作「假」；「謐」作「溢」。義謂：「文王之德，至善美，靜謐了我。」《毛傳》曰：「假，嘉也」〔註 367〕，少一「善」字。《鄭箋》補充云：「喜美之道，饒衍與我」。孔穎達《正義》云：「假，嘉也」。《爾雅，釋言》云：「假，嘉也」，釋曰：「謂嘉美也」〔註 368〕。毛與許實同。又《說文》八篇上人部「假」字曰：「假，非眞也」〔註 369〕，與《詩》義不合。「「誐」，段注：「五何切」〔註 370〕，疑母，一歌部（段氏十七部）。「假」，段注：「古雅切」〔註 371〕，見母，十三魚部（段氏五部）。疑見爲同位雙聲，又魚歌合韻，此段氏五部與十七部合韻之理。是「誐」、「假」二字音近，可通用。「誐」於《詩》爲本字，則「假」爲借字矣。

又《說文》三篇上言部「謐」字曰：「謐，靜語也，一曰無聲也」〔註 372〕。《毛傳》曰：「溢，愼也」〔註 373〕。《鄭箋》云：「溢，盈溢之言也。」孔穎達《正義》曰：「舍人曰：溢，行之愼也」又曰：「德之純美無玷缺，而行之不止息也」。《爾雅，釋詁》曰：「溢，靜也。」〔註 374〕，釋曰：「安靜也。溢者，盈

〔註 363〕同註 4，頁 89。
〔註 364〕同註 4，頁 89。
〔註 365〕同註 4，頁 95 頁。
〔註 366〕同註 5，頁 708。
〔註 367〕同註 5，頁 708。
〔註 368〕同註 7，頁 26。
〔註 369〕同註 4，頁 378。
〔註 370〕同註 4，頁 595。
〔註 371〕同註 4，頁 378。
〔註 372〕同註 4，頁 94。
〔註 373〕同註 5，頁 708。
〔註 374〕同註 7，頁 10。

溢者，宜靜」。《說文》「謐」字云：「靜語者，爲其從言也」。是許與毛二義相成也。《說文》十一篇上水部「溢」字曰：「溢，器滿也。」〔註375〕作「盈溢之言」，乃引申之義，非本義也，與《詩》恉異。又「謐」，段注：「彌必切」〔註376〕，明母，五質部（段氏十二部）。「溢」，段注：「九質切」，喻母，古歸影母，十一錫部（段氏十六部）。支佳與眞臻古旁對轉，每有相通，此段氏十六，十二部合韻之說，是「謐」、「溢」二字音近，可通用。「謐」於《詩》爲本字，「溢」爲假借字耳。

四十二、謍

《說文》三篇上言部「謍」曰：「小聲也。从言，熒省聲。詩曰：謍謍青蠅。」段注：「余傾切」。〔註377〕

按：「謍謍青蠅」出自〈小雅，青蠅〉。《毛詩》云：「營營青蠅」〔註378〕，「謍」作「營」。義謂：「那污穢的青蠅，飛聲往來，亂人聽聞」〔註379〕。《毛傳》曰：「青蠅，大夫刺幽王也。營營，往來貌。」釋文曰：「營字如《說文》作謍，云：小聲也。」許作「小聲也」，乃形容青蠅往來，飛聲細而不斷，毛許義互足也。孔氏《正義》曰：「言彼營營然，往來者，青蠅之蟲也」。孔氏作「營營然」多一「然」字，狀飛聲也，與《說文》訓同。朱熹《詩集傳》曰：「營營，往來飛聲，亂人聽也。」〔註380〕《說文》呂部「營」字作「帀居也。」段注：「余傾切。」〔註381〕與《詩》恉不合。又「謍」、「營」二字，同以「熒」爲聲母，音同，通用。「謍」於《詩》爲本字，則「營」爲假借字也。

四十三、詍

《說文》二篇上言部「詍」字下曰：「多言也。从言，世聲。詩曰：無然詍詍。」段注：「余制切。」〔註382〕

按：「無然詍詍」出自〈大雅・板〉。《毛詩》作「無然泄泄」〔註383〕，「詍」作「泄」。

〔註375〕同註4，頁568。
〔註376〕同註4，頁94。
〔註377〕同註4，頁96。
〔註378〕同註5，頁489。
〔註379〕同註6，頁402。
〔註380〕同註118，頁163。
〔註381〕同註4，頁346。
〔註382〕同註4，頁98。
〔註383〕同註5，頁633。

義謂：「上天正大降災難，千萬不可多言妄發」〔註 384〕，《毛傳》曰：「泄泄猶沓沓也」。《說文》無「沓」字。《孟子》曰：「事君無義，進退無禮，言則非先王之道者猶沓沓也」〔註 385〕。《鄭箋》云：「無憲憲然，無沓沓然，爲之制法度，達其意，以成其惡」。即多言無法度也，毛許義實互足，釋文云：「《說文》作『呭』云：多言也」〔註 386〕。蓋釋文所見《說文》引《詩》作「呭」也。許氏於《說文》二篇上口部「呭」字曰：「多言也」亦引《詩》作「無然呭呭。」段注：「余制切」〔註 387〕。「詍」、「呭」二字，義同，與《詩》義合。又「呭」、「詍」二字，同以「世」爲聲母音同，通用。「呭」爲「詍」之重文也。《說文》水部「泄」字作「泄水受九江博安，洵波北入氐。」段注「余制切」。〔註 388〕「泄」爲水名，與《詩》恉不合。又「詍」、「泄」二字，同以「世」爲聲母，音同，通用。是「詍」於《詩》爲本字，則「泄」爲借字矣。

四十四、訿

《說文》三篇上言部「訿」字下曰：「不思稱意也。从言，此聲。詩曰：翕翕訿訿。」段注：「將此切。」〔註 389〕

按：「翕翕訿訿」文出〈小雅・小旻〉。《毛詩》云：「潝潝訿訿」〔註 390〕，「翕」作「潝」。義謂：「幽王不能用賢，小人當道，忽而潝潝然相附和，忽而又訿訿然相詆毀。」〔註 391〕。《說文》羽部「翕」字下曰：「起也。」段注：「許及切」。〔註 392〕《毛傳》曰：「潝潝然，患其上。」《爾雅・釋詁》「翕」作「合也。」〔註 393〕許說作「起也。」言鳥將起飛必歛翼也。喻小人附和，共謀患上貌。毛許義實合也。《鄭箋》云：「臣不事君，亂之階也，甚可哀也。」孔疏曰：「毛以爲幽王時小人在位，皆潝潝然，自作威福患苦其上，又訿訿然，競營私利，不息稱於上，臣行如此，亦甚可哀傷也。王不用善臣，又棄職事，君臣並皆昏亂」

〔註 384〕同註 6，頁 495。
〔註 385〕《十三經注疏・孟子》〈離婁章〉（臺北：新文豊出版公司印行，民國 67 年再版），頁 124。
〔註 386〕同註 4，頁 58。
〔註 387〕同註 4，頁 58。
〔註 388〕同註 4，頁 539。
〔註 389〕同註 4，頁 98。
〔註 390〕同註 5，頁 412。
〔註 391〕同註 6，頁 339。
〔註 392〕同註 4，頁 140。
〔註 393〕同註 5，頁 9。

〔註 394〕。孔穎達疏至明矣，「翕」狀「患上之貌也」。《說文》水部「潝」字作「水流疾聲。」段注：「許及切」〔註 395〕。無「起合」之義，與《詩》義不合。又「翕」爲「潝」之聲母，二字音同，可通用。「翕」於《詩》爲本字，「潝」爲假借字耳。

四十五、譵

《說文》三篇上言部「譵」字下曰：「聲也。从言，歲聲。詩曰有譵其聲。」段注：「呼會切」。〔註 396〕

按：「有譵其聲」《詩》無此文，段氏以爲出自〈大雅・雲漢〉。《毛詩》云：「有嘒其星」〔註 397〕，「譵」作「嘒」；「聲」作「星」。義謂：「星光明亮」，《毛傳》曰：「嘒、眾星貌。」《說文》作「聲也」，與《毛傳》不合。《鄭箋》云：「王仰天見眾星，順天而行，嘒嘒然，竟感，故謂其卿大夫曰：『天之光耀升行不休，無自贏綏之時，今眾民之命近將死亡，勉之助我，無棄女之成功者』。」孔穎達《正義》曰：「以嘒文連星，故爲星貌」〔註 398〕。朱熹《詩集傳》曰：「嘒，明貌。久旱而仰天以望雨，則有嘒然之明星，未有雨徵也」〔註 399〕。《說文》二篇上口部「嘒」字下曰：「小聲也。《詩》曰：嘒彼小星」〔註 400〕，「譵」、「嘒」二字義同，皆不作「眾星貌」，與《詩》義不合，許氏所引《詩》非〈雲漢〉文可知也。馬宗霍《說文解字引經攷》云：「〈雲漢〉釋文，不引《說文》，亦未引別本，似段氏之說未確也。卷子《玉篇》言部『譵』下引《詩》作『譵譵其聲也。』嚴可均《說文校議》引云：『〈泮水〉《傳》曰：『譵譵・言其聲也』。疑此即〈魯頌・泮水〉文，而雜以《傳》』。」〔註 401〕馬氏之說甚是。《毛詩》・〈魯頌・泮水〉云：「鸞聲噦噦」〔註 402〕，義謂：「車上的鈴聲和鳴」〔註 403〕。《毛傳》曰：「噦噦、言其聲也。」與《說文》義同，《鄭箋》云：「鸞和之聲，噦噦然。」作「噦噦然」，狀聲詞也。《說文》二篇上口部「噦」字作「气牾也。」段注：「於

〔註 394〕同註 5，頁 412。
〔註 395〕同註 4，頁 553。
〔註 396〕同註 4，頁 99。
〔註 397〕同註 5，頁 663。
〔註 398〕同註 5，頁 663。
〔註 399〕同註 61，頁 212。
〔註 400〕同註 4，頁 58。
〔註 401〕同註 9，頁 355。
〔註 402〕同註 5，頁 767。
〔註 403〕同註 6，頁 583。

月切」〔註404〕。爲語詞，與《詩》恉不合。又「讖」、「噦」二字同以「歲」爲聲母，音同通用。「讖」於《詩》爲本字，則「噦」爲假借字矣。

四十六、譌

《說文》三篇上言部「譌」字下曰：「譌言也。从言，為聲。詩曰：民之譌言。」段注：「疑當作偽言也。」「五禾切」〔註405〕。

按：「民之譌言」出自〈小雅・沔水〉〔註406〕及〈小雅・正月〉。〔註407〕《毛詩》云：「民之訛言」，「譌」作「訛」。義謂：「人民的謠言非常之多」。《說文》訓與《詩》義合。〈沔水〉及〈正月〉二篇，《毛傳》皆無訓。〈沔水〉《鄭箋》云：「訛，僞言也。」孔穎達《正義》曰：「詐僞交易之言者，謂以善言爲惡，以惡言爲善，交而換易其辭，鬥亂二家，使相怨疚咎也」〔註408〕。朱熹《詩集傳》〈正月〉曰：「訛，僞也」〔註409〕。《說文》人部「僞」字作「詐也。」〔註410〕是《毛詩・傳箋》之訓與許說實同。《廣韻》八戈韻「訛」下曰：「謬也，化也，動也，五禾切」又曰：「譌，吪並同訛。」〔註411〕《說文》無「訛」字，二篇上口部有「吪」字曰：「動也。詩曰：尙寐無吪。」〔註412〕不作「譌言」也，與《詩》意不合。。「尙寐無吪」出自〈王風・兔爰〉〔註413〕，義謂：「時世大亂，活不下去，而無樂生之心，寧願死去。」〔註414〕此處「吪」引申作「活也」，又於〈小雅・無羊〉曰：「或寢或訛」〔註415〕。《韓詩》作「或寢或吪」。〔註416〕是「訛」、「吪」二字義同，又「譌」、「吪」二字，段注：同爲「五禾切」。疑母，一歌部（段氏十七部），二字音同，通用。「吪」與「訛」同以「化」爲聲母，通用。「譌」於《詩》爲本字，「吪」爲借字。

〔註404〕同註4，頁59。
〔註405〕同註4，頁99。
〔註406〕同註5，頁376。
〔註407〕同註5，頁397。
〔註408〕同註5，頁376。
〔註409〕同註118，頁129。
〔註410〕同註4，頁383。
〔註411〕同註11，頁163。
〔註412〕同註4，頁61。
〔註413〕同註5，頁151。
〔註414〕同註6，頁118。
〔註415〕同註5，頁388。
〔註416〕〔清〕范家相撰：《三家詩拾遺》（臺北：新文豐出版社印行，民國73年6月初版），頁11。

又「吪」隸變爲「訛」字。段氏云：「《說文》無『訛』，有『吪吪』，動也。『訛』者俗字」〔註 417〕也。

四十七、業

《說文》三篇上丵部「業」字下曰：「業，大版也。所㠯飾縣鐘鼓，捷業如鋸齒，㠯白畫之，象其鉏鋙相承也。从丵，从巾，巾象版。詩曰：巨業維樅。」段注：「魚怯切」〔註 418〕。

按：「巨業維樅」出自〈大雅・靈臺〉。《毛詩》云：「虡業維樅」〔註 419〕，「巨」作「虡」。義謂：「設置虡業崇牙，以懸鐘磬」〔註 420〕。《說文》五篇上虍部「虡」字下曰：「鐘鼓之柎也、飾爲猛獸。（鐻）虡或从金豦。」段注「其呂切」〔註 421〕，「柎」者「鄂足」〔註 422〕。《說文》訓「虡」字與《詩》義合。《毛傳》曰：「植者曰虡，橫者曰栒也。業，大版也。」《鄭箋》云：「虡也，栒也，所以懸鐘鼓也。設大版於上，刻畫以爲飾。文王立靈臺，而知民之歸附。」孔穎達《正義》曰：「《爾雅・釋器》曰：『木謂之虡』〔註 423〕。孫炎曰：『虡，栒之植，所以懸鐘磬也』。郭璞曰：『懸鐘磬之植者，名爲虡，然則懸鐘者，兩端有植木，其上有橫木，謂直立者爲虡，謂橫牽者爲栒，栒上加大版，爲之飾』。」〔註 424〕又〈釋器〉云：「大版謂之業」〔註 425〕。《周禮・考工記》曰：「梓人爲虡」。注曰：「樂器所縣，橫曰栒，植曰虡。」〔註 426〕磬架的植木謂之「虡」，架之橫木曰「栒」，業者，栒上之大版也。毛許義實相合。又《說文》五篇上工部「巨」字下曰：「巨，規巨也」〔註 427〕。與《詩》義不合。「虡」、「巨」二字，段注同爲「其呂切」。〔註 428〕群母，古歸匣母，十三魚部（段氏五部），音同，可通用。「虡」於《詩》爲本字，「巨」爲假借字，篆文「虡」、隸省作「虡」。

〔註 417〕同註 4，頁 99。
〔註 418〕同註 4，頁 103。
〔註 419〕同註 5，頁 580。
〔註 420〕同註 6，頁 462。
〔註 421〕同註 4，頁 212。
〔註 422〕同註 4，頁 267。
〔註 423〕同註 7，頁 79。
〔註 424〕同註 4，頁 580。
〔註 425〕同註 7，頁 77。
〔註 426〕同註 18，頁 637。
〔註 427〕同註 4，頁 203。
〔註 428〕同註 4，頁 212～203。

四十八、羹（䰵）

《說文》三篇下䰜部「䰵」字下曰：「五味盉䰵也。从䰜，从羔。詩曰：亦有和䰵。〔羹〕䰵或省，𩱴或从美，䰵省，〔羹〕小篆从羔，从美。」段注：「古行切」。〔註 429〕

按：「亦有和䰵」，出自〈商頌・烈祖〉。《毛詩》云：「亦有和羹」〔註 430〕，「䰵」作「羹」。義謂：「於祭祀時，主祭者獻上和羹。」〔註 431〕《說文》「䰵」作「五味盉䰵」「盉」作「調味也」。〔註 432〕用五味調和之，許說與《詩義》合也。《毛傳》此處無訓。《鄭箋》云：「和羹者，五味調，腥熟得節，食之於人性安和，喻諸侯有和順之德也。」鄭箋與許訓同。《周禮・天官・亨人》曰：「大羹，鉶羹」。鄭司農注：「大羹不致五味也，鉶羹加鹽菜矣。」賈公彥疏云：「祭祀供大羹者，『大羹肉湆』，謂大羹不調以鹽菜及五味。謂鑊中煮肉汁，一名湆。調五味，盛之於鉶器，即謂之鉶羹。」〔註 433〕是《說文》「五味盉羹」即「鉶羹」也，和羹者，以五味調和。「䰵」，古行切，見母，十五陽部（段氏十部）。又「䰵」、「羹」皆从羔，羔亦聲，《說文》曰：「𩱴（羹）小篆从羔，从美」〔註 434〕。是「䰵」爲籀文，「羹」爲小篆矣。

四十九、埶

《說文》三篇下丮部「埶」字下曰：「穜也。从丮、坴，丮持穜之，詩曰：我埶黍稷。」段注：「魚祭切」。〔註 435〕

按：大徐本《說文》引「書曰」，查《尚書》無此文，段玉裁作「詩曰：我埶黍稷」，出自〈小雅・楚茨〉。《毛詩》作「我藝黍稷」〔註 436〕，「埶」作「藝」。義謂：「爲了要種植黍稷。」〔註 437〕《說文》「埶」作「穜也」，段注：「之用切」。「穜」《說文》作「埶也。」〔註 438〕「埶」、「穜」二字互訓。當「種植也。」與《詩》

〔註 429〕同註 4，頁 113。
〔註 430〕同註 5，頁 791。
〔註 431〕同註 6，頁 597。
〔註 432〕同註 4，頁 214。
〔註 433〕同註 18，頁 63。
〔註 434〕同註 4，頁 113。
〔註 435〕同註 4，頁 114，（大徐本《說文》，頁 86）。
〔註 436〕同註 5，頁 454。
〔註 437〕同註 6，頁 380。
〔註 438〕同註 4，頁 324。

義相合。《毛傳》闕如。《鄭箋》云：「我將樹黍稷焉。」言古者先王之政，以農爲本，鄭氏以「樹」作「蓺」。《說文》「樹」字曰：「木生植之總名也。」段注：「植，立也。」〔註439〕訓與《詩》義合。孔穎達疏曰：「言我蓺黍與稷也。既種而植，陰陽和，風雨時，萬物蕃盛」〔註440〕。訓與許說合。《說文》無「蓺」字。《廣韻》十三祭韻「埶」下曰：「《說文》穜也。蓺同埶。」〔註441〕《集韻》十三祭韻「埶、蓺、藝」下曰：「《說文》種也。从坴，丮持而種之，引詩『我埶黍稷』。徐鍇曰：『坴、土也，一曰技能也，或作蓺、藝，古作秇』。」〔註442〕，「蓺」爲「埶」之或體也。

五十、叜

《說文》三篇下又部「叜」字下曰：「滑也。从又中，一曰取也。詩云：叜兮達兮。」段注：「土刀切」。〔註443〕

按：「叜兮達兮」出自〈鄭風・子矜〉，《說文》辵部「達」字下亦引《詩》同《毛詩》云：「挑兮達兮」，「在城闕兮」〔註444〕，「叜」作「挑」。謂：「我在城闕上走來走去的盼望你。」《說文》「叜」字作「滑也」，水部「滑」字下曰：「利也。」引伸有「溜達」之意。〔註445〕與詩義合。《毛傳》曰：「挑達，往來相見貌。」《鄭箋》云：「國亂人廢學，但好登高，見於城闕，以候望爲樂。」孔穎達《疏》云：「毛以爲學人廢業，候望爲樂，故留者責之云：『汝何故棄學而去挑兮達兮，乍往乍來，在城之闕兮，禮樂之道，不學則廢，一日不見此禮樂，則如三月不見兮，何爲廢學而遊觀。』又孔氏《正義》曰：「挑達爲往來貌」。蓋《傳》釋與《詩》義相合。《集韻》六豪韻「叜」字下曰：「《說文》曰：滑也。引《詩》曰：『叜分達兮』。」〔註446〕《集韻》引《詩》同許說。《說文》手部「挑」字曰：「撓也。一曰摷也。」〔註447〕與《詩》義不合。「挑」，段注：「土凋切」，透母，十九宵部（段氏二部）。「叜」段注：「土刀切」，透母，二十一幽部（段氏三部）是「叜」、「挑」二字爲雙聲也，又蕭宵與尤幽爲次旁轉，

〔註439〕同註4，頁251。
〔註440〕同註5，頁454。
〔註441〕同註11，頁379。
〔註442〕同註126，頁516。
〔註443〕同註4，頁117。
〔註444〕同註5，頁180，（同《說文》，頁73）。
〔註445〕同註4，頁556。
〔註446〕同註126，頁193。
〔註447〕同註4，頁607。

每有相通。「叏」、「挑」通用，「叏」於《詩》爲本字，則「挑」爲借字矣。

五十一、隸

《說文》三篇下隶部「隸」字下曰：「及也。从隶，枲聲。詩曰：隸天之未陰雨。」段注：「徒耐切」。〔註 448〕

按：「隸天之未陰雨」出自〈豳風・鴟鴞〉。《毛詩》云：「迨天之未陰雨」〔註 449〕，「隸」作「迨」。謂：「趁著天還沒有下雨的時候。」〔註 450〕《說文》「隸」字作「及也」，與《詩》義合。《毛傳》及《爾雅・釋言》，〔註 451〕訓與許說同。朱熹《詩集傳》曰：「迨，及也。」〔註 452〕《廣韻》十五海韻「迨」下曰：「及也，同隸。」〔註 453〕《說文》無「迨」字，《玉篇》辵部「迨」字下曰：「及也。徒改切」。〔註 454〕於隶部「隸」字下曰：「及也，徒改切，亦作迨」。〔註 455〕又「台」爲「枲」之聲母，可通用。是「隸」、「迨」二字音義全同，段注：「今《詩》作『迨』俗字」〔註 456〕。

五十二、斁

《說文》三篇下攴部「斁」字下曰：「棄也，从攴，𠷎聲，詩曰：無我斁兮。」段注：「市流切」。〔註 457〕

按：「無我斁兮」文出〈鄭風・遵大路〉。《毛詩》作「無我魗兮」〔註 458〕，「斁」作「魗」謂：「求你不要厭棄我。」〔註 459〕《說文》「斁」作「棄也」，與《詩》義合。《毛傳》訓同許說。《鄭箋》云：「魗亦惡也。」釋文曰：「魗本亦作斁，又作𩐙，鄭音爲醜。」鄭玄釋「斁」作醜惡也，與《詩》義異。孔穎達《正義》申《傳》曰：「魗與醜古今字，醜惡可棄之物，故《傳》以爲棄」〔註 460〕。孔氏合二義爲

〔註 448〕同註 4，頁 118。
〔註 449〕同註 3，頁 292。
〔註 450〕同註 6，頁 242。
〔註 451〕同註 7，頁 41。
〔註 452〕同註 118，頁 93。
〔註 453〕同註 11，頁 274。
〔註 454〕同註 10，頁 163。
〔註 455〕同註 10，頁 401。
〔註 456〕同註 4，頁 118。
〔註 457〕同註 4，頁 127。
〔註 458〕同註 5，頁 169。
〔註 459〕同註 6，頁 134。
〔註 460〕同註 5，頁 169。

一。該《詩》共分二章，四句；其首章，第二句有「無我惡兮」之文，於第二章，第四句言「無我魗兮」之「魗」字，不當再解作「惡也」。《說文》無「魗」字，《廣韻》十八尤韻，「魗」下曰：「惡也，棄也，又音醜」。〔註461〕孔穎達以「魗」、「醜」爲古今字，義爲醜惡也，與《詩》義不合。又「𣪘」、「魗」二字同以「壽」爲聲母，可通用。「𣪘」於《詩》爲本字，則「魗」爲假借字矣。

五十三、棥

《說文》三篇下爻部「棥」字曰：「藩也，从爻、林。詩曰：營營青蠅，止於棥。」段注：「附袁切」。〔註462〕

按：「營營青蠅，止於棥」，《說文》於「營」字亦引《詩》作「營營青蠅」。文出〈小雅・青蠅〉。《毛詩》作「營營青蠅，止於樊」〔註463〕，「棥」作「樊」。義謂：「那污穢的青蠅，飛聲往來，亂人聽聞，落止在藩籬之上」〔註464〕《說文》「棥」作「藩也」，與《詩》義合。《毛傳》曰：「樊，藩也」〔註465〕。《爾雅・釋言》同《毛傳》。孫炎曰：「樊圃之藩然，則園圃藩籬，是遠人之物，欲今蠅止之」〔註466〕。「藩」者，今所謂籬笆，从爻从林，爻象交午之形，與編籬相似，爲正字也。又《說文》㸚部「樊」字作「鷙不行也。」段注：「附袁切」〔註467〕釋與《詩》義不合。又「棥」爲「樊」之聲母，二字音同，通用。「棥」於《詩》爲本字，則「樊」爲借字矣。

五十四、眓

《說文》四篇上，目部「眓」下曰：「視高皃。从目，戉聲。讀若詩曰：「施罛濊濊」。」段注：「呼括切。」〔註468〕

按：「施罛濊濊」出自〈衛風・碩人〉。《毛詩》云：「施罛濊濊」，〔註469〕義謂「投置魚網入水中發出濊濊之聲」，《毛傳》曰：「濊、施之水中。」故而有礙水流也。

〔註461〕同註11，頁206。
〔註462〕同註4，頁129。
〔註463〕同註5，頁489。
〔註464〕同註6，頁403。
〔註465〕同註5，頁489。
〔註466〕同註7，頁41。
〔註467〕同註4，頁105。
〔註468〕同註4，頁133。
〔註469〕同註5，頁545。

《說文》「濊」作：「礙流也」〔註 470〕，謂魚網投置水中，礙流而發出濊濊之聲也。與《詩》義合也。《說文》「眓」作「視高皃。」與《詩》義不合。又「眓」、「濊」二字，段注同爲「呼括切」〔註 471〕，曉母，二月部（段氏十五部），音同通用。「濊」於《詩》爲本字，則「眓」爲假借字。《說文》云：「讀若詩曰：施罛濊濊」，蓋許引詩以證音也。

五十五、矉

《說文》四篇上，目部「矉」下曰：「恨張目也。从目，賓聲。詩曰：國步斯矉。」段注：「符真切。」〔註 472〕

按：「國步斯矉」者，出自〈大雅・桑柔〉。《毛詩》云：「國步斯頻」〔註 473〕，「矉」作「頻」。義謂：「國竟至於如此之危蹙」〔註 474〕。《毛傳》曰：「頻，急也」，是毛與許義不合。《鄭箋》云：「頻猶比也。哀哉國家之政，行此禍害，比比然。」孔氏《正義》申之曰：「事有頻頻而爲者，皆急速，故爲急也。」又曰：「頻，正是次比之義，故云猶比」。朱熹《詩集傳》曰：「頻，急蹙也」〔註 475〕。毛氏訓「急也」，《鄭箋》作「比也」，皆「急蹙」之義。《說文》無「頻」字，於水部有「瀕」字作「水厓，人所賓附也，顰戚不前而止。」段注：「必鄰切」〔註 476〕。與《詩》義不合。朱駿聲《說文通訓定聲》曰：「頻，假借爲䦟，作急也，亂也。」〔註 477〕《說文》鬥部「䦟」字作「䦟鬬，鬥連結繽紛相牽也」〔註 478〕。本義有「兵連禍結，國家危蹙」之義，與《詩》義正合。「矉」，「符其切」，奉母，古歸並母，六眞部（段氏十二部）。「頻」、「必鄰切」，幫母六眞部（段氏十二部）。「䦟」、「匹賓切」，滂母，六眞部（段氏十二部）。幫滂，並爲旁紐雙聲，又「矉」，「頻」，「䦟」三字同屬六眞部，音同，通用。「䦟」於《詩》爲本字，則「矉」與「頻」皆假借字耳。

五十六、瞏

〔註 470〕同註 4，頁 552。
〔註 471〕同註 4，頁 133。
〔註 472〕同註 4，頁 133。
〔註 473〕同註 5，頁 653。
〔註 474〕同註 6，頁 512。
〔註 475〕同註 118，頁 208。
〔註 476〕同註 4，頁 573。
〔註 477〕同註 138，頁 852。
〔註 478〕同註 4，頁 115。

《說文》四篇上目部「瞏」字下曰：「目相戲也。从目，㫰聲。詩曰：瞏婉之求。」段注：「於殄切。」〔註479〕

按：「瞏婉之求」文出〈邶風・新臺〉。《毛詩》作「燕婉之求」〔註480〕，「瞏」作「燕」。義謂：「一位美麗的少女，本求賢良安順的青年爲配偶」〔註481〕。《毛傳》曰：「燕、安也。」與許義不合。《鄭箋》云：「燕婉之人謂伋也。」蓋毛氏訓字義，而鄭氏示人名也，二義互足。《說文》十一篇下燕部「燕」字作「燕燕元鳥」段注：「於甸切」。〔註482〕爲鳥名，與《詩》義不合。《爾雅・釋鳥》訓同《說文》。〔註483〕馬瑞辰《毛詩傳箋通釋》以爲「『燕婉之求』，乃《說文》女部『嬿』字下注：『宴嬿也』〔註484〕，即『燕婉』之本字。段注：『宴引申爲宴饗，經典多假燕爲之』」〔註485〕。《說文》七篇下宀部「宴」字曰：「安也」〔註486〕。與《詩》恉合。「燕」、「宴」二字，段注同爲：「於甸切」，影母，三元部。又「「瞏」，段注：「於殄切」〔註487〕，影母，三元部。

是「宴」、「瞏」、「燕」三字音同，可通用。「宴」於《詩》爲本字，則「燕」、「瞏」皆假借字矣。

五十七、雚

《說文》四篇上雚部「雚」字下曰：「雚爵也。从萑，吅聲。詩曰：雚鳴于垤。」段注：「工奐切。」〔註488〕又云：「各本作小爵誤，今依太平御覽正」。

按：「雚鳴于垤」文出〈豳風・東山〉。《毛詩》云：「鸛鳴于垤」，〔註489〕「雚」作「鸛」。謂：「鸛雀在土堆上叫啼」。《說文》「雚」曰：「雚爵也」，段玉裁云：「各本作『小爵』誤，今依《太平御覽》正」據大徐本亦作「雚，小雀也」〔註490〕。「爵」本爲禮器名，象「雀」之形，此處借作「雀也」，訓與《詩》義合。《毛

〔註479〕同註4，頁134。
〔註480〕同註5，頁106。
〔註481〕屈萬里著：《詩經銓詮釋》（聯津出版事業公司，民國73年9月2印行），頁136。
〔註482〕同註4，頁587。
〔註483〕同註7，頁187。
〔註484〕同註4，頁626。
〔註485〕同註111，頁50。
〔註486〕同註4，頁343。
〔註487〕同註4，頁134。
〔註488〕同註4，頁146。
〔註489〕同註5，頁296。
〔註490〕同註14，頁112。

傳》曰：「鸛，好水，常長鳴而喜也。」蓋許說釋鳥名，《毛傳》訓鳥之性也，二者義實相通。《鄭箋》云：「鸛，水鳥也，將陰雨則鳴。」作「水鳥」名，蓋自鄭氏始也。陸璣《毛詩・草木、鳥獸、魚蟲疏》〔註 491〕云：「鸛，鸛雀也。似鴻而大，長頸，赤喙，白身，黑尾翅，樹上作巢，大如車輪。」據陸氏所云「鸛雀」爲大鳥，非「小雀」也，蓋馬宗霍氏疑「『小』爲『水』字之譌。」筆者以爲然也。《說文》無「鸛」字，而有「雚」字作「雚專，畐蹂。如『誰』短尾，射之，銜矢射人。」〔註 492〕《爾雅・釋鳥》訓「鸛」，同許說。〔註 493〕，然未言「雚」好水。又「雚」與「鸛」部首異位仍爲同一字也。《廣韻》二十九換韻「雚」下曰：「雚，雀鳥。」又於「鸛」下曰：「上同」。〔註 494〕《集韻》二十九換韻，「雚」、「鸛」連文下云：「鳥名，《說文》雚爵也，引《詩》『雚鳴于垤』或从鳥。」〔註 495〕「雚」爲「鸛」之聲母，二字通用。段玉裁云：「『雚』，今字作『鸛』」〔註 496〕。是「雚」爲古字，則「鸛」爲今字矣。

五十八、鷖

《說文》四篇上鳥部「鷖」字下曰：「鳥屬也。从鳥，殹聲，詩曰：鳧鷖在梁。」段注：「鳥雞切」。〔註 497〕

按：「鳧鷖在梁」出自〈大雅・鳧鷖〉。「梁」《毛詩》作「涇」。詩云：「鳧鷖在涇，公尸來燕來寧」〔註 498〕，義謂「鳧鷖在涇水之中，很是快活。公尸來受燕，很是安然」。《說文》十一篇上水部「涇」字下曰：「涇水，出安定涇陽並頭山東，南入渭，雝州之川也。」〔註 499〕爲水名。與詩義合。《毛傳》「涇」字闕如，《鄭箋》云：「涇、水名」。孔穎達《疏》曰：「毛以爲成王之時，天下太平，萬物眾多，莫不得其所，其鳧鷖之鳥在於涇水之中，得其處也」。據〈大雅・鳧鷖〉五章曰：「鳧鷖在涇；鳧鷖在沙；冗鷖在渚；鳧鷖在潀；鳧鷖在亹」，而無「在梁」者。馬宗霍先生《說文解字引經考》曰：「王筠云：「古人引書不檢本《詩》，有

〔註 491〕陸璣：《毛詩・草木鳥獸魚蟲疏》（臺北：新文豐出版公司，民國 74 年），頁 77。
〔註 492〕同註 4，頁 156。
〔註 493〕同註 7，頁 187。
〔註 494〕同註 11，頁 403
〔註 495〕同註 126，頁 555。
〔註 496〕同註 4，頁 146。
〔註 497〕同註 4，頁 154。
〔註 498〕同註 5，頁 607。
〔註 499〕同註 4，頁 526。

維鶉在梁，鴛鴦在梁，相涉而誤。」〔註 500〕《鄭箋》云：「梁，石絕水之梁」。《說文》木部「梁」字下曰：「水橋也」。〔註 501〕詩曰；「在沙、在渚、在潨、在亹。」皆指水中之可居處者。唯獨「涇」，爲水名，然鳧鷖、水鳥，臨水覓食，自所當然，又「涇」，段注：「古寧切」，見母，十二眞部。「梁」，段注：「呂張切」，來母，十五陽部。二字聲韻俱異。從本詩之押韻情形而言；「涇」、「寧」押韻，「渚」、「處」押韻，「潨」、「宗」押韻，「亹」、「熏」押韻，而「梁」與「寧」則不押韻。故應以「涇」爲正字，「梁」爲訛字矣。

五十九、鷻

《說文》四篇上鳥部「鷻」字下曰：「鷻，雕也，从鳥，敦聲。詩曰：匪鷻匪鳶」段注：「度官切」。〔註 502〕

按：「匪鷻匪鳶」出自〈小雅・四月〉。《毛詩》云：「匪鶉匪鳶，翰飛戾天」〔註 503〕，「鷻」作「鶉」；「鳶」作「鳶」。義謂：「不是雕，也不是鷙鷹，怎能鼓起翅膀，飛到天邊？」〔註 504〕《說文》鳥部「鳶」字下曰：「鷙鳥也。」段注：「五各切」〔註 505〕，許釋「鷻」、「鳶」與《詩》義合。《毛傳》曰：「鶉，鵰也。鵰、鳶，貪殘之鳥也。」《毛傳》釋「鶉」字，與《說文》同。訓「鳶」僅釋鳥性，未言何種鳥也。《鄭箋》云：「鶉或作鷻。鳶，䳒也。」鄭氏以「鷻」爲「鶉」之或體。孔氏《正義》曰：「《說文》云：『鶉，雕也。』从敦聲，字異於鶉也。謂異於鶉者；即『鶉鶉』之『鶉』，應作『雜』也。鳶，鵰之大者，又名鶚。」《說文》「雜」字下曰：「畬隹屬也。」即今俗稱「鵪鶉」小鳥也。非本詩中之「鷻」或作「鶉」也。

《說文》無「鳶」字，《鄭箋》「鳶」，作「䳒也。」《說文》「䳒」字作「垂隹也。」〔註 506〕段注：「今江蘇俗呼鷂鷹即鳶也。」〔註 507〕孔穎達《正義》以「鳶」作「鶚」引孟康《漢書音義》曰：「鶚、大雕也」。又引《說文》云：「鳶、鷙鳥也」。陸德明《釋文》作「鳶」。《廣韻》，二仙「鳶」字下曰：「䳒

〔註 500〕同注 9，頁 373。
〔註 501〕同註 4，頁 270。
〔註 502〕同註 4，頁 155。
〔註 503〕同註 5，頁 443。
〔註 504〕同註 6，頁 371。
〔註 505〕同註 4，頁 155。
〔註 506〕同註 4，頁 144。
〔註 507〕同註 4，頁 144。

類也。與專切」〔註 508〕與《說文》作「鷻」者，爲不同之鳥類也。段氏以爲「鷻」隸變爲「鶚」字〔註 509〕。「鷻」五各切〔註 510〕，疑母，十四鐸部。「鳶」與專切〔註 511〕。喻母，古歸定母，二十五職部。是二字，聲韻俱異，部局隔遠絕不可通也。段玉裁認爲：「『鳶』、『鷻』字音誤之甚矣」〔註 512〕，蓋「鷻」書作「鳶」，或二字形近之誤也。

六十、鴥

《說文》四篇上鳥「鴥」字下曰：「鸇飛皃。从鳥，穴聲，詩曰：鴥彼鷐風。」段注：「余律切」〔註 513〕

按：「鴥彼鷐風」，出自〈秦風・晨風〉。《毛傳》云：「鴥彼晨風，鬱彼北林」〔註 514〕，「鷐」作「晨」。謂「那急飛的鷐風，還飛回於那茂密的北林。」〔註 515〕《說文》「鴥」作「鸇飛皃」，又曰：「鸇、鷐風也」。《毛傳》曰：「鴥、疾飛。晨風，鸇也。」與許說合也。孔氏《正義》曰：「鴥然而疾飛者，彼晨風之鳥也。」又曰：「鴥者，鳥飛之狀，故爲疾皃。晨風，鸇也」。《爾雅・釋鳥》釋曰：「舍人曰：『晨風一名鸇，鷙鳥也。』郭璞曰：「鷂屬」。陸機云：「鸇似鷂，黃色，燕頷、勾喙，嚮風搖翅，乃因風飛疾，擊鳩、鴿、燕雀食之。」〔註 516〕《說文》鳥部「鷐」字下曰：「鷐風也。」段注：「植鄰切」〔註 517〕，《說文》與《毛傳》、《爾雅》合也。又《說文》晶部「曟」字曰：「曟、房星，爲民田時者，（晨）曟或省」植鄰切〔註 518〕。「晨」爲星名，與《詩》義不合。「晨」乃「鷐」之聲母，二字音同，通用。「鷐」於《詩》爲本字，則「晨」爲借字矣。

六十一、殣

《說文》四篇下歺部「殣」字下曰：「道中死人，人所覆也。从歺，堇聲。詩

〔註 508〕同註 11，頁 140。
〔註 509〕同註 4，頁 155。
〔註 510〕同註 4，頁 155。
〔註 511〕同註 11，頁 140。
〔註 512〕同註 4，頁 156。
〔註 513〕同註 4，頁 156。
〔註 514〕同註 5，頁 244。
〔註 515〕同註 6，頁 206。
〔註 516〕同註 7，頁 186。
〔註 517〕同註 4，頁 156。
〔註 518〕同註 4，頁 316。

曰：行有死人，尚或殣之。」段注：「渠吝切」。〔註519〕

按：「行有死人，尚或殣之」出自〈小雅．小弁〉。《毛詩》云：「行有死人，尚或墐之」〔註520〕，「殣」作「墐」。謂「那倒在路上的死人，還會有人把他埋葬。」〔註521〕《毛傳》曰：「墐，路冢也」。《鄭箋》申《傳》云：「道中有死人，尚有覆掩之，成其墐者」。孔穎達《正義》曰：「墐者，埋藏之名耳。此言，行有死人是於路傍，故曰路冢。」此處孔氏釋「墐」爲「埋藏」，引申作「路冢」。《廣韻》二十一震韻「殣」字下曰：「埋也」〔註522〕，訓與《說文》合。或《毛傳》以「墐」字从「土」故曰「路冢」，許氏則以「殣」字从「歹」而作「道中死人，人所覆也。」二義實相通。《說文》十三篇下土部「墐」字下曰：「涂也。」段注：「渠吝切」〔註523〕。《玉篇》土部「墐」字下曰：「塗也，又溝上之道」〔註524〕。是「墐」字，無「埋藏」之義，與《詩》義不合。又「殣」、「墐」二字皆以「堇」爲聲母，音同，通用。「殣」於《詩》爲本字，「墐」乃借字矣。

六十二、髻

《說文》四篇下骨部「髻」字下曰：「骨擿之可會髮者，从骨、會聲。詩曰：髻弁如星。」段注：「古外切」。〔註525〕

按：「髻弁如星」，出自〈衛風．淇奧〉。《毛詩》云：「會弁如星。」〔註526〕，「髻」作「會」。義謂「那文采斐然的君子，骨搔帽冠，光潔明亮如星。」《毛傳》曰：「皮弁所以會髮」。《說文》曰：「骨擿之可會髮者」，二者大同小異也。《鄭箋》云：「會，謂弁之縫中，飾之以玉，皪皪而處，狀似星也。」孔氏《正義》曰：「弁師云：「王之皮弁，會五采玉璂。」注云：「會，縫中也。皮弁之縫中，每貫結五采玉十二以爲飾。」朱熹《詩集傳》曰：「會，縫也。玉飾皮弁之縫中，如星之明也」〔註527〕。毛氏之意，以「會」爲「會髮」，未言「縫中」也，段玉裁謂：「《周禮》故書曰：『皮弁髻五采』〔註528〕，先束髮，而後戴弁，其光

〔註519〕同註4，頁165。
〔註520〕同註5，頁422。
〔註521〕同註6，頁347。
〔註522〕同註11，頁394。
〔註523〕同註4，頁693。
〔註524〕同註10，頁49。
〔註525〕同註4，頁169。
〔註526〕同註5，頁127。
〔註527〕同註118，頁35。
〔註528〕同註18，頁482。

耀如星」〔註 529〕。蓋「膾」爲骨擿之可會髮者，與「弁」爲二物。許作「膾」者從《禮》之故書也。又皮弁爲王者朝會或祭祀時之禮帽，非平日作會髮之用也，「膾」誤作「會」，自鄭玄氏始，後人亦從之也。《說文》五篇下亼部「會」字下曰：「合也。」段注：「黃外切」〔註 530〕與《詩》義不合。又「會」爲「膾」之聲母，二字韻同，可通用。「膾」於《詩》爲本字，則「會」爲借字矣。

六十三、膻

《說文》四篇下肉部「膻」字曰：「肉膻也。从肉，亶聲。」《詩》曰：「膻裼暴虎」段注：「徒旱切，十四部」。〔註 531〕

按：「膻裼暴虎」出自《鄭風・大叔于田》。《毛詩》作「襢裼暴虎」〔註 532〕，「膻」作「襢」。義謂：「裸著上身，赤手空拳，與虎搏鬥。」〔註 533〕《說文》訓「膻」字，與《詩》義合。《毛傳》「襢裼」二字合訓，曰：「肉袒也。」《鄭箋》云：「『襢』本又作『袒』」。毛與許字異，而義實相合。孔氏《正義》重複毛義。《爾雅・釋訓》曰：「襢裼，肉袒也。引《詩》曰：『〈鄭風・大叔于田〉云：『襢裼暴虎』。李巡注：『襢裼脫衣見體曰肉袒』。孫炎曰：『袒去裼衣』。郭璞云：『脫衣而見體』。』〔註 534〕《廣韻》二十三旱「膻」字下引「《說文》云：『肉膻也』。」〔註 535〕《說文》無「襢」字，於衣部有「袒」字。曰：「袒、衣縫解也，从衣，旦聲。」〔註 536〕釋與《詩》義不合。「襢」，本又作「袒」，段注：「丈莧」切。〔註 537〕澄母，古歸定母，三元部（段氏十四部）。「膻」段注：「徒旱切」〔註 538〕，定母，三元部（段氏十四部）。二字音同，通用。「膻」於《詩》爲本字，「襢」爲假借字耳。

六十四、臠

《說文》四篇下肉部「臠」字下曰：「臠，臞也。从肉，䜌聲。《詩》曰：棘

〔註 529〕同註 4，頁 169。
〔註 530〕同註 4，頁 225。
〔註 531〕同註 4，頁 173。
〔註 532〕同註 5，頁 163。
〔註 533〕同註 6，頁 128。
〔註 534〕同註 7，《釋訓》，頁 60。
〔註 535〕同註 11，頁 284。
〔註 536〕同註 4，頁 399。
〔註 537〕同註 4，頁 399。
〔註 538〕同註 4，頁 173。

人臠臠。」段注「力沇切」。〔註539〕

按：「棘人臠臠」出自《檜風‧素冠》。《毛詩》云：「棘人欒欒」〔註540〕，「臠」作「欒」。義謂「孤孽的我已經憔悴不堪了。」〔註541〕《說文》「臠」作「臞也」，「臞」作「少肉也」〔註542〕。臠臠二字相重，形容消瘦憔悴貌。《毛傳》曰：「欒欒，瘠貌。」《鄭箋》云：「形貌欒欒然，瘠也。」〔註543〕是毛與許之義合。《廣韻》二十八獮韻「臠」字曰：「肉臠。引《說文》曰：臞也。」〔註544〕又二十六恆韻「臠」字曰：「臠臠，病瘠貌。」〔註545〕多一「病」字，有憔悴之義，訓與《毛傳》實同。《毛詩》作「欒欒」。《說文》木部，「欒」字下曰：「欒，木似欄。《禮》天子樹松，諸侯柏，大夫欒，士楊。」段注：「洛官切」〔註546〕，蓋「欒」字本義爲木名。不當「瘠貌」與《毛詩》義異也。「臠」、「欒」二字同以「䜌」爲聲母，二字音同，可通用，「臠」於《詩》爲本字，則「欒」爲借字也。

六十五、膫

《說文》四下肉部「膫」字下曰：「牛腸脂也。从肉，尞聲。《詩》曰：取其血膫。（膋）膫或从勞省聲。」段注：「洛蕭切」〔註547〕

按：「取其血膫」出自〈小雅‧信南山〉。《毛詩》云：「取其血膋」〔註548〕，「膫」作「膋」。義謂「取出騂牡的血與脂膏」。《說文》「膫」作「牛腸脂也。」多『牛腸』二字。《毛傳》於「膋」字無訓。《鄭箋》云：「膋，脂膏也。」孔穎達《正義》伸《箋》曰：「取牲血與脂膏之膟膋。」〔註549〕，孔氏增加『膟膋』二字。《禮記‧郊特牲》「取膟膋燔燎」鄭玄注云：『膟膋，腸間脂也。』〔註550〕又於《禮記‧祭義》曰：『取膟膋乃退。』鄭玄注云：『血與腸間脂也。』〔註551〕或

〔註539〕同註4，頁173。
〔註540〕同註5，頁263。
〔註541〕同註6，頁223。
〔註542〕同註4，頁173。
〔註543〕同註5，頁173。
〔註544〕同註11，頁293。
〔註545〕同註11，頁125。
〔註546〕同註4，頁248。
〔註547〕同註4，頁175～176。
〔註548〕同註5，頁461。
〔註549〕同註4，頁173。
〔註550〕同註12，〈郊特牲〉，頁507。
〔註551〕同註12，〈祭義〉，頁812。

鄭氏於前注中漏去「血與」二字也。《說文》肉部「膟」字作「血祭肉也。」〔註552〕，此處段玉裁以爲「肉」爲衍字，蓋「膟」即「血祭也」，則「膋」爲「腸脂也」。又牛爲祭牲中之大者。用以作爲祭牲之總稱。蓋《說文》與《詩》義實相合。又「勞」，「寮」同在第十九宵部（段氏二部）音同。「膫」於《詩》爲本字，「膋」爲或體也。

六十六、刮

《說文》四篇下刀部「刮」字下曰；「缺也。从刀，占聲。詩曰：白圭之刮。」段注：「丁念切」。〔註553〕

按：「白圭之刮」出自〈大雅・抑〉。《毛詩》曰：「白圭之玷，尙可磨也」〔註554〕，「刮」作「玷」。義謂：「白圭有了污點，尙可磨而去之。」《說文》「刮」作「缺也」，本義爲「刀缺也」，《毛傳》曰：「玷，缺也。」與許說同。《鄭箋》云：「玉之缺」。孔穎達《正義》申《傳》曰：「白玉爲圭，圭有損缺，猶尙可更磨鑢而平」。《說文》玉部無「玷」字，《玉篇》玉部「玷」字曰：「缺也，或作『刮』」〔註555〕。段玉裁曰：「刀缺謂之刮，詩曰：『白圭之刮』引申通用也」。《廣韻》五十一忝「玷」字曰：「玉瑕。」又「刮」下曰：「刀缺，一曰斫也。」〔註556〕，《廣韻》與《集韻》〔註557〕釋同。「刀缺」與「玉瑕」二義似有所區別，然泛言之皆指缺點也。《說文》黑部「點」字作「小黑也」段注：「多忝切」〔註558〕，玉之赤點曰：「瑕」〔註559〕，玉之黑點曰「玷」，引申作「缺」也。與《詩》恉亦相合。「玷」與「點」音義近。又「刮」、「玷」、「點」三字均以「占」爲聲母，可通用。《左傳》僖公九年：「君子曰：『詩曰：白圭之玷』」〔註560〕。《禮記・緇衣》曰：「《詩》云：『白圭之玷』」〔註561〕。是三家引《詩》本作「玷」。《玉篇》曰：「『玷』或作『刮』」〔註562〕。「玷」爲正字，則「刮」爲或體矣。

〔註552〕同註4，頁175。
〔註553〕同註4，頁184。
〔註554〕同註5，頁646。
〔註555〕同註10，頁45。
〔註556〕同註11，頁335。
〔註557〕同註126，頁454。
〔註558〕同註4，頁492。
〔註559〕同註4，頁15。
〔註560〕同註27，頁220。
〔註561〕同註18，頁935。
〔註562〕同註10，頁45。

六十七、觓

《說文》四篇下角部「觓」字下曰：「角貌。从角，丩聲。觓其角。」段注：「渠幽切」。〔註 563〕

按：「有觓其角」出自〈周頌・良耜〉。《毛詩》云：「殺時犉牡，有捄其角」〔註 564〕，「觓」作「捄」。義謂：「就把那曲角的，黑唇雄性的黃牛宰了，用來祭祀農神」〔註 565〕。《毛傳》「捄」字無訓，《鄭箋》云：「捄，角貌」。與《說文》同。孔穎達《正義》曰：「此『有捄其角』與『兕觥其角』，『角弓其觩』。『觩』皆與『角』共文，故爲角貌。」〔註 566〕《集韻》二十幽「觓」、「觩」下曰：「《說文》角貌，引詩『兕觥其觓』或作觩，通作捄」〔註 567〕。《說文》手部「捄」字曰：「盛土於梩中，一曰捊也。」段注：「舉朱切」〔註 568〕，訓與《詩》義不合，馬瑞辰《毛詩傳箋通釋》曰：「『捄』即『觓』之假借」〔註 569〕。「觓」，段注：「渠幽切」〔註 570〕，匣母，二十一幽部（段氏三部）。「捄」，段注：「舉朱切」〔註 571〕，見母，二十一幽部（段氏三部）。是「觓」、「捄」二字韻同，可通用。《穀梁傳》成公七年：「展觓角而知傷。注曰：捄捄然，角貌。」〔註 572〕亦「觓」、「捄」通用之證也。「觓」於《詩》爲本字，則「捄」爲假借字耳。

六十八、觲

《說文》四篇下角部「觲」字下曰：「用角低仰便也。从羊牛角。讀若詩曰：觲觲角弓。」段注：「息營切」。又曰：「今《詩》作『騂騂』，按許所引《詩》作『觲』。則不得言「讀若」，鉉本所以刪「讀若」也」〔註 573〕。

按：「觲觲角弓」出自〈小雅・角弓〉。《毛詩》云「騂騂角弓」〔註 574〕，「觲」作「騂」。

〔註 563〕同註 4，頁 187。
〔註 564〕同註 5，頁 750。
〔註 565〕同註 6，頁 574。
〔註 566〕同註 5，頁 750。
〔註 567〕同註 126，頁 273。
〔註 568〕同註 4，頁 613。
〔註 569〕同註 111，頁 346。
〔註 570〕同註 4，頁 184。
〔註 571〕同註 4，頁 613。
〔註 572〕《十三經注疏・穀梁傳》（臺北：新文豊出版公司印行，民國 67 年再版），頁 130。
〔註 573〕同註 4，頁 187。
〔註 574〕同註 5，頁 503。

義謂：「調利的角弓」〔註 575〕，《毛傳》曰：「騂，調利也。」孔穎達《正義》曰：「騂騂文連角弓，即是角弓之狀也，故云調利也。」〔註 576〕朱熹《詩集傳》曰：「騂騂，弓調和貌」〔註 577〕。蓋二字相疊，狀角弓之貌也。《說文》「觲」字作「用角低仰便也。」謂「牛角」之一低一仰用角便利也，是毛許之義相合。《說文》無「騂」字，《玉篇》曰：「騂，馬赤黃，思營切。」。〔註 578〕《廣韻》十四清「騂」下曰：「馬赤色也，息營切」〔註 579〕。無「調利」之義，與《詩》義不合。《正字通》曰：「『觪』本作『觲』」〔註 580〕。又「觲」、「騂」二字均爲「息營切」音同，通用。「觲」於《詩》爲本字，則「騂」爲借字矣，蓋鉉本《說文》所以刪「讀若」也。

六十九、衡

《說文》四篇下角部「衡」字下曰：「牛觸，横大木。从角大，行聲。詩曰：設其楅衡。」段注曰：「各本大木下有『其角』二字」。又曰：「戶庚切」〔註 581〕。

按：「設其楅衡」者，段玉裁以爲「詩曰」，當作「周禮曰」，《周禮・封人》卷十二：「設其楅衡」〔註 582〕。又《說文》木部「楅」字，引《詩》作「夏而楅衡」〔註 583〕，出自〈魯頌・閟宮〉〔註 584〕。義謂：「秋祭所用之牛，在夏天時就先把牠的角，用木衡制住，使得牠不能觸人，蓋以其觸人則不吉利也。」〔註 585〕，《毛傳》曰：「楅衡，設牛角以楅之也」。《鄭箋》云：「楅衡其牛角，爲其底觸觝人也。」孔達穎《疏》云：「楅衡其牛，言豫養所祭之牛，設横木於角以楅之，令其不得觝觸人也」〔註 586〕。《說文》訓「衡」字作「牛觸，横大木」，段玉裁以爲，「告」字下曰：牛觸角箸横木，所以告也。是設於角者謂之告。此云牛觸横大木是欄閑之謂之衡，衡與告異義。大木斷不可施於角，此易明者」〔註 587〕。是毛、許之義異也。

〔註 575〕同註 6，頁 412。
〔註 576〕同註 4，頁 187。
〔註 577〕同註 61，頁 166。
〔註 578〕同註 10，頁 327。
〔註 579〕同註 11，頁 193。
〔註 580〕同註 232，頁 37。
〔註 581〕同註 4，頁 188。
〔註 582〕同註 18，頁 188。
〔註 583〕同註 4，頁 272。
〔註 584〕同註 5，頁 778。
〔註 585〕同註 6，頁 589。
〔註 586〕同註 5，頁 778。
〔註 587〕同註 4，頁 188。

《廣韻》十二更韻「衡」字下曰：「橫也，平也」。〔註588〕亦未云橫大木。又《說文》木部「楅」字作「以木有畐束」〔註589〕，蓋「楅衡」之用途爲「橫大木之欄閑，令不得觝觸人也。」《周禮・封人》曰：「設其楅衡」鄭司農云：「楅衡，所以楅持牛也」。杜子春曰：「楅設於角，衡設於鼻，如椵狀。」〔註590〕，是許說引《周禮・封人》中之《詩》文以證字義也。

七十、翬

《說文》四篇上羽部「翬」字下曰：「大飛也。从羽，軍聲。一曰伊雒而南雉，五采皆備曰翬。詩曰：有翬斯飛。」段注：「許歸切」〔註591〕。

按：「有翬斯飛」出自〈小雅・斯干〉。《毛詩》云：「如翬斯飛」〔註592〕，「有」作「如」。義謂：「棟宇的峻起，好像鳥在展翼而飛。」〔註593〕蓋《詩》取《說文》「翬」字之第二義：「一曰伊雒而南雉，五采皆備曰翬。」作鳥名也。《毛傳》「翬」字闕而無訓，《鄭箋》云：「伊洛而南，素質五色皆備成章曰翬。此章四「如」者，皆謂廉隅之正，行貌之顯也。翬者鳥之奇異者也，故以成之焉。」釋文曰：「翬，雉名，《說文》云：大飛也。」孔穎達《疏》曰：「如鳥之舒此革翼，如翬之此奮飛然。」又曰：「斯革，斯飛，言簷阿之勢，似鳥飛也。」〔註594〕是孔氏不以「翬」作「大飛也」，且「飛」字文中已見。朱熹《詩集傳》曰：「翬，雉也。其簷阿華采而軒翔，如翬之飛而矯健其翼也」〔註595〕。訓與《詩》釋文同。馬宗霍《說文解字引經考》云：「陳喬樅曰：『《詩》上言：如跂，如矢，如鳥，此言如翬，四如字皆以物象取譬。當以物象爲長』。」〔註596〕《說文》女部「如」字作：「從隨也。」〔註597〕引申之凡相似曰「如」，與《詩》恉合。又《說文》月部「有」字作：「不宜有也。」〔註598〕，「有」又作狀物之詞。《經傳釋詞》卷三曰：「有，狀物之詞也。如：〈周南・桃夭〉：『有蕡其

〔註588〕同註11，頁186。
〔註589〕同註4，頁272。
〔註590〕同註18，頁188。
〔註591〕同註4，頁141。
〔註592〕同註5，頁386。
〔註593〕同註6，頁313。
〔註594〕同註5，頁386。
〔註595〕同註118，頁125。
〔註596〕同註9，頁369。
〔註597〕同註4，頁626。
〔註598〕同註4，頁317。

實』，是也」〔註 599〕，與《詩》義亦不合。「如」，段注：「人諸切」〔註 600〕，日母，古歸泥母，十三魚部（段氏五部）。「有」，段注：「云九切」〔註 601〕，爲母，古歸匣母，二十四支部（段氏一部）。泥、匣異母，又十三部與二十四部，部居隔遠，絕不可通。故「如翬斯飛」之「如」於《詩》爲本字，作「有」誤入也。

七十一、朁

《說文》五篇上日部「朁」字下曰：「曾也。从日，兂兂聲。詩曰：朁不畏明。」段注：「七感切。」〔註 602〕

按：「朁不畏明」出自〈大雅・民勞〉。《毛詩》云：「憯不畏明」〔註 603〕，「朁」作「憯」。義謂：「曾不畏天命的人」。《毛傳》與許說同。《鄭箋》云：「曾不畏敬明白之刑罪者」。《爾雅・釋文》曰：「憯，曾也，發語辭見詩。」〔註 604〕昭公二十年《左傳》引此《詩》：「慘不畏明」釋文曰：「寇虐，曾不畏明法」〔註 605〕。《說文》心部「憯」字下曰：「痛也。」又「慘」字作：「毒也。」〔註 606〕是「憯」、「慘」二字，本義皆不作「曾也」，與《詩》義不合。「憯」、「慘」、「朁」三字，段注同爲「七感切」，音同，可通用。《經傳釋詞》八曰：「『朁』字或作『憯』。」〔註 607〕《集韻》四十八感韻「朁」字下曰：「曾也。引《詩》曰：『朁不畏明』朁通作憯。」〔註 608〕是皆通用之證。「朁」於《詩》爲本字，則「憯」、「慘」皆假借字也。

七十二、鼛

《說文》五篇上鼓部「鼛」字下曰：「大鼓也。从鼓，咎聲。詩曰：鼛鼓不勝。」段注：「古勞切。」〔註 609〕

〔註 599〕同註 34，頁 8
〔註 600〕同註 4，頁 626。
〔註 601〕同註 4，頁 317。
〔註 602〕同註 4，頁 205。
〔註 603〕同註 5，頁 545。
〔註 604〕同註 7，頁 39。
〔註 605〕同註 84，頁 861。
〔註 606〕同註 4，頁 517。
〔註 607〕同註 34，頁 183。
〔註 608〕同註 126，頁 446。
〔註 609〕同註 4，頁 208。

按：「鼛鼓不勝」出自〈大雅・綿〉。《毛詩》云：「百堵皆興，鼛鼓弗勝」〔註610〕，「不」作「弗」。義謂：「雖鼛鼓之聲，也敵不過這建築聲音之大。」〔註611〕《說文》「不」字作「鳥飛上翔不下來。」段注：「甫九切。」〔註612〕引申作否定詞。馬宗霍《說文解字引經攷》曰：「今《詩》『不』作『弗』。『不』『弗』古通用。」〔註613〕《說文》弓部「弗」字作「矯也」〔註614〕與《詩》義不合。「不」，段注：「甫九切。」〔註615〕，非母，古歸幫母，二十四之部（段氏一部）。「弗」，段注：「分勿切」〔註616〕，非母，古歸幫母，七微部（段氏十五部）。是「不」、「弗」二字爲雙聲通用。《公羊傳》僖公二十六年：「其言至巂弗及何侈也」注：「弗者，不之深也。」〔註617〕又《論語・公冶長》子曰：「弗如也，吾與女弗如也。」邢昺疏：「弗者，不之深也。」〔註618〕是皆通用之證。「不」於《詩》爲本字，則「弗」爲借字耳。

七十三、鼘

《說文》五篇上鼓部「鼘」字下曰：「鼘鼘鼓聲也。从鼓，開聲。詩曰：鞀鼓鼘鼘。」段注：「烏元切。」〔註619〕

按：「鞀鼓鼘鼘」出自〈商頌・那〉。《毛詩》云：「鞉鼓淵淵」，〔註620〕「鞀」作「鞉」；「鼘」作「淵」，義謂：「鞉鼓的聲音，淵淵而深遠」〔註621〕。「鼘」《說文》作「鼘鼘鼓聲也」〔註622〕與《詩》義合。水部「淵」字作「回水也。」段注：「烏懸切。」〔註623〕與《詩》義不合也，又「鼘」、「淵」二字皆以「開」爲聲母音同，通用。「鼘」於《詩》爲本字，則「淵」爲假借字矣。

《說文》革部「鞀」字曰：「鞀遼也。从革，召聲。（鞉）鞀或从兆聲。「鞀

〔註610〕同註5，頁549。
〔註611〕同註6，頁446。
〔註612〕同註4，頁590。
〔註613〕同註9，頁388。
〔註614〕同註4，頁633。
〔註615〕同註4，頁590。
〔註616〕同註4，頁633。
〔註617〕《十三經注疏・公羊傳》（臺北：新文豊出版公司印行，民國67年再版），頁150。
〔註618〕《十三經注疏・論語》（臺北：新文豊出版公司印行，民國67年再版），頁43
〔註619〕同註4，頁208。
〔註620〕同註5，頁790。
〔註621〕同註6，頁596。
〔註622〕同註4，頁497。
〔註623〕同註4，頁555。

鞀或从鼓兆。磬籒文鞀从聲召。」段注：「徒刀切。」又曰：「遼者，謂遼遠必聞其聲也。」〔註 624〕《周禮・瞽矇》曰：「小師掌教鼓鼗」。注曰：『鼗如鼓而小，持其柄搖之，旁耳還自擊』。」〔註 625〕與《詩》義合。《毛傳》無訓，疏曰：「鞉鼓之聲，淵淵而和也。」孔穎達《正義》云：「鞉鼓樂所成者。鞉則鼓之小者」〔註 626〕。又「召」、「兆」同音，可通用。《禮記・月令》：「命樂師脩鞀鞞鼓。」《釋文》云：「鞀，本亦作鞉」，孔穎達《正義》曰：「鞀字或从兆下鼓。」〔註 627〕是「鼗」與「鞉」皆「鞀」之或體。

七十四、鼞

《說文》五篇上鼓部「鼞」字下曰：「鼓聲也。从鼓，堂聲。詩曰：擊鼓其鼞。」段注：「土郎切。」〔註 628〕

按：「擊鼓其鼞」出自〈邶風・擊鼓〉。《毛詩》云：「擊鼓其鏜」〔註 629〕，「鼞」作「鏜」。義謂：「鼓聲鏜鏜的響」。《毛傳》曰：「鏜然，擊鼓聲也」，訓與許說義同。《說文》金部「鏜」字作「鐘鼓之聲也。詩曰：擊鼓其鏜。」段玉裁曰：「許以其从金，故先之以鐘，曰鐘鼓之聲。」〔註 630〕又曰：「金部曰：鏜，鼓鐘聲也，鼓鐘謂擊鐘也。字金故曰鐘聲於鼓言鏜。」〔註 631〕「鏜」之本義爲鐘聲，與《詩》義不合。「鼞」「鏜」音同爲「土郎切」，可通用。「鼞」於《詩》爲本字，則「鏜」爲假借字。

七十五、饎

《說文》五篇下食部「饎」字下曰：「酒食也。从食，喜聲。詩曰：可以饙饎。（𩜴）饎或从配，（糦）饎或从米。」段注：「昌志切。」〔註 632〕

按：「可以饙饎」出自〈大雅、泂酌〉。《毛詩》云：「可以餴饎」〔註 633〕，「饙」

〔註 624〕同註 4，頁 109。
〔註 625〕同註 18，頁 357。
〔註 626〕同註 5，頁 790。
〔註 627〕同註 18，頁 315。
〔註 628〕同註 4，頁 208。
〔註 629〕同註 5，頁 80。
〔註 630〕同註 4，頁 717。
〔註 631〕同註 4，頁 208。
〔註 632〕同註 4，頁 222。
〔註 633〕同註 5，頁 622。

作「餴」。義謂：「行潦之水，可以蒸飯，可以爲酒食」〔註 634〕。《說文》食部「饙」字下曰：「脩飯也。，从食，賁聲。『饙』饙或从賁，『餴』饙或从奔。」〔註 635〕大徐本作「滫飯」，「滫」《說文》作「久泔也」〔註 636〕又水部「泔」字曰：「周謂潘曰泔。」〔註 637〕又水部「潘」字曰：「淅米汁也。」〔註 638〕蓋「久泔」，即「久浸於淅米汁也。」「滫飯」者，謂將淅米浸泡於水，再蒸米餾熟成飯。俗稱「蒸飯」也。《毛傳》曰：「餴、餾也。」釋文云：「『餴』又作『饙』字書云：一蒸米也。」孔穎達〈正義〉引《爾雅・釋言》曰：「饙餾稔也。〔註 639〕孫炎曰：『蒸之曰饙，均之曰餾。』郭璞云：『今呼餐音脩飯爲饙，饙熟爲餾。《說文》云：饙，一蒸米也。餾飯作氣流也，然則蒸米謂饙，饙必餾而熟之故言饙餾也』。」〔註 640〕《說文》饙作「滫飯」也，《毛傳》訓「餾」乃統言之，即蒸炊餾稔爲飯，與許說實同。「饙」，段注：「府文切」〔註 641〕。又曰：「賁从卉聲，賁奔亦从卉聲，十五部與十三部合音也」〔註 642〕。「賁」，段注：「彼義切」〔註 643〕，幫母，七微部（段氏十五部）；「奔」段注：「博昆切」〔註 644〕，幫母、九諄部（段氏十三部）。爲二字雙聲，又「諄文」與「脂微」、對轉，每多相通，此合於段氏十三、十五部合韻之說。據《說文》則「饙」爲「饙」之或體也。

七十六、飫（饫）

《說文》五篇下食部「饫」字下曰：「燕食也。从食，芺聲。詩曰：飲酒之饫。」段注：「依據切」〔註 645〕

按：「飲酒之饫」出自《小雅、常棣》。《毛詩》云：「儐爾籩豆，飲酒之飫」〔註 646〕，「饫」作「飫」《韓詩》作「醧」。義謂：「擺上你們的酒器，喝個痛痛快快吧。」

〔註 634〕同註 6，頁 487。
〔註 635〕同註 4，頁 220。
〔註 636〕同註 4，頁 567。
〔註 637〕同註 4，頁 567。
〔註 638〕同註 4，頁 566。
〔註 639〕同註 7，頁 38。
〔註 640〕同註 5，頁 622。
〔註 641〕同註 4，頁 221。
〔註 642〕同註 4，頁 221。
〔註 643〕同註 4，頁 282。
〔註 644〕同註 4，頁 499。
〔註 645〕同註 4，頁 223。
〔註 646〕同註 5，頁 322。

〔註 647〕《毛傳》曰：「飫、私也，不脫屨升堂，謂之飫」。《鄭箋》云：「私者，圖非常之事，若議大疑於堂，則有飫禮焉。」飫分私宴、與飫禮二種，鄭玄加以詳述。孔穎達〈正義〉曰：「王有大疑非常之事與宗族私議而圖之，其時則陳列爾王之籩豆爲飲酒之飫禮，以聚兄弟，宗族爲好焉。」〔註 648〕引《爾雅・釋言》云：「飫，私也。孫炎曰：『飫非公朝，私飫飲酒也』」〔註 649〕。蓋《毛傳》「飫」訓「私也」，即「宴私」，指王與兄弟間私下之宴飲，不作「飫禮」解，與許說訓「燕食也」，亦異。《文選・左思魏都賦》：「愔愔醧燕」。張載注引「《韓詩》曰：『飲酒之醧。』能飲者飲，不能飲者已，謂之醧」〔註 650〕。即飲酒之盡興也。《說文》酉部『醧』字下曰：「宴私飲也。」〔註 651〕，與《詩》義正合。「䬼」，段注：「依據切」〔註 652〕，影母，十九宵部（段氏二部）。「醧」，段注：「依據切」〔註 653〕，影母，十六侯部（段氏四部）。「䬼」、「醧」二字爲雙聲，又宵韻、侯韻古次旁轉，每多相通，可通用。「醧」於《詩》爲本字，則「䬼」爲假借字矣，又段玉裁以爲「䬼」，今字作「飫」〔註 654〕。

七十七、覃

《說文》五篇下㫗部「覃」字下曰：「長味也。从㫗，鹹省聲。詩曰：實覃實吁。」段注：「徒含切」〔註 655〕

按：「實覃實吁」出自〈大雅・生民〉《毛詩》云：「后稷呱矣，實覃實訏」〔註 656〕，「吁」作「訏」。義謂：「后稷呱呱之時，啼聲長而且大」。《毛傳》曰：「覃，長。訏，大」。《說文》「覃」訓長味也，以其从鹹省聲，故訓曰長味也，引伸之凡長皆曰「覃」。許說與毛傳相近也。然而《鄭箋》云：「覃謂始能坐也，訏謂張口嗚呼也，是時聲音則已大矣。」疏曰：「此說其長養之事，言后稷實以漸大，言差大於呱呱之時也」。又孔穎達《正義》引「《爾雅・釋言》云：『覃，延也』〔註 657〕，

〔註 647〕同註 6，頁 259。
〔註 648〕同註 5，頁 322。
〔註 649〕同註 7，頁 43。
〔註 650〕同註 174，頁 129。
〔註 651〕同註 4，頁 756。
〔註 652〕同註 4，頁 223。
〔註 653〕同註 4，頁 756。
〔註 654〕同註 4，頁 223。
〔註 655〕同註 4，頁 232。
〔註 656〕同註 5，頁 592。
〔註 657〕同註 7，頁 39。

延引是漸長之義，故爲長也」。據《毛傳》「覃」乃狀啼聲之「長且大」，非謂「漸長大」也。《毛詩》云：「后稷呱矣，實覃實訏，厥聲載路。」上文言「啼哭之聲音長而且大」，承接下文言「滿路之人無不聽到其啼聲也。」若訓「漸長大」則下文如何接「厥聲載路」？又《說文》二篇上口部「吁」字下曰：「驚也。」《說文》三篇上言部「訏」字下曰：「詭譌也。一曰訏謩，齊楚謂信曰訏。」〔註 658〕段注：「按信當作大也。」並引《爾雅・釋詁》曰：「訏，大也」〔註 659〕。又「吁」、「訏」二字，均爲「況于切」〔註 660〕。音同通用。段玉裁注曰：「訏謩，今字作吁嗟」〔註 661〕是「訏」於《詩》爲本字，「吁」爲借字。

七十八、來

《說文》五篇下來部「來」字下曰：「周所受瑞麥來麰也。二麥一夆，象其芒朿之形。天所來也，故為行來之來，詩曰：遺我來麰。」段注：「洛哀切。」〔註 662〕

按：「詒我來麰」出自〈周頌・思文〉。《毛詩》云：「貽我來牟」〔註 663〕，「詒」作「貽」；「麰」作「牟」。義謂：「你給我們小麥，又給我們大麥」〔註 664〕。《說文》「麰」字曰：「來麰，麥也」〔註 665〕。義謂「大麥」，乃細分其類，爲大麥小麥，許說泛稱，義實相同也。《毛傳》曰：「牟，麥率用也。釋文云：『牟』並如字，字書作『麰』，音同『牟』字」〔註 666〕。《孟子》云：麰，大麥也。《廣雅》云：麰，大麥也」〔註 667〕。孔穎達《正義》曰：：「孟子云：麰麥播種而櫌之，趙岐注云：麰麥，大麥也」〔註 668〕訓與許義合。《說文》二篇上牛部「牟」字下曰：「牛鳴也」〔註 669〕。訓與《詩》義不合。「麰」、「牟」同爲「莫浮切」〔註 670〕，音同通用。「麰」，於《詩》爲本字，「牟」爲借字耳。

〔註 658〕同註 4，頁 100。
〔註 659〕同註 7，頁 7。
〔註 660〕同註 4，頁 60。
〔註 661〕同註 4，頁 100。
〔註 662〕同註 4，頁 233。
〔註 663〕同註 5，頁 721。
〔註 664〕同註 6，頁 559。
〔註 665〕同註 4，頁 234。
〔註 666〕同註 5，頁 721。
〔註 667〕同註 5，頁 721。
〔註 668〕同註 5，頁 721。
〔註 669〕同註 4，頁 52。
〔註 670〕同註 4，頁 52。

又「詒」《毛詩》作「貽」。《說文》言部三篇上「詒」字下曰：「詒，相欺詒也，一曰遺也。」〔註671〕《毛傳》「貽」字闕如，〈鄭箋〉曰：「貽，遺」。《說文》無「貽」字。辵部「遺」字下曰：「亡也。」段氏曰：「遺，《廣韻》『失也，贈也。案皆遺亡引申之義也』。」〔註672〕是「詒」、「遺」作「贈也」皆引申之義。又「詒」，段注：「與之切」，喻母，古歸定母，二十四之部（段氏一部）。「遺」，段注：「以追切」，喻母，古歸定母，八沒部（段氏十五部）。「詒」、「遺」二字聲同，可通用。「詒」、「遺」二字，於《詩》不分本字與借字也。

七十九、𥝻

《說文》五篇下來部「𥝻」字下曰：「詩曰：不𥝻不來。从來，矣聲。（倈）𥝻或从彳」段注：「床史切。」〔註673〕

按：「不𥝻不來」，《詩》無此文，段玉裁以爲《爾雅》多釋《詩》、《書》，蓋〈召南・江有汜〉之《詩》，「不我以」古作「不我𥝻」。「𥝻」者，來之也。「不我𥝻」者，「不我來也」。《毛詩》云：「之子歸，不我以，不我以，其後也悔」〔註674〕，「𥝻」作「以」。義謂：「妳現在出嫁了，不待與我俱行，將來一定會後悔的。」《毛傳》曰：「嫡能自悔也」。《鄭箋》云：「以猶與也」。孔穎達〈疏〉云：「言是子嫡妻往歸之時，不共我以俱行，由不與我俱去，故其後也悔。」〔註675〕《爾雅・釋訓》曰：「不俟，不來也」。郭璞注云：「不可待是不復來」。邢昺〈疏〉云：「不俟，不來也」。釋文曰：「俟，待也，既云不待，是不來也」〔註676〕。《玉篇》來部「𥝻」字下曰：「竢也」〔註677〕，訓與《詩》義合。《說文》人部「以」字作「用也」〔註678〕，與《詩》義不合。又「𥝻」，段注：「床史切」〔註679〕，床母，古歸從母，二十四之部（段注一部）。「以」，「羊止切」〔註680〕喻母，古歸定母，二十四之部（段注一部）。是「𥝻」、「以」二字韻同通用。「𥝻」於《詩》爲本字，則「以」爲借字。

〔註671〕同註4，頁97。
〔註672〕同註4，頁74。
〔註673〕同註4，頁234。
〔註674〕同註5，頁65。
〔註675〕同註5，頁65。
〔註676〕同註7，頁59。
〔註677〕同註10，頁223。
〔註678〕同註4，頁752。
〔註679〕同註4，頁234。
〔註680〕同註4，頁752。

八十、憂

《說文》五篇下夂部「憂」字下曰：「和之行也。从夊，𢚧聲。詩曰：布政憂憂。」段注：「於求切」〔註 681〕。

按：「布政憂憂」出自〈商頌・長發〉。《毛詩》云：「敷政優優」，〔註 682〕「布」作「敷」；「憂」作「優」。義謂「湯王推行政令，從容祥和，不苛急，不暴虐。」〔註 683〕《毛傳》曰：「優優，和也」。孔穎達〈疏〉曰：「得其中，敷陳政教，則優優而和美」〔註 684〕。《說文》「憂」字作「和之行也」。蓋「憂憂」，即從容祥和貌，與《詩》義合。《說文》八篇上人部「優」作「饒也。一曰倡也。」〔註 685〕與《詩》義不合。又「憂」、「優」，段注同爲「於求切」〔註 686〕可通用。「憂」於《詩》爲本字，「優」爲借字耳。

又「布」《毛詩》作「敷」。《說文》七篇下巾部「布」字作「枲織也」段注：「博故切」〔註 687〕，無「推行」意，與《詩》義不合。《說文》三篇下攴部「敷」字作「㰣也」，段注：「㰣，今字作施」〔註 688〕，「敷政」即「施政」也，與《詩》義正合。又「敷」，段注：「芳無切」，滂母，十三魚部（段氏五部）。「布」，段注：「博故切」，幫母，十三魚部（段氏五部）。是「敷」「布」二字，韻同，通用。「敷」，於《詩》爲本字，「布」爲借字矣。

八十一、竷

《說文》五篇下夂部「竷」字下曰：「繇也，舞也。从夊、从章、樂有章也，夅聲。詩曰：竷竷鼓我。」段注：「苦感切」。又曰：「繇當作䚻，䚻、徒歌也。上「也」字衍，謠舞者，謠且舞也。」〔註 689〕

按：徐鉉本作「竷竷舞我」出自〈小雅・代木〉，段玉裁云：「依《韻會》訂，士部引「壿壿舞我」則此當同《詩》，作鼓矣」〔註 690〕。《毛詩》云：「坎坎鼓我，

〔註 681〕同註 4，頁 235。
〔註 682〕同註 5，頁 802。
〔註 683〕同註 6，頁 601。
〔註 684〕同註 5，頁 802。
〔註 685〕同註 4，頁 379。
〔註 686〕同註 4，頁 379。
〔註 687〕同註 4，頁 365。
〔註 688〕同註 4，頁 124。
〔註 689〕同註 4，頁 235。
〔註 690〕同註 4，頁 235。

蹲蹲舞我」〔註 691〕「竷」作「坎」，義謂：「我坎坎而鼓，我蹲蹲而舞」。馬盈持註釋《詩經今註今釋》謂：「王靜芝先生《詩經通釋》謂：「『坎坎鼓我，蹲蹲舞我』句，要顛倒來講，即『坎坎我鼓，蹲蹲我舞』。」〔註 692〕，《毛傳》「坎」字無訓。其已見於〈陳風・宛丘〉：「坎其擊鼓」下，《毛傳》曰：「坎坎，擊鼓聲。」〔註 693〕《鄭箋》云：「爲我擊鼓坎坎然，爲我興舞蹲蹲然，謂以樂樂己。」又釋文曰：「『坎』如字《說文》作『竷』，音同，云舞曲也。」〔註 694〕今本已奪「曲」字。《說文》「竷」作「繇也，舞也，樂有章也。」〔註 695〕蓋「樂有章」，須以鼓聲爲之節奏也。是《說文》與《詩》義實合。《爾雅・釋訓》云：「坎坎蹲蹲，喜也。」釋曰：「皆鼓舞懽喜也。」〔註 696〕歸其恉趣亦與許說相同。《說文》十三篇下土部「坎」字下曰：「陷也」〔註 697〕。不作「擊鼓聲」，與《詩》恉不合。「坎」、「竷」二字，段注同爲「苦感切」音同，通用。《集韻》四十八感「竷」下曰：「通作坎」〔註 698〕，是亦通用之證也。「竷」於《詩》爲本字，「坎」爲借字耳。

八十二、夃

《說文》五篇下夊部「夃」字下曰：「秦以市買多得為夃。从乃从夊，益至也。詩曰：我夃酌彼金罍。」段氏注：「古乎切」〔註 699〕

按：「我夃酌彼金罍」出自〈周南・卷耳〉。《毛詩》云：「我馬虺隤，我姑酌彼金罍」〔註 700〕，「夃」作「姑」。義謂：「我馬疲而又病，不得已，借酒消愁，滿酌金罍的酒，飲盡它」〔註 701〕。《毛傳》曰：「姑，且也。」〔註 702〕《說文》「夃」字本義爲「市買多得，益至也」〔註 703〕。又皿部「盁」字作「饒也」〔註 704〕，

〔註 691〕同註 5，頁 329。
〔註 692〕同註 6，頁 262。
〔註 693〕同註 5，頁 250。
〔註 694〕同註 5，頁 329。
〔註 695〕同註 4，頁 235。
〔註 696〕同註 7，頁 56。
〔註 697〕同註 4，頁 695。
〔註 698〕同註 126，頁 444。
〔註 699〕同註 4，頁 239
〔註 700〕同註 5，頁 33。
〔註 701〕同註 6，頁 8。
〔註 702〕同註 5，頁 33。
〔註 703〕同註 4，頁 239
〔註 704〕同註 4，頁 214。

通水部「溢」作「器滿也」〔註 705〕。又「盈」作「滿器也」〔註 706〕，蓋「夃」有「滿」意，與《詩》義合。段玉裁云：「《玉篇》曰：『夃今作沽』，引《論語》『求善價而夃諸。』未審其所本之《論語》」〔註 707〕。筆者以爲；《說文》「夃」作「秦以市買多得，益至也」，與「賈」字義同。《說文》六篇下貝部「賈」字下曰：「市也。一曰坐賣售也。」段注：「市，賣售所之也，因之凡買凡賣皆曰市。賈者，凡買賣之稱也，《漢石經・論語》曰：『求善賈而賈諸。』今《論語》作『沽』者，假借字也」〔註 708〕。「沽」《說文》作「沽水，出漁陽塞外東入海」〔註 709〕，本義爲水名，與《詩》恉不合。《說文》十二篇下女部「姑」字作「夫母也」〔註 710〕，亦與《詩》義不合。「夃」，段注：「古乎切」〔註 711〕，見母，十三魚部（段氏五部）。「賈」段注：「公戶切」〔註 712〕，見母，十三魚部（段氏五部）。「沽」「姑」，段注同爲「古胡切」〔註 713〕「夃」、「賈」、「沽」、「姑」四字音同，通用。「夃」於《詩》爲本字，則「姑」爲假借字矣。

八十三、樣

《說文》六篇上木部「樣」字下曰：「羅也。从木，豙聲。詩曰：隰有樹樣。」段注：「徐醉切」〔註 714〕

按：「隰有樹樣」出自〈秦風・晨風〉。《毛詩》云：「隰有樹檖」〔註 715〕，「樣」作「檖」。義謂：「隰地有赤羅」〔註 716〕。《毛傳》曰：「檖、赤羅也」。孔穎達《正義》引「《爾雅・釋木》云：『檖，赤羅』。」〔註 717〕《爾雅・釋木》曰：「檖，蘿也。」〔註 718〕無「赤」字，或孔氏據《毛傳》而增。段玉裁以爲「蘿」爲「羅」之誤，引郭璞注云：『今楊檖也。實似梨，小酢，可食。』陸機《疏》云：「檖，

〔註 705〕同註 4，頁 568。
〔註 706〕同註 4，頁 214。
〔註 707〕同註 4，頁 239。
〔註 708〕同註 4，頁 284。
〔註 709〕同註 4，頁 546。
〔註 710〕同註 4，頁 621。
〔註 711〕同註 4，頁 239。
〔註 712〕同註 4，頁 546。
〔註 713〕同註 4，頁 621。
〔註 714〕同註 4，頁 246。
〔註 715〕同註 5，頁 244。
〔註 716〕同註 6，頁 206。
〔註 717〕同註 5，頁 244。
〔註 718〕同註 7，頁 159。

一名赤蘿，一名山梨也，今人謂之楊檖，實如梨，但小耳，今人亦種之，極有脆美者，亦如梨之美者。」〔註719〕是《爾雅》亦作「檖」。《說文》無「檖」字，「檖」从「遂」聲。「樣」、「遂」，段注同爲「徐醉切」〔註720〕，可通用也。是「樣」爲正字，「檖」爲或體也。黃永武《許慎之經學》云：「陳喬樅曰：『據《說文》則『樣』爲正字，作『檖』者或體，《毛詩》作『遂』，古文渻借字。』陳氏謂《毛詩》作「遂」者，乃《詩》釋文所引或作之本。然《說文》無『檖』字，當以『樣』爲正字」〔註721〕。洵不誣也。（注：《許慎之經學》誤書作，「當以『檖』爲正字」，今訂正爲『樣』字。）

八十四、枖

《說文》六篇上木部「枖」字下曰：「木少盛皃。从木，夭聲。詩曰：桃之枖枖」。段注：「於喬切」〔註722〕

按：「桃之枖枖」出自〈周南・桃夭〉。《說文》於女部「妖」字下亦引《詩》作「桃之妖妖」〔註723〕《毛詩》云：「「桃之夭夭」〔註724〕，「枖」作「夭」。義謂：「桃樹長得是那樣的旺盛」〔註725〕。《毛傳》曰：「夭夭、其少壯也。」孔穎達〈疏〉曰：『毛以爲少壯之桃，夭夭然。』《正義》曰：『夭夭言桃之少。』是《毛傳》訓與許說義相合。《說文》「夭」作「屈也」段注：「於兆切」。〔註726〕又曰：「夭，此皆謂物初長可觀也，物初長者，尙屈而未申」〔註727〕。是「夭」不作「少壯之桃也」。又《說文》女部「媄」字作「巧也。女子笑皃」〔註728〕，與《詩》義不合。「枖」，段注：「於喬切」〔註729〕，影母，十九宵部（段氏二部）。「夭」，段注：「於兆切」〔註730〕，影母，十九宵部（段氏二部）。「妖」，段注：「於喬切」〔註731〕，與「枖」同音。是「枖」、「妖」、「夭」

〔註719〕同註7，頁159。
〔註720〕同註4，頁74。。
〔註721〕黃永武撰：《許慎之經學》（臺北：中華書局印行，民國65年出初版），頁304。
〔註722〕同註4，頁252。
〔註723〕同註4，頁628。
〔註724〕同註5，頁37。
〔註725〕同註6，頁12。
〔註726〕同註4，頁498。
〔註727〕同註4，頁498。
〔註728〕同註4，頁628。
〔註729〕同註4，頁252。
〔註730〕同註4，頁498。
〔註731〕同註4，頁628。

三字音同，通用。「枖」於《詩》爲本字，則「夭」與「妖」皆爲假借字矣。

八十五、槮

《說文》六篇上禾部「槮」字下曰：「長木皃。从木，參聲。詩曰：槮差荇菜。」段注：「所今切。」〔註 732〕

按：「槮差荇菜」出自〈周南．關雎〉。《毛詩》云：「參差荇菜」〔註 733〕，「槮」作「參」。義謂：「那參差不齊的荇菜」〔註 734〕。「參差」二字，《毛傳》與《鄭箋》皆無訓。孔穎達《正義》曰：「參差然，不齊之荇菜」〔註 735〕。朱熹《詩集傳》曰：「參差，長短不齊之皃」〔註 736〕。《說文》五篇上工部「差」字下曰：「差、貳也，左右不相値也。籀文从二」〔註 737〕。二者岐出，乖異之意。《廣韻》支韻「差」字下謂：「次也，不齊等也」〔註 738〕。則「差」有短義。「槮差」連文，謂木有長短，不相當耳。《說文》七篇上晶部「參」字下曰：「商星也」〔註 739〕，爲星名，無「長貌」與《詩》義不合。是「槮」、「參」二字，段注同爲「所今切」音同，可通用也。《說文》引《詩》作「槮」於《詩》爲本字，今《毛詩》作「參」爲假借字矣。

八十六、韡

《說文》六篇下韋部「韡」字下曰：「盛也。从韋，華聲。詩曰：咢不韡韡。」段注：「于鬼切。」〔註 740〕

按：「咢不韡韡」出自〈小雅．常棣〉。《毛詩》云：「常棣之花，鄂不韡韡」〔註 741〕，「咢」作「鄂」。義謂：「常棣的花，花萼相承，多麼光澤鮮艷啊!」〔註 742〕。《說文》艸部無「萼」字，又口部，「咢」字下曰：「譁訟也。」段注：「五各切」

〔註 732〕同註 4，頁 253。
〔註 733〕同註 5，頁 21。
〔註 734〕同註 6，頁 7。
〔註 735〕同註 5，頁 21。
〔註 736〕同註 118，頁 2。
〔註 737〕同註 4，頁 202。
〔註 738〕同註 11，頁 48。
〔註 739〕同註 4，頁 316。
〔註 740〕同註 4，頁 277。
〔註 741〕同註 5，頁 321。
〔註 742〕同註 6，頁 257。

〔註 743〕。是「咢」不作花蕚也。《毛傳》曰：「鄂猶鄂鄂然，言外發也。」〔註 744〕。《鄭箋》云「承華者曰鄂，不當作柎，柎鄂，足也。」〔註 745〕。孔穎達〈疏〉曰：「毛以爲常棣之木華鄂鄂然，外發之時豈不韡韡而光明乎。」又《正義》曰：「以鄂文承華下，故爲承華曰鄂也」〔註 746〕。孔氏之義「鄂」指花蕚也。段玉裁謂：「咢各本作蕚，俗字也，今正。」又曰：「今《詩》作鄂亦非也」〔註 747〕。筆者以爲「蕚」非「咢」之俗字，「咢」作「譁訟也」。又《玉篇》艸部「蘁」字下曰：「花蘁也。武各切」〔註 748〕。「蘁」、「蕚」同字也。指花瓣之外部之物，叫「花外被」，呈綠色，故从草也。與《詩》義合。《毛詩》作「鄂」，《說文》邑部「鄂」字下曰：「江夏縣。」段注：「五各切」〔註 749〕。爲「縣邑」之名，與《詩》義不合。又「蘁」、「咢」、「鄂」均爲「五各切」〔註 750〕音同，通用。「蘁」於《詩》爲本字，則「咢」與「鄂」皆爲假借字耳。

八十七、壼

《說文》六篇下囗部「𡈼」字下曰：「宮中道，从囗，象宮垣道上之形，詩曰：室家之𡈼。」段注：「苦本切」。〔註 751〕

按：「室家之𡈼」出自〈大雅・即醉〉。《毛詩》云：「其類爲何？室家之壼」〔註 752〕義謂：「福善是甚麼呢？就是使你的室家能夠親睦與整齊」〔註 753〕。《毛傳》曰：「壼，廣也」〔註 754〕，象宮中道之廣也，與許義相足也。《鄭箋》曰：「壼之言梱也，室家先以相梱致，已乃及於天下。」〔註 755〕梱致之「梱」本義作誠至，引申作親睦也。孔穎達〈疏〉申《傳》曰：「天予王以善道者，維是云何乎？正謂以此善道施於室家之內，以此室家之善，廣及於天下」〔註 756〕。

〔註 743〕同註 4，頁 63。
〔註 744〕同註 5，頁 321。
〔註 745〕同註 5，頁 321。
〔註 746〕同註 5，頁 321。
〔註 747〕同註 4，頁 253。
〔註 748〕同註 10，頁 198。
〔註 749〕同註 4，頁 295。
〔註 750〕同註 4，頁 63。
〔註 751〕同註 4，頁 280。
〔註 752〕同註 5，頁 606。
〔註 753〕同註 6，頁 479。
〔註 754〕同註 5，頁 606。
〔註 755〕同註 5，頁 606。
〔註 756〕同註 5，頁 606。

《說文》「𡦹」作「宮中道也」，林尹先生將該字列為「增體象形字，『𠁣』像宮闕，「╪」像道。楷書作『壼』」〔註 757〕。馬宗霍《說文解字引經考》曰：「『𡦹』為小篆，承經典隸變為『壼』」〔註 758〕。由「宮中道」之整齊廣大，引申而有「整齊」之義，與《詩》義合。《說文》十篇下心部「悃」字下曰：「梱愊也。」〔註 759〕又心部、「愊」字下曰：「誠至也」〔註 760〕。而非專指「室家」而言，與《詩》義略異。又「𡦹」、「悃」段注同作「苦本切」〔註 761〕，溪母，九諄部（段氏十三部）。是「壼」、「悃」二字音同，可通用。「𡦹」隸變作「壼」。

八十八、邰

《說文》六篇下邑部「邰」字下曰：「炎帝之後，姜姓所封，周，棄外家國。从邑，台聲，右扶風斄縣是也。詩曰：有邰室家。」段注：「土來切」〔註 762〕。

按：「有邰家室」出自〈大雅・生民〉《毛詩》云：「即有邰家室」〔註 763〕多一「即」字。段玉裁注云：「高誘注《呂覽辨土》引『實穎實栗，有邰室家』亦無『即』。宋本《說文》無『即』字與《九經》字樣所引合，一本有者非也。」〔註 764〕。《史記・周本記》第四，〈索隱〉曰：「即《詩・生民》曰：『有邰室家』是也」〔註 765〕，亦無「即」字。《毛傳》曰：「邰、姜嫄之國也，堯見天因邰而生后稷，故國后稷於邰，命使事天以顯神，順天命耳」〔註 766〕。《詩》云：「實穎實栗，即有邰室家。」義謂：「后稷對於農業有專長，種出的農作物，結實豐碩，頗得帝器重而任為農官，封之於邰。后稷在邰地成其家室」。《說文》訓「邰」字，與《詩》義合也，至於《毛詩》增一「即」字，於《詩》義無差矣。

八十九、郃

《說文》六篇下邑部「郃」字下曰：「左馮翊郃陽縣也。从邑，合聲。詩曰：

〔註 757〕林尹編著：《文字學概說》(臺北：正中書局，民國 86 年 11 月第 23 次印行)，頁 84。
〔註 758〕同註 9，頁 481
〔註 759〕同註 4，頁 508。
〔註 760〕同註 4，頁 508。
〔註 761〕同註 4，頁 508。
〔註 762〕同註 4，頁 287。
〔註 763〕同註 5，頁 593。
〔註 764〕同註 4，頁 287。
〔註 765〕〔日〕瀧川龜太郎著：《史記會注考證》(民國 64 年 2 月 4 版)，頁 64。
〔註 766〕同註 5，頁 593。

在郃之陽。」段注:「侯閤切。」〔註 767〕

按:「在郃之陽」出自〈大雅・大明〉。《毛詩》云:「在洽之陽」,〔註 768〕「郃」作「洽」。義謂「在洽水之北。」〔註 769〕《毛傳》曰:「洽,水也。」釋文曰:「洽,戶夾反,一音庚合反,案:馮翊有郃陽縣。應邵云:在郃水之陽。」〔註 770〕許氏以爲「郃」在「左馮翊郃陽縣也」,爲縣名。《說文》六篇下水部「洽」字下曰:「霑也。」段注:「侯夾切」〔註 771〕亦不作水名,與《詩》恉不合。又口部「合」字下曰:「亼口也。」段注:「侯閤切。」又曰:「三口相同是爲合,十口相傳是爲古,引申爲凡會合之稱」〔註 772〕。《爾雅・釋詁》曰:「『郃』,會合也」〔註 773〕。是「合」亦不作水名。段玉裁曰:「今《詩》『郃』作『洽』,《水經注》引亦作『郃』,按:〈魏世家〉文侯時西攻秦,築雒陰合陽,字作『合』,蓋合者,水名,《毛詩》本作『在合之陽』,故許引以說會意,秦漢間乃製『郃』字耳,今人詩作『洽』者,後人意加水旁,許引《詩》作『郃』者,後人所改」〔註 774〕。馬宗霍云:「如段氏之說,則是地以水得名,故加邑作「郃」,非水以地得名也。然專字不必皆起秦漢,此《詩》,許與毛異字,許自稱三家耳。」〔註 775〕是馬氏之說得《詩》之恉耳。

九十、晤

《說文》七篇上日部「晤」字下曰:「明也。从日,吾聲。詩曰:晤辟有摽。」段氏:「五故切」。〔註 776〕

按:「晤辟有摽」出自〈北風・柏舟〉。《毛詩》云:「寤辟有摽」〔註 777〕,「晤」作「寤」。義謂:「睡臥難安,只有椎胸拊心而已。」〔註 778〕《說文》「晤」作「明也」,而無醒覺之義。《說文》七篇下㝱部「寤」字下曰:「寐覺而有言曰寤,一

〔註 767〕同註 4,頁 289。
〔註 768〕同註 5,頁 541。
〔註 769〕同註 6,頁 441。
〔註 770〕同註 5,頁 541。
〔註 771〕同註 4,頁 564。
〔註 772〕同註 4,頁 225。
〔註 773〕同註 7,頁 09。
〔註 774〕同註 4,頁 289。
〔註 775〕同註 9,頁 421
〔註 776〕同註 4,頁 306。
〔註 777〕同註 5,頁 75。
〔註 778〕同註 6,頁 40。

曰晝見而夜瘳也。」〔註 779〕訓與《詩》義吻合。《毛傳》「寤」字，無訓。孔穎達《正義》曰：「寤覺之中，拊心而摽然。」〔註 780〕〈周南・關雎〉云：「寤寐求之」，《毛傳》曰：「寤，覺也。」〔註 781〕訓與《說文》「寤」字義合。「寤辟有摽」，上章云：「耿耿不寐，如有隱憂」，下章云：「心之憂矣，如匪澣衣」〔註 782〕，皆言憂心而睡臥難安，顯然作「寤，覺也」為本義。黃永武於「晤」字引「王先謙曰：『魯、齊寤作晤，云晤、明也。』王氏謂晤為魯、齊之文者，所據唯《說文》「晤」下引詩，及毛、韓皆不作晤之孤證，今考諸書皆無晤辟連文者，釋文又不云《說文》有異文者」〔註 783〕，又曰：「許君全書通例，皆舍正字而引假借字者，疑許書本作『讀若寤辟有摽』，傳寫奪去『讀若』二字，後人以為引詩在晤下，依篆改為『晤辟有標』耳，未必三家原有作晤之本也」〔註 784〕，黃氏之說誠然也。「晤」、「寤」二字段氏同作「五故切」，音同通用。故許氏引《詩》以證字音也。「寤」於《詩》為本字，「晤」為借字矣。

九十一、昌

《說文》七篇上日部「昌」字下曰：「美言也。从日，从曰。一曰日光也。詩曰：東方昌矣。」段注：「尺良切」。〔註 785〕

按：「東方昌矣」《毛詩》無此文，段玉裁引〈齊風・雞鳴〉作「東方明矣，朝既昌矣」〔註 786〕，以為許并二句為一句，《毛傳》曰：「東方明，則夫人纚笄而朝，朝已昌盛，則君聽朝。」鄭箋云：『東方明，朝既昌，亦夫人也，君也，可以朝之，常禮，君日出而視朝。』據《毛傳》：「昌」作昌盛，指臣下們皆到齊。故段玉裁云：「朝已昌盛，與美言之義相應。」〔註 787〕馬宗霍亦以為「東方昌矣」乃「東方明矣」之異文，蓋段氏以為許并二句為一句，誠哉斯言。

九十二、旝

《說文》七篇上㫃部「旝」字下曰：「旌旗也。一曰建大木置石其上，發以機

〔註 779〕同註 4，頁 351。
〔註 780〕同註 5，頁 75。
〔註 781〕同註 5，頁 21。
〔註 782〕同註 5，頁 75。
〔註 783〕同註 40，頁 354。
〔註 784〕同註 40，頁 354。
〔註 785〕同註 4，頁 309。
〔註 786〕同註 5，頁 188。
〔註 787〕同註 4，頁 309。

以旝敵。从㫃，會聲。詩曰：其旝如林。」段注：「古會切」〔註788〕。

按：「其旝如林」出自〈大雅‧大明〉。《毛詩》云：「殷商之旅，其會如林」〔註789〕，「旝」作「會」。義謂：「殷商的軍隊，旌旗之眾，如密排的樹林一樣」〔註790〕。《毛傳》「會」字，無訓。《鄭箋》云：「殷盛合其兵眾」〔註791〕。依《詩》之文義研判，「如林者」，乃形容旌旗之多，亦謂兵眾之盛也。朱駿聲《說文通訓定聲》泰部第十三「會」字曰：「會，合也。假借為「旝」，《說文》引《詩》曰：『其旝如林』。《後漢書‧馬融傳》曰：『旃旝摻其如林』。」〔註792〕又於「旝」字下曰：「旃也」〔註793〕。《說文》方部「旃」字作「旗曲柄也。」〔註794〕《說文》「旝」从㫃。㫃者，旌旗之游，㫃蹇之貌。蓋「旝」當亦旌旗之類，則師旅之盛可知。《說文》五篇下亼部「會」字作「合也，曾益也。」〔註795〕，與《詩》義不合。又「旝」，段注：「古會切」〔註796〕，見母，二月部（段氏十五部）。「會」段注「黃外切」〔註797〕。匣母，二月部（段氏十五部）。見匣同為淺喉音，二字韻亦同，可通用。「旝」於《詩》為本字，則「會」為假借字耳。

九十三、稙

《說文》七篇上禾部「稙」字下曰：「早穜也。从禾，直聲。詩曰：稙稚尗麥。」段注：「常職切」〔註798〕。

按：「稙稚尗麥」出自〈魯頌‧閟宮〉。「稚」《毛詩》作「穉」，「尗」《毛詩》作「菽」。云：「稙穉菽麥」〔註799〕，義謂：「后稷善於播種，有稙穉豆麥」〔註800〕《說文》無「稚」字。段玉裁注云：「郭景純《方言》曰：『穉古稚字，是則晉人皆作『稚』，故穉、稚為古今字。寫《說文》者用今字，因襲之耳』」〔註801〕。《說

〔註788〕同註4，頁313。
〔註789〕同註5，頁543。
〔註790〕同註6，頁439。
〔註791〕同註5，頁543。
〔註792〕同註138，頁678。
〔註793〕同註138，頁679。
〔註794〕同註4，頁313。
〔註795〕同註4，頁225。
〔註796〕同註4，頁313。
〔註797〕同註4，頁225。
〔註798〕同註4，頁324。
〔註799〕同註5，頁776。
〔註800〕同註6，頁588。
〔註801〕同註4，頁324。

文》七篇上禾部「稺」字下曰：「幼禾也。」段注：「直利切」〔註802〕《毛傳》曰：「先種曰稙，後種曰稺。」〔註803〕釋文曰：「稺音雉，韓詩曰：『長稼也』稺音稚，韓詩云：『幼稺也』。菽音叔，大豆也」。孔穎達〈疏〉曰：先種之稙，後種之稺，及菽與麥，下此眾穀，令稷種之。」「後種者」，爲幼來也，《毛傳》訓與許說義實相合。《廣韻》至韻「稚」字下曰：「幼、稚、亦小也，晚也。直利切」〔註804〕。「稺」、「稚」，同爲「直利切」，《說文》無「稚」字，則「稺」爲古字，「稚」爲今字耳。

又「尗」《毛詩》作「菽」，承培元曰：「『尗』今俗作『菽』，鄦（即許字）書無，古止作『尗』，豆也，象形字。又部「叔」，拾也，今『尗』字不復見。經傳以「叔」爲伯叔字，別加艸于『叔』上，爲豆稱，失鄦義矣。」〔註805〕《說文》七篇下尗部「尗」字下曰：「豆也。尗，象豆之形也」〔註806〕，與《詩》義合。《說文》三篇下又部「叔」字作「拾也」〔註807〕，無「豆」之義也。《廣韻》一屋韻「菽」字下曰：「同尗，豆也。式竹切」〔註808〕。「尗」，段注：「式竹切」〔註809〕，審母，古歸透母，二十二覺部（段氏三部）。「尗」、「菽」二字音義全同。「尗」爲古字，則「菽」爲今字矣。《說文》五篇上豆部「豆」字作「古食肉器也。」〔註810〕不作「豆麥」之「豆」也。又「豆」，段注：「徒侯切」，定母，十六侯部（段氏四部）。「尗」、「豆」爲同位雙聲，幽侯古韻旁轉，每多相通，可通用。是「尗」廢而「豆」行，段玉裁云：「尗豆古今語，亦古今字，此以漢時語釋古語也，《戰國策》：『韓地五穀所生，非麥而豆。《史記》『豆』作『菽』。』又云：「『尗』今字作『菽』」〔註811〕。是「尗」爲古字，「菽」爲今字耳。又今假「豆」爲「尗」。

九十四、稑

《說文》七篇上禾部「稑」字下曰：「疾熟也。从禾，坴聲。詩曰：黍稷種稑。

〔註802〕同註4，頁324。
〔註803〕同註5，頁776。
〔註804〕同註11，頁353。
〔註805〕〔清〕承培元譔：《說文引經證例》，（上海古籍出版社，1995年出版），頁641。
〔註806〕同註4，頁339。
〔註807〕同註4，頁117。
〔註808〕同註11，頁456。
〔註809〕同註4，頁339。
〔註810〕同註4，頁208。
〔註811〕同註4，頁339。

稑或从翏」段注：「力竹切」〔註812〕。

按：「黍稷種稑」出自〈豳風・七月〉〔註813〕及〈魯頌・閟宮〉〔註814〕。《毛詩》云：「黍稷重穋」〔註815〕，「種」作「重」；「稑」作「穋」。義謂：「禾稼中的黍啊，稷啊，有先種而後熟的，有後種而先熟的」。《說文》「稑」作「疾熟也。」即後種而先熟者。《毛傳》曰：「先熟曰穋」〔註816〕，是毛、許之義合。釋文曰：「重，直容反，注同先種後熟曰重，又作種，音同，《說文》云：禾邊作重是重穋之字，禾邊作童是穜蓺，今人亂之已久。穋音六，本又作稑，或从翏，後種先熟曰稑」〔註817〕。孔穎達《正義》云：「後熟者先種之，先熟者後種之。故〈天官・內宰〉鄭司農云：『先種後熟謂之重，後種先熟謂之穋』。」〔註818〕又「坴」，段注：「力竹切」〔註819〕，來母，二十二覺部（段氏三部）。「翏」，段注：「力救切」〔註820〕，來母，二十一幽部（段氏三部）。是「翏」、「坴」音同，通用。「稑」爲正字，「穋」爲或體耳。又《說文》「種」字作「先穜後熟也。」〔註821〕。《毛傳》曰：「後熟曰重。」少「先穜」二字，與《說文》義實相同也。《說文》「重」字作「厚也」〔註822〕。無「後熟」之義，訓與《詩》義不合。又「重」，段注：「柱用切」〔註823〕，澄母，古歸定母，十八東部（段氏九部）。「種」，段注：「直容切」〔註824〕，澄母，古歸定母，十八東部（段氏九部）。是「重」、「種」二字，音同通用。「種」於《詩》爲本字，則「重」爲假借字矣。

九十五、穎

《說文》七篇上禾部「穎」字下曰：「禾末也。从禾，頃聲。詩曰：禾穎穟穟。」段注：「余頃切」〔註825〕。

〔註812〕同註4，頁324。
〔註813〕同註4，頁284。
〔註814〕同註6，頁588。
〔註815〕同註5，頁776。
〔註816〕同註5，頁776。
〔註817〕同註5，頁776。
〔註818〕同註5，頁287。
〔註819〕同註4，頁690。
〔註820〕同註4，頁141。
〔註821〕同註4，頁324。
〔註822〕同註4，頁392。
〔註823〕同註4，頁392。
〔註824〕同註4，頁324。
〔註825〕同註4，頁326。

按：「禾穎穟穟」出自〈大雅・生民〉。《毛詩》云：「禾役穟穟」〔註 826〕，「穎」作「役」。義謂：「禾之芒穗很是美好。」《說文》「穎」字下訓「禾末」也，即「禾之芒也」。是《說文》與《詩》義合。《毛傳》曰：「役，列也。」與許說異，孔穎達《疏》云：「禾則使有行列，其苗則穟穟然美好。」段玉裁曰：「役者穎之假借字，古支耕合韻之理也。『列』者『栵』之假者，禾穠也，此『穎』通『穠』言之。」〔註 827〕段氏對許說「穎」訓「禾末」，而《毛傳》作「役」訓「列」也。二者之間差異甚大，而圓其說也，而謂「役」訓「列也」，「列」又爲「栵」之假借字，「栵」訓「禾穠」，「穠」《說文》作「黍栵已治者」，段玉裁曰：「穠者，莖在皮中。」〔註 828〕與「穎」作「禾末也」，義不盡同。段氏釋義，迂迴曲折，或過牽強。《說文》三篇下殳部「役」字下曰：「戍也」〔註 829〕。訓與《詩》義不合。黃永武《許慎之經學》云：「王先謙曰：『三家役作穎』。」〔註 830〕又云：「龔自珍曰：『穎與役大異，足見詩不專稱毛，凡同義異文，可云假借，此實異義，非假借，乃經師各家耳』。《說文段注札記》按龔說是也，此乃字義皆從三家之例」〔註 831〕。「役」，段注：「營隻切」，喻母，古歸定母，十一錫部（段氏十六部）。「穎」，段注：「余頃切」〔註 832〕，喻母，古董歸定母，十二耕部（段氏十一部）。是「穎」、「役」二字，爲雙聲，又耕韻與支韻爲陰陽對轉，可通用。《說文》引《詩》作「穎」，訓禾末也，合於《詩》義，爲三家詩文。「穎」於《詩》爲本字，則「役」爲借字也。

九十六、秠

《說文》七篇上禾部「秠」字下曰：「一稃二米。从禾，丕聲。詩曰：誕降嘉穀，惟秬惟秠。天賜后稷之嘉穀也。」段注：「匹几切」〔註 833〕。

按：「誕降嘉穀，惟秬惟秠」出自〈大雅・生民〉。《毛詩》曰：「誕降嘉種，惟秬惟秠」〔註 834〕，「穀」作「種」。義謂：「上天降賜后稷以很好的種子，有黑黍，

〔註 826〕同註 5，頁 592。
〔註 827〕同註 4，頁 326。
〔註 828〕同註 4，頁 329。
〔註 829〕同註 4，頁 121。
〔註 830〕同註 29，頁 359。
〔註 831〕同註 29，頁 360。
〔註 832〕同註 4，頁 326。
〔註 833〕同註 4，頁 327。
〔註 834〕同註 5，頁 593。

有稃米」。《毛傳》曰：「秬，黑黍也。秠，一稃二米也」〔註 835〕。《鄭箋》云：「秠、亦黑黍也。秠爲秬中一稃二米者之別名」〔註 836〕。〔註 837〕段玉裁曰：「秠，一稃二米，天賜后稷之嘉穀也。」〔註 838〕是《說文》與《詩》義合。《爾雅・釋草》曰：「秬，黑黍。秠，一稃二米。」〔註 839〕李巡曰：『黑黍一名秬，』郭璞曰：『秠亦黑黍，但中米異耳。則秬是黑黍之大名。秠是黑黍之中、一稃有二米者，別名之爲秠，若然秬、秠皆黑黍矣』。」〔註 840〕《說文》七篇上禾部「穀」字下曰：「續也，百穀之總名也。」段注：「古祿切」〔註 841〕，又曰：「穀與粟同義，引伸爲善也。《釋詁》、《毛傳》皆曰：穀善也。」《周禮・大宰》言「九穀」〔註 842〕，詩書言「百穀」，種類繁多，約舉兼晐之詞也。惟禾粟爲嘉穀。《說文》「穀」作續也，段注作「粟也」。《說文》十二篇上系部「續」字下曰：「連也」〔註 843〕。又《說文》七篇上鹵部「粟」字下曰：「嘉穀實也。」〔註 844〕「粟」，段注：「相玉切」〔註 845〕，心母，十七屋部（段氏三部）。「續」，段注：「似足切」〔註 846〕，邪母，古歸定，十七屋部（段氏三部）。「續」、「粟」同屬屋部，通用。「粟」於《詩》爲本字，則「續」爲借字也。「穀」即「粟也」，嘉穀實也，又爲百穀總名。今《詩・大雅・生民》作「誕降嘉種」；《說文》七篇上禾部「種」字下曰：「先穜後孰也」〔註 847〕，訓與《詩》義不合。「種」，段注：「直容切」〔註 848〕，澄母，古歸定母。十八東部（段氏九部）。「穀」，段注：「古祿切」〔註 849〕，見母，十七屋部（段氏三部）。又幽部與東部爲陰陽次對轉，每多相通。《毛傳》曰：「嘉種」，孔穎達《疏》作「嘉穀之種」〔註 850〕。是以「穀」字足成經義，於《詩》爲本字，「種」乃借字耳。

〔註 835〕同註 5，頁 593。
〔註 836〕同註 5，頁 593。
〔註 837〕同註 6，頁 472。
〔註 838〕同註 4，頁 220。
〔註 839〕同註 7，頁 137。
〔註 840〕同註 7，頁 137。
〔註 841〕同註 4，頁 329。
〔註 842〕同註 18，頁 29。
〔註 843〕同註 4，頁 652。
〔註 844〕同註 4，頁 320。
〔註 845〕同註 4，頁 320。
〔註 846〕同註 4，頁 652。
〔註 847〕同註 4，頁 324。
〔註 848〕同註 4，頁 324。
〔註 849〕同註 4，頁 329。
〔註 850〕同註 5，頁 593。

九十七、穦

《說文》七篇上禾部「穦」字下曰：「積禾也。从禾，資聲。詩曰：穦之秩秩。」段氏：「即夷切」〔註 851〕。

按：「穦之秩秩」出自〈周頌・良耜〉。《毛詩》云：「積之栗栗」〔註 852〕「穦」作「積」；「秩」作「栗」。義謂：「穀物割了之後，就把它堆積起來，堆得一層一層的。」〔註 853〕《毛傳》於「積」字無訓，《鄭箋》云：「穀成熟而積聚多」〔註 854〕。《箋》與《說文》義同。正說明禾穀成熟刈之，言積之多也。《說文》禾部「積」字作「聚也」〔註 855〕，與《詩》義亦通。「積」，段注：「則歷切」〔註 856〕，精母，十一錫部（段氏十六部）。「穦」，段注：「即夷切」〔註 857〕，精母，四脂部（段氏十五部）。是「積」、「穦」二字爲雙聲。又脂、支韻爲次旁轉，此段氏十五、十六部合韻之說也，可通用。承培元《說文引經證例》曰：「積，聚也，爲通義；『穦』，專主積禾言。」〔註 858〕「穦」於《詩》爲本字，則「積」爲同源字也。又《說文》引《詩》作「秩秩」，《毛詩》作「栗栗」。《說文》禾部「秩」字下曰：「積貌」〔註 859〕，又「秩秩」疊字，爲禾積眾多貌。《毛傳》曰：「栗栗，眾多也」〔註 860〕。孔穎達《正義》曰：「栗栗，眾也」，引「李巡曰：『栗栗，積聚之眾』。」〔註 861〕是毛、許訓義實相同。《說文》卤部「栗」字下曰：「栗木也」〔註 862〕，而無「眾多貌」，與《詩》義不合。又「栗」，段注：「力質切」〔註 863〕。來母，五質部（段氏十二部）。「秩」，段注：「直質切」〔註 864〕，澄母，古歸定母，五質部（段氏十二部）。是「秩」、「栗」二字爲雙聲，可通用。「秩」於《詩》爲本字，則「栗」爲假借字矣。

〔註 851〕同註 4，頁 328。
〔註 852〕同註 5，頁 749。
〔註 853〕同註 6，頁 573。
〔註 854〕同註 5，頁 749。
〔註 855〕同註 4，頁 328。
〔註 856〕同註 4，頁 328。
〔註 857〕同註 4，頁 328。
〔註 858〕同註 61，頁 639。
〔註 859〕同註 4，頁 328。
〔註 860〕同註 5，頁 749。
〔註 861〕同註 5，頁 749。
〔註 862〕同註 4，頁 320。
〔註 863〕同註 4，頁 320。
〔註 864〕同註 4，頁 328。

九十八、秩

《說文》七篇上禾部「秩」字下曰：「積皃也。从禾，失聲。詩曰：稸之秩秩。」段氏：「直質切」〔註865〕。

按：「稸之秩秩」出自〈周頌・良耜〉。同（九十七、稸字條。）

九十九、舀

《說文》七篇上臼部「舀」字下曰：「抒臼也。从爪臼。（抭）舀或从手宂。詩曰：或簸或舀。」段氏曰：「弋紹切」。〔註866〕

按：「或簸或舀」，《毛詩》無此文，段玉裁以爲〈大雅・生民〉之文，又云；「『簸』字系一時筆誤耳，『舀』、『揄』不同，則或許據《毛詩》作『舀』，或許取諸三家詩」〔註867〕。《毛詩》云：「或舂或揄，或簸或蹂」〔註868〕，義謂：「或舂穀，或抒臼；或簸揚去粗糠，再用手搓去其細糠」〔註869〕。皆屬我國古代農業社會治穀黍之程序，「或舂或揄」在先，「或簸或蹂」在後，蓋治理之次第不可顚倒也。《說文》將「舂」換作「簸」字，則在治理之程序上不合，故段氏疑爲「簸」字系一時筆誤耳。許愼引《詩》以證字，或合二句爲一句者，有之。「舀」《毛詩》作「揄」。《毛傳》曰：「揄，抒臼也。」〔註870〕訓與許同。《說文》十二篇上手部「揄」字作「引也。」〔註871〕，無「抒舀」之義。又「揄」，段注：「羊朱切」〔註872〕，喻母，古歸定母，十六侯部（段氏四部）。「舀」，段注：「弋紹切」。喻母，古歸定母，二十一幽部（段氏三部）。是「揄」、「舀」爲雙聲也。又侯幽韻，爲近旁轉，可通用。是亦通用之證也。《儀禮・有司徹》：『執桃匕枋』，釋文云：「『桃』讀如「或舂或抭」之『抭』。」〔註873〕段玉裁曰：「鄭君注禮多用《韓詩》，然則《韓詩》作『抭』即『舀』也」〔註874〕。《說文》曰：「舀或从手宂」。「舀」於《詩》爲本字，則「揄」爲假借字矣。又「抭」爲「舀」之或體，

〔註865〕同註4，頁328。
〔註866〕同註4，頁337。
〔註867〕同註4，頁337。
〔註868〕同註5，頁749。
〔註869〕同註6，頁473。
〔註870〕同註4，頁337。
〔註871〕同註4，頁610。
〔註872〕同註4，頁610。
〔註873〕同註26，頁585。
〔註874〕同註4，頁337。

一〇〇、檾

《說文》七篇下𣎳部「檾」字下曰：「枲屬。从林，熒省聲。詩曰：衣錦檾衣。」段注：「去穎切」〔註875〕

按：「衣錦檾衣」出自〈衛風・碩人〉及〈鄭風・丰〉〔註876〕。《毛詩・衛風・碩人》云：「碩人其欣，衣錦褧衣」〔註877〕，「檾」作「褧」。義謂：「莊姜儀表長麗俊好，欣欣然穿著錦織的衣服，外著布料做的罩袍」〔註878〕。《說文》「檾」作「枲屬」〔註879〕，又「枲」字下曰：「𣏟也」〔註880〕。段注云：「類枲而非枲，言屬而別見也。」〔註881〕據《周禮・典枲》：「掌布、絲、縷、紵之𣏟草之物，注云：『草，葛藚之屬』。」〔註882〕段氏以爲「藚」、「紵」爲草類，出於澤，與「葛」生於山中不同。《說文》艸部無「藚」字。《玉篇》艸部「苘」字云：「苘、草也，亦作檾。『藚』：同上」口穎切〔註883〕。《廣韻》四十靜韻「檾」字下云：「枲草。苘、藚並同」〔註894〕，段玉裁以爲「『苘』、『藚』爲『檾』之異文」〔註895〕。又《說文》十三篇上糸部「紵」字下曰：「檾屬，細者爲絟，布白而細曰紵。」〔註886〕此就衣之質料而言；「檾衣」爲紵𣏟製成之衣也，與《詩》義合。《毛傳》曰：「錦衣褧襜」〔註887〕。《鄭箋》云：「『襜』亦『禪』而在上故云加之以褧襜」。《孔疏》云：「此文錦之服，而上加以褧襜之禪衣在塗服之。」《說文》八篇上衣部「褧」字下曰：「檾衣也。詩曰：衣錦褧衣。」〔註888〕。此處引《詩》，與《毛詩》同，以衣之用途而論，罩於外者謂之褧。「襜」又作「禪」，《說文》衣部「襜」字下曰：「衣蔽前」〔註889〕。段玉裁引《爾雅・釋器》曰：「衣蔽前謂之襜」〔註890〕，

〔註875〕同註4，頁339。
〔註876〕同註5，頁176。
〔註877〕同註5，頁129。
〔註878〕同註6，頁141。
〔註879〕同註4，頁339。
〔註880〕同註4，頁339。
〔註881〕同註4，頁339。
〔註882〕同註18，頁124。
〔註883〕同註10，頁201。
〔註894〕同註11，頁318。
〔註895〕同註4，頁339。
〔註886〕同註4，頁667。
〔註887〕同註5，頁129。
〔註888〕同註4，頁395。
〔註889〕同註4，頁396。
〔註890〕同註5，頁77。

引申凡衣取蔽之義。《鄭箋》云：「襜亦作襌」〔註 891〕。《說文》衣部，「襌」字作「衣不重也」〔註 892〕。段注：「此與重衣曰複爲對」，謂罩於錦衣外之單衣也。又「絅」、「褧」，段注同作「去穎切」音同，通用。「絅」於《詩》爲本字，「褧」爲借字耳。

一〇一、疚

《說文》七篇下宀部「疚」字下曰：「貧病也。从宀，久聲。詩曰：煢煢在疚。」段注：「居又切。」〔註 893〕

按：「煢煢在疚」出自〈周頌・閔予小子〉。《毛詩》云：「嬛嬛在疚」〔註 894〕，「煢煢」作「嬛嬛」；「疚」作「疚」。此爲成王免喪，將始即政，朝於先王廟，告祭之詞，義謂：「孤獨無依，在憂病之中也」〔註 895〕。《毛傳》曰：「疚，病也」〔註 896〕。無「貧」字，訓與許說略異。《鄭箋》云：「在憂病之中」，鄭氏增「憂」字，以申《傳》義，《說文》「疚」作「貧病也」，強調「貧」之甚也，段玉裁曰：「『室如縣磬』之意，室無長物，貧之甚矣」〔註 897〕。無「憂」之義，與《詩》恉不合。《說文》疒部，無「疚」字。《廣韻》四十九宥韻「疚」下曰：「疚、病也，與疚同音」〔註 898〕。又「疚」、「疚」，均爲「居又切」，音同通用，「疚」於《詩》爲本字，「疚」爲借字耳。

又「煢煢」，《毛詩》作「嬛嬛」，《說文》刊部「煢」字作：「回疾也。」〔註 899〕，無「孤獨無依」之義，與《詩》義不合。《毛傳》「嬛嬛」二字無訓，《鄭箋》云：「嬛嬛然，孤特貌」，說文》女部「嬛」字作「材緊也」。引《春秋傳》曰：『嬛嬛在疚』，段玉裁云：「材緊謂材質堅緻也，緊者纏絲急也」〔註 900〕。許說與《箋》義不合。《春秋左傳》哀公十六年，公誄孔子文作「煢煢余在疚」〔註 901〕。與《說文》「疚」字下引詩相同，唯「疚」作「疚」異也。黃永武《許

〔註 891〕同註 5，頁 129。
〔註 892〕同註 4，頁 398。
〔註 893〕同註 4，頁 345。
〔註 894〕同註 5，頁 738。
〔註 895〕同註 6，頁 568。
〔註 896〕同註 5，頁 738。
〔註 897〕同註 4，頁 345。
〔註 898〕同註 11，頁 434。
〔註 899〕同註 4，頁 588。
〔註 900〕同註 4，頁 625。
〔註 901〕同註 27，頁 1041。

愼之經學》云：「王先謙先生曰：『魯作熒，疚作宊』。」〔註 902〕或《說文》於「宊」字下所引者爲《魯詩》也。段玉裁云：「熒或作惸，作嬛」〔註 903〕。朱駿聲《說文通訓定聲》曰：「《詩・閔予小子》作『嬛嬛在疚』，《韓詩》作『惸惸』，今作『熒熒』，皆孤獨之貌」〔註 904〕。《說文》無「惸」字，《集韻》十四清韻，「惸」字下曰：「惸，憂也，或作熒」〔註 905〕。《廣韻》十四清韻，「惸」字下曰：「惸，無兄弟也」渠營切〔註 906〕，引申爲「惸獨」。若照《詩》中文意「成王始免喪即政，朝於先王廟，告祭曰：己之孤獨無依，憂苦至甚也。」則以「惸惸」爲正字。而「熒熒」、「嬛嬛」皆無「孤獨，憂貌也」，又與下文「疚」字文義不相連貫。「熒」，段注：「渠營切」〔註 907〕，群母，古歸匣母，十二耕部（段氏十一部）。「嬛」，段注：「許緣切」〔註 908〕，曉母，三元部（段氏十四部）。匣曉同位雙聲，又耕青，元寒次旁轉，每有相通，此亦段氏十一、十四部，合韻之說也，「熒」、「嬛」二字音近，可通用。又「惸」與「熒」，同爲「渠營切」〔註 909〕，二字音同，通用。「惸」於《詩》爲本字，則「熒」與「嬛」皆爲假借字也。

一〇二、寱

《說文》七篇下穴部「寱」字下曰：「地室也。从穴，復聲。詩曰：陶寱陶穴。」段注：「芳福切。」〔註 910〕

按：「陶寱陶穴」出自〈大雅・緜〉。《毛詩》作「陶復陶穴」〔註 911〕，「寱」作「復」。義謂：「古公亶父初遷至岐下，挖掘土爲地室，挖掘壤爲穴居，未築家室也」，屈萬里先生《詩經詮釋》云：「于省吾云：『徑直而簡易者曰穴，複出而多歧者曰寱』。古人穴居故云。」〔註 912〕《說文》「寱」作「地室也」，與《詩》義正合。《毛傳》曰：「陶其土而復之，陶其壤而穴之」。《鄭箋》云：「復者，復於土上，鑿地曰穴，

〔註 902〕同註 29 上冊，頁 341。
〔註 903〕同註 4，頁 588。
〔註 904〕朱駿聲著：《說文通訓定聲》（臺北：藝文印書館印行，民國 64 年 8 月 3 版），頁 778。
〔註 905〕同註 126 上冊卷之 4，頁 241。
〔註 906〕同註 11，頁 193。
〔註 907〕同註 4，頁 588。
〔註 908〕同註 4，頁 625。
〔註 909〕同註 11，頁 193。
〔註 910〕同註 4，頁 348。
〔註 911〕同註 5，頁 545。
〔註 912〕屈萬里全集《詩經詮釋》，（臺北：聯經出版事業公司，民國 72 年初版），頁 460。

皆如陶然。」〔註 913〕孔穎達《正義》云：「名覆者，地上爲之，取土於地，復築而堅之」。據《鄭箋》及孔穎達《正義》「復」字皆取「覆蓋於地上」之意，訓與許說適反。而《毛傳》訓「復之」「穴之」語意未明。朱熹《詩集傳》謂：「復，重窰也」〔註 914〕。窰洞爲我國西北等省，人民在地下住的洞窟。《淮南子、氾論訓》第十三云：「古者民澤處復穴。高誘注云：『復穴，重窟也』。」〔註 915〕「寝」即「重窟也。」《說文》彳部，「復」字作「往來也。」〔註 916〕無地室，重窟之義。訓與《詩》義不合。又「復」段注：「房六切」〔註 917〕，奉母，古歸並母，二十二覺部（段氏三部）。「寝」，段注「芳福切」〔註 918〕，敷母，古歸旁母，二十二覺部（段氏三部）。是「寝」、「復」二字爲同位雙聲，疊韻，可通用。「寝」於《詩》爲本字，則「復」爲借字矣。

一〇三、窒

《說文》七篇下穴部「窒」字下曰：「空也。从穴，巠聲。詩曰：瓶之窒矣。」段注：「去徑切。」〔註 919〕

按：「瓶之窒矣」出自〈小雅・蓼莪〉。《毛詩》云：「缾之罄矣」，「瓶」作「缾」；「窒」作「罄」。〔註 920〕此乃孝子悼念父母之詩，義謂「缾中的酒空了，那便是罍的恥辱」〔註 921〕。《毛傳》曰：「罄，盡也」〔註 922〕。「盡」有「空」之義，與《說文》實同。《鄭箋》云：「缾小而盡，罍大而盈，言爲罍恥者」〔註 923〕。《春秋左傳》僖公二十六年曰：「室如縣罄，《釋文》曰『罄亦作磬，盡也』」〔註 924〕。《說文》缶部「罄」字，作「器中空也。詩曰：缾之罄矣」〔註 925〕與《詩》義合。又「窒」，段注：「去徑切。」〔註 926〕，溪母，十二耕部

〔註 913〕同註 5，頁 547。
〔註 914〕同註 118，頁 178。
〔註 915〕見劉安，《淮南子・氾論訓》，（臺北：臺灣古籍出版社，民國 89 年），頁 13。
〔註 916〕同註 4，頁 76。
〔註 917〕同註 4，頁 76。
〔註 918〕同註 4，頁 347。
〔註 919〕同註 4，頁 348。
〔註 920〕同註 5，頁 436。
〔註 921〕同註 6，頁 361。
〔註 922〕同註 5，頁 436。
〔註 923〕同註 5，頁 436。
〔註 924〕同註 27，頁 264。
〔註 925〕同註 4，頁 228。
〔註 926〕同註 4，頁 348。

（段氏十一部）。「罄」，段注：「苦定切」，溪母，十二耕部（段氏十一部）。是「窒」、「罄」二字音同，可通用。黃永武《許愼之經學》謂：「『罄』作空解義已足。从缶、从穴，俱非假借」〔註 927〕。筆者以爲「罄」、「窒」二字音雖同，然「窒」从穴，本義爲穴之空，《詩》言「缾空」，於《詩》當以「罄」爲本字，則「窒」爲借字也。又《說文》五篇下缶部「缾」字下曰：「罋也。缾或从瓦」〔註 928〕。又「罋」字曰：「汲缾也。罋即甕之古字」。段注曰：「按、缾甕之本義，爲汲器，經傳所載不獨汲水者稱甕也」〔註 929〕。蓋知，缾甕除爲汲器外，亦可作容器。

一〇四、瘣

《說文》七篇疒部「瘣」字下曰：「病也。一曰腫旁出也。从疒，鬼聲。詩曰：譬彼瘣木。」段注：「胡罪切。」〔註 930〕

按：「譬彼瘣木」出自〈小雅・小弁〉。《毛詩》曰：「譬彼壞木」〔註 931〕，「瘣」作「壞」。義謂「我好比是一棵得病枯萎的樹」。《毛傳》曰：「壞，瘣也。謂傷病也」〔註 932〕，多一「傷」字，指內傷之病也，與《說文》同。《鄭箋》申《傳》云：「太子放逐，而不得生子，猶內傷之木，內有疾故無枝也。」孔穎達《正義》曰：「今太子之見放逐，棄其妃匹，不得俱去，譬彼內傷病之木，以內疾之故，是用無枝也。」又引《爾雅》釋木云：「瘣木、符婁。」郭云：「尫傴癭腫，無枝條也。」〔註 933〕與《說文》之第二義「一日腫旁出也」，同。又《說文》土部「壞」字作「敗也」〔註 934〕，無傷病之義也，與《詩》義不合。「瘣」，段注：「胡罪切」〔註 935〕，匣母，七微部（段氏十五部）。「壞」，段注：「下怪切」〔註 936〕，匣母，七微部（段氏十五部）。「瘣」、「壞」二字音同，通用。「瘣」於《詩》爲本字，「壞」爲假借字矣。

〔註 927〕黃永武撰：《許愼之經學》上冊（臺灣：中華書局印行，民國 69 年初版），頁 341。
〔註 928〕同註 4，頁 227。
〔註 929〕同註 4，頁 227。
〔註 930〕同註 4，頁 351。
〔註 931〕同註 5，頁 422。
〔註 932〕同註 5，頁 422。
〔註 933〕同註 7，頁 160。
〔註 934〕同註 4，頁 698。
〔註 935〕同註 4，頁 351。
〔註 936〕同註 4，頁 698。

一〇五、瘇

《說文》七篇下疒部「瘇」字下曰:「脛气腫,从疒,童聲。詩曰:既微且瘇。『尰』籀文。」段注:「時重切」。又云:「脛氣腫,即足腫也。」〔註937〕

按:「既微且瘇」出自〈小雅・巧言〉。《毛詩》作「既微且尰」〔註938〕,「瘇」作「尰」。,義謂「脛既潰爛,而腳亦發腫」〔註939〕。馬宗霍《說文解字引經考》曰:「脛氣蓋俗所謂腳气病」許意脛气即足腫也」〔註940〕。《毛傳》曰:「骭瘍為微,腫足為尰」」。」〔註941〕是毛、許之義相合。《鄭箋》申《傳》云『此人居下濕之地,故生微腫之疾。』《爾雅・釋訓》與《傳》訓同,孫炎注曰:「皆水濕之疾也。」郭璞云:「骭,腳脛也。瘍,瘡也。然則膝脛之下有瘡腫,是涉水所為故」〔註942〕。段玉裁曰:「《爾雅音義》云:『尰』本或作『尰』,並同籀文『瘇』字也」〔註943〕。

一〇六、痑

《說文》七篇下疒部「痑」字下曰:「馬病也。从疒,多聲。詩曰:痑痑駱馬。」段注:「丁可切。」〔註954〕

按:「痑痑駱馬」出自〈小雅・四牡〉。《說文》於「嘽」字下亦引《詩》字與《毛詩》同,《毛詩》云:「四牡騑騑,嘽嘽駱馬」〔註945〕,「痑」作「嘽」。義謂:「勞者駕此四牡不停的前進,白身黑鬣的俊馬,疲於奔命而力盡喘息不已」。《毛傳》曰:「嘽,喘息貌」〔註946〕,《說文》「痑」作「馬病也」〔註947〕,與《毛傳》不合。朱熹《詩集傳》:「嘽嘽,眾盛之貌。」〔註948〕形容馬行聲眾多也,此「嘽」字之另一義。又《說文》口部「嘽」字作「喘息也。一曰喜也」〔註949〕。許氏訓「嘽」義與《毛傳》同。又「痑」,段氏:「丁可切」〔註950〕,端母,一歌部

〔註937〕同註4,頁354。
〔註938〕同註5,頁425。
〔註939〕同註6,頁352。
〔註940〕同註9,卷2,頁32。
〔註941〕同註5,頁423。
〔註942〕同註7,頁60。
〔註943〕同註4,頁354。
〔註954〕同註4,頁356。
〔註945〕同註5,頁317。
〔註946〕同註5,頁317。
〔註947〕同註4,頁356。
〔註948〕同註118,頁100。
〔註949〕同註4,頁56。
〔註950〕同註4,頁356。

（段氏十七部）。「嘽」，段注：「他干切」〔註951〕。透母，三元部（段氏十四部）。「痑」、「嘽」二字，爲同位雙聲，又元歌爲陰陽對轉，音近每有相通。「嘽」於《詩》爲本字，則「痑」爲假字矣。

一〇七、罙

《說文》七篇下网部「罙」字下曰：「网也。从网，米聲，（𠕁）罙或从𠕁。」段注：「武切」〔註952〕。大徐本《說文》「罙」字下曰：「周行也，詩曰：罙入其阻」〔註953〕。

按：「罙入其阻」出自《商頌・殷武》。《毛詩》云：「罙入其阻，裒荊之旅」〔註954〕，「罙」作「罙」。義謂「深入其險阻，擄致其兵眾」〔註955〕。段玉裁「罙」字作「网也」。又云：「𠕁者，列骨之殘也，从𠕁，亦网罟殘害之義」〔註956〕。徐鉉「罙」字作「周行也」。《毛傳》曰：「罙，深也」。《鄭箋》云：「罙，冒也，冒入其險阻」〔註957〕。與《說文》義不合。釋文云：『罙，面規反，《說文》作冞，从內米，云冒也』。」〔註958〕《說文》無「冞」字，七篇下穴部「㝩」字曰：「深也，一曰竈突。从穴火求省。」段注：「式針切」，又曰：「『㝩』、『滚』古今字，篆作『突』、『滚』隸變作『罙』『深』」〔註959〕。或《釋文》誤書「㝩」作「冞」字，復以爲《說文》本作「冞」字也。馬瑞辰《毛詩傳箋通釋》謂：「《毛詩》作『罙』者，即《說文》『罙』字之省。『罙』與『彌』通。《廣雅・釋詁》：『彌，深也』。此正與《毛傳》訓『罙』爲深同義」。」〔註960〕蓋馬氏強將「冞」、「罙」合而爲一字，又輾轉以證其同義。誠乃以訛傳訛，不可不訂正之。故段玉裁認爲《說文》「罙」字下引《詩》曰：「罙入其阻」。恐後人所增，六字應予刪除。其說甚是也。又「罙」，「武移切」〔註961〕，微母，古歸明母，四脂部（段氏十五

〔註951〕同註4，頁56。
〔註952〕同註4，頁358。
〔註953〕同註14，頁251。
〔註954〕同註5，頁804。
〔註955〕同註6，頁603。及屈萬里撰：《詩經詮釋》（臺北，聯經出版事業公司，民國72年初版），頁628。
〔註956〕同註4，頁358。
〔註957〕同註5，頁804。
〔註958〕同註5，頁804。
〔註959〕同註4，頁347。
〔註960〕同註111，頁370。
〔註961〕同註4，頁358。

部）。「㝷」，「式針切」〔註 962〕，審母，古歸透母，二十八侵部（段氏七部）。明、透異母，又脂侵二韻，部居隔遠，是「罙」、「㝷」二字，聲韻俱異，絕不可通，乃形近致誤耳。「罙」於《詩》爲正字，則「罙」爲訛字矣。

一〇八、罦

《說文》七篇下网部「罦」字下曰：「覆車也，从网，包聲。詩曰：雉離于罦。（罦）罦或从孚。」段注：「縛牟切，古包聲，孚聲同在三部。」〔註 963〕

按：「雉離于罦」出自《王風・兔爰》。《毛詩》云：「雉離于罦」〔註 964〕，「罦」作「罦」。義謂「有隻野雞陷入了羅網」〔註 965〕。《毛傳》曰：「罦，覆車。」《爾雅・釋器》曰：「罦，覆車也。釋文曰：『今之翻車也，有兩轅中施罥以捕鳥。』邢昺疏云：『翻車，小罔，捕鳥者，名罬也，罿也，罬也，罦也，皆謂覆車也』。」〔註 966〕蓋《毛傳》訓與《爾雅》、《說文》同。又「罦」、从包聲，「包」，布交切，幫母，二十一幽部。「罦」，从孚聲，「孚」，芳無切，敷母，古歸滂母，二十一幽部，「包」、「孚」二字音近，可通用。「罦」爲「罦」之或體也。

一〇九、䵴

《說文》七篇下黹部「䵴」字下曰：「會五采鮮皃，从黹、虘聲，詩曰：衣裳䵴䵴。」段注：「創舉切。」〔註 967〕

按：「衣裳䵴䵴」出自〈曹風・蜉蝣〉。《毛詩》云：「蜉蝣之羽，衣裳楚楚」〔註 968〕，「䵴」作「楚」。義謂：『蜉蝣的羽，好像是顯明的衣裳。』〔註 969〕《說文》與《毛詩》字異而義同。《毛傳》曰：「楚楚，鮮明皃。」《鄭箋》云：『楚楚如字，《說文》作「䵴䵴」。云：會五綵鮮色也。』是《毛傳》訓與《說文》同也。《說文》林部「楚」字作「叢木，一名荊也。」〔註 970〕「楚」字本義爲叢木，或爲

〔註 962〕同註 4，頁 347。
〔註 963〕同註 4，頁 359。
〔註 964〕同註 5，頁 0152。
〔註 965〕屈萬里撰：《詩經詮釋》（臺北：聯經出版事業公司，民國 72 年初版），頁 127。及同註 6，頁 118。
〔註 966〕同註 7，〈釋器〉，頁 76。
〔註 967〕同註 4，頁 368。
〔註 968〕同註 5，頁 268。
〔註 969〕屈萬里撰：《詩經詮釋》（臺北：聯經出版事業公司，民國 72 年初版），頁 254。及同註 6，頁 228。
〔註 970〕同註 4，頁 274

木名，並無鮮明皃，與《詩》義不合。「𪓐」、「楚」段注同爲創舉切，初母，古歸清紐，十三魚部（段氏五部）。「𪓐」於《詩》爲本字，則「楚」爲借字矣。

一一〇、俅

《說文》八篇上人部「俅」字下曰：「冠飾貌。从人、求聲，詩曰：戴弁俅俅。」段注：「巨鳩切。」〔註971〕

按：「戴弁俅俅」出自〈周頌・絲衣〉。《毛詩》云「絲衣其紑，載弁俅俅」〔註972〕，「戴」作「載」。義謂：『士祭於王之時，穿著潔白的絲衣，戴著爵弁，態度很是恭敬。』〔註973〕《毛傳》：「俅俅、恭順貌。」〔註974〕《說文》訓「俅」字、作冠飾貌，引伸爲士祭恭順，義與《毛傳》實合。《爾雅・釋訓》曰：「俅俅，服也。釋曰：「《周頌・絲衣》云：『載弁俅俅』鄭箋云：「載猶戴也，弁、爵弁也，爵弁而祭於王，士服也」〔註975〕。《說文》與《爾雅》義合。又《毛詩》三篇上異部「戴」字下曰：「分物得增益曰戴」段注：「都代切」〔註976〕，引伸凡加於上皆曰「戴」，又與「載」通用，言其上曰戴，言其下曰載，戴弁以爵弁加於頭上，《毛傳》無訓，《鄭箋》云：「載猶戴也。」《說文》十四篇上車部「載」字下曰：「載，乘也」段注：「作代切」〔註977〕。又桀部「乘」字作「覆也。」〔註978〕。「戴」、「載」同以「𢦏」爲聲母，可通用。「戴」於《詩》爲本字，則「載」爲假借字矣。

一一一、佖

《說文》八篇上人部「佖」字下曰：「威儀也。从人必聲，詩曰：威儀佖佖。」段注：毗必切。」〔註979〕

按：「威儀佖佖」出自〈小雅・賓之初筵〉。《毛詩》云：「曰既醉止，威儀怭怭」〔註980〕，「佖」作「怭」。義謂：「飲酒至醉以後，態度便放肆起來，褻瀆不恭了」

〔註971〕同註4，頁370。
〔註972〕同註5，頁751。
〔註973〕同註6，頁574。
〔註974〕同註5，頁751。
〔註975〕同註7，頁57。
〔註976〕同註4，頁105。
〔註977〕同註4，頁734。
〔註978〕同註4，頁20。
〔註979〕同註4，頁372。
〔註980〕同註5，頁495。

〔註981〕。《毛傳》曰：「怭怭，媟嫚也」。釋文曰：「《說文》作『佖』，媟嫚也」。今《說文》與《毛傳》字異而義適反。段玉裁謂：「『佖』當作威儀媟嫚也。許所據作『佖佖』自奪媟嫚字」。或《說文》「佖」本訓「威儀媟嫚」，經後人傳抄誤漏「媟嫚」二字。《說文》無「怭」字，《玉篇》心部「怭」字下曰：「慢也」蒲必切〔註982〕，與《毛傳》略異。又《詩》上文云：「威儀幡幡」，「幡幡」作「輕數也。」此處云：「威儀佖佖」，作「媟嫚也」，上下文義連貫也。朱熹《詩集傳》曰：「怭怭作媟嫚也」〔註983〕。又「佖」、「怭」二字，同以「必」爲聲母音同，通用，「佖」於《詩》爲本字，則「怭」爲借字也。

一一二、俟

《說文》八篇上人部上予女「俟」字下曰：「大也。从人，矣聲。詩曰：伾伾俟俟。」段注：「床史切」。〔註984〕

按：「伾伾俟俟」出自〈小雅・吉日〉。《毛詩》云：「儦儦俟俟」〔註985〕，「伾」作「儦」。義謂「獸群有的急遽的跑著，有的緩緩而行。」〔註986〕《毛傳》曰：「趨則儦儦，行則俟俟」〔註987〕。《說文》「俟」作「大也」與《毛傳》不合。自經傳假爲「竢」字，而「俟」之本義廢矣。如：〈鄘風・相鼠〉「人而無止，不死何俟？」〔註988〕又《禮記・玉藻》「在官不俟履，在外不俟車。」〔註989〕以上「俟」字皆作「待也」。《說文》立部「竢」字曰：「待也。」段注：「床史切」〔註990〕。引申作「緩行也」，與《詩》義合。又「俟」、「竢」二字，同以「矣」爲聲母，音同，可通用。《廣韻》六止韻「俟」下曰：「待也，亦作竢。竢字下曰：『同上』。」〔註991〕是亦通用之證也。「竢」於《詩》爲本字，則「俟」爲假借字耳，又段注：「廢竢而用俟則竢、俟爲古今字矣」。〔註992〕

〔註981〕同註6，頁406。
〔註982〕同註10，頁131。
〔註983〕同註118，頁163。
〔註984〕同註4，頁373。
〔註985〕同註5，頁370。
〔註986〕同註6，頁299。
〔註987〕同註5，頁370。
〔註988〕同註5，頁123。
〔註989〕同註12，頁563。
〔註990〕同註4，頁505。
〔註991〕同註11，頁253。
〔註992〕同註4，頁373。

又「伾伾」,《毛詩》作「儦儦」:《說文》人部「儦」字作「行貌。」〔註 993〕引申作「獸之趨行貌。」《毛傳》曰:「趨則儦儦」,是毛、許義合。《說文》人部「伾」字作「有力也。」〔註 994〕與《詩》義不合。「儦」,甫嬌切,幫母,二十二覺部(段氏三部)。「伾」,敷悲切,滂母,二十四之部(段氏一部)。是幫、滂爲旁紐雙聲也。又尤優,之咍古韻旁轉,每多相通,可通用。「儦」於《詩》爲本字,則「伾」爲假借字矣。

一一三、侗

《說文》八篇上人部「侗」字下曰:「侗,大貌。从人,同聲。詩曰:神罔時侗。」段注:「他紅切。」〔註 995〕

按:「神罔時侗」出自〈大雅・思齊〉。《毛詩》云:「神罔時恫」〔註 996〕,「侗」作「恫」。義謂:「所以神也不怨。」〔註 997〕《說文》侗作大貌,與詩恉不合。《毛傳》曰:「恫,痛也。」。《爾雅・釋言》云:「恫,痛也。」〔註 998〕與《傳》同。《鄭箋》云:「神明無是怨恚,其所行者無是痛傷。」〔註 999〕是《毛傳》釋與詩義同也。《說文》十篇下心部「恫」字下曰:「痛也,一曰呻吟也。」段注:「他紅切」〔註 1000〕。與《毛傳》義同。又「侗」、「恫」段注同爲「他紅切」,音同通用。「恫」於《詩》爲本字,則「侗」爲借字矣。

一一四、傓

《說文》八篇上人部「傓」字下曰:「熾盛也。从人,扇聲,詩曰:豔妻傓方處。」段注:「式戰切。」〔註 1001〕

按:「豔妻傓方處」出自〈小雅・十月之交〉。《毛詩》云:「豔妻煽方處」〔註 1002〕,「傓」作「煽」。義謂:「豔妻嬖寵熾盛,正處於得勢之時。」《毛傳》曰:「煽,

〔註 993〕同註 4,頁 372。
〔註 994〕同註 4,頁 374。
〔註 995〕同註 4,頁 373。
〔註 996〕同註 5,頁 561。
〔註 997〕同註 6,頁 453。
〔註 998〕同註 7,頁 44。
〔註 999〕同註 5,頁 561。
〔註 1000〕同註 4,頁 517。
〔註 1001〕同註 4,頁 374。
〔註 1002〕同註 5,頁 407。

熾也。」《說文》「熾」作「盛也」〔註 1003〕，毛、許義實相合也。《爾雅・釋言》曰：「熾，盛也」〔註 1004〕，與《說文》同。《鄭箋》云：『厲王淫於色，七子皆用后嬖寵方熾之時。』《說文》無「煽」字。《廣韻》三十三線韻「煽」字下曰：「火盛貌。式戰切」〔註 1005〕與《詩》義不合。「傓」、「煽」二字同以「扇」爲聲母，音同通用。「傓」於《詩》爲本字，則「煽」爲借字矣。

一一五、僾

《說文》八篇上人部「僾」字下曰：「彷彿也。从人，愛聲。詩曰：僾而不見。」段注：「烏代切。」〔註 1006〕

按：「僾而不見」出自〈邶風・靜女〉。《毛詩》云：「愛而不見，搔首踟躕」〔註 1007〕，「僾」作「愛」。義謂：「妳卻躲藏不見，害得我直抓頭皮，走來走去的納悶徘徊」〔註 1008〕。《毛傳》云：「愛而不見，搔首踟躕，言志往而行正」。《鄭箋》云：「志往謂踟躕，行正謂愛之而不見」〔註 1009〕。謂女德貞靜行正，雖愛悅而不往見，此乃鄭氏從道德觀爲訓。《說文》「僾」作「彷彿也」，看不明貌，引申有「隱藏」之義。與《詩》義合。《禮記・祭義》云：「祭之日入室，僾然必有見乎其位。《正義》云：『僾，彷彿見也』。《詩》云：『愛而不見。見如見親之在神位也』。」〔註 1010〕《廣韻》十九代韻「僾」下曰：「隱也。『薆』釋與『僾』同。《爾雅》『薆，作薆薱，草盛』」〔註 1011〕。《爾雅・釋言》云：「薆，隱也。」又「僾」下曰：「唈也。釋曰：『郭云：嗚唈，短氣。見《詩・大雅・柔桑》云，亦孔之『僾』是也』。」〔註 1012〕《說文》艸部無「薆」字。五篇上竹部「篓」下曰：「蔽不見也。」段注：「烏代切」〔註 1013〕。與《詩》義正合。或「薆」、「篓」形似之誤也。段玉裁云：「方言『掩翳，薆也。』其字皆當從竹」〔註 1014〕。《說文》五篇下夊部「愛」

〔註 1003〕同註 4，頁 490。
〔註 1004〕同註 7，頁 51。
〔註 1005〕同註 11，410。
〔註 1006〕同註 4，頁 374。
〔註 1007〕同註 5，頁 14。
〔註 1008〕同註 6，頁 70～71。
〔註 1009〕同註 5，頁 104。
〔註 1010〕同註 12，頁 807～808。
〔註 1011〕同註 11，頁 390。
〔註 1012〕同註 7，頁 40。
〔註 1013〕同註 4，頁 200。
〔註 1014〕同註 4，頁 200。

字下曰：「行貌。」〔註1015〕段注：「烏代切」。無「薆」之義也。又「僾」、「愛」、「薆」三字，段注同爲「烏代切」音同，通用。「僾」於《詩》爲本字，「愛」爲假借字矣。「薆」爲「薆」之形誤也。又「僾」、「薆」爲音同義近之二字。

一一六、佸

《說文》八篇上人部「佸」字下曰：「會也。从人，昏聲。詩曰：曷其有佸。一曰佸佸，力貌。」段注：「古活切。」〔註1016〕

按：「曷其有佸」出自〈王風・君子于役〉。《毛詩》云：「君子于役，不日不月，曷其有佸」〔註1017〕，「佸」作「佸」。義謂：「夫君行役於外，無確定回家之日期和月份」〔註1018〕。《毛傳》曰：「佸，會也」。毛與許合也。《鄭箋》云：「行役，反無日月，何時而有來會期。《韓詩》『至也』」〔註1019〕。《韓詩》作「至也」，即到家也，引申作「會期也」，義亦相通。《廣韻》十三末「佸」曰：「會也，戶括切」。〔註1020〕訓與《說文》同。「佸」爲正字，隸變爲「佸」也。

一一七、佌

《說文》八篇上人部「佌」字下曰：「小貌。从人，囟聲。詩曰：佌佌彼有屋。」段注：「斯氏切。」〔註1021〕

按：「佌佌彼有屋」出自〈小雅・正月〉。《毛詩》云：「佌佌彼有屋」〔註1022〕，「佌」作「佌」。義謂：「那些佌佌的小人們，皆有屋住」〔註1023〕。《毛傳》曰：「佌佌，小也」。毛、許義同也。《鄭箋》曰：「此言小人富而窶陋將貴也」。釋文云：「佌音此，《說文》作佌」。孔穎達疏曰：「毛以爲佌佌然之小人，彼已有室屋之富矣」〔註1024〕。《爾雅・釋訓》曰：「佌佌，小也。註曰：『材器細陋也』」〔註1025〕。《說文》人部無「佌」字，《集韻》四紙「佌」下曰：「《說文》小貌。引

〔註1015〕同註4，頁235。
〔註1016〕同註4，頁378。
〔註1017〕同註5，頁149。
〔註1018〕同註6，頁112。
〔註1019〕同註5，頁149。
〔註1020〕同註11，頁486。
〔註1021〕同註4，頁382。
〔註1022〕同註5，頁401。
〔註1023〕同註6，頁329。
〔註1024〕同註5，頁401。
〔註1025〕同註7，頁56。

《詩》『佌佌彼有屋』，或作『佌』，想氏切」。又『佌』下曰：『小也』。《詩》「佌佌彼有屋」，或作「佌」，淺氏切。」〔註 1026〕《集韻》以「佌」爲「佌」之或體。《廣韻》四紙「佌」下曰：「小舞貌」，於「佌」下曰：『小貌。』二字同爲「雌氏切」〔註 1027〕。「佌」、「佌」音義均同，當爲一字之或體。

一一八、佻

《說文》八篇上人部「佻」字下曰：「愉也。从人，兆聲。詩曰：視民不佻。」段注：「土彫切。」〔註 1028〕

按：「視民不佻」出自〈小雅・鹿鳴〉。《毛詩》云：「德音孔昭，視民不恌」〔註 1029〕，「佻」作「恌」。義謂：「嘉賓們之德行聲譽，皆極其光明，可以爲典範，教導人民以不偷薄。」〔註 1030〕《毛傳》曰：「恌，愉也。」即民風不偷薄。《鄭箋》云：「先王德教甚明，可以示天下之民，使之不愉於禮義」。釋文曰：「愉，他侯反。又音踰」。孔穎達《正義》曰：「先王道德之音甚明，以此嘉賓所語示民，民皆象之不愉薄於禮義」〔註 1031〕。《說文》十篇下心部「愉」字下曰：「薄也」〔註 1032〕。是毛、許之義實同也。段玉裁云：「『偷』者『愉』之俗字，今人曰偷薄，偷盜，皆從人作『偷』，而『愉』字訓爲愉悅，羊朱切。此今義，今音，今形。非古義，古音，古形也。古無從人之『偷』字。」依段氏之說是也。又「愉」、「偷」二字，皆以「俞」爲聲母，可通用也。「愉」爲正字，則「偷」爲俗字耳。

又《說文》心部無「恌」字。《玉篇》心部「恌」字下曰：「《爾雅》：『恌，愉也』。他彫切」〔註 1033〕。「佻」、「恌」二字，同以「兆」爲聲母，二字音義全同。《毛詩》曰：「視民不佻」。張衡〈東京賦〉引《詩》云：「示民不偷」。〔註 1034〕是「佻」、「恌」，「偷」、「愉」之相亂已久，段玉裁云：「『偷』者『愉』之俗字」，是「恌」爲正字，則「佻」爲俗字矣。

〔註 1026〕同註 126，頁 310。
〔註 1027〕同註 11，頁 243～244。
〔註 1028〕同註 4，頁 383。
〔註 1029〕同註 5，頁 316。
〔註 1030〕同註 6，頁 252。
〔註 1031〕同註 5，頁 316。
〔註 1032〕同註 4，頁 513。
〔註 1033〕同註 10，頁 132。
〔註 1034〕同註 174，頁 63。

一一九、僻

《說文》八篇上人部「僻」字下曰：「辟也。从人，辟聲。詩曰：宛如左僻。一曰從旁牽也。」段注：「普擊切。」〔註 1035〕

按：「宛如左僻」出自〈魏風・葛屨〉。《毛詩》云「宛如左辟」〔註 1036〕，「僻」作「辟」。義謂：「婦人謙讓，避於左也。古者以右爲上，讓人居右，而自己則避之於左也」〔註 1037〕。《毛傳》曰：「宛，避貌。婦至門，夫揖而入，不敢當尊，宛然而左辟。釋文曰：『辟音避』」〔註 1038〕。《說文》九篇上辛部「辟」作「法也」〔註 1039〕。『辟』者，法也。引伸爲「辟人」之「辟」，辟人而人避之亦曰「辟」若《周禮・閽人》：「凡內外命婦出入，則爲之闢」〔註 1040〕。釋文云：『闢本又作辟』。」〔註 1041〕蓋「左辟」者，命婦之禮儀也。《禮記・昏義》孔穎達疏引此《詩》以釋《禮》曰：「婦至，婿揖婦以入者，謂：『婦至婿之寢門，婿揖以婦入，則稍西避之。』故《魏詩》云：『宛然左辟』。『左辟』，謂此時也。」〔註 1042〕。「辟」，必益切，幫母，十一錫部（段氏十六部）。「僻」，普擊切，滂母，十一錫部（段氏十六部）。「僻」、「辟」二字爲旁紐雙聲，疊韻，可通用。段玉裁云：「此引《詩》證『僻』之本義也」〔註 1043〕。則「僻」，「辟」爲同源字矣。

一二〇、伎

《說文》八篇上人部「伎」字下曰：「與也。从人，支聲。詩曰：籓人伎忒。」段注：「渠綺切。」〔註 1044〕

按：「籓人伎忒」出自〈大雅・瞻印〉。《毛詩》云：「鞫人忮忒」〔註 1045〕，「籓」作「鞫」；「伎」作「忮」。義謂：「長舌之婦，窮詰人以忮害轉變之術。害人之手段，變化不測也」〔註 1046〕。《毛傳》曰：「忮，害也」。孔穎達《正義》曰：「忮

〔註 1035〕同註 4，頁 383。
〔註 1036〕同註 5，頁 207。
〔註 1037〕同註 6，頁 166。
〔註 1038〕同註 5，頁 207。
〔註 1039〕同註 4，頁 437。
〔註 1040〕同註 18，頁 115。
〔註 1041〕同註 4，頁 383。
〔註 1042〕同註 12，頁 1000。
〔註 1043〕同註 4，頁 383。
〔註 1044〕同註 4，頁 383。
〔註 1045〕同註 5，頁 695。
〔註 1046〕同註 6，頁 545。

者，以心忮格前人，爲之患害，故以忮爲害也」〔註 1047〕。《說文》「伎」〉作「與也」。又三篇上舁部「與」字下曰：「黨與也」〔註 1048〕。無「害」之義，與《詩》義不合。又《說文》十篇下心部「忮」字下曰：「很也」段注：「之義切」〔註 1049〕。又二篇下彳部「很」字下曰：「不聽從也，一曰難行也，一曰盭也」〔註 1050〕，引申而有「害」之義也。「伎」、「忮」二字，同以「支」爲聲母，可通用。「忮」爲正字，則「伎」爲借字矣。《說文》無「鞫」字。又十篇下「㚔」部「簐」字下曰：「窮治罪人也」〔註 1051〕。《毛傳》無訓。《鄭箋》云：「鞫，窮也。」又云：「婦人之長舌者，多謀慮好窮屈人之語」〔註 1052〕。《鄭箋》與《說文》義合也。段玉裁曰：「『簐』字隸作『鞫』」〔註 1053〕。

一二一、俄

《說文》八篇上人部「俄」字下曰：「頃也。從人，我聲。詩曰：仄弁之俄。」段注：「五何切。」〔註 1054〕

按：「仄弁之俄」出自〈小雅、賓之初筵〉。《毛詩》云：「側弁之俄」，「仄」作「側」。〔註 1055〕義謂：「帽冠歪斜不正，人亦東倒西歪之貌。」《毛傳》「側」字無訓，《鄭箋》云：「側，傾也。俄，傾貌」〔註 1056〕。孔氏《正義》曰：「傾側其弁，使之俄然。」《說文》九篇下厂部「仄」字下曰：「側傾也。」段注：「阻力切」〔註 1057〕。與《詩》義合也。《毛詩》作「側弁」，《說文》人部「側」字下曰：「旁也」段注：「不正曰：仄，不中曰：側，二義有別，而經傳多通用。」〔註 1058〕。與《詩》義略異。又「仄」、「側」二字，段注同爲「阻力切」，音同，可通用。《史記・平準書》第八曰：「賦，官用，非赤側，不得行」〔註 1059〕。作「赤側」《漢書・食貨志》作「赤仄」〔註 1060〕。《爾雅・釋水》

〔註 1047〕同註 5，頁 695。
〔註 1048〕同註 4，頁 106。
〔註 1049〕同註 4，頁 514。
〔註 1050〕同註 4，頁 77。
〔註 1051〕同註 4，頁 501。
〔註 1052〕同註 5，頁 695。
〔註 1053〕同註 4，頁 501。
〔註 1054〕同註 4，頁 384。
〔註 1055〕同註 5，頁 495。
〔註 1056〕同註 5，頁 495。
〔註 1057〕同註 4，頁 452。
〔註 1058〕同註 4，頁 377。
〔註 1059〕同註 768，頁 531。

云：「穴出，仄出也。釋文曰：『仄出是側出』。」〔註 1061〕是皆通用之證也。「仄」於《詩》爲本字，「側」爲借字耳。

一二二、催

《說文》八篇上人部「催」字下曰：「相擣也。從人，催聲。詩曰：室人交偏催我。」段注：「倉回切。」〔註 1062〕

按：「室人交偏催我」出自〈邶風・北門〉。《毛詩》云：「室人交偏摧我」〔註 1063〕，「催」作「摧」。義謂：「家人大大小小，你一句，他一句，紛紛的打擊我」。《說文》「催」作「相擣也」，又「擣」字作「手椎也」〔註 1064〕。引申作打擊也。《毛傳》曰：「摧，沮也。」段注：「沮，此折之義也。」〔註 1065〕《鄭箋》曰：「摧者，刺譏之言。釋文曰：『摧或作催音同。《韓詩》作誰，就也。』」〔註 1066〕。《說文》無「誰」字，《廣韻》六脂「誰」下曰：「就也」〔註 1067〕。《集韻》六脂「誰」下亦作「就也。《韓詩》曰：室人交偏誰我。」〔註 1068〕《說文》五篇下京部「就」字下作「高也」〔註 1069〕，是「誰」作「就」也，不明所言爲何？據「誰」从言部，則「就」或爲「訧」之假借字也。《說文》言部「訧」字作「罪也」〔註 1070〕。有怪罪之義，刺譏之言也。與《詩》義吻合。又《說文》十二篇上手部「摧」字下曰：「擠也，一曰挏也，一曰斲也」〔註 1071〕。引申作「折也」，並無「刺譏之言」之義也。又「催」，段注：「倉回切」，清母，七微部。「摧」，段注：「昨回切」，從母，七微部。「誰」，職追切，照母，古歸端母，七微部。三字，皆從「崔」聲音近，可通用。「誰」於《詩》爲本字，則「催」與「摧」二字爲假借字也。

〔註 1060〕見班固撰，顏師古注：《前漢書・食貨志》，《四部備要》（台灣：中華書局，民 54 年初版），頁 12。
〔註 1061〕同註 7，頁 119。
〔註 1062〕同註 4，頁 385。
〔註 1063〕同註 5，頁 103。
〔註 1064〕同註 4，頁 611。
〔註 1065〕同註 4，頁 602。
〔註 1066〕同註 5，頁 695。103。
〔註 1067〕同註 11，頁 57。
〔註 1068〕同註 126，頁 41。
〔註 1069〕同註 4，頁 231。
〔註 1070〕同註 4，頁 101。
〔註 1071〕同註 4，頁 602。

一二三、僔

《說文》八篇上人部「僔」字下曰：「聚也。从人，尊聲。詩曰：僔沓背憎。」段注：「慈損切。」〔註1072〕

按：「僔沓背憎」出自〈小雅・十月之交〉。《毛詩》作「噂沓背憎」〔註1073〕，「僔」作「噂」。義謂：「那些小人們，聚則相勾結，背則相憎恨」。《毛傳》曰：「噂猶噂噂，沓猶沓沓。」《鄭箋》云：「噂噂沓沓，相對談語，背則相憎」。《鄭箋》以「噂」，從口，故訓相對談語《說文》二篇上口部「噂」字下曰：「聚語也。詩曰：噂沓背憎。」段注「子損切」〔註1074〕。蓋許愼於「僔」字引《詩》以證義，於「噂」字引《詩》以證音也。《左傳》僖公十五年，引《詩》，亦作「僔沓背憎」〔註1075〕。又《毛詩》下文云：「職競由人」，乃針對上文「噂沓背憎」而言，謂「小人聚合也，爭先恐後的，專意去幹那些陷害正人的事。」不言「聚語也」。《廣雅・釋訓》云：「僔僔，眾也」〔註1076〕。「僔」，慈損切，從母，九諄部（段氏十三部）。「噂」，子損切，精母，九諄部（段氏十三部）。是「僔」、「噂」韻同，可通用。「僔」於《詩》爲本字，則「噂」爲借字矣。

一二四、歧

《說文》八篇上匕部「歧」字下曰：「頃也。从匕，支聲。匕，頭頃也。詩曰：歧彼織女。」段注：「去智切」〔註1077〕。

按：「歧彼織女」出自〈小雅・大東〉。《毛詩》云：「跂彼織女，終日七襄」〔註1078〕，「歧」作「跂」。義謂：「遙望天上那織女，每日更移七次」〔註1079〕。《說文》歧作「頃也」。即頃首遙望。《毛傳》曰：「跂，隅貌」。《鄭箋》云：『跂然，三隅之形者，彼織女也。』鄭玄亦知「跂」不當作「隅」解而曰「跂然」。《玉篇》匕部「歧」字下曰：「顒貌，又頃也。」〔註1080〕《說文》「顒」作「大也」。與《詩》義不合。故曰：「又頃也。」是「頃」乃本義。《說文》二篇下足部「跂」字下曰：

〔註1072〕同註4，頁387。
〔註1073〕同註5，頁409。
〔註1074〕同註4，頁58。
〔註1075〕同註27，頁234。
〔註1076〕〔魏〕張揖撰，楊家駱主編：《廣雅疏證》（臺北：鼎文書局出版，民國61年9月初版），頁700～701。
〔註1077〕同註4，頁389。
〔註1078〕同註5，頁473。
〔註1079〕同註6，頁391。
〔註1080〕同註10，頁399。

「足多指也。」段注：「巨支切」〔註 1081〕。蓋「跂」之本義與《詩》恉不合也，又「忮」、「跂」皆從支聲音近，可通，「忮」於《詩》爲本字，則「跂」爲借字也。

一二五、卬

《說文》八篇上匕部「卬」字下曰：「卬，望也。欲有所庶及也。从匕，從卪。詩曰：「高山卬止。」段注：「伍剛切。」又曰：「庶及猶庶幾也」〔註 1082〕。

按：「高山卬止」出自〈小雅・車舝〉。《毛詩》云：「高山仰止，景行行止」〔註 1083〕，「卬」作「仰」。義謂：「仰頭望見高山，走在大道上，道路長又寬」。《毛傳》「仰」字無訓。鄭箋謂：「古人有高德者，則慕仰之。」孔穎達《正義》曰：「仰是心慕之辭。」蓋《詩》義，本指仰望高山，鄭、孔之謂「心慕有德行者」爲引申之義也。《廣韻》三十六養「卬」下曰：「望也，欲有所度」〔註 1084〕與《說文》義近。《玉篇》七部「卬」下曰：「望也，俯仰。」〔註 1085〕，亦與《說文》同，作「仰望之望」，與《詩》恉合也。《說文》人部「仰」字下曰：「舉也。」〔註 1086〕。「舉也」「望也」義亦相近，又「仰」，段注：「魚兩切」，疑母，十五陽部（段氏十部）。「卬」，段注「伍剛切」，疑母，十五陽部（段氏十部）。二字音同義近，可通用。〈大雅・雲漢〉「瞻卬昊天」，釋文云「卬本亦作仰」〔註 1087〕。段玉裁云：「今則『仰』行而『卬』廢，且多改『卬』爲『仰』者」〔註 1088〕。「卬」爲古字，則「仰」爲今字矣。

一二六、襮（襮）

《說文》八篇上衣部「襮」字下曰：「黼領也。从衣，㬥聲，詩曰：素衣朱襮。段注：「蒲沃切。」〔註 1089〕

按：「素衣朱襮」出自〈唐風・揚之水〉。《毛詩》云：「素衣朱襮」〔註 1090〕，「襮」

〔註 1081〕同註 4，頁 85。
〔註 1082〕同註 4，頁 389。
〔註 1083〕同註 5，頁 485。
〔註 1084〕同註 11，頁 311。
〔註 1085〕同註 10，頁 399。
〔註 1086〕同註 4，頁 377。
〔註 1087〕同註 5，頁 658。
〔註 1088〕同註 4，頁 389。
〔註 1089〕同註 4，頁 394。
〔註 1090〕同註 5，頁 218。

作「襮」。義謂：「白色上衣，紅色繡黼文的衣領。」〔註 1091〕。《毛傳》曰：「襮，領也，諸侯繡黼，丹朱中衣」。《鄭箋》云：『繡當爲綃黼。丹朱中衣；中衣以綃黼爲領，丹朱爲純也。』〔註 1092〕此乃鄭氏詳釋「黼領」指中衣之領。孔氏《正義》曰：「《爾雅・釋器》云：『黼領謂之襮。』孫炎曰：『繡刺黼文以褗領，是襮爲領也』〔註 1093〕。」《說文》與《毛傳》訓實相同，馬宗霍《說文解字引經考》曰：「『襮』即『䙅』之隸變也」〔註 1094〕。

一二七、褅

《說文》八篇上衣部「褅」字下曰：「緥也。从衣啻聲，詩曰：載衣之褅。」段注：「他計切。」〔註 1095〕

按：「載衣之褅」，出自〈小雅・斯干〉。《毛詩》云：「載衣之裼」〔註 1096〕，「褅」作「裼」義謂：「生個小女孩，用小被包著，給紡錘給她常玩弄」〔註 1097〕。《說文》「褅，緥也」。糸部無「緥」字，衣部「襁」字曰：「負兒衣」〔註 1098〕，「緥」即襁褓之「褓」字也，段玉裁曰：「按：古繈緥字，从糸不从衣」〔註 1099〕。《毛傳》曰：「裼，褓也」。《鄭箋》云：「褓，夜衣也」。又曰：「《韓詩》作『褅』。齊人名小兒被爲『褅』」〔註 1100〕，毛、許之義合也。《說文》衣部「裼」字下曰：「但也」〔註 1101〕。人部「但」字下曰：「裼也」〔註 1102〕，二字互訓。《說文》衣部「袒」字下曰：「衣縫解也」〔註 1103〕，與《詩》義不合。「褅」，他計切，透母，十一錫部（段氏十六部）。「裼」，先擊切，心母，十一錫部（段氏十六部）。二字同在十一錫部，韻同，可通用。「褅」於《詩》爲本字，則「裼」爲借字矣。

〔註 1091〕同註 6，頁 198。
〔註 1092〕同註 5，頁 218。
〔註 1093〕同註 7，頁 77。
〔註 1094〕同註 9，頁 475。
〔註 1095〕同註 4，頁 397。
〔註 1096〕同註 5，頁 388。
〔註 1097〕同註 6，頁 342。
〔註 1098〕同註 4，頁 394。
〔註 1099〕同註 4，頁 394。
〔註 1100〕同註 5，頁 388。
〔註 1101〕同註 4，頁 400。
〔註 1102〕同註 4，頁 386。
〔註 1103〕同註 4，頁 399。

一二八、褻

《說文》八篇上衣部「褻」字下曰：「私服。从衣，埶聲，詩曰：是褻絆也。」段注：「私列切」〔註 1104〕。

按：「是褻絆也」出自〈鄘風・君子偕老〉。《毛詩》云：「蒙彼縐絺，是紲袢也」〔註 1105〕，「褻」作「紲」；「絆」作「袢」。義謂：「穿著潔白鮮豔的展服，襯著細紗製成的內衣」〔註 1106〕。《毛傳》曰：「絺之靡者為縐，是當暑袢延之服也」。段玉裁注云：「『當暑』二字釋『褻』也」〔註 1107〕。《鄭箋》云：「后妃六服之次，展衣宜白縐絺，絺之蹙蹙者展衣，夏則裏衣縐絺，此以禮見於賓客之盛服也，展衣字誤。《禮記》作襢衣」。孔穎達《正義》申《傳》曰：「紲袢者，去熱之名，故言袢延之服，袢延是熱之氣也」〔註 1108〕。《說文》作「私服者」或曰：「燕居之服也。」或曰：「裡衣也。」與《毛傳》不合，或《正義》乃就「紲袢」之功用為言。然於上文已有「縐絺」二字，說明該衣之質料，則下文「紲」字不應再從「糸」部。《說文》十三篇上糸部「紲」字下作：「犬系也。」〔註 1109〕，與《詩》恉不合。又「褻」、「紲」二字，段注同為「私列切」，音同通用。「褻」於《詩》為本字，則「紲」為借字矣。

一二九、袢

《說文》八篇上衣部，「袢」字下曰：「衣無色也。从衣，半聲，詩曰：是紲袢也。」段注：「博慢切。」〔註 1110〕

按：「是紲袢也」出自〈鄘風・君子偕老〉〔註 1111〕。此處引《詩》乃《毛詩》，許慎於「褻」字下引《詩》作「是褻絆也」（見 128、褻字條），則為三家《詩》也。義謂：「穿著潔白鮮豔的展服，襯著細紗製成的內衣（此乃夏暑燕居時之衣著也）」〔註 1112〕。《毛傳》曰：「紲袢，是當暑袢延之服也」。孔氏《正義》曰：「紲袢者，去熱之名，故言袢延之服。袢延，是熱之氣也。」「夏暑時王

〔註 1104〕同註 4，頁 399。
〔註 1105〕同註 5，頁 112。
〔註 1106〕同註 111，頁 55。
〔註 1107〕同註 4，頁 399。
〔註 1108〕同註 5，頁 112。
〔註 1109〕同註 4，頁 665。
〔註 1110〕同註 4，頁 399。
〔註 1111〕同註 5，頁 112。
〔註 1112〕同註 6，頁 79。

后所穿著於展服內之襯衣以細葛布製成，無色」。蓋《說文》曰：「衣無色也。」是許說與《詩》義合。《說文》糸部「絆」字下曰「馬馽也。從糸，半聲。」段注：「博慢切」〔註 1113〕。又馬部「馽」字下曰：「絆馬足也。從馬，○其足。」段注：「象絆之形，隸書作馽。」〔註 1114〕與《詩》義不合。「袢」、「絆」二字，同以「半」爲聲母聲，音同通用。「袢」於《詩》爲本字，則「絆」爲借字矣。

一三〇、袾

《說文》八篇上衣部「袾」字下曰：「好佳也。从衣，朱聲。詩曰：靜女其袾。」段注：「昌朱切。」〔註 1115〕

按：「靜女其袾」出自〈邶風・靜女〉。《毛詩》云：「靜女其姝」〔註 1116〕，「袾」作「姝」。義謂：「美麗的淑女」。《說文》「袾」作「好佳也。」段注：「好下奪也字，好者美也，佳者善也」〔註 1117〕。《毛傳》曰：「靜，貞靜。姝，美色。」《鄭箋》云：「女德貞靜，然後可畜美色，然後可安。」孔穎達《正義》曰：「言有貞靜之女，其美色姝然」〔註 1118〕。朱熹《詩集傳》〔註 1119〕與《毛傳》訓同。《說文》女部「姝」字下曰：「好也」〔註 1120〕。又「好」字下訓「媄也」〔註 1121〕。蓋「媄」字，專指女子之美而言，與《詩》義吻合。《廣韻》十虞「袾」下曰「朱衣」〔註 1122〕。《廣雅・釋器》卷七下曰：「袾，長襦也」〔註 1123〕，謂衣中也。是「袾」與《詩》義不合，「姝」、「袾」二字，段注同爲「昌朱切」。「姝」於《詩》爲本字，則「袾」爲借字矣。

一三一、褮

《說文》八篇上衣部「褮」字下曰：「鬼衣也。从衣，熒省，讀若詩曰：葛藟

〔註 1113〕同註 4，頁 665。
〔註 1114〕同註 4，頁 472。
〔註 1115〕同註 4，頁 399
〔註 1116〕同註 5，頁 104。
〔註 1117〕同註 4，頁 399
〔註 1118〕同註 5，頁 104。
〔註 1119〕同註 118，頁 26。
〔註 1120〕同註 4，頁 624。
〔註 1121〕同註 4，頁 624。
〔註 1122〕同註 11，頁 80。
〔註 1123〕同註 1081，頁 88。

縈之。一曰：若靜女其袾之袾。」段注：「於營切。」〔註 1124〕

按：《說文》「䙬」字曰：「讀若詩曰」，此乃引《詩》以證字音也。「葛藟縈之」出自〈周南・樛木〉〔註 1125〕《毛詩》云：「葛藟縈之」。又「䙬」、「縈」二字，同爲「熒」省聲，可通用。「縈」於《詩》爲本字，則「䙬」爲借字耳。

《說文》一曰：「若『靜女其袾』之『袾』。」段玉裁曰：「之『袾』當作之『靜』」〔註 1126〕。又「䙬」，於營切，影母，十二耕部（段氏十一部）。「袾」，昌朱切，透母，十六侯部（段氏四部）（參閱 130、袾字條）。「䙬」、「袾」二字，聲韻俱異，古音部居隔遠，絕不可通。蓋段氏疑爲「靜」字之誤，洵不誣也。「靜女其袾」出自〈邶風・靜女〉。《毛詩》云：「靜女其袾」〔註 1127〕，《毛傳》曰：「靜，貞靜」。《說文》與《毛傳》之義不合。《說文》五篇下青部「靜」字下曰：「宷也」〔註 1128〕。「宷」作「悉也，知宷諦」〔註 1129〕，引申作「貞靜也」。又「靜」，疾郢切，從母，十二耕部（段氏十一部）。「䙬」，於營切，影母，十二耕部（段氏十一部），二字同在十二耕部，聲同可通用。「靜」於《詩》爲本字，則「䙬」爲借字矣。

一三二、𣮨

《說文》八篇上毛部「𣮨」字下曰：「以毳為𦄻，色如虋，故謂之𣮨。虋，禾之赤苗也。从毛，㒼聲。詩曰：毳衣如𣮨。」段注：「莫奔切。」〔註 1130〕

按：「毳衣如𣮨」出自〈王風・大車〉。《毛詩》作「毳衣如璊」〔註 1131〕，「𣮨」作「璊」。義謂：「大夫被著，赤虋色的毳衣」〔註 1132〕。《毛傳》曰：「璊，赬也。釋文曰：『璊音門，《說文》作「璊」云：「以毳爲罽也。解此『璊』云玉赬色」』〔註 1133〕。「毳衣如𣮨」之「如」字，乃取譬之詞。《說文》玉部「璊」字作「玉經色也。禾之赤苗謂之虋，言玉色如之。」〔註 1134〕《說文》「毳」字作「獸

〔註 1124〕同註 4，頁 401。
〔註 1125〕同註 5，頁 35。
〔註 1126〕同註 4，頁 401。
〔註 1127〕同註 4，頁 104。
〔註 1128〕同註 4，頁 218。
〔註 1129〕同註 4，頁 50。
〔註 1130〕同註 4，頁 403。
〔註 1131〕同註 5，頁 154。
〔註 1132〕同註 6，頁 122。
〔註 1133〕同註 5，頁 154。
〔註 1134〕同註 4，頁 15。

細毛也。」〔註 1135〕「毳衣如虋」，以其形狀色澤取譬。若曰：「毳衣如璊」，璊爲玉色，則其形狀色澤皆與「毳」不同。《集韻》二十三魂「虋穈穡」下云：「《說文》：『赤苗嘉穀也，或作穈穡』」〔註 1136〕。《說文》無「穡」字，蓋以「虋」爲正字，《說文》一下艸部「虋」字曰：「赤苗，嘉穀也」〔註 1137〕。又「𤘶」字曰：「……色如虋」〔註 1138〕。「璊」字下亦曰：「……玉色如穡」〔註 1139〕是「𤘶」「璊」二字音色皆得自於「虋」。又段玉裁云：「《詩》所云『毳衣者』，《周禮》之『毳冕』，非西胡之毳布也」〔註 1140〕。《周禮》曰：「毳冕祭社稷。鄭司農云：『毳，罽衣也』」。又曰：『毳，畫虎蜼謂宗彝也』〔註 1141〕。蓋胡服非法服，段氏之疑不無道理耳。《詩》上文有「毳衣如菼」句；《毛傳》曰：「菼：鵻也，蘆之初生者。」〔註 1142〕《說文》艸部「菼」字下曰：「萑之初生，一曰鵻。」〔註 1143〕蓋「菼」艸，其色青白也。《詩》下文接：「毳衣如虋」，始上下之文義連貫相通也。「𤘶」、「璊」、「虋」三字，段注同爲「莫奔切」音同，通用。「虋」於《詩》爲本字，則「𤘶」與「璊」皆假借字矣。

一三三、歗

《說文》欠部「歗」字下曰：「吹也。从欠，肅聲。詩曰：其歗也謌。」段注曰：「穌弔切」。〔註 1144〕

按：「其歗也謌」出自〈召南・江有汜〉。《毛詩》云：「不我過，其嘯也歌」〔註 1145〕，「歗」作「嘯」，「謌」作「歌」。義謂：「不再與我相過從了，將來一定會苦痛而悲歌的。」〔註 1146〕《毛傳》「嘯」字無訓，《鄭箋》云：「嘯，蹙口而出聲」〔註 1147〕。是毛、許之義相合。《說文》口部「嘯」字下曰：「吹聲也。从口，

〔註 1135〕同註 4，頁 402。
〔註 1136〕同註 126，頁 140。
〔註 1137〕同註 4，頁 23。
〔註 1138〕同註 4，頁 403。
〔註 1139〕同註 4，頁 15。
〔註 1140〕同註 4，頁 403。
〔註 1141〕同註 18，頁 323
〔註 1142〕同註 5，頁 153。
〔註 1143〕同註 4，頁 34。
〔註 1144〕同註 4，頁 416。
〔註 1145〕同註 5，頁 65。
〔註 1146〕同註 6，頁 34。
〔註 1147〕同註 5，頁 65。

肅聲。(歗)籀文嘯从欠。」〔註 1148〕「歗」、「嘯」同以「肅」爲聲母,可通用。是「歗」爲「嘯」之籀文,本一字,分見兩部。

又《說文》欠部「歌」字下曰:「詠也。从欠,哥聲。歌或从言。」段注:「古俄切」〔註 1149〕。又「歌」、「謌」同以「哥」爲聲母,通用也。「歌」爲正字,則「謌」爲或體矣。

一三四、欥

《說文》八篇下欠部「欥」字下曰:「詮詞也。从欠曰,曰亦聲。詩曰:欥求厥寧。」段注:「余律切」〔註 1150〕。

按:「欥求厥寧」出自〈大雅・文王有聲〉。《毛詩》云:「文王有聲,遹求厥寧」〔註 1151〕,「欥」作「遹」。義謂:「文王有令聞之聲也。甚大乎!其有聲也,蓋以求天下之安寧」〔註 1152〕。《說文》「欥」作「詮詞也」。《說文》三篇上言部「詮」字作「具也」。〔註 1153〕段玉裁注云:「《淮南書》有〈詮言篇〉。高誘注曰:『詮、就也。就萬物之指,以言其徵,事之所謂,道之所依也,故曰:詮言』。」〔註 1154〕凡承上文所發端,就其言而解之,謂之「詮」,此詮詞之「詮」,應與詮言之「詮」同義。《說文》與《毛詩》義合也。《毛傳》「遹」字無訓。《鄭箋》云:「遹,述也」〔註 1155〕。《爾雅・釋言》與《鄭箋》同。〔註 1156〕朱熹《詩集傳》曰:「遹,義未詳,疑與聿同,發語辭。」〔註 1157〕朱氏疑爲作「發語辭」,與《詩》恉不合也。《毛詩》「遹」多作「聿」;〈唐風・蟋蟀〉「歲聿其莫」,《毛傳》曰:「聿,遂也」〔註 1158〕。又〈大雅・文王〉「聿修厥德」,《毛傳》曰:「聿,述也」〔註 1159〕。自古「聿、遹、述、遂」常通用也。《毛詩》多言「聿」,獨〈文王有聲〉四言「遹」,蓋《鄭箋》以「述」

〔註 1148〕同註 4,頁 58。
〔註 1149〕同註 4,頁 416。
〔註 1150〕同註 4,頁 418。
〔註 1151〕同註 5,頁 582。
〔註 1152〕同註 6,頁 465。
〔註 1153〕同註 4,頁 94。
〔註 1154〕同註 4,頁 94。
〔註 1155〕同註 5,頁 582。
〔註 1156〕同註 7,頁 37。
〔註 1157〕同註 118,頁 188。
〔註 1158〕同註 5,頁 216。
〔註 1159〕同註 5,頁 537。

別之，作「詮詞」也，又高郵王引之《經傳釋詞》云：「遹駿有聲，遹求厥寧，遹觀厥成，遹追來孝，並釋之爲『述』。今考之，皆承明上文之辭耳，非空爲辭助，亦非發語辭」〔註 1160〕，誠哉斯言。《說文》辵部「遹」字下曰：「回避也。」段注：「余聿切」。〔註 1161〕釋與《詩》義不合。又「欥」、「遹」二字，段注同爲「余律切」，音同通用。「欥」於《詩》爲爲本字，則「遹」爲借字耳。

一三五、䫀

《說文》九篇上頁部「䫀」字下曰：「好皃。从頁，争聲，詩所謂：䫀首。」段注：「疾正切」。〔註 1162〕

按：「䫀首」出自〈衛風．碩人〉。《毛詩》作「螓首蛾眉」〔註 1163〕，「䫀」作「螓」。義謂：「其顱額方正好也，其眉細彎而美也。」《毛傳》謂：「螓首，顙廣而方。顙，額也。」毛氏未言螓爲何物，與許義相近，《鄭箋》云：「螓謂蜻蜻也。」《爾雅．釋蟲》曰：「蜻蜻，如蟬而小，《方言》云有文者，謂之螓。」〔註 1164〕蓋《鄭箋》、《爾雅》所言「螓」乃屬昆蟲類也。《詩》云：「手如柔荑，膚如凝脂，領如蝤蠐，齒如瓠犀，螓首蛾眉。」以上四「如」字，皆借物擬人，比說之詞。唯「螓首蛾眉」無「如」字，蓋字從《說文》作「䫀首（娥眉）」，爲契合《詩》恉也。《說文》無「螓」字。《廣韻》十七眞「螓」下曰：「螓蜻，似蟬而小」。〔註 1165〕與《詩》義不合。「螓」、「匠鄰切」〔註 1166〕，從母，六眞部（段氏十二部）。「䫀」，「疾正切」〔註 1167〕，從母，十二耕部（段氏十一部）。「螓」、「䫀」二字爲雙聲，古韻旁轉，每多相通。「䫀」於《詩》爲本字，「螓」爲假借字矣。

一三六、㐱

《說文》九篇下彡部「㐱」字下曰：「稠髮也。从彡，人聲，（鬒）㐱或从髟，真聲。詩曰：㐱髮如雲。」段注：「之忍切。」〔註 1168〕

〔註 1160〕同註 34，頁 43。
〔註 1161〕同註 4，頁 73。
〔註 1162〕同註 4，頁 425。
〔註 1163〕同註 5，頁 129。
〔註 1164〕同註 7，頁 161。
〔註 1165〕同註 11，頁 104。
〔註 1166〕同註 11，頁 104。
〔註 1167〕同註 4，頁 425。
〔註 1168〕同註 4，頁 429。

按：「㐱髮如雲」出自〈鄘風・君子皆老〉。《毛詩》作「鬒髮如雲，不屑髢也」〔註1169〕，「㐱」作「鬒」。義謂「其秀髮烏黑稠密如雲，用不著假髮裝飾」。《毛傳》曰：「㐱，黑髮也。」釋文曰：『鬒，《說文》云：髮稠也。』據《左傳》昭公二十八年：「有仍氏生女，黰黑而甚美，光可以鑒，名曰玄妻。《釋文》云：『美髮爲黰。今又作鬒云：稠髮也』。又《正義》曰：「黰即鬒也。詩云：鬒髮如絲。然則鬒者，髮多長而黑美之貌也。此《傳》『黰』下有『黑』字，則黰文不兼於黑。故賈杜皆云美髮爲『黰』。」〔註1170〕「鬒」、「黰」二字，皆以「眞」爲聲母，可通用。許慎以「㐱」爲正字，「鬒」爲或體也〔註1171〕。

一三七、髳

《說文》九篇上髟部「鬏」字下曰：「髮至眉也。从髟，敄聲。髳或省，漢令有髳長。詩曰：紞彼兩髳。」段注：「亡牢切」〔註1172〕。

按：「紞彼兩髳」出自〈鄘風・柏舟〉。《毛詩》「髳」作「髦」云：「髧彼兩鬏」〔註1173〕，義謂：「那兩髦垂眉的人」〔註1174〕。《毛傳》曰：髦者，髮至眉。」釋文曰：「髦，音毛，《說文》作髳，音同。」是毛、許訓同也。《說文》髟部「髦」字下曰：「髦髮也。」〔註1175〕與《詩》義不合。「髳」段注：「亡牢切」〔註1176〕，微母，古歸明母，二十一幽部（段氏三部）。「髦」段注：「莫袍切」〔註1177〕，明母，十九宵部（段氏二部）。是「髳」、「髦」二字雙聲，可通用。「鬏」於《詩》爲本字，「髦」爲借字矣，又「髳」爲「鬏」之或體。

「紞」《毛詩》作「髧」，《說文》無「髧」字；《集韻》四十八感「髧」、下曰：「髮垂貌。引《詩》曰：「髧彼兩髦，或从人。徒感切。」〔註1178〕《毛傳》曰：「髧，兩髦之貌。」《說文》十三篇糸部「紞」字下曰：「冕冠塞耳者。」段注：「都感切」。又云：「紞所以縣瑱，所以塞耳，紞非塞耳者也。」〔註1179〕

〔註1169〕同註5，頁111。
〔註1170〕同註27，頁911。
〔註1171〕同註4，頁429。
〔註1172〕同註4，頁431。
〔註1173〕同註5，頁109。
〔註1174〕同註6，頁75。
〔註1175〕同註4，頁430。
〔註1176〕同註4，頁431。
〔註1177〕同註4，頁430。
〔註1178〕同註126，頁36。
〔註1179〕同註4，頁659。

《廣韻》四十九敢「紞」下曰：「冕前垂也，《說文》曰：冕冠塞耳者。」〔註1180〕蓋「紞」之義，爲「懸瑱之糸。」或「冕前之垂。」不作「髮下垂皃。」與《詩》義不合也。「髧」、「紞」二字皆以「冘」爲聲母，二字聲同，通用。「髧」於《詩》爲本字，則「紞」爲借字耳。

一三八、峱

《說文》九篇下山「峱」字下曰：「峱山也，在齊地。从山，𡗜聲。詩曰：遭我于峱之閒兮。」段注：「奴刀切」。〔註1181〕

按：「遭我于峱之閒兮」出自〈齊風・還〉。《毛詩》云：「子之還兮，遭我乎峱之閒兮」〔註1182〕，「于」作「乎」。「峱」崔《集注》本作「嶩」。義謂：「你眞是健捷得很啊，和我在峱山之間遇到。」〔註1183〕《毛傳》曰：「峱，山名。」釋文曰：「峱山在齊。崔《集注》本作嶩。」〔註1184〕《漢書・地理志》引《詩》作「嶩山」。《說文》「峱」作「峱山，在齊地」。顏師古注云：「嶩字或作峱，音乃高反。」〔註1185〕與《詩》義合。《說文》無「嶩」字。《玉篇》山部「嶩」字下曰：「同峱，山名，又大也。奴刀切。」〔註1186〕「峱」、「嶩」二字同爲「奴刀切」，音義全同，可通用。《說文》無「嶩」字，蓋「峱」爲正字，「嶩」爲「峱」之或體也。

《說文》于部「于」字下曰：「於也。象气之舒亏，从丂从一，一者，其气平也」〔註1187〕。又兮部「乎」字下曰：「語之餘也，从兮象聲，上越揚之形也」〔註1188〕，不作介係詞用。是「于」、「乎」二字皆爲語氣詞，「于」又作「於也」，爲介詞與《詩》義合。「于」，段注：「羽俱切」，爲母，古歸匣母，十三魚部。「乎」，段注：「戶吳切」，匣母，十三魚部。是「于」、「乎」二字音同，通用，王引之《經傳釋詞》曰：「『于』猶『乎』也。其在句中者，常語也」〔註1189〕，亦二字通用

〔註1180〕同註11，頁332。
〔註1181〕同註4，頁442。
〔註1182〕同註5，頁189。
〔註1183〕同註6，頁151。
〔註1184〕同註5，頁189。
〔註1185〕見班固撰，顏師古注：《前漢書・地理志》第八下，《四部備要》（台灣：中華書局，民國54年初版），頁2。
〔註1186〕同註10，頁311。
〔註1187〕同註4，頁206。
〔註1188〕同註4，頁206。
〔註1189〕同註34，頁36。

之證。「于」於《詩》爲本字，則「乎」爲借字耳。

一三九、岨

《說文》九篇下山部岨字下曰：「石戴土也。从山，且聲。詩曰：陟彼岨矣。」段注：「七余切」。〔註1190〕

按：「陟彼岨矣」出自〈周南・卷耳〉。《毛詩》作「陟彼砠矣」〔註1191〕，「岨」作「砠」。義謂：「登上那多石的山丘」〔註1192〕。《毛傳》曰：「石山戴土曰砠」〔註1193〕。又曰：「崔嵬，土山之戴石者」〔註1194〕。毛許義同。《說文》無「砠」字。《玉篇》石部「砠」字下曰：「土山有石，亦作岨。」〔註1195〕《玉篇》與《毛傳》義適相反。又《爾雅・釋山》曰：「石戴土謂之崔嵬，土戴石爲砠。」〔註1196〕訓與《玉篇》同，與《毛傳》異也。孔氏《正義》曰：「《傳》云：石山戴土曰砠，與《爾雅》正反者，或傳寫誤也」〔註1197〕。《毛詩》、《爾雅》作「砠」，《說文》作「岨」，主謂山，故字从山，重土，故不从石。《集韻》九魚韻「岨」、「砠」下曰：「《說文》：石戴土也。引《詩》：『陟彼岨矣』或作砠」〔註1198〕。又《廣韻》九魚韻「岨」下曰：「石山戴土。砠同上。七余切」〔註1199〕是「岨」、「砠」同爲「七余切」，二字音同，通用。「岨」爲正字，「砠」爲或體也。

一四〇、废

《說文》九篇下广部「废」字下曰：「舍也。从广，犮聲。詩曰：召伯所废。」段注：「蒲撥切。」〔註1200〕

按：「召伯所废」出自〈召南・甘棠〉。《毛詩》云：「召伯所茇」〔註1201〕，「废」作「茇」。義謂：「召伯曾舍息在草棚中斷案」。《毛傳》訓：「茇，草舍也。」多一

〔註1190〕同註4，頁444。
〔註1191〕同註5，頁34。
〔註1192〕裴溥言編撰：《詩經・先民的歌唱註譯》（國立中央圖書館出版），頁39。
〔註1193〕同註5，頁34。
〔註1194〕同註5，頁33。
〔註1195〕同註10，頁319。
〔註1196〕同註7，頁118。
〔註1197〕同註5，頁34。
〔註1198〕同註126，頁65。
〔註1199〕同註11，頁68。
〔註1200〕同註4，頁449。
〔註1201〕同註5，頁54。

「草」字，或以「茇」字，从「艸」而云，《說文》「废」作「舍也」，乃泛稱之詞。毛與許義實相合也。孔穎達疏曰：「艸中止舍也，故謂草舍」〔註1202〕。又《周禮・大司馬》曰：「中夏教茇舍。注云：『茇讀如萊沛之沛。茇舍草止之也，軍有草止之法』。疏曰：『云：茇舍，草止之也者，从草釋茇，从止釋舍，故即云軍有草止之法』。」〔註1203〕是《毛傳》、《周禮》皆作「草舍也」。《說文》艸部「茇」字下曰：「艸根也。从艸，犮聲，春艸根枯，引之而發土爲撥，故謂之茇。一曰艸之白華爲茇。」〔註1204〕。無「草舍」之義。與《詩》恉不合。又「废」，段注：「蒲撥切」，並母，二月部（段氏十五部）。「茇」，段注：「北末切」，幫母，二月部（段氏十五部）。二字韻同，可通用。「废」，於《詩》爲本字，則「茇」爲借字矣。

一四一、厝

《說文》九篇下厂部「厝」字下曰：「厝石也。从厂，昔聲。詩曰：佗山之石可以為厝。」段注：「蒼各切」又「七互切。」〔註1205〕

按：「佗山之石可以爲厝」出自〈小雅・鶴鳴〉。《毛詩》云：「它山之石可以爲錯」〔註1206〕，「佗」、「厝」《毛詩》作「它」、「錯」。義謂：「它山之石，可以作爲砥礪之具」。大徐本《說文》「厝」字下作「礪石」〔註1207〕。《說文》無「礪」字。「厲」字下曰：「旱石也。从厂，萬省聲，或不省。」「厲」與「厲」同。段注曰：「旱石者，剛於柔石者也。」又曰：「凡砥礪字作礪。」又曰：「各本作礪石，今正」〔註1208〕。段玉裁云：「厝石，石之可以攻玉者」，又云：「玉至堅，厝石如今之金剛鑽之類，非厲石也」〔註1209〕。《毛傳》曰：「錯，石也，可以琢玉」〔註1210〕。未言何石，統稱可以「琢玉之石也。」孔穎達疏云：「它山遠國之石，取而得之，可以爲錯物之用」。大徐作「礪石」，即「旱石也」。蓋可以琢玉之石必爲「金剛鑽石」亦旱石之屬也。是大徐本作「礪石」，不必非要改爲「厝石也」，與《毛傳》義同。又《說文》金部「錯」字下曰：「金涂

〔註1202〕同註5，頁54。
〔註1203〕同註18，頁443。
〔註1204〕同註4，頁39。
〔註1205〕同註4，頁452。
〔註1206〕同註5，頁377。
〔註1207〕同註14，頁308。
〔註1208〕同註4，頁451。
〔註1209〕同註4，頁452。
〔註1210〕同註5，頁377。

也。」段注：「蒼各切。」又曰：「涂，俗作塗，又或作搽，謂以金措其上也」〔註1211〕。朱駿聲曰：「錯，今所謂鍍金，俗字作鍍。」〔註1212〕「錯」，不作「石也」，與《詩》義不合。又「厝」、「錯」二字，同以「昔」爲聲母音同，通用。《漢書·地理志》下曰：「五方雜厝，風俗不純。」注曰：「晉灼曰：『厝，古錯字』」〔註1213〕。《穆天子傳》六曰：「內史賓侯，北向而立，大哭九，邢侯厝踊三而止。」注曰：「上文作『錯』踊，此作『厝』踊，古字通用」〔註1214〕。亦「厝」、「錯」通用之證也。「厝」於《詩》爲本字，則「錯」爲借字耳。

「佗」《毛詩》作「它」，《鄭箋》曰：「它山喻異國」。《說文》八篇上人部「佗」字下曰：「負何也。」段注：「『佗』，俗字爲『駝』，隸變『佗』爲「他」，用爲彼之稱」〔註1215〕。「他」，今作第三人稱代名詞，與《詩》恉不合。又《說文》十三篇下宀部「它」字下曰：「虫也，从虫而長，象冤曲垂尾形，上古艸居患它，故相問無它乎？」〔註1216〕。「它」即古「蛇」字，後用指器物等無性別，第三身之代名詞，與《詩》恉合。又「佗」，段注：「徒何切」，定母，一歌部（段氏十七部）。「它」，段注：「託何切」，透母，一歌部（段氏十七部）。「佗」、「它」二字爲旁紐雙聲，疊韻，可通用。馬宗霍《說文解字引經攷》曰：「阮氏校勘記云：『它』，唐石經，小字本，相臺本同，《考文》古本同，閩本，明監本，毛本『它』誤『他』」〔註1217〕。是「佗」、「它」通用之證也。「它」於《詩》爲本字，則「佗」爲假借字矣

一四二、豝

《說文》九篇下豕部「豝」字下曰：「牝豕也。从豕，巴聲。一曰二歲豕，能相杷挐者也。詩曰：一發五豝。」段注：「伯加切。」〔註1218〕

按：「一發五豝」出自〈召南·騶虞〉。《毛詩》云：「壹發五豝」〔註1219〕。「一」作

〔註1211〕同註4，頁712。
〔註1212〕同註138，頁499。
〔註1213〕同註1185，第28下，頁17。
〔註1214〕〔清〕紀昀編撰：《新唐書》史部三，編年類，《四庫提要》卷四十七，（臺北：中華書局出版，民國54年），頁418。
〔註1215〕同註4，頁375。
〔註1216〕同註4，頁684。
〔註1217〕同註9，頁500。
〔註1218〕同註4，頁459。
〔註1219〕同註5，頁68。

「壹」。義謂：「君射獵時，由虞人驅五豕，以待君射之。」《毛傳》曰：「豕牝曰豝。」與《說文》相合也。《鄭箋》云：「君射一發而翼五豬者，戰禽獸之命必戰之者，仁心之至。」蓋鄭氏此處，非就字義而爲訓也。孔穎達《正義》曰：「一發矢而射五豝獸。翼，驅也」〔註 1220〕。《爾雅・釋獸》曰：「牝豝。註：詩云：『一發五豝』。」〔註 1221〕是《說文》、《毛傳》、《爾雅》，釋「豝」皆作「牝豬」。「一」《毛詩》作「壹」；《說文》一篇上一部「一」字下曰：「惟初太極，道立於一，造分天地，化成萬物。」〔註 1222〕《說文》十篇下壹部「壹」字下曰：「嫥壹也。从壺吉，吉亦聲。」段注：「於悉切」又云：「俗作壹」〔註 1223〕。「一」，爲數字之始。「一」、「壹」，段注同爲「於悉切」，二字音同，通用。《儀禮・士相見禮》曰：「賓入奠摯再拜，主人荅壹拜。」註：「古文壹爲一」〔註 1224〕。「一」爲正字，則「壹」爲俗字耳。

一四三、豜

《說文》九篇下豕部「豜」字下曰：「三歲豬，肩相及者也。从豕，幵聲。《詩》曰：並驅從兩豜兮。」段注：「古賢切。」〔註 1225〕

按：「並驅從兩豜兮」出自〈齊風・還〉。《毛詩》云：「並驅從兩肩兮」〔註 1226〕，「豜」作「肩」。義謂：「我二人即並肩而進，去逐捕那兩隻野豬。」《毛傳》曰：「獸三歲曰肩」〔註 1227〕。「獸」者，爲泛稱之詞，毛、許之義實合。《說文》四篇下肉部「肩」字下曰：「髆也」段注：「古賢切」〔註 1228〕。「髆」《說文》作「肩甲也」〔註 1229〕。與《詩》恉不合。又「豜」、「肩」二字，段注同爲「古賢切」音同，通用。「豜」於《詩》爲本字，則「肩」爲借字耳。

一四四、豻

《說文》九篇下豸部「豻」字下曰：「胡地野狗。从豸，干聲。（犴）豻或从

〔註 1220〕同註 5，頁 68。
〔註 1221〕同註 7，頁 188。
〔註 1222〕同註 4，頁 1。
〔註 1223〕同註 4，頁 500。
〔註 1224〕同註 26，頁 72。
〔註 1225〕同註 4，頁 459。
〔註 1226〕同註 5，頁 189。
〔註 1227〕同註 5，頁 189。
〔註 1228〕同註 4，頁 171。
〔註 1229〕同註 4，頁 166。

犬。詩曰：宜犴宜獄。」段注：「五旰切。」〔註1230〕

按：「宜犴宜獄」出自〈小雅・小宛〉。《毛詩》作「宜岸宜獄」〔註1231〕，「犴」作「岸」。義謂「且有牢獄之災」〔註1232〕。《毛傳》曰：「岸，訟也」。〈釋文〉云：「韋昭注《漢書》、《韓詩》，『岸』作『犴』音同。云：鄉亭之繫曰『犴』，朝廷曰『獄』」〔註1233〕。《說文》十篇上㹜部「獄」字下曰：「确也，从㹜、从言，二犬所以守也。」段注曰：「獄字从㹜者，取相爭之意，許云：所以守者。謂：陛牢拘罪之處也」。〔註1234〕《說文》「犴」作「胡地野狗。」與毛義異。或採「犴」、「獄」之引申義作「訟獄也」。《說文》山部「岸」字下曰：「水厓。洒而高者。」段注：「五旰切」〔註1235〕。與《詩》義不相合也。又「岸」、「犴」段注同爲「五旰切」，二字音同，通用。「犴」於《詩》爲本字，「犴」爲「犴」之或體也。則「岸」爲假借字耳。

一四五、驕

《說文》八篇下馬部「驕」字下曰：「驪馬白胯也。从馬，矞聲，詩曰：有驕有騜。」段注：「千公切。」〔註1236〕

按：「有驕有騜」出自〈魯頌・駉〉。《毛詩》云：「有驕有皇」〔註1237〕，「騜」作「皇」。義謂：「在原野佈滿高頭大馬，有黑身而白胯者，有體黃而雜以白色者」〔註1238〕。《毛傳》曰「黃白曰皇」〔註1239〕。《說文》一篇上王部「皇」字下曰：「大也。从自王，自，始也。始王者，三皇大君也。自讀若鼻，今俗以作始生子爲鼻子是。」段注：「胡光切」〔註1240〕。不作「黃白色」。與《詩》義不相合也。又《說文》無「騜」字，《字林》及《玉篇》有「騜」字，而《字林》多本《說文》，或舊本《說文》有「騜」字也。故許愼引《詩》作「騜」。

〔註1230〕同註4，頁462。
〔註1231〕同註5，頁420。
〔註1232〕同註111，頁344。
〔註1233〕同註5，頁420。
〔註1234〕同註4，頁482。
〔註1235〕同註4，頁446。
〔註1236〕同註4，頁466。
〔註1237〕同註5，頁736。
〔註1238〕同註6，頁579。
〔註1239〕同註5，頁736。
〔註1240〕同註4，頁9。

《玉篇》馬部「騜」字下曰：「馬皇白」〔註 1241〕。《爾雅・釋畜》曰：「黄白，騜。」〔註 1242〕《廣韻》十一唐韻「騜」下曰：「馬黄白色，胡光切」〔註 1243〕。據各本釋「騜」皆與《詩》義合也。「騜」以「皇」爲聲母，二字音同，通用。「騜」於《詩》爲本字，則「皇」爲借字矣。

一四六、驖

《說文》十篇上馬部「驖」字下曰：「馬赤黑色。从馬，戴聲。詩曰：四驖孔阜。」段注：「他結切。」〔註 1244〕

按：「四驖孔阜」出自〈秦風・四驖〉。《毛詩》作「駟驖孔阜，六轡在手」〔註 1245〕，「四」作「駟」。義謂：「四匹赤黑色的馬，很是高大，御者手執六轡」。《毛傳》曰：「驖，驪也」。《說文》十篇上馬部「驪」字下曰：「馬深黑色」〔註 1246〕。《說文》作「馬赤黑色者。」與《毛傳》略異，或古人於赤黑色，深黑色不細分，皆曰深黑色，義實無差也。又《說文》十篇上馬部「駟」字下曰：「一乘也。」段注：「息利切」〔註 1247〕。古時計算車輛的數量名；四馬一車。與《詩》義略異。《毛傳》「駟」字無訓。《鄭箋》云：「四馬六轡也。」是《鄭箋》亦以「四馬」稱之。《說文》十四篇下四部「四」字下曰：「侌數也」段注：「息利切」〔註 1248〕。與《詩》義合。「駟」、「四」段注同爲「息利切」，二字音同，通用。「四」於《詩》爲本字，則「駟」爲假借字耳。

一四七、驍

《說文》十篇上馬部「驍」字下曰：「良馬也。从馬，堯聲，詩曰：驍驍牡馬。」段注：「古堯切。」〔註 1249〕

按：「驍驍牡馬」爲〈魯頌・駉〉文，其說出自陸德明所見《說文》如此，《詩・釋文》曰：「駉《說文》作驍」〔註 1250〕。《毛詩》云：「駉駉牡馬，在坰之野。」〔註 1251〕，

〔註 1241〕同註 10，頁 327。
〔註 1242〕同註 10，頁 193。
〔註 1243〕同註 11，頁 181。
〔註 1244〕同註 4，頁 466。
〔註 1245〕同註 5，頁 234。
〔註 1246〕同註 4，頁 466。
〔註 1247〕同註 4，頁 470。
〔註 1248〕同註 4，頁 470。
〔註 1249〕同註 4，頁 468。
〔註 1250〕同註 4，頁 468。

「驍」作「駉」。義謂「肥大的雄馬，佈滿原野」。〔註1252〕《毛傳》「駉駉」曰：「良馬，腹幹肥張也」〔註1253〕。《說文》作「良馬」，凡具備「良馬」之條件者，必爲「腹幹肥張也」。是毛、許義合也。《說文》馬部「駉」字下作「牧馬苑也」〔註1254〕。不作「腹幹肥張貌」，與《詩》義不合。又「驍」，古堯切，見母，十九宵部（段氏二部）。「駉」，古熒切，見母，十二耕部（段氏十一部）。「驍」、「駉」二字雖爲雙聲，宵、青二韻部距遠隔，無由相通，段玉裁曰：「按，堯聲，冋聲之類，相去甚遠，無由相涉」〔註1255〕，疑爲〈大雅，崧高〉文。作「四牡蹻蹻，鉤膺濯濯」〔註1256〕，義謂「四匹健壯的雄馬，身上裝飾的鉤膺之物，也都非常之光澤」〔註1257〕。《毛傳》曰：「蹻蹻，壯貌。」《說文》作「良馬」，引申之「良馬必健壯也。」蓋毛、許義實相合。《說文》足部「蹻」字下曰：「舉足小高也」〔註1258〕。本義無「壯貌」。又「蹻」，丘消切，溪母，十九宵部（段氏二部）。「驍」，古堯切，見母，十九宵部（段氏二部）。溪、見爲同位雙聲，疊韻，可通用。「驍」於《詩》爲本字，則「蹻」爲假借字矣。〈魯頌、駉〉文作「駉駉」乃「駫駫」之借字也，與「驍驍」二字，應無假借之關係。（詳見一五〇「駫」字條。）

一四八、驕

《說文》十篇上馬部「驕」字下曰：「馬高六尺為驕。从馬、喬聲詩曰：我馬維驕。一曰野馬。」段注：「舉喬切。」〔註1259〕

按：「我馬維驕」出自〈小雅・皇皇者華〉，《毛詩》作「我馬維駒，六轡如濡」〔註1260〕，「驕」作「駒」。義謂：「四匹駒馬駕著車子，六轡光澤如濡」〔註1261〕。《毛傳》「駒」字，無訓，〈周南、漢廣〉云：「言秣其駒」。釋文曰：「駒，五尺以上曰駒。」孔穎達《正義》曰：「五尺以上即六尺以下」〔註1262〕。是毛許義合也。〈皇皇者

〔註1251〕同註5，頁763。
〔註1252〕同註6，頁579。
〔註1253〕同註5，頁763。
〔註1254〕同註4，頁473。
〔註1255〕同註4，頁468。
〔註1256〕同註5，頁672。
〔註1257〕同註5，頁526。
〔註1258〕同註4，頁82。
〔註1259〕同註4，頁468。
〔註1260〕同註5，頁319。
〔註1261〕同註6，頁256。
〔註1262〕同註5，頁43。

華〉《鄭箋》曰：「駒音俱，本亦作驕」。孔氏《正義》曰：「此文王教使臣曰：我使臣出使，所乘之馬維是駒矣」。《說文》馬部「駒」字下曰：「馬二歲曰駒，三歲曰駣。」〔註 1263〕。《集韻》十虞類，「駒、驕」下「引《說文》二歲曰駒，或作驕」〔註 1264〕。據《說文》，《集韻》皆以「駒」為「二歲之馬」，「二歲之馬」乃馬子也，身高無五尺以上，無能駕車也。與《詩》義不合。《周禮・廋人》「廋人教駣，攻駒。」鄭司農云：『馬三歲曰駣，二歲曰駒』〔註 1265〕。《禮記・月令》曰：「犧牲駒犢，舉書其數。《正義》曰：『小馬之駒也』。」〔註 1266〕「駒」，段氏：「舉朱切」，見母，十六侯部（段氏四部）。「驕」，段氏：「舉喬切」，見母，十九宵部（段氏二部）。是「駒」、「驕」二字，為雙聲，又侯宵古次旁轉，每有相通，「驕」於《詩》為本字，則「駒」為借字耳。

一四九、騋

《說文》十篇上「騋」字下曰：「馬七尺為騋，八尺為龍。从馬，來聲詩曰：騋牝驪牝。」段注：「落哀切。」〔註 1267〕

按：「騋牝驪牝」，《毛詩》無此文。段玉裁云：「下『牝』字各本作『牡』，今正。」〔註 1268〕以為出自〈鄘風・定之方中〉。《毛詩》作：「騋牝三千」〔註 1269〕，義謂「七尺以上的騋馬與牝馬，就繁殖到三千。」《毛傳》曰：「馬七尺以上曰騋，騋馬與牝馬也。」馬瑞辰《毛詩傳箋通釋》云：「言牝以該牡，故《傳》言『騋馬與牝馬也』，非謂騋牝即專指騋馬之牝者」〔註 1270〕。《毛傳》與《說文》同也。《爾雅、釋獸》曰：「騋牝驪牡，玄駒褭驂」〔註 1271〕，郭璞引《詩》「騋牝三千」，以為證。注曰：「馬七尺以上為騋，見《周禮》。」「玄駒褭驂」注曰：「玄駒，小馬，別名褭驂耳，或曰此即腰褭，古之良馬名。」〔註 1272〕或《說文》引詩，出自郭注本《爾雅》文。「騋牝驪牡，玄駒褭驂」，舊有兩種不同之分段

〔註 1263〕同註 4，頁 465。
〔註 1264〕同註 126，頁 75。
〔註 1265〕同註 18，頁 497。
〔註 1266〕同註 12，頁 305。
〔註 1267〕同註 4，頁 468。
〔註 1268〕同註 4 頁 468。
〔註 1269〕同註 5，頁 117。
〔註 1270〕同註 111，頁 57。
〔註 1271〕同註 7，頁 193。
〔註 1272〕同註 7，頁 193。

法；一爲郭璞注《爾雅》作「騋牝驪牡，玄駒褭驂」〔註 1273〕。一爲鄭玄注《禮記，檀弓》篇曰：「戎事乘驪，牡用玄。」鄭氏注引《爾雅》曰：「騋牝驪牡玄，駒褭驂。」〔註 1274〕蓋鄭氏於「牡」下連「玄」字，於義自有不同之解耳。

一五〇、駫

《說文》十篇上馬部「駫」字下曰：「馬肥也。从馬，光聲。詩曰駫駫牡馬。」段注：「古營切。」〔註 1275〕大徐本引詩作「四牡駫駫。」

按：「駫駫牡馬」出自〈魯頌．駉〉。《毛詩》作「駉駉牡馬」〔註 1276〕，「駫」作「駉」。義謂「肥大的雄馬」〔註 1277〕《《毛傳》曰：「駉駉，良馬腹幹肥張也。」與許義同。查段注《說文》十篇上馬部「駉」字下曰：「牧馬苑也。詩曰：在冋之野」〔註 1278〕。《毛詩》作「在駉之野」。段玉裁改「駉」爲「冋」字。《說文》五篇下冂部「冋」字下曰：「古文冂，从口象國邑。冋或从土。」〔註 1279〕「駉」作「牧馬苑也。」與《詩》義不合。段氏改爲「冋」字，本義爲「象國邑之形」。亦無「馬肥」之義。「駫」、「駉」二字同爲「古營切」音同，通用。「駫」於《詩》爲本字，「駉」則爲借字矣。

一五一、騯

《說文》十篇上馬部「騯」字下曰：「馬盛也。从馬，旁聲，詩曰：四牡騯騯。」段注：「薄庚切。」〔註 1280〕

按：「四牡騯騯」出自〈大雅．烝民〉。《毛詩》云：「四牡彭彭」〔註 1281〕，「騯」作「彭」。義謂「四牡彭彭而前進」〔註 1282〕。《毛傳》無訓。〈小雅、北山〉〔註 1283〕，亦有此文，《毛傳》曰：「彭彭然，不得息」〔註 1284〕。《鄭箋》云：「彭彭、行貌。

〔註 1273〕同註 7，頁 193。
〔註 1274〕同註 12，頁 114。
〔註 1275〕同註 4，頁 468。
〔註 1276〕同註 5，頁 763。
〔註 1277〕同註 6，頁 579。
〔註 1278〕同註 4，頁 473。
〔註 1279〕同註 4，頁 230。
〔註 1280〕同註 4，頁 469。
〔註 1281〕同註 5，頁 674。
〔註 1282〕同註 6，頁 531。
〔註 1283〕同註 5，頁 444。
〔註 1284〕同註 5，頁 444。

以此車馬命仲山甫使行，言其盛也。」〔註 1285〕《說文》作「馬盛也」，與「彭彭、行貌。」言車馬陣容之盛，行於道途，以上皆狀緊急不息貌。毛、許義實相成也《說文》五篇上「彭」字下曰：「鼓聲也。」〔註 1286〕而無「盛壯皃」或「行皃」。又「騯」「彭」二字同為「薄庚切」音同，通用。「騯」於《詩》當為本字，則「彭」為借字矣。

一五二、鸒

《說文》十篇上馬部「鸒」字下曰：「馬行徐而疾也。从馬，與聲。詩曰：四牡鸒鸒。」段注：「弋魚，弋庶二切。」〔註 1287〕

按：大徐本《說文》馬部無「鸒」字，而有「鷽」字作「馬行徐而疾也」〔註 1288〕。段玉裁根據《玉篇》馬部「鸒」字下曰：「馬行徐疾。弋魚，弋庶二切」〔註 1289〕，補入。《玉篇》馬部亦有「鷽」字曰：「馬腹下聲也。於角切」〔註 1290〕。又《玉篇》、《廣韻》皆有「鸒」字。此誤或為後人傳寫之訛也，故依段注為是。「四牡鸒鸒」出自〈小雅・攻車〉。《毛詩》云：「四牡奕奕」〔註 1291〕，〈大雅・韓奕〉篇亦有此文〔註 1292〕，「鸒」作「奕」。義謂：「四匹高大的雄馬，疾行而來。」〔註 1293〕《毛傳》泛言「諸侯來會也。」孔穎達《正義》曰：「言宣王之至東都，四方諸侯，駕彼四牡之馬而來，其四牡之馬奕奕然閑習，既朝見於王。」《說文》作「馬行徐而疾」多一「徐」字，指馬行優雅而輕麗貌。與《詩》義實相合。《說文》十篇下大部「奕」字下曰：「大也」〔註 1294〕，無「馬行徐而疾」之義。《廣韻》二十二昔「奕」下曰：「大也。又輕麗貌。又行也。盛也。」〔註 1295〕，「大」也，之後為《廣韻》所增引申之義。又「鸒」，戈庶切（或戈魚切），喻母，古歸定，十三魚部（段氏五部）〔註 1296〕。「奕」，羊益切，喻母，古歸定，十四

〔註 1285〕同註 5，頁 674。
〔註 1286〕同註 4，頁 207。
〔註 1287〕同註 4，頁 470。
〔註 1288〕同註 14，頁 191。
〔註 1289〕同註 10，頁 328。
〔註 1290〕同註 10，頁 328。
〔註 1291〕同註 5，頁 376。
〔註 1292〕同註 5，頁 680。
〔註 1293〕同註 5，頁 367。
〔註 1294〕同註 4，頁 503。
〔註 1295〕同註 11，頁 517。
〔註 1296〕同註 4，頁 470。

鐸部（段氏五部）〔註 1297〕。「鸒」、「奕」二字音同，通用。「鸒」於《詩》爲本字，則「奕」爲假借字耳。

一五三、駾

《說文》十篇上馬部「駾」字下曰：「馬行疾來貌也。从馬，兌聲。詩曰：昆夷駾矣。」段注：「他外切。」〔註 1298〕

按：「昆夷駾矣」出自〈大雅・緜〉。《毛詩》云：「混夷駾矣」〔註 1299〕，「昆」作「混」。義謂：「混夷存在不住，也就奔竄了」〔註 1300〕。《毛傳》「混夷」二字無訓。《鄭箋》云：「混夷，夷狄國也。」〔註 1301〕又《漢書・匈奴傳》第六十四上曰：「周・西伯昌伐畎夷。注：『師古曰：夷，即畎戎也。又曰：昆夷・『昆』字或作『混』。『昆』『畎』聲相近耳，亦曰：犬戎也』。」〔註 1302〕《孟子》・〈梁惠王篇〉下曰：「文王事昆夷」〔註 1303〕，作「昆夷」，與《說文》引《詩》同也。又〈小雅，采薇・序〉曰：「文王之時，西有昆夷之患。」《鄭箋》曰：「昆夷，西戎也。釋文曰：『昆本又作混』。」〔註 1304〕據《山海經》云：「黃帝生苗龍，苗龍生融吾，融吾生弄明，弄明生白犬，白犬有二牡，牡是犬戎。」〔註 1305〕《國語・周語》上曰：「穆王將征犬戎。注：犬戎・西戎之別名」。〔註 1306〕據《山海經》及《國語》具呼「西戎作犬戎或作畎夷。」《說文》「犬」字下曰：「狗之有縣者也。」〔註 1307〕本爲狗名，作國名或人名，則帶有鄙夷之意。『說文』田部「畎」字下曰：「六畎爲一畮。」此乃古之代田制也。「犬」爲「畎」之聲母，二字音同，可通用。又呼「昆夷」或作「混夷」，指混沌未開化之夷狄民族也，亦寓輕視之意味。《說文》七篇上日部「昆」字曰：「合也」〔註 1308〕。謂混沌未開也。又水部「混」

〔註 1297〕同註 4，頁 503。
〔註 1298〕同註 4，頁 471。
〔註 1299〕同註 5，頁 550。
〔註 1300〕同註 955，頁 459。
〔註 1301〕同註 5，頁 550。
〔註 1302〕同註 1185，卷二十八下：〈匈奴傳〉第 64 上，頁 2。
〔註 1303〕四書讀本《孟子》（臺北：三民書局），頁 331。
〔註 1304〕同註 5，頁 330。
〔註 1305〕郭氏傳：《山海經》（臺北：叢慶堂藏書，民國 54 年，第 1 版），卷十八，下卷第十七，頁 82。
〔註 1306〕韋昭注：《國語・周語》卷一上（臺灣：商務印書館印行，民國 54 年，1 版）頁 1。
〔註 1307〕同註 4，頁 477。
〔註 1308〕同註 4，頁 311。

字曰：「豐流也」〔註1309〕。「昆」爲「混」之聲母，二字音同，可通用。「犬戎」「畎夷」、「昆夷」、「混夷」皆「西戎」國名也，不屬假借字之例。

一五四、駉

《說文》十篇上馬部「駉」字下曰：「牧馬苑也。从馬，冋聲。詩曰：在駉之野。」段注：「古熒切。」〔註1310〕

按：「在駉之野」出自〈魯頌・駉〉。《毛詩》作「駉駉牡馬，在坰之野」〔註1311〕，「駒」作「坰」。義謂「肥大的雄馬佈滿原野。」〔註1312〕《毛傳》曰：「坰，遠野也。邑外曰郊，郊外曰野，野外曰林，林外曰坰。」〔註1313〕，是毛許訓異也。「坰」《說文》作「冂」曰：「邑外謂之郊，郊外謂之野，野外謂之林，林外謂之冂，象遠介也，冋古文冂，从口，象國邑。（坰）冋或从土。」段注：「古熒切。」〔註1314〕，與《毛傳》同。揚雄〈太僕箴〉云：「『牧於坰野』，輦車就牧，而詩人興魯。」〔註1315〕，是子雲所見《詩》即作「坰」。「坰」「駉」二字，皆以「冋」爲聲母，音同，可通用。「坰」於《詩》爲本字，則「駉」爲借字矣。或《說文》引《詩》作「駉」，乃承上文「駉駉」二字之衍誤。

一五五、猲

《說文》十篇上犬部「猲」字下曰：「猲獢，短喙犬也。从犬，曷聲。詩曰：載獫猲獢。爾雅曰；短喙犬謂之猲獢。」段注：於「猲獢」下云：「各本奪此二字，今依全書通例，補雙聲字也」〔註1316〕。

按：「載獫猲獢」出自〈秦風・駟驖〉。《毛詩》云：「載獫歇驕」〔註1317〕，義謂「把獵犬載於車上。」〔註1318〕「猲」、「獢」作「歇」、「驕」，《爾雅・釋畜》曰：「長喙獫，短喙猲獢。注：『詩曰：載獫猲獢』。」〔註1319〕《毛傳》曰：「歇驕，田

〔註1309〕同註4，頁551。
〔註1310〕同註4，頁473。
〔註1311〕同註5，頁763。
〔註1312〕同註6，頁580。
〔註1313〕同註5，頁763。
〔註1314〕同註4，頁230。
〔註1315〕楊雄：《太僕箴》，《四庫全書・集部》（臺灣：商務印書館發行），頁1063。
〔註1316〕同註4，頁478。
〔註1317〕同註5，頁235。
〔註1318〕同註6，頁196。
〔註1319〕同註7，頁194。

犬也。長喙曰獫，短喙曰歇驕」。田犬者，即獵犬也，是《毛傳》，《說文》與《爾雅》合。《說文》「歇」字作「息也，一曰气越泄」。〔註1320〕「歇」不作犬名。又「猲」、「歇」二字，段注同爲「許謁切」音同，通用。「猲」於《詩》爲本字，「歇」爲假借字也。《說文》「獢」字作「猲獢」。「猲獢」二字連文，爲短喙犬名，與《詩》義合。《說文》十篇上馬部「驕」字作「馬高六尺爲驕」。〔註1321〕，「驕」本義不爲犬名，與《詩》恉不合。「獢」段注：「許驕切」曉母，十九宵部（段氏二部）。「驕」，段注：「舉喬切」見母，十九宵部（段氏二部）。二字同在十九宵部，爲疊韻。可通用，《文選．張衡．西京賦》「載獫獵獢」。李善注引《詩》同《說文》〔註1322〕。「獵」乃「猲」之重文。蓋「猲」、「獢」於《詩》爲本字，則「歇」、「驕」皆爲借字矣。

一五六、獜

《說文》十篇上犬部「獜」字下曰：「健也。从犬，粦聲。詩曰：盧獜獜」段注：「力珍切。」〔註1323〕

按：「盧獜獜」出自〈齊風．盧令〉。《毛詩》云：「盧令令」〔註1324〕，「獜」作「令」。義謂：「獵犬的頸下繫著鈴鐺，發出鈴鈴的響聲。」《毛傳》曰：「令令，纓環聲」。孔穎達《正義》申《傳》云：「言吾君之盧犬，其環鈴鈴然爲聲。」又云：「此言鈴鈴，下言環鋂，鈴鈴即是環鋂聲之狀，環在犬之額下，如人之冠纓然，故云纓環聲也」〔註1325〕。《說文》「獜」作：「健也」，與《詩》義不合。《說文》九篇上卪部「令」字作「發號也。」段注：「力正切」〔註1326〕。不作鈴聲。《說文》十四篇上金部「鈴」字作「令丁也。」段注曰：「令丁，疊韻字，《晉語》十一注：『丁寧、令丁謂鉦也』。《吳語》十九同上。」〔註1332〕《說文》金部「鉦」字作「鐃也。似鈴柄中，上下通也」〔註1328〕。段玉裁以爲「鐲」、「鈴」、「鉦」、「鐃」四者相似而有不同，「鉦」似「鈴」而異於「鈴」者，「鈴」

〔註1320〕同註4，頁415。
〔註1321〕同註4，頁468。
〔註1322〕同註174，頁38。
〔註1323〕同註4，頁479。
〔註1324〕同註5，頁198。
〔註1325〕同註5，頁198。
〔註1326〕同註4，頁435。
〔註1332〕同註4，頁715。
〔註1328〕同註4，頁715。

似「鐘」而有柄為之舌，以有聲。〔註1329〕蓋「鈴」作「令丁」即俗之謂鈴鐺也，與《詩》義合。又「獜」，「力珍切」，來母，六眞部（段氏十二部）。「鈴」，「郎丁切。」，來母，六眞部（段氏十二部）。「令」「力正切」，來母，六眞部（段氏十二部）。是「獜」、「鈴」、「令」三字音同，可通用。「鈴」於《詩》為本字，則「獜」、「令」皆假借字也。

一五七、焜

《說文》十篇上火部「焜」字下曰：「火也。从火，尾聲。詩曰：王室如焜。」段注：「許偉切。」〔註1330〕

按：「王室如焜」出自〈周南・汝墳〉。《毛詩》云：「王室如燬」〔註1331〕，「焜」作「燬」。義謂：「王室的混亂，如火燒一般」。《毛傳》曰：「燬，火也」。毛與許訓同。釋文曰：「燬，音毀，齊人謂火曰燬。字書作『焜』，音毀。齊人曰燬，吳人曰焜，此方俗訛語也」〔註1332〕。孔穎達〈疏〉云：「言今王室之酷烈，雖則如火，當勉力從役」。《爾雅・釋言》曰：「燬，火也。郭璞注：「詩曰：『王室如燬。『燬』齊人語』。孫炎曰『方言有輕重，故謂火為『燬』，』〔註1333〕《說文》「火」部「燬」作「火也。」「火」作「燬也。」〔註1334〕「火」、「燬」互訓。又「燬」、「焜」，同為「許偉切」，曉母，七微部（段氏十五部），二字音同。「火」，段注：「呼果切」〔註1335〕，亦曉母，七微部（段氏十五部），是「火」、「燬」、「焜」三字音義全同，承培元《說文引經證例》謂：「此引《詩》證字也。『焜』、『火』本同字，特方言之異耳」〔註1336〕，誠哉斯言，是「火」為正字，「焜」、「燬」為俗字矣。

一五八、烰

《說文》十篇上火部「烰」字下曰：「烝也。从火，孚聲。詩曰：烝之烰烰。」段注：「縛牟切。」〔註1337〕

〔註1329〕同註4，頁715。
〔註1330〕同註4，頁484。
〔註1331〕同註5，頁44。
〔註1332〕同註4，頁44。
〔註1333〕同註4，頁44。
〔註1334〕同註4，頁484。
〔註1335〕同註4，頁484。
〔註1336〕同註61，頁579。
〔註1337〕同註4，頁485。

按：「烝之烰烰」出自〈大雅・生民〉。《毛詩》云：「烝之浮浮」〔註 1338〕，「烰」作「浮」。義謂：「后稷舉行祭祀之前，慎重其事，把米淅乾淨，再加以蒸熟，蒸氣浮浮上升。」〔註 1339〕《毛傳》曰：「浮浮，氣也。」釋文云：「浮如字《爾雅》、《說文》並作烰云烝也。」〔註 1340〕《說文》「烰」作「烝也」〔註 1341〕。「烝」云：「火氣上行也。」〔註 1342〕「烰烰」二字相重，狀气上行貌。从火，故曰火氣上升，是毛、許之義互足。《爾雅・釋訓》曰：「烰烰，烝也。郭璞曰：『氣出盛』。」〔註 1343〕。《廣韻》十八尤「烰」字下曰：「火氣」〔註 1344〕《說文》水部「浮」作「汎也」。〔註 1345〕，而無「烝、氣」之義。與《詩》恉不合也。又「烰」、「浮」二字，段注同爲「縛牟切」音同，通用。「烰」於《詩》爲本字，「浮」爲假借字矣。

一五九、羙

《說文》十篇上火部「羙」字下曰：「小爇也。从火，羊聲。詩曰：憂心如羙。」段注：「直廉切。」又曰：「羊各本誤作于，篆體亦誤，今正。」〔註 1346〕

按：「憂心如羙」」出自〈小雅・節南山〉。《毛詩》作「憂心如惔」〔註 1347〕，「羙」作「惔」。義謂：「憂心如同火燒一般。」〔註 1348〕《毛傳》曰：「惔，燔也」。「燔」《說文》作「爇也」〔註 1349〕。又火部「爇」字作「燒也」〔註 1350〕，是毛與許義合。《鄭箋》云：「憂心如火灼爛之矣」。《說文》十篇下心部「惔」字下曰：「憂也。詩曰：憂心如炎」段注：「徒甘切。」〔註 1351〕，據《詩》上文已有「憂心」二字，於義重複，與「詩」義不合，蓋許於此處引《詩》作「炎」

〔註 1338〕同註 5，頁 594。
〔註 1339〕同註 6，頁 473。
〔註 1340〕同註 5，頁 594。
〔註 1341〕同註 4，頁 485。
〔註 1342〕同註 4，頁 485。
〔註 1343〕同註 7，頁 66。
〔註 1344〕同註 11，頁 211。
〔註 1345〕同註 4，頁 554。
〔註 1346〕同註 4，頁 486。
〔註 1347〕同註 5，頁 393。
〔註 1348〕同註 6，頁 319。
〔註 1349〕同註 4，頁 485。
〔註 1350〕同註 4，頁 485。
〔註 1351〕同註 4，頁 518。

而不作「惔」。《鄭箋》云：「韓詩作炎」〔註 1352〕。又《說文》十篇上火部「炎」字作「火光上也」〔註 1353〕，與《詩》恉亦不合。「羙」，「直廉切」〔註 1354〕，澄母，古歸定母，二十八侵部（段氏七部）。「惔」，段注：「徒甘切。」〔註 1355〕定母，三十二談部（段氏八部），「羙」、「惔」爲雙聲也，又侵覃閉口九韻，古韻旁轉，每多相通，是「羙」、「惔」，通用也。又「炎」，段注：「于廉切」〔註 1356〕，爲母，古歸匣母，三十二談部（段氏八部），「炎」、「惔」二字韻同，故「羙」、「炎」、「惔」三字，可通用。「羙」於《詩》爲本字，則「炎」與「惔」皆假借字矣。

一六〇、熠

《說文》十篇上火部「熠」字下曰：「盛光也。从火，習聲。詩曰：熠熠宵行。」段注：「羊入切。」〔註 1357〕

按：「熠熠宵行」出自〈豳風・東山〉。《毛詩》作「熠燿宵行」〔註 1358〕，「熠熠」作「熠燿」。義謂「螢火在夜間忽閃忽隱飛行」〔註 1359〕。《說文》十篇上火部「燿」字下曰：「照也。从火，翟聲。」段注：「弋笑切」〔註 1360〕。是「熠」《說文》作「盛光也」熠熠二字重疊爲「螢光閃爍貌」，狀「宵行」也，與《詩》義合。《毛傳》曰：「熠燿，燐也。燐，螢火也。」未言爲「蟲名」與許說實同。《鄭箋》云：「燐，字又作蟒。」《爾雅・釋蟲》曰：「熠燿，月令，季夏腐草爲熒，腐草此時得暑濕之氣，故爲熒，至秋而天沈陰，數雨，熒火夜飛之時也。《詩・東山》云：『熠燿宵行』是也。」訓與《鄭箋》同。朱熹《詩集傳》謂：「熠燿，明不定貌。宵行：蟲名，如蠶，夜行，喉下有光如螢也。」蓋「熠燿宵行」有二種不同之解說者，段玉裁注：「宋本葉抄本作『熠熠』，王伯厚《詩考異字異義》條舉《說文》，當依《說文》『熠熠宵行』而《文選》張華《勵志詩》：『涼風振落，熠熠宵流』注引《毛傳》『熠熠，燐也』。疑皆熠燿之誤」〔註 1361〕。

〔註 1352〕同註 5，頁 393。
〔註 1353〕同註 4，頁 491。
〔註 1354〕同註 4，頁 486。
〔註 1355〕同註 4，頁 518。
〔註 1356〕同註 4，頁 491。
〔註 1357〕同註 4，頁 489。
〔註 1358〕同註 5，頁 295～0296。
〔註 1359〕同註 6，頁 244。
〔註 1360〕同註 4，頁 490。
〔註 1361〕同註 4，頁 489。

依《詩》義而言，下有「倉庚于飛，熠燿其羽」之句，而此處又云「熠燿宵行」於義混淆，於辭重複，故古者多依舊本《詩》，從《說文》爲正也。

一六一、爗（煜）

《說文》十篇上火部「煜」字下曰：「盛也。从火，曅聲。詩曰：煜煜震電。」段注：「筠輒切。」〔註 1362〕

按：「煜煜震電」出自〈小雅・十月之交〉。《毛詩》作「爗爗震電」，〔註 1363〕「煜煜」作「爗爗」。義謂「電光閃閃，雷聲霹靂。」〔註 1364〕《毛傳》曰：「爗爗、震電貌。震，雷也。」《說文》「煜」作「盛也」，蓋指雷電交擊聲光之盛也。《玉篇》火部「煜」字下曰：「火盛也。」〔註 1365〕多一「火」字，與許義實同。馬宗霍云：「煜隸變作爗。」是「煜」爲正字，隸變爲「爗」，或作「燁」也。

一六二、威

《說文》十篇上火部「威」字下曰：「滅也。从火，戌聲，火死戌，陽氣至戌氣盡。詩曰：赫赫宗周，褒姒威之。」段注：「許劣切」〔註 1366〕。

按：「赫赫宗周，褒姒威之」出自〈小雅・正月〉。小徐本引《詩》與《毛詩》字同〔註 1367〕。徐鉉本作「赫赫宗周，褒姒滅之」〔註 1368〕，「威」作「滅」。義謂：「赫赫的宗周，亡於褒姒之手了。」〔註 1369〕《毛傳》曰：「威，滅也。」毛、許訓同。釋文云：「威，呼說反，齊人語也，本或作滅。」〔註 1370〕《說文》水部「滅」字作「盡也。」〔註 1371〕。馬宗霍《說文解字引經攷》引「阮元曰：『滅與威義相同，詩人必變『滅』書『威』者，一字分二韻，則別二字書之，義同字變之例也』。」〔註 1372〕此說頗合理也。「滅」，段注：「亡列切。」〔註 1373〕，

〔註 1362〕同註 4，頁 490。
〔註 1363〕同註 5，頁 407。
〔註 1364〕同註 971，頁 358。
〔註 1365〕同註 10，頁 303。
〔註 1366〕同註 4，頁 490。
〔註 1367〕同註 5，頁 400。
〔註 1368〕同註 14，頁 193。
〔註 1369〕同註 6，頁 327。
〔註 1370〕同註 5，頁 400。
〔註 1371〕同註 4，頁 571。
〔註 1372〕同註 123，頁 527。
〔註 1373〕同註 4，頁 571。

微母，古歸明母，二月部（段氏十五部）。「烕」，段注：「許劣切」〔註 1374〕，曉母，二月部（段氏十五部）。「烕」、「滅」二字，音近義同，可通用。是「烕」、「滅」二字爲同源字也。

一六三、經

《說文》十篇上赤部「經」字下曰：「赤色也。从赤，巠聲。詩曰：魴魚經尾。經或从貞。」段注：「勑貞切。」〔註 1375〕

按：「魴魚經尾」，出自〈周南・汝墳〉。《毛詩》作「魴魚赬尾」〔註 1376〕，「經」作「赬」。義謂：「魴魚的尾巴，顏色通紅」〔註 1377〕。是《說文》訓與《詩》合。《傳》曰：「赬、赤也，魚勞則尾赤。」此說明魚尾「赤」之原因。毛、許義相合。又「巠」，段注：「古靈切」，見母，十二耕部（段氏十一部）。「貞」，段注：「陟盈切」，端母，十二耕部（段氏十一部），「巠」、「貞」二字，同在十二耕部韻同，可通用。《說文》云：「經或从貞」，是「經」爲正字，「赬」爲或體也。

一六四、奯

《說文》解字十篇下大部「奯」字下曰：「空大也。从大，歲聲。讀若詩曰：施罟濊濊。」段注：「呼括切。」〔註 1378〕

按：「施罟濊濊」出自〈衛風・碩人〉。《毛詩》云：「施罛濊濊」〔註 1379〕，「罟」作「罛」；「奯」作「濊」。義謂「魚網投入水中，發出濊濊之聲。」《說文》网部「罟」字作「网也。」段注：「公戶切」。〔註 1380〕與《詩》義略異。《說文》网部「罛」字下曰：「魚罟也。」段注：「古胡切」〔註 1381〕。並引《詩》曰：「施罛濊濊」，訓與《詩》義合也。《毛傳》曰：「罛、魚罟也。」孔穎達《正義》引「《爾雅》云：『釋器云：魚罟謂之罛。李巡曰：魚罟，捕魚具也』〔註 1382〕。」〔註 1383〕據

〔註 1374〕同註 4，頁 490。
〔註 1375〕同註 4，頁 496。
〔註 1376〕同註 5，頁 44。
〔註 1377〕同註 6，頁 18。
〔註 1378〕同註 4，頁 497。
〔註 1379〕同註 5，頁 130。。
〔註 1380〕同註 4，頁 359。
〔註 1381〕同註 4，頁 359。
〔註 1382〕同註 7，〈釋器〉，頁 78～79。
〔註 1383〕同註 5，頁 545。

《周易、繫辭》下第二章曰：「作結繩以爲罔罟，以佃以漁。」〔註 1384〕依网罟之用途「以佃以漁。」指獵獸，網羅鳥雀，捕魚類等，「罟」爲网之通稱，非專施於漁也。若專施於漁者爲「罛」也。又「罟」公戶切，見母，十三魚部（段氏五部）。「罛」，古胡切〔註 1385〕，見母，十三魚部（段氏五部）。二字音同，「罛」於《詩》爲本字，「罟」爲借字矣。「奯」讀若《詩》曰「施罟濊濊」，《說文》「奯」本義作「空大也」〔註 1386〕，不作「魚罟施入水中之聲。」又《說文》十一篇上二水部「濊」云：「礙流也」〔註 1387〕，即魚罟施入水中，礙流而發出之聲，與《詩》義合。大徐本《說文》「濊」作「多水貌」〔註 1388〕，非狀聲之詞也。另以「薉」字作「礙流也。」〔註 1389〕未引《詩》。蓋段玉裁以爲「各本以「濊」之篆字書作「薉」，今正。」〔註 1390〕又「奯」、「濊」二字段注同爲「呼括切」音同，通用。「濊」於《詩》爲本字，則「奯」爲借字矣。

一六五、戴

《說文》十篇下大部「戴」字下曰：「大也。从大，𢦏聲。讀若詩曰：戴戴大猷。」段注：「直質切。」〔註 1391〕

按：「戴戴大猷」出自〈小雅・巧言〉。《毛詩》作「秩秩大猷，聖人莫之」〔註 1392〕，「戴」作「秩」。義謂「條理分明的大方案，是聖人所規劃的。」〔註 1393〕《詩》「戴戴」下已有「大猷」二字，《說文》「戴」作「大也」，語義重複，與《詩》不合。《毛傳》曰：「秩秩、進知也。」孔穎達《正義》申《傳》云：「秩秩然者，進智之大道。」《爾雅・釋訓》曰：「秩秩，清也。注曰：『德音清泠』」〔註 1394〕，清泠者，即清明、明智也。《廣韻》五質韻「秩」下曰：「積也，次也，常也，序也。」〔註 1395〕是《爾雅》、《廣韻》訓，皆與《詩》義相合也。《說文》禾部

〔註 1384〕《十三經注疏・周易》（臺北：新文豐出版公司印行，民國 67 年再版），頁 166。
〔註 1385〕同註 4，頁 359。
〔註 1386〕同註 4，頁 497。
〔註 1387〕同註 4，頁 552。
〔註 1388〕同註 14，頁 367。
〔註 1389〕同註 14，頁 374。
〔註 1390〕同註 4，頁 552。
〔註 1391〕同註 4，頁 497。
〔註 1392〕同註 5，頁 424。
〔註 1393〕同註 6，頁 351。
〔註 1394〕同註 7，頁 59。
〔註 1395〕同註 11，頁 468。

「秩」字下曰：「積貌，詩曰：稽之秩秩。」段注：「直質切」。〔註 1396〕《玉篇》禾部「秩」字下曰：「再生稻謂之秩。」〔註 1397〕「秩」之本義，爲「再生稻」，或作「積貌」引伸而有條理、秩序、清泠、明智等意思，訓與《詩》義合。「戴」、「秩」二字，段注同爲「直質切」，又云：「呈在十一部，秩在十二部，古合音爲最近，是以戴讀如秩。」〔註 1398〕故二字可通用。「秩」於《詩》爲本字，則「戴」爲借字耳。

一六六、奰（𡚁）

《說文》十篇下大部「𡚁」字下曰：「壯大也。从三大，三目，二目為𥄕，三目為𡚁，益大也。一曰迫也。讀若《易》虙羲氏。詩曰：不醉而怒謂之𡚁。」段注：「平秘切。」〔註 1399〕

按：「不醉而怒謂之𡚁」《毛詩》無此文。（大雅・蕩）云：「內奰于中國」〔註 1400〕，「𡚁」作「奰」。義謂「觸犯了國內的眾怒。」《毛傳》曰：「奰、怒也，不醉而怒曰奰。」是許引「詩曰」爲《毛傳》之文。《鄭箋》云：「此言時人忕於惡，雖有不醉，猶好怒也。」孔氏《正義》曰：「西京賦云：『巨靈奰屭，以流河曲』則奰者，怒而自作氣之貌，故爲怒也，怒不由醉而云不醉而怒，云不醉而怒者，以其承上醉事，嫌是醉時之怒，故辨之焉，此雖怒時不醉，乃是醉醒而怒，亦由酒醉所致，故既言飲酒無節，即又責其奰怒也。」〔註 1401〕今本《文選、西京賦》：「奰屭」書作「贔屓」，乃俗體也。註云：「贔屓者，作力之貌也。」〔註 1402〕則用「力」與用「氣」義同也。《毛傳》訓「怒也」，《說文》訓「壯大也」，又訓「迫也」，「壯大」乃其本義，作怒與迫也，皆引伸之義。「𡚁」爲正字，隸變作「奰」。

一六七、懬

《說文》十篇下心部「懬」字下曰：「闊也，廣大也。从心廣，廣亦聲。一曰寬也。詩曰：懬彼淮夷。」段注：「苦誘切。」〔註 1403〕

〔註 1396〕同註 4，頁 328。
〔註 1397〕同註 10，頁 228。
〔註 1398〕同註 4，頁 497。
〔註 1399〕同註 4，頁 504。
〔註 1400〕同註 5，頁 643。
〔註 1401〕同註 5，頁 643。
〔註 1402〕同註 174，頁 26。
〔註 1403〕同註 4，頁 509。

按：「懬彼淮夷」出自〈魯頌・泮水〉。《毛詩》作「憬彼淮夷，來獻其琛」〔註 1404〕，「懬」作「憬」。義謂：「那蠻悍的淮夷，歸服後，就來獻寶。」《說文》「懬」無「蠻悍」之義。大徐本《說文》「懬」字下無引《詩》，段氏依《毛傳》釋文所補。《毛傳》曰：「憬、遠行貌。」釋文引「《說文》作「懬」，云：『闊也，一曰廣大也。』」《毛傳》作「遠行貌。」乃「懬」之引伸義也。《說文》心部「憬」字作「覺悟也。引詩曰：憬彼淮夷。」〔註 1405〕與《詩》義不合。范家相《三家詩拾遺》曰：「〈泮水〉「獷彼淮夷」《韓詩》」〔註 1406〕。又屈萬里先生《詩經詮釋》曰：「憬，漢石經作獷。」（參見注 481，頁 607）《說文》十篇上犬部「獷」字下曰：「犬獷獷、不可附也」〔註 1407〕。引伸有「蠻悍」之義，與《詩》義合。又「懬」、「獷」二字，皆从「廣」聲，可通用。「獷」，段注：「古猛切」，見母，十五陽部。「懬」，段注「苦謗切」，溪母，十五陽部。「憬」，段注「俱永切」，見母，十五陽部。是「懬」、「憬」二字，旁紐雙聲，疊韻，可通用。「獷」於《詩》爲本字，則「懬」與「憬」皆假借字矣。

一六八、忱

《說文》十篇下心部「忱」字下曰：「誠也。从心，冘聲。詩曰：天命匪忱。」段注：「氏任切。」〔註 1408〕

按：「天命匪忱」出自〈大雅・蕩〉。《毛詩》作「天生烝民，其命匪諶」〔註 1409〕，「天」作「其」；「忱」作「諶」。義謂「上天降生眾民而立之君，祂的命令，不是完全可以信賴的。」〔註 1410〕與〈大雅・大明〉「天難忱斯」義近，（參見三十九、諶字）。《說文》「忱」作「誠也」，即「信賴也」，與《詩》義合。《說文》三篇上言部「諶」字作「誠諦也。詩曰：天難諶斯」〔註 1411〕。「天難諶斯」出自〈大雅・大明〉。《毛詩》作「天難忱斯」，《毛傳》曰：「忱，信也」，是「諶」、「忱」二字互易，義實相同也。「忱」，段注「氏任切」，禪母，古歸定母，二十八侵部。「諶」，段注「是吟切」，禪母，古歸定母，二十八侵部。「忱」、「諶」

〔註 1404〕同註 5，頁 770。
〔註 1405〕同註 4，頁 520。
〔註 1406〕范家相撰：《三家詩拾遺》（臺北：新文豐出版社印，73 年 6 月出初版），頁 18
〔註 1407〕同註 4，頁 479。
〔註 1408〕同註 4，頁 509。
〔註 1409〕同註 5，頁 641。
〔註 1410〕同註 6，500。
〔註 1411〕同註 4，頁 93。

二字音同義近，通用。故於《詩》無分本字，借字也。

一六九、愃

《說文》十篇下心部「愃」字下曰：「寬閒心腹貌。从心、宣聲。詩曰：赫兮愃兮。」段注：「況晩切。」〔註1412〕

按：「赫兮愃兮」出自〈衛風・淇奧〉。《毛詩》作「「赫兮咺兮」〔註1413〕，義謂「儀容舉止，顯赫而煥發」〔註1414〕。「愃」，《說文》作「寬閒心腹貌」，引伸有心寬而容光煥發之義，與《詩》義合也。《毛傳》無釋，《爾雅・釋訓》曰：「赫兮烜兮，威儀也。郭璞曰：『貌光宣。』釋文曰：『赫兮烜兮者，詩文也，威儀也。烜，威儀容止宣著也』。」〔註1415〕《說文》口部無「喧」字，於「咺」字下曰：「朝鮮謂兒泣不止曰咺。从口，亘聲。」段注：「況晩切」，曉母，三元部〔註1416〕。訓與《詩》義不合。《說文》「爟」字下曰：「取火於日，官名。周禮曰：『司爟，掌行火之政令，舉火曰爟，或从亘』。」段注：「古玩切」，見母，三元部〔註1417〕。與《詩》義亦不合也。又「烜」字為「爟」之重文。蓋「愃」、「咺」與「烜」，皆以「亘」為聲母，是三字通用。「愃」於《詩》為本字，則「咺」與「烜」皆為借字矣。

一七〇、怖

《說文》十篇下心部「怖」字下曰：「恨怒也。从心，巿聲。詩曰：視我怖怖。」段注：「蒲味切。」〔註1418〕

按：「視我怖怖」出自〈小雅・白華〉，《毛詩》作「視我邁邁」〔註1419〕「怖」作「邁」。義謂「你看我即不悅」。《毛傳》曰：「邁邁、不悅也。」《鄭箋》云：「此言申后之忠於王也，念之懆懆然，欲諫正之，王反不悅於其所言。」釋文云：「《韓詩》及《說文》並作怖怖，《韓詩》云：意不悅好也」。《說文》與《毛傳》義互足也。《說文》辵部「邁」字下曰：「遠行也。从辵，萬聲。（邁）邁或从

〔註1412〕同註4，頁509。
〔註1413〕同註5，頁128。
〔註1414〕同註6，頁509。
〔註1415〕同註7，頁59。
〔註1416〕同註4，頁55。
〔註1417〕同註4，頁490。
〔註1418〕同註4，頁516。
〔註1419〕同註5，頁545。

蘁。」〔註 1420〕。訓與《詩》義不合也。「忕」，段注：「蒲昧切」，並母，二月部。「邁」，段注：「莫話切」，明母，二月部。是「忕」、「邁」二字，為旁紐雙聲，疊韻，可通用也。《毛詩》作「視我邁邁」。《韓詩》作「視我忕忕」亦通用之證也。「忕」於《詩》為本字，則「邁」為借字也。

一七一、愾

《說文》十篇下心部「愾」字下曰：「大息也。从心，氣聲。詩曰：愾我寤嘆。」段注：「許既切。」〔註 1421〕

按：「愾我寤嘆」，出自〈曹風・下泉〉。所引為《毛詩》云：「愾我寤嘆，念彼周京」〔註 1422〕，大徐本《說文》引《詩》「嘆」作「歎」。〔註 1423〕義謂：「想起了周京的衰微，使我愾然嘆息」。《說文》二篇上口部「嘆」字作「吞歎也。一曰大息也。」段注：「此別一義，與喟義同。」〔註 1424〕與《詩》義合。《毛傳》無釋。釋文云：「嘆，息也。」孔氏《正義》曰：「祭義說祭之事云：『周旋出戶，愾然而聞乎嘆息之聲，是愾為嘆息之意也』。」又《說文》欠部「歎」字下曰：「吟也，謂情有所悅，吟歎而歌詠。」段注：「他案切」〔註 1425〕。依「嘆」，作吞歎，或喟歎。與《詩》義合也。「歎」作吟也，或吟歎而歌詠。與《詩》義異也。又「嘆」、「歎」二字，均為「他案切」音同，通用。「嘆」於《詩》為本字，則「歎」為假借字矣。

一七二、慉

《說文》十篇下心部「慉」字下曰：「起也。从心，畜聲。詩曰：能不我慉。」段注：「許六切。」〔註 1426〕

按：「能不我慉」出自〈邶風・谷風〉。《毛詩》作「不我能慉，反以我為讎」〔註 1427〕，「能不」作「不我」。義謂：「你不但不喜愛我，反而把我當成讎人。」〔註 1428〕《毛傳》曰：「慉，養也。」《鄭箋》云：「慉，驕也。君子不能以思驕樂我，反

〔註 1420〕同註 4，頁 70。
〔註 1421〕同註 4，頁 516。
〔註 1422〕同註 5，頁 272。
〔註 1423〕同註 14，頁 355。
〔註 1424〕同註 4，頁 61。
〔註 1425〕同註 4，頁 416。
〔註 1426〕同註 4，頁 510。
〔註 1427〕同註 5，頁 91。
〔註 1428〕同註 6，頁 59。

憎惡我。」段玉裁以爲今本《傳》作「養也」，非也。《毛傳》本作「興也」，與《說文》「起也」義同。「慉」字从心部，心中高興，歡喜是也。蓋此處「慉」字不當作「畜養」解也。又《說文》作「能不我慉」，或許氏所據如此，句法與今本《毛詩》略異。

一七三、怞

《說文》十篇下心部「怞」字下曰：「朖也。从心，由聲。詩曰：憂心且怞。」段注：「直又切。」〔註 1429〕

按：「憂心且怞」出自〈小雅・鼓鐘〉。《毛詩》作「憂心且妯」〔註 1430〕，「怞」作「妯」。義謂：「我的內心憂戚而傷慟」〔註 1431〕。《說文》「怞」〉作「朖也。」《說文》無「朖」字。《玉篇》心部「怞」字下曰：「朗也，憂恐也。」〔註 1432〕《廣韻》十八尤韻「怞」下曰：「朗也。」〔註 1433〕段玉裁於「怞」字下「朖也」後，注云：「『朖』未聞，疑是『恨』也之誤。」據《集韻》四十九宥韻「怞」下曰：「《說文》朗也。引《詩》：『憂心且怞』。」〔註 1434〕《說文》月部「朗」字下云：「明也。」段注：「盧黨切」〔註 1435〕。與《詩》義異。《毛傳》曰：「妯，動也。」《鄭箋》云：「妯之言，悼也。」孔穎達〈疏〉曰：「賢者爲憂心且悼傷，思古之善人君子。」又《正義》曰：「以類上傷悲，故爲悼也。」〔註 1436〕《說文》女部「妯」字下曰：「動也」〔註 1437〕，與《毛傳》訓同也。又「怞」，段注：「直又切。」定母，二十一幽部〔註 1438〕。「妯」，段注：「徒歷切」，定母，二十一幽部。二字雙聲疊韻，音同通用，筆者以爲「妯」作動也，非「心慟」也。與《詩》之本義不合。蓋段氏疑「怞」是「恨」也之誤，不無道理。蓋「怞」於《詩》爲本字，則「妯」爲借字矣。

〔註 1429〕同註 4，頁 511。
〔註 1430〕同註 5，頁 452。
〔註 1431〕同註 6，頁 379。
〔註 1432〕同註 10，頁 131。
〔註 1433〕同註 11，頁 209。
〔註 1434〕同註 126，頁 615。
〔註 1435〕同註，頁 316。
〔註 1436〕同註 5，頁 452。
〔註 1437〕同註 4，頁 629。
〔註 1438〕同註 4，頁 511。

一七四、懕

《說文》十篇下心部「懕」字下曰：「安也。从心，厭聲。詩曰：懕懕夜飲」。段注：「於鹽切。」〔註 1439〕

按：「懕懕夜飲」出自〈小雅・湛露〉。《毛詩》云：「厭厭夜飲，不醉無歸」〔註 1440〕，「懕」作「厭」。義謂：「安閑的夜飲，非至喝醉則不歸。」〔註 1441〕《說文》「懕」作「安也」，即安閑也，與《詩》義合。「厭厭」二字，《毛傳》無訓。於〈秦風・小戎〉「厭厭良人」，《毛傳》曰：「安靜貌。」〔註 1442〕孔氏《正義》曰：「王與歡酣至於厭厭安閑之夜，留之私飲。」〔註 1443〕《毛傳》與《說文》義同也。或謂：「厭厭作饜足」，非也。「厭厭」二字形容「夜飲」，謂在安閑之夜而飲，下文曰：「不醉不歸」已有酒酣饜足之義。故上文不當再作「饜足也」。《說文》「厭」作「笮也。一曰合」〔註 1444〕，「笮」作「迫也」〔註 1445〕，無安靜貌，與《詩》恉不合。又「厭」，段注：「於輒切」，影母，三十二談部。「懕」，段注：「於鹽切」〔註 1446〕，影母，三十二談部。二字爲雙聲疊韻音同，通用。「懕」於《詩》爲本字，則「厭」爲借字矣。

一七五、惄

《說文》十篇下心部「惄」字下曰：「飢餓也。从心，叔聲。一曰憂也。詩曰：惄如輖飢。」段注：「奴歷切。」〔註 1447〕

按：「惄如輖飢」出自〈周南・汝濆〉。大徐本《說文》引作「惄如朝飢」〔註 1448〕。《毛詩》作「惄如調飢」，〔註 1449〕義謂「心中憂思，如早晨之飢餓」。《說文》「惄」作「飢餓也。一曰憂也。」與詩義合。《毛傳》曰：「惄、飢意也。」《鄭箋》伸之曰：「惄，思也，未見君子之時，如朝飢之思食。」毛與許義實同。《爾雅・釋

〔註 1439〕同註 4，頁 511。
〔註 1440〕同註 5，頁 350。
〔註 1441〕同註 955，頁 312。
〔註 1442〕同註 5，頁 238。
〔註 1443〕同註 5，頁 350。
〔註 1444〕同註 4，頁 452。
〔註 1445〕同註 4，頁 193。
〔註 1446〕同註 4，頁 511。
〔註 1447〕同註 4，頁 512。
〔註 1448〕同註 14，頁 355。
〔註 1449〕同註 5，頁 43。

詁》曰：「惄，思也。引舍人曰：『惄，志而不得之思也。』」〔註 1450〕又〈釋言〉曰：「惄，飢也。引李巡曰：『惄、宿不食之飢也。』」〔註 1451〕「惄」，《三家詩拾遺》曰：「《後漢書》引《韓詩》作『愵如調飢』。」〔註 1452〕；「惄」作「愵」。《說文》心部「愵」字下曰：「憂也，讀與惄同。」無「飢餓」之意」與詩義略異。又「惄」、「愵」二字，段注均為：「奴歷切」〔註 1453〕，「叔」聲，二十二覺部（段氏三部）；「弱」聲，二十藥部（段氏二部），又「尤幽」「蕭宵」為古次旁轉，每有相通。「惄」於《詩》為本字，「愵」為假借字耳。

「輖」作「朝」。《鄭箋》云：「調又作輖」。《說文》車部「輖」字下曰：「重也。」〔註 1454〕並無「晨」之義，與《詩》義不合。《說文》言部「調」字下云：「龢也。」〔註 1455〕與《詩》義不合。大徐本《說文》作「惄如朝飢」〔註 1456〕，《說文》「朝」字下曰：「旦也。」〔註 1457〕，訓與《詩》義正吻合。「輖」，段注：「職流切」〔註 1458〕，知母，古歸端母，二十一幽部（段氏三部）。「朝」，段注「陟遼切」〔註 1459〕，知母，古歸端母，十九宵部（段氏二部）。是「輖」「朝」二字雙聲，蕭宵與尤幽，次旁轉，每多相通，可通用。又「調」、「輖」二字，皆以「周」為聲母，二字可通用。故「朝」於《詩》為本字，則「調」與「輖」二字皆為假借字矣。

一七六、悘

《說文》十篇下心部「悘」字下曰：「疾利口也。从心，冊聲。詩曰：相時悘民。」段注：「小徐作『冊』聲誤，按當讀如『刪』。大徐息廉切，非也。」〔註 1460〕

按：「相時悘民」《毛詩》無此文，《尚書・盤庚》上曰：「相時憸民，猶胥顧于箴。」

〔註 1450〕同註 7，頁 22。
〔註 1451〕同註 7，頁 41。
〔註 1452〕〔清〕范家相撰：錢熙祚校：《三家詩拾遺》（臺北新文豐出版公司印行，依嶺南遺書本排印），頁 2。
〔註 1453〕同註 4，頁 512。
〔註 1454〕同註 4，頁 734。
〔註 1455〕同註 4，頁 94。
〔註 1456〕同註 14，頁 355。
〔註 1457〕同註 4，頁 311。
〔註 1458〕同註 4，頁 734。
〔註 1459〕同註 4，頁 311
〔註 1460〕同註 4，頁 512。

〔註 1461〕「𢘿」作「憸」。釋文曰：『言憸利小民，尚相顧於箴，誨恐其發動有過口之患。注：憸利，小小見事之人也』。」《說文》「𢘿」作「疾利口」也，即惡利口之人，指「𢘿民」也，與《尚書》實相合。《說文》「憸」，作「憸詖也」〔註 1462〕，又「詖」作「辨論也。古文以爲『頗』字」〔註 1463〕，與《尚書》義不合也。段玉裁以爲「漢・石經《尚書》殘碑此字作『散』，『散』即『散』，疑古文《般庚》作『𢘿』，今文《般庚》作『散』，異字同音。」〔註 1464〕，《說文》「散」作「𨽮肉」。《玉篇》曰：「雜肉」〔註 1465〕，與《書》恉不合。又「散」，段注：「酥旰切」，心母，三元部（段氏十四部）；「𢘿」，段注：「讀如『刪』，所姦切」〔註 1466〕，疏母，古歸心母，三元部（段氏十四部）。是「散」、「𢘿」二字音同，可通用。「𢘿」，於《書》爲本字，則「散」爲借字耳。又「憸」，段注「息廉切」，心母，三十添部（段氏七部），「憸」、「𢘿」二字爲雙聲，但寒侵韻，部距隔遠，絕不可通。蓋段氏以爲「『憸』與『𢘿』二字、異字、異音、異義，不知者乃掍而一之」〔註 1467〕。

一七七、怛

《說文》十篇下心部「怛」字下曰：「憯也。从心，旦聲。〔悬〕怛或从心在旦下。詩曰：信誓悬悬。」段注：「得案切」，又「當割切」〔註 1468〕。

按：「信誓悬悬」出自〈衛風・氓〉。《毛詩》作「信誓旦旦」〔註 1469〕，「悬悬」作「旦旦」。義謂：「信誓何等的誠懇明白。」〔註 1470〕。《說文》「悬」作「憯也」，又「憯」字作「痛也。」〔註 1471〕有「懇惻欵誠」之義，又「悬」从旦聲，凡從某聲，必有某義，蓋「悬」亦有「明」之義。《毛傳》曰：「信誓旦旦然。」《鄭箋》云：「其以信相誓旦旦耳，言其懇惻欵誠」。《鄭箋》於「旦旦」下增加「言其懇惻欵誠」六字，義與許合，孔穎達《正義》曰：「傳直言云：信誓旦旦

〔註 1461〕《十三經注疏・尚書》（臺北：新文豐出版公司印行，民國 67 年再版），頁 128。
〔註 1462〕同註 4，頁 512。
〔註 1463〕同註 4，頁 91。
〔註 1464〕同註 4，頁 512。
〔註 1465〕同註 10，頁 125。
〔註 1466〕同註 4，頁 182。
〔註 1467〕見同註 4，頁 512。
〔註 1468〕同註 4，頁 517。
〔註 1469〕同註 5，頁 136。
〔註 1470〕同註 111，頁 66。
〔註 1471〕同註 4，頁 517。

然，不解旦旦之義，故箋申之言旦旦者，言懇惻爲信誓，以盡已欵誠也。」又《正義》曰：「今定本云：『曾不念復其前言』，俗本多誤，復其前言者，謂前要誓之言，守而不忘，使可反復，今乃違棄，是不思念復其前言也。」又曰：「定本云：旦旦猶怛怛。」

《說文》七篇上日部「旦」作「明也」，段注：「得案切」〔註 1472〕。就《詩》之上下文義研判，「悬」，从心，旦聲，乃狀「信誓」之誠懇明白貌，而「旦旦」有「明白貌」而無「誠懇」之義也。又「旦」、「悬」二字，段注同爲「得案切」二字音同，通用。「怛怛」於《詩》爲本字，則「旦旦」爲借字耳，但俗本多誤，今反以「怛怛」爲借字耳。

一七八、惔

《說文》十篇下心部「惔」字下曰：「憂也。从心、炎聲，詩曰：憂心如炎。」段注：「徒甘切。」〔註 1473〕

按：段氏以爲，許所據作「憂心如炎」，引之以明會意也，出自〈小雅・節南山〉。《毛詩》作「憂心如惔」，〔註 1474〕「炎」作「惔」。義謂：「提起國事，使人憂心，如同火燒一般。」〔註 1475〕《說文》訓與《詩》義不合。《毛傳》曰：「惔、燔也。」《說文》「燔」字作「爇也」〔註 1476〕。「爇」作「燒也」〔註 1477〕。《鄭箋》云：「憂心如火灼爛之矣。惔又音炎，《韓詩》作炎。《說文》作「𤇾」〔註 1478〕。段玉裁以爲「𤇾」爲「羙」之訛。《說文》火部「羙」字曰：「小爇也。詩曰：憂心如羙。」段注：「直廉切」〔註 1479〕，與《詩》義正合。《說文》火部「炎」字下曰：「火光上也。」〔註 1480〕段注：「《尚書・洪範》曰：『火曰炎上，其本義也』〔註 1481〕。」是許氏引《詩》作「炎」與《詩》義略異也。「惔」以「炎」爲聲母，二字可通用也。「羙」，直廉切〔註 1482〕，澄母，古歸定母，二十八侵部。「惔」，徒甘切〔註 1483〕，

〔註 1472〕同註 4，頁 311。
〔註 1473〕同註 4，頁 518。
〔註 1474〕同註 5，頁 393。
〔註 1475〕同註 6，頁 318。
〔註 1476〕同註 4，頁 485。
〔註 1477〕同註 4，頁 485。
〔註 1478〕同註 5，頁 393。
〔註 1479〕同註 4，頁 486。
〔註 1480〕同註 4，頁 491。
〔註 1481〕同註 1461，頁 169。
〔註 1482〕同註 4，頁 486。

定母，三十二談部。「炎」，余廉切〔註 1484〕，爲母，古歸匣母，三十二談部。三字音近，可通。「美」於《詩》爲本字，則「惔」、「炎」皆借字矣。

一七九、潧

《說文》十一篇上水部「潧」字下曰：「潧水出鄭國，从水、曾聲。詩曰：潧與洧方汍汍兮。」段注：「側詵切。」又曰：「各本作渙渙今正」〔註 1485〕。

按：「潧與洧方汍汍兮」，出自〈鄭風‧溱洧〉。《毛詩》云：「溱與洧方渙渙兮」〔註 1486〕，「潧」作「溱」；「汍汍」作「渙渙」。義謂「溱水與洧水正在渙渙而流。」詩序曰：「溱洧刺亂也。」〔註 1487〕《說文》釋「潧」爲水名，與《詩》義正合也。《毛傳》曰：「溱、洧，鄭兩水名，」訓與許說義同。《說文》水部「溱」字下曰：「溱水出桂陽，臨武入洭。」段注：「側詵切」〔註 1488〕。「溱水」，水出湖南桂陽，臨武縣。而鄭在今之河南新鄭，一南一北，地點不同，即使水名音同，亦絕不可通假也。又「潧」、「溱」均爲「側詵切」〔註 1489〕。〔註 1490〕二字音同。蓋《詩》作「溱」，或後人以同音字而誤入也。今「潧」廢而「溱」存焉。

又《說文》水部無「汍」字，《說文》水部「渙」字下曰：「散流也。」〔註 1491〕，引伸有盛大貌，與《詩》義合，《周易‧渙卦‧象辭》曰：「風行水上渙。孔穎達《正義》云：『風行水上渙者，風行水上激動波濤，散釋之象』。」〔註 1492〕以上可與《說文》「渙」字相佐證。《毛傳》作「春水盛貌。」〔註 1493〕與許說義通。《鄭箋》云：「仲春之時，冰以釋水則渙渙然。《韓詩》作『洹洹』音丸。」〔註 1494〕《說文》水部，「洹」字下曰：「洹水，在齊魯間。」〔註 1495〕爲水名，不作「水盛貌」與《詩》義不合。又「洹」，段注：「羽元切」〔註 1496〕，

〔註 1483〕同註 4，頁 518。
〔註 1484〕同註 4，頁 491。
〔註 1485〕同註 4，頁 540。
〔註 1486〕同註 5，頁 182。
〔註 1487〕同註 6，頁 148。
〔註 1488〕同註 4，頁 534。
〔註 1489〕同註 4，頁 534。
〔註 1490〕同註 4，頁 534。
〔註 1491〕同註 4，頁 552。
〔註 1492〕《十三經注疏‧周易》（臺北：新文豐出版社，民國 67 年再版），頁 119。
〔註 1493〕同註 5，頁 182。
〔註 1494〕同註 5，頁 182。
〔註 1495〕同註 4，頁 542。
〔註 1496〕同註 4，頁 542。

爲母，古歸匣母，三元部（段氏十四部）。「汍」，从「丸」聲，「丸」，段注：「胡官切」，匣母，三元部（段氏十四部）。「渙」段注：「呼貫切」〔註 1497〕，曉母，三元部（段氏十四部）。是「渙」、「洹」、「汍」三字音同，通用。「渙」於《詩》爲本字，則「洹」與「汍」爲借字耳。

一八〇、洍

《說文》十一篇上水部「洍」字下曰：「洍水也。从水，𦣞聲。詩曰：江有洍。」段注：「詳里切。」〔註 1498〕

按：「江有洍」，出自〈召南・江有汜〉。《毛詩》云：「江有汜」，〔註 1499〕「洍」作「汜」。許慎於「汜」字亦引《詩》與《毛詩》同，義謂：「江水猶有回流的支流。」〔註 1500〕《說文》「洍」字作水名，與《詩》義不合。《毛傳》曰：「決復入爲汜。」訓與《爾雅・釋水》同，郭璞注云：「水出去復還。」（見《爾雅・釋水》頁 119）訓與許說，義異也。《鄭箋》申傳云：「江水大，汜水小，然而並流，似嫡媵宜俱行。」〔註 1501〕。《說文》水部「汜」字下曰：「水別復入水也。从水，巳聲。」段注：「詳里切」。又曰：「上『水』字衍文。」〔註 1502〕《說文》訓「汜」字與《詩》義合也。「洍」、「汜」二字均爲「詳里切」，音同。馬宗霍曰：「呂氏讀詩記，引董氏曰：『汜、石經作洍』，《說文》引《詩》作『洍』，蓋古爲洍，後世訛也。」〔註 1503〕《玉篇》曰：『洍、水名，又汜字』〔註 1504〕。然而就《詩》之下句曰：「江有渚」、「江有沱」皆不作水名，依類而推，「江有汜」之「汜」字、亦不爲水名。又「江」爲「長江」，而「汜水」位於河南，爲黃河之支流。應訓爲「回流的支流」，方與《詩》義合，「汜」於《詩》爲本字，則「洍」爲借字矣。

一八一、湝

《說文》十一篇上水部「湝」字下曰：「水流湝湝也。从水，皆聲。一曰湝、水寒也。詩曰：風雨湝湝。」段注：「古諧切。」〔註 1505〕

〔註 1497〕同註 4，頁 552。
〔註 1498〕同註 4，頁 549。
〔註 1499〕同註 5，頁 65。
〔註 1500〕同註 6，頁 33。
〔註 1501〕同註 5，頁 65。
〔註 1502〕同註 4，頁 549。
〔註 1503〕同註 4，頁 561
〔註 1504〕同註 10，頁 277。
〔註 1505〕同註 4，頁 553。

按：「風雨湝湝」，出自〈鄭風・風雨〉。《毛詩》作「風雨淒淒，雞鳴喈喈」，〔註1506〕義謂「正是風雨淒淒，雞鳴喈喈之時。」〔註1507〕《毛傳》曰：「風且雨淒淒然」，毛氏唯言「淒淒然」，未予詳解。孔氏《正義》曰：『言風雨且雨寒涼，淒淒然。』孔氏釋與《說文》之第二義近也。《玉篇》「湝」字下亦引《詩》〔註1508〕與《說文》同。《說文》水部「淒」字下曰：「雨雲起也。」〔註1509〕亦有寒涼之義，又《玉篇》「凄」字下曰：「寒也。」凄乃淒之俗字，與《詩》義合。「湝」，段注：「古諧切」，見紐，四脂部。「淒」，段注：「七稽切」，清紐，四脂部。是「湝」「淒」二字，聲異韻同，可通用也。《詩》之下文爲「雞鳴喈喈」「喈」音與「湝」音同。語音重複全無美感。則以「淒」字爲佳，或許氏原本作「淒」，後人衍下文「喈」字之誤也。

一八二、滮

《說文》十一篇上水部「滮」字下曰：「水流貌。从水，彪省聲。詩曰：滮池北流。」段注：「皮彪切」。又曰：「宋本沱作池，非是」〔註1510〕。

按：「滮池北流」，出自〈小雅・魚藻之什，白華〉。《毛詩》曰：「滮池北流，浸彼稻田」〔註1511〕，義謂「滮池向北而流，浸灌稻田。」〔註1512〕馬瑞辰《毛詩傳箋通釋》曰：「按《水經》注：滮池，水名，豐水在西，鄗水在東，滮水在鄗西，正在豐鎬之間，水皆北流。」〔註1513〕《說文》「滮」从彪省。「滮」則隸省作「滮」。《玉篇》水部以「滮」爲「滮」之重文。〔註1514〕《說文》作水流貌，乃就「滮」字之義而釋，《詩》則以該水「滮滮」而流貌，爲之命名，蓋承下接「北流」二字，是《說文》與《詩》義實合也。《毛傳》曰：「滮，流貌。」《鄭箋》云：『池水之澤，浸潤稻田，使之生殖。』是《毛傳》與《說文》同也。「滮」爲正字，隸省作「滮」。

〔註1506〕同註5，頁179。
〔註1507〕同註6，頁143。
〔註1508〕同註10，頁282。
〔註1509〕同註4，頁562。
〔註1510〕同註4，頁552。
〔註1511〕同註5，頁517。
〔註1512〕同註912，頁442。
〔註1513〕同註111，頁242。
〔註1514〕同註10，頁279。

一八三、濊

《說文》十一篇上二水部「濊」字下曰:「礙流也。从水,歲聲。詩曰:施罟濊濊。」段注:「呼括切。」〔註1515〕大徐本《說文》『濊』作「水多貌。」〔註1516〕無引詩,於「濊」字下作「礙流也。」引詩曰:「施罟濊濊。」〔註1517〕

按:「施罟濊濊」,出自〈衛風・碩人〉。《毛詩》云:「施罛濊濊」,〔註1518〕「濊濊」作「濊濊」。義謂:「投置魚網入水中發出濊濊之聲,」〔註1519〕《說文》「濊」作「礙流也。」謂魚網投置水中礙流,而發出濊濊之聲,是《許說》與《詩》義合也。《毛傳》曰:「濊、施之水中。」故而有礙水流也,訓與許說相互補足。段玉裁據《釋文》、《玉篇》、《廣韻》、《類篇》凡得四證,謂「妄人別補『濊』篆於部末,云多水貌,乎會切。〔註1520〕又於『濊』下曰:『礙流也』引《詩》曰:『施罟濊濊』」〔註1521〕。查《集韻》十三末「濊」下引「《說文》云:『礙流也,詩曰:施罟濊濊。濊或作濊』。」〔註1522〕依《集韻》則《說文》以「濊」、「濊」爲重文。徐鉉「濊」作「多水貌」、「濊」作「礙流也」。二者義適反,「濊」、「濊」則爲字義不同之二字。又「濊」段注:「呼括切。」〔註1523〕「濊」呼會切〔註1524〕。二字皆从曉紐,同在二月部音同,可通用。段玉裁於《說文》中改「濊」爲「濊」字,又刪除「濊」之本義,而謂「妄人別補」,筆者以爲依據各本皆作「濊」,即宜保留其本來面目,至若疑爲後人妄改,或謬誤者,可於注中說明,以便後世讀《說文》者,尋繹脈絡,窺其全豹,而不至混淆也。

一八四、淪

《說文》土篇上二水部「淪」字下曰:「小波為淪。从水,侖聲。詩曰:河水清且淪猗。一曰沒也」段注:「力迍切。」〔註1525〕

〔註1515〕同註4,頁552。
〔註1516〕同註14,頁374。
〔註1517〕同註14,頁367。
〔註1518〕同註5,頁130。
〔註1519〕同註6,頁97。
〔註1520〕同註14,頁374。
〔註1521〕同註4,頁552。
〔註1522〕同註126,頁690
〔註1523〕同註4,頁552。
〔註1524〕同註14,頁367。
〔註1525〕同註4,頁554。

按：「河水清且淪猗」出自〈魏風・伐檀〉。大徐本《說文》作「漪」〔註 1526〕，段玉裁改「漪」作「猗」，與《毛詩》同〔註 1527〕，《詩》云：「河水清且淪猗」，義謂「河水非常之清澈而波紋秩然。」《說文》釋「淪」，作「小波」即「小波文」，與《詩》義合。《毛傳》曰：「小風，水成文，轉如輪也」。釋文云：『《韓詩》云：順流而風曰淪。淪，文貌。』〔註 1528〕。《爾雅・釋水》曰：「水波爲淪」〔註 1529〕，「輪」段注：「力屯切。」來母，九諄部。〔註 1530〕與「淪」段注：「力迍切。」〔註 1531〕來母，九諄部，二字音同，可通用。《毛傳》借「輪」之義，以釋水之「淪」，故曰「如輪」。是《毛傳》訓與許說同也。

《說文》無「漪」字，《玉篇》水部「漪」字下曰：「波動貌，於宜切。」〔註 1532〕又《廣韻》五支韻「漪」下曰：「水文也」〔註 1533〕蓋「漪」，爲「波動貌」與《詩》義合，《說文》犬部「猗」字作「犗犬也。」〔註 1534〕爲犬名，與《詩》不合。「猗」，段注：「於離切」〔註 1535〕。「漪」，「於宜切」〔註 1536〕，又「猗」爲「漪」之聲母，二字可通用，「漪」於《詩》爲本字，則「猗」爲借字耳。

一八五、濫

《說文》十一篇上二水部「濫」字下曰：「氾也。从水，監聲。一曰濡上及下也。詩曰：滭沸濫泉。」段注：「盧瞰切。」〔註 1537〕

按：「滭沸濫泉」出自〈小雅・采菽〉及〈大雅・瞻卬〉。「滭」、「濫」《毛詩》作「觱」、「檻」，云：「觱沸檻泉」〔註 1538〕，義謂：「泉水奮湧而上出」〔註 1539〕。《毛傳》

〔註 1526〕同註 14，頁 367。
〔註 1527〕同註 5，頁 211。
〔註 1528〕同註 5，頁 211。
〔註 1529〕同註 7，頁 119。
〔註 1530〕同註 4，頁 731。
〔註 1531〕同註 4，頁 554。
〔註 1532〕同註 10，頁 280。
〔註 1533〕同註 11，頁 49。
〔註 1534〕同註 4，頁 478。
〔註 1535〕同註 4，頁 478。
〔註 1536〕同註 10，頁 280。
〔註 1537〕同註 4，頁 554。
〔註 1538〕同註 5，〈小雅・采菽〉，頁 500。〈大雅・瞻卬〉，頁 694。
〔註 1539〕同註 912，頁 431；同註 6，頁 546。

云：「檻，泉正出也。」〔註1540〕《說文》「濫」作「氾也。」〔註1541〕引伸作湧出也。與傳義互足。《爾雅·釋水》云：「濫泉，正出。正出，涌出也。釋文曰：『《詩·大雅·瞻卬》云：觱沸檻泉，李巡曰：水泉從下上出曰涌泉。濫檻音同』」〔註1542〕。《說文》木部「檻」字作「櫳也，一曰圈也。」〔註1543〕並無泉正出、或涌出之義。又「濫」，段注：「盧瞰切」〔註1544〕，來母，三十二談部（段氏八部）。「檻」，段注「胡黯切。」〔註1545〕，匣母，三十二談部（段氏八部）。是「濫」、「檻」二字音近，可通用。「濫」於《詩》爲本字，則「檻」爲借字耳。

「滭」《毛詩》作「觱」〔註1546〕，《毛傳》曰：「觱沸、泉出貌」〔註1547〕。《說文》四篇下角部「觱」字下曰：「羌人所歙角屠觱，以驚馬也。」段注：「畢吉切」〔註1548〕。「觱」爲角器名，而無泉出之貌，與《毛傳》不合。《玉篇》角部「觱」字下曰：「觱或作滭」。〔註1549〕《說文》無「滭」字。《玉篇》水部「滭」字曰：「泉出貌。」〔註1550〕，與《詩》義正合也。「觱」，段注：「畢吉切」〔註1551〕，幫母，八沒部〔段氏十五部〕。滭，「俾逸切」〔註1552〕。幫母，五質部〔段氏十五部〕。「觱」、「滭」二字音同，可通用。「滭」於《詩》爲本字，則「觱」爲借字耳。

一八六、湜

《說文》十一篇上二水部「湜」字下曰：「水清見底也。從水，是聲。詩曰：湜湜其止。」段注：「常職切。」〔註1553〕

按：「湜湜其止」出自〈邶風·谷風〉。《毛詩》作「涇以渭濁，湜湜其沚」〔註1554〕，

〔註1540〕同註5，頁500
〔註1541〕同註4，頁554。。
〔註1542〕同註5，頁119。
〔註1543〕同註4，頁273。
〔註1544〕同註4，頁554。
〔註1545〕同註4，頁273。
〔註1546〕同註5，〈小雅·采菽〉，頁500。〈大雅·瞻卬〉，頁694。
〔註1547〕同註5，〈小雅·采菽〉，頁500。〈大雅·瞻卬〉，頁694。
〔註1548〕同註4，頁190。
〔註1549〕同註10，頁375。
〔註1550〕同註10，頁280。
〔註1551〕同註4，頁190。
〔註1552〕同註10，頁280。
〔註1553〕同註4，頁555。
〔註1554〕同註5，頁89。

「止」作「沚」。義謂：「涇水雖然一時把渭水弄濁了，但是稍爲靜止，渭水還是清澄無比的」。〔註 1555〕《說文》水部「沚」字下曰：「小渚曰沚」〔註 1556〕。《毛傳》無訓。《鄭箋》云：「小渚曰沚。」〔註 1557〕與《說文》同。《爾雅・釋水》曰：「小州曰渚，小渚曰沚」。〔註 1558〕是許、鄭之訓與《詩》恉異也。《說文》「湜」作「水清見底也」〔註 1559〕。「湜湜」乃狀水止之貌。《說文》二篇上止部「止」字作「下基也。」〔註 1565〕訓與《詩》義合。又「沚」、「止」二字同爲段注：「諸市切」，音同通用。「止」於《詩》爲本字，則「沚」爲借字矣。

一八七、濆

《說文》十一篇上二水部「濆」字下曰：「水厓也。从水，賁聲。詩曰：敦彼淮濆。」段注：「符分切。」〔註 1560〕

按：「敦彼淮濆」出自《大雅・常武》。《毛詩》作「鋪敦淮濆」〔註 1561〕，《詩》上文云：「率彼淮浦」，下文云：「截彼淮浦」，故此處云：「敦彼淮濆」，句例與《說文》引《詩》正合，義謂「在淮水之岸，陳屯兵力」。《毛傳》「敦」字無訓，《鄭箋》云：「敦當作屯。陳屯其兵，於淮水大防之上，以臨敵。」《說文》屮部「屯」字作「象艸木之初生，屯然而難」〔註 1562〕，引申而作陳屯也。後人因而誤以「鋪敦」連文也，《說文》十四篇上金部「鋪」字作「箸門捕首也」〔註 1563〕。又《說文》「敦」字作「怒也，詆也，一曰誰何也。」〔註 1564〕二字皆無「陳屯」之義。「敦」作「敦厚」解，乃假「敦」爲「惇」，二字同爲段注：「都昆切」音同，可通用。又「敦」借作「惇」，已有「厚」之義，於文義已足。

《毛傳》曰：「濆，涯。」孔氏《正義》引「《爾雅・釋水》曰：「汝爲濆。『詩曰：遵彼汝墳。大水分出別爲小水之名也』〔註 1565〕。」或引爲三家《詩》。

〔註 1555〕同註 5，頁 58。
〔註 1556〕同註 4，頁 558。
〔註 1557〕同註 5，頁 89。
〔註 1558〕同註 7，頁 121。
〔註 1559〕同註 4，頁 555。
〔註 1565〕同註 4，頁 68。
〔註 1560〕同註 4，頁 557。
〔註 1561〕同註 5，頁 693。
〔註 1562〕同註 4，頁 22。
〔註 1563〕同註 4，頁 720。
〔註 1564〕同註 4，頁 126。
〔註 1565〕同註 7，〈釋水〉，頁 119。

又《釋丘》曰：「墳，大防。『謂隄』。」李巡云：「墳謂涯岸，狀如墳墓，名大防也。」〔註1566〕，《說文》土部「墳」訓「墓也。」〔註1567〕不作「大防」。《說文》訓「濆、水厓也」，與《毛傳》同。又「濆」、「墳」段注同爲「符分切」，二字音同，可通用。「濆」於《詩》爲本字，「墳」爲借字耳。

一八八、漘

《說文》十一篇上二水部「漘」字下曰：「水厓也。从水，脣聲。詩曰：寘河之漘。」段注：「常倫切。」〔註1568〕

按：「寘河之漘」出自《魏風・伐檀》。《毛詩》云：「坎坎伐輪兮，寘之河之漘兮」〔註1569〕，《說文》去「之，兮」二字，合而爲四字，於《詩》義無損。義謂：「很辛苦的斫伐檀木，爲的是製輪以行於陸地，今乃置之於河岸。」〔註1570〕《毛傳》曰：「漘，涯也。」《說文》無「涯」字，「漘」作「水厓也」，與《毛傳》同。

一八九、灘

《說文》十一篇上二水部「灘」字下曰：「水濡而乾也。从水、難聲，詩曰：灘其乾矣。俗灘从隹。」段注：「他安切」。〔註1571〕

按：「灘其乾矣」出自〈王風・中谷有蓷〉。「灘」《毛詩》作「暵」〔註1572〕，該詩共分三段；首段曰「中谷有蓷，暵其乾矣」次段曰「暵其脩矣」，末段曰「暵其濕矣」。首段義謂：『谷中的蓷，因爲雨水的浸濡而枯萎了。』〔註1573〕「乾」、「脩」、「濕」三字皆狀「菸貌」，義相近也。《毛傳》曰：「暵、菸貌，陸草生於谷中傷於水。」《鄭箋》云：『猶鵻之生谷中，得水則病將死。』《說文》一篇下艸部「菸」字下曰：「鬱也，一曰殘也。」〔註1574〕又四篇下歺部「殘」字下曰：「病也」〔註1575〕，蓋鄭氏取其第二義。《說文》「灘」字作「水濡而乾也」，與《毛傳》義合。《說文》

〔註1566〕同註7，〈釋丘〉，頁116。
〔註1567〕同註4，頁699。
〔註1568〕同註4，頁557。
〔註1569〕同註5，頁211。
〔註1570〕同註6，頁173～174。
〔註1571〕同註4，頁560。
〔註1572〕同註5，頁151。
〔註1573〕同註6，頁116。
〔註1574〕同註4，頁41。
〔註1575〕同註4，頁163。

七篇上日部「暵」字下曰：「乾也，耕暴田曰暵。」〔註1576〕據「暵」字從日，爲「日曬而乾」，《詩》義爲「水濡而乾」，二者義略異。「灘」、段注：「他安切」〔註1577〕，透母，三元部（段氏十四部）。「暵」、段注：「呼旰切」〔註1578〕，曉母，三元部（段氏十四部）。「灘」「暵」二字音近，可通用。「灘」於《詩》爲本字，則「暵」爲借字矣。

一九〇、汕

《說文》十一篇上二水部「汕」字下曰：「魚游水貌。从水、山聲。詩曰：烝然汕汕。」段注：「所晏切。」〔註1579〕

按：「烝然汕汕」出自《小雅·南有嘉魚》。小徐本及段注《說文》、《毛詩》皆作「烝」，徐鉉本《說文》曰：「詩曰：蒸然汕汕」〔註1580〕，《毛詩》云：「南有嘉魚，烝然汕汕」〔註1581〕，「烝」作「蒸」，義謂：「南方有嘉魚，成群的魚兒在水中游著，可用網罟捕捉它。」〔註1582〕《毛傳》曰：「汕汕、樔也」。「樔」《說文》六篇上作「澤中守草樓」〔註1583〕，與《說文》「汕」義不合。《鄭箋》云：『樔者今之撩罟也。』釋文引「《說文》云：『魚游水貌』。」《爾雅·釋器》云：「罺謂之汕。註：『今之撩罟』。」李巡曰：「汕以薄魚也。」〔註1584〕《說文》無「罺」字，《玉篇》「罺」字曰：「罟也。」〔註1585〕，是《玉篇》、《爾雅》及《毛傳》義相合也。

《說文》一篇下艸部「蒸」曰：「析麻中幹也」〔註1586〕。又十篇上火部「烝」字下曰：「火氣上行也。」〔註1587〕依、「烝」、「蒸」二字皆不訓「眾也」，與《詩》義不合。《毛傳》於「烝」字無訓，《鄭箋》云：「烝、塵也。塵然，猶言久如也。」〔註1588〕此處《鄭箋》喻爲天下有賢者，在位之人將久如而站，求致之於朝也。

〔註1576〕同註4，頁310。
〔註1577〕同註4，頁560。
〔註1578〕同註4，頁310。
〔註1579〕同註4，頁560。
〔註1580〕同註14，頁368。
〔註1581〕同註5，頁346。
〔註1582〕同註912，頁305～306。
〔註1583〕同註4，頁270。
〔註1584〕同註7，頁76。
〔註1585〕同註10，頁235。
〔註1586〕同註4，頁45。
〔註1587〕同註4，頁485。
〔註1588〕同註5，頁346（上）。

乃另爲一解。《說文》「眾」字下曰：「多也。」〔註 1589〕與《詩》義正合。又「烝」、「蒸」段氏同作「煮仍切」音近，可通用。「烝」、段注：「煮仍切」，照母，古歸端母，二十六蒸部（段氏六部）。「眾」，段注：「之仲切」〔註 1590〕，照母，古歸，端母，二十三冬部（段氏九部）。是「烝」、「眾」二字爲雙聲，又蒸冬爲次旁轉，每多相通。此段氏六部，九部合韻之說。「眾」於《詩》爲本字，則「烝」、「蒸」爲借字矣。

一九一、砅

《說文》十一篇上二水部，「砅」字下曰：「履石渡水也。从水、石。詩曰：深則砅。（濿）砅或從厲。」段注：「力制切。」〔註 1591〕

按：「深則砅」出自〈邶風・匏有苦葉〉。《毛詩》云：「深則厲，淺則揭」〔註 1592〕，「砅」作「厲」。義謂：「過深水則渡河，待過淺水則提起衣服。」〔註 1593〕《毛傳》曰：「以衣涉水爲厲。」訓與許說適反。釋文曰：「厲、力滯反。《說文》作『砅』，云：履石渡水也」。孔氏《正義》引「《爾雅・釋水》云：『濟有深涉，深則厲，淺則揭，揭則揭衣也，以衣涉水爲厲，由膝以上爲涉，由帶以上爲厲』。」〔註 1594〕孔氏引《爾雅》訓，以明古人尊崇禮儀，因時制宜，仍不失其禮也。《說文》「砅」作「履石渡水也」，過深水，要如何履石渡水？段玉裁曰：「蓋韓詩作『深則砅』許稱之與戴先生乃以橋梁說砅，如其說，則許當徑云石梁，不當云履石渡水矣。」又云：「厲者石也：從水厲，猶從水石，引伸之爲凡渡水之稱。」〔註 1595〕是段氏之說甚爲合理。《說文》九篇下厂部「厲」字下作「旱石也。从厂、萬省聲，（厲）或不省。」段注：「力制切」。〔註 1596〕按：「厲」乃「厲」之古字，今隸變作「厲」，本義爲旱石。與《詩》義不合也。「砅」、从水、石，本義爲水中石也，或作「濿」。「濿」以「厲」爲聲母，「濿」、「厲」二字，可通用，「砅」於《詩》爲本字，則「厲」爲借字，又「濿」爲「砅」之或體也。

〔註 1589〕同註 4，頁 391。
〔註 1590〕同註 4，頁 391。
〔註 1591〕同註 4，頁 561。
〔註 1592〕同註 5，頁 87。
〔註 1593〕同註 6，頁 55。
〔註 1594〕同註 7，頁 120。
〔註 1595〕同註 4，頁 561。
〔註 1596〕同註 4，頁 451。

一九二、淒

《說文》水部「淒」字下曰：「雨雲起也。从水、妻聲。詩曰：有渰淒淒。」段注：「七稽切。」〔註 1597〕

按：「有渰淒淒」：出自〈小雅・大田〉。《毛詩》云：「有渰萋萋，興雨祁祁」〔註 1598〕，「淒」作「萋」。義謂「雨雲烏烏起來，雨兒多多的降落」〔註 1599〕。《毛傳》曰：「萋萋，雲行貌。」未言「雨」。孔穎達〈疏〉曰：「萋萋然行者，雨之雲也。《正義》曰：『渰、雲興貌，雲既興，而後行，萋萋在渰之下故知雲行貌』。」〔註 1600〕是孔氏伸毛義至詳。《說文》「淒」作雨雲起也，即起必行也。是《毛傳》與《說文》實相合耳。《說文》一篇下艸部「萋」字下曰：「艸盛。」〔註 1601〕與《詩》義不合。「淒」、「萋」二字，段注同爲「七稽切」，音同通用。「淒」於《詩》爲本字，則「萋」爲借字矣。

一九三、瀑

《說文》十一篇上二水部「瀑」字下曰：「疾雨也。从水、暴聲，詩曰：終風且瀑。」段注：「平到切。」〔註 1602〕

按：「終風且瀑」出自〈邶風・終風〉。《毛詩》作「終風且暴」〔註 1603〕，「瀑」作「暴」義謂：「既有風且乾而疾暴」〔註 1604〕。《毛傳》曰：「終日風，爲終風。暴，疾也」〔註 1605〕。《鄭箋》云：「既竟日風矣，而又暴疾。」孔穎達《正義》引：「《爾雅》云：『日出而風爲暴，引詩曰：『終風且暴。』。孫炎曰：『陰雲不興而大風暴起，然則爲風之暴疾，故云疾也』〔註 1606〕。』」〔註 1607〕是《毛傳》、《爾雅》訓與許說義不合也。《廣韻》三十七号韻「暴」下云：「說文作㬥，疾有所趣也。又作曓，晞也，今通作暴」〔註 1608〕。《說文》本部

〔註 1597〕同註 4，頁 562。
〔註 1598〕同註 5，頁 474。
〔註 1599〕同註 6，頁 391。
〔註 1600〕同註 5，頁 474。
〔註 1601〕同註 4，頁 38。
〔註 1602〕同註 4，頁 562。
〔註 1603〕同註 5，頁 79。
〔註 1604〕同註 5，頁 116。
〔註 1605〕同註 5，頁 79。
〔註 1606〕同註 7，頁 96。
〔註 1607〕同註 5，頁 79。
〔註 1608〕同註 11，頁 417。

「㬥」字下曰：「疾有所趣也，从日出，本廾之。」。〔註 1609〕「㬥」作「疾趣」也，重在「疾」字，與《詩》義相合，又日部「㬧」字下曰：「晞也」，段注：「步卜切」，並母，二十部藥韻〔註 1610〕，與《詩》義不合。「瀑」，段注：「平到切」〔註 1611〕，並母，二十藥部（段氏二部）。「㬥」，段注：「薄報切」〔註 1612〕，並母，二十藥部（段氏二部）。「㬥」、「瀑」音同，可通用。「㬥」於《詩》爲本字，則「瀑」、「㬧」爲借字，今「㬥」、「㬧」二字不分通作「暴」字矣。

一九四、瀀

《說文》十一篇上二水部「瀀」字下曰：「澤多也。从水，憂聲。詩曰：既瀀且渥。」段注：「於求切。」〔註 1613〕

按：「既瀀且渥」出自〈小雅・信南山〉。《毛詩》作「既優且渥」〔註 1614〕，「瀀」作「優」。義謂：「雨量充足普遍潤澤」〔註 1615〕。《說文》「瀀」字，从水，作「澤多也」，即雨水潤澤多，與《詩》義合。《毛傳》「優」字，無訓。《鄭箋》曰：「小雨潤澤則饒洽」。釋文曰：「『優』《說文》作『瀀』，音憂渥」。孔穎達《正義》謂：「明年將豐，今冬積雪爲宿澤也」。鄭，孔之釋與許說合也。《說文》人部「優」字下曰：「饒也。一曰倡也」〔註 1616〕，又食部「饒」字下曰：「飽也」〔註 1617〕。皆未言「雨水也」，訓與《詩》義不合。段玉裁曰：「〈小雅〉：『既瀀既渥』，今本皆假『優』爲之」〔註 1618〕。「瀀」、「優」二字，段注同爲「於求切」，音同通用。「瀀」於《詩》爲本字，「優」爲借字也。

一九五、汽

《說文》十一篇上二水部「汽」字下曰：「水涸也，或曰泣下。从水氣聲。詩

〔註 1609〕同註 4，頁 502。
〔註 1610〕同註 4，頁 310。
〔註 1611〕同註 4，頁 562。
〔註 1612〕同註 4，頁 502。
〔註 1613〕同註 4，頁 563。
〔註 1614〕同註 5，頁 461。
〔註 1615〕同註 6，頁 385。
〔註 1616〕同註 4，頁 379。
〔註 1617〕同註 4，頁 224。
〔註 1618〕同註 4，頁 563。

曰：汽可小康。」段注：「巨乞切。」〔註 1619〕

按：「汽可小康」出自〈大雅．民勞〉。《毛詩》云：「民亦勞止，汔可小康」〔註 1620〕，「汽」作「汔」。義謂：「老百姓們已經夠辛苦的了，希望可以使他們稍爲休息一會兒」。《毛傳》曰：「汔、危也」〔註 1621〕。《鄭箋》曰：「汔、幾也。」又曰：「今民罷勞矣，王幾可以小安之乎？」〔註 1622〕」是《毛傳》與《說文》不合也，孔穎達疏：「毛以爲穆王諫王言，今周民亦皆疲勞止而又危耳」，又曰：「鄭唯以汔爲幾，云：『此民亦皆已勞止，王幾可以小安之。』爲異，餘同。《正義》曰：『以汔之下即云小康，明是由危須安，故以汔爲危也』。」〔註 1623〕孔氏之言，與《毛傳》訓同，而不認同《鄭箋》以爲曲解毛義也。據《爾雅．釋詁》曰：『幾、危也』又『譏，汔也。』〔註 1624〕是「汔」訓「幾，危也」，無誤。《說文》四篇下𢆶部「幾」字下曰：「微也，殆也。」〔註 1625〕歺部「殆」下曰：「危也。」〔註 1626〕是「微」與「危」二義相成。又「幾」，段注：「居衣切」〔註 1627〕，見母，七微部（段氏十五部）。「汽」，段注：「巨乞切。」〔註 1628〕，群母，古歸匣母，八沒部（段氏十五部）。「幾」、「汽」二字音近，可通用。「幾」於《詩》爲本字，則「汽」爲借字，馬宗霍《說文解字引經考》云：「『汽』隸省作『汔』」〔註 1629〕。

一九六、州

《說文》十一篇下川部「州」字下曰：「水中可凥者曰州也。水周繞其旁从重川，昔堯遭洪水，民凥水中高土，故曰九州。詩曰：在河之州。一曰州疇也，各疇其土。」段注：「職流切。」〔註 1630〕

按：「在河之州」出自〈周南．關雎〉。《毛詩》云「關關雎鳩，在河之洲」〔註 1631〕，

〔註 1619〕同註 4，頁 564。
〔註 1620〕同註 5，頁 630。
〔註 1621〕同註 5，頁 630。
〔註 1622〕同註 5，頁 630。
〔註 1623〕同註 5，頁 630。
〔註 1624〕同註 7，頁 23。
〔註 1625〕同註 4，頁 161。
〔註 1626〕同註 4，頁 165。
〔註 1627〕同註 4，頁 161。
〔註 1628〕同註 4，頁 564。
〔註 1629〕同註 9，頁 569。
〔註 1630〕同註 4，頁 574。
〔註 1631〕同註 5，頁 20。

「州」作「洲」。義謂：「那河洲之上，關關叫著的雎鳩」。〔註1632〕《毛傳》曰：「水中可居者曰洲。」〔註1633〕釋文曰：『洲音州。』孔氏《正義》引「《爾雅・釋水》曰：『水中可居者曰洲。』李巡曰：『四方皆有水，中央獨可居。』〈釋水〉又曰：『小洲曰渚』〔註1634〕。」是《毛傳》、《爾雅》皆以「洲」爲水中可居者也，與《說文》合也。《說文》水部無「洲」字，段玉裁亦以爲「『州』本州渚字，引申之乃爲九州，俗乃別製『洲』字，而大小分係矣。」〔註1635〕又「洲」以「州」爲聲母，二字可通用，蓋許以「州」爲正字，則「洲」爲俗字矣。

一九七、羕

《說文》十一篇下永部「羕」字下曰：「水長也。从永、羊聲。詩曰：江之羕矣。」段注云「余亮切。」〔註1636〕

按：「江之羕矣」出自〈周南・漢廣〉。《毛詩》云：「江之永矣」〔註1637〕，「羕」作「永」。義謂：「多麼長的江流啊！」〔註1638〕。《毛傳》曰：「永、長也。」〔註1639〕少一「水」字，然「永」字即象水巠理之長永也。《鄭箋》曰：「江之永長矣」〔註1640〕。《毛傳》與《說文》實相同也。《說文》十一篇下永部，「永」字下曰：「水長也。象水巠理之長永也。詩曰：江之永矣。」〔註1641〕「羕」、段注云「余亮切」〔註1642〕，喻母，古歸定母，十五陽部（段氏十部）。「永」，段注云「于憬切」〔註1643〕，「爲」母，古歸匣母，十五陽部（段氏十部）。是「羕」、「永」二字音近，義同，可通用。「羕」、「永」爲同源字。《文選・登樓賦》「川既漾而濟深」〔註1644〕李善注引「《韓詩》『江之漾矣』，薛君曰：『漾，長也』。」段玉裁以爲「『漾』乃『羕』之訛字」〔註1645〕。就造字原理而言，

〔註1632〕同註6，頁3。
〔註1633〕同註5，頁20。
〔註1634〕同註7，頁121。
〔註1635〕同註4，頁574。
〔註1636〕同註4，頁575。
〔註1637〕同註5，頁42。
〔註1638〕同註6，頁16。
〔註1639〕同註5，頁42。
〔註1640〕同註5，頁42。
〔註1641〕同註4，頁575。
〔註1642〕同註4，頁575。
〔註1643〕同註4，頁575。
〔註1644〕同註231，頁433。
〔註1645〕同註4，頁575。

段氏之言洵不誣也，然後人以訛傳訛者嘗有之。

一九八、𩅹

《說文》十一篇下仌部「𩅹」字下曰：「仌出也。从仌，朕聲，詩曰：納於𩅹陰。凌𩅹或从夌。」段注：「力膺切。」〔註1646〕

按：「納於𩅹陰」出自〈豳風‧七月〉。《毛詩》作「納於凌陰」〔註1647〕，「𩅹」作「凌」。義謂：「納冰於藏冰之室」。〔註1648〕《毛傳》曰：「凌陰、冰室也」。與許說合。《說文》「𩅹」作「仌出也」。仌之出水，文凌凌然。此以「凌」釋冰，以「陰」釋室也。《說文》十四篇下𨸏部「陰」字下曰：「闇也。水之南，山之北也。」段注：「盧則切」。〔註1649〕《說文》門部「闇」字曰：「閉門也」。〔註1650〕閉門則室於其內也，與《詩》義合。《說文》曰：「𩅹或从夌」〔註1651〕，「𩅹」爲正字，則「凌」爲或體。

一九九、滭

《說文》十一篇下仌部「滭」字下曰：「滭冹，風寒也。从仌，畢聲，詩曰：一之日滭冹。」段注：「卑吉切。」〔註1652〕

按：「一之日滭冹」出自〈豳風‧七月〉。《毛詩》作「一之日觱發」〔註1653〕，「滭」作「觱」；「冹」作「發」。義謂：「九月的時候，霜降天寒」〔註1654〕。《毛傳》曰：「觱發、風寒也。」釋文曰：「觱音必，《說文》作畢，發音如字。」〔註1655〕《毛傳》與《說文》同也。《說文》角部「觱」字下曰「羌人所歈角屠觱，以驚馬也。」〔註1656〕段注：「屠觱，羌人所吹器名，以角爲之，以驚中國馬也，按仌部「滭冹」今詩作「觱發」皆假借字也。」〔註1657〕是「觱」不作「風寒

〔註1646〕同註4，頁576。
〔註1647〕同註5，頁276。
〔註1648〕同註6，頁240。
〔註1649〕同註4，頁738。
〔註1650〕同註4，頁596。
〔註1651〕同註4，頁576。
〔註1652〕同註4，頁577。
〔註1653〕同註5，頁280。
〔註1654〕同註6，頁235。
〔註1655〕同註5，頁280。
〔註1656〕同註4，頁190。
〔註1657〕同註4，頁190。

也」，與《詩》義不合。「觱」、「滭」，段注同爲「卑吉切」，可通用。又《說文》「發」字下曰「射發也。」〔註 1658〕，無風寒之義，亦與《詩》義不合。《說文》十一篇下仌部「冹」字下曰：「滭冹也」〔註 1659〕。與《詩》義合。「冹」，段注：「分勿切。」，非母，古歸幫母，二月部（段氏十五部）。「發」，段注：「方伐切」〔註 1660〕，非母，古歸幫母，二月部（段氏十五部）。「冹」、「發」二字音同，通用。「滭冹」於《詩》爲本字，則「觱發」爲借字矣。

二〇〇、凓

《說文》十一篇下仌部「凓」字下曰：「凓冽，寒貌。从仌，栗聲，詩曰：二之日凓冽。」段注：「力質切」。〔註 1661〕

按：「二之日凓冽」出自〈豳風・七月〉。《毛詩》作「二之日栗烈。」〔註 1662〕，「凓」作「栗」；「冽」作「烈」。義謂：「夏曆十二月的時候，冷氣凍人」〔註 1663〕。《毛傳》曰：「栗烈、寒氣也」。釋文曰：「栗烈、並如字，《說文》作颲颲。」孔穎達疏曰：「二之日，有栗烈之寒氣」〔註 1664〕，《說文》七篇上㐭部「栗」字下曰：「栗木也。从㐭木，其實下垂，故从㐭，古文㮚，从西、从二㐭、徐巡說，木至西方戰栗也。」。〔註 1665〕「栗」本義爲木名，引申作木至西方戰栗也。不作「寒氣」也。又「栗」、「凓」二字，段注同爲「力質切」，音同通用。《說文》十一篇下仌部「冽」字下曰：「凓冽也。」〔註 1666〕與《詩》義合。又十一篇上火部「烈」字作「火猛也」〔註 1667〕。無「凓冽」之義，與《詩》義不合。「冽」、「烈」二字，段注同爲「良薛切」，音同，可通用。「凓冽」於《詩》爲本字，則「栗烈」爲借字矣。

二〇一、霝

《說文》十一篇下雨部「霝」字下曰：「雨零也。从雨吅象形。詩曰：霝雨其

〔註 1658〕同註 4，頁 647。
〔註 1659〕同註 4，頁 577。
〔註 1660〕同註 4，頁 647。
〔註 1661〕同註 4，頁 577。
〔註 1662〕同註 5，頁 280。
〔註 1663〕同註 6，頁 235。
〔註 1664〕同註 5，頁 280。
〔註 1665〕同註 4，頁 320。
〔註 1666〕同註 4，頁 577。
〔註 1667〕同註 4，頁 485。

濛。」段注:「郎丁切」。〔註 1668〕

按:「霝雨其濛」出自〈豳風・東山〉。《毛詩》云:「零雨其濛」〔註 1669〕「霝」作「零」。義謂:『下著毛毛細雨』〔註 1670〕段玉裁曰:「此下雨本字,今則落行而霝廢矣」《說文》「霝」,「雨落也」,《詩》謂「落雨也」,語句倒置,義實相同。《毛傳》無釋。《鄘風・定之方中》曰:「靈雨既零」〔註 1671〕,《毛傳》曰:「零,落也」〔註 1672〕少「雨」字。《鄭箋》云:「道遇雨濛。」孔穎達疏曰:「道上乃遇零落之雨其濛濛然。」〔註 1673〕孔氏刻意將「零」字,解為「零落」,以象徵道途歸人之心情零落感。《說文》「零」字下曰:「徐雨也。」〔註 1674〕不作「落雨」,與《詩》義異。又「霝」、「零」二字,段注同為「郎丁切」,音同可通用。《玉篇》雨部「霝」字云:「零同霝。」〔註 1675〕《廣韻》十五青「霝或作零。」〔註 1676〕《集韻》十五青云:「霝通作零。」〔註 1677〕是皆通用之證也。「霝」於《詩》為本字,則「零」為假借字耳。

二〇二、攕

《說文》十二篇上手部「攕」字下曰:「好手貌。从手,韱聲。詩曰攕攕女手。」段注:「所咸切。」〔註 1678〕

按:「攕攕女手」出自〈魏風・葛屨〉。《毛詩》云:「摻摻女手,可以縫裳」〔註 1679〕,「攕」作「摻」。義謂:「纖纖的女手,不曾三月,就逼著縫製衣裳。」〔註 1680〕《毛傳》曰:「摻摻猶纖纖也,婦人三月廟見,然後執婦功。」《鄭箋》云:「言女手者,未三月未成為婦,男子之下服賤又未可使縫,魏俗使未三月婦縫裳者,利其事也」。釋文曰:「《說文》作攕、山廉反,云:好手貌。」孔氏《正義》申《傳》曰:「摻摻然,未成婦之女手,魏俗利其士,新來嫁猶謂

〔註 1668〕同註 4,頁 578。
〔註 1669〕同註 5,頁 295。
〔註 1670〕同註 6,頁 243。
〔註 1671〕同註 5,頁 117。
〔註 1672〕同註 5,頁 117。
〔註 1673〕同註 5,頁 295。
〔註 1674〕同註 4,頁 578。
〔註 1675〕同註 10,頁 287。
〔註 1676〕同註 11,頁 195。
〔註 1677〕同註 126,頁 244～245。
〔註 1678〕同註 4,頁 600。
〔註 1679〕同註 5,頁 206。
〔註 1680〕同註 6,頁 166。

之可以縫衣裳。裳乃服之褻者，亦使女手縫之，是其趨利之甚。」又曰：「摻摻爲女手之狀，則爲纖細也。《說文》云：「攕、好手貌」。〔註 1681〕《毛傳》訓「摻摻猶纖纖」；《說文》糸部「纖」字下曰：「細也」段注：「息廉切。」〔註 1682〕是「纖」之本義爲糸之細也。無作「好手貌」。《說文》十二篇上手部「摻」字作「斂也。」〔註 1683〕不作「巧手貌」。與《詩》義不合。又「攕」，段注：「所咸切」〔註 1684〕，疏母，古歸心母，三十添部（段氏七部）。「摻」，段注：「所斬切」〔註 1685〕，疏母，古歸心母，二十八侵部（段氏七部）。是「攕」、「摻」二字音同，通用。「攕」爲本字，則「摻」爲借字耳。「攕攕」《韓詩》作「纖纖」〔註 1686〕，「攕」、「纖」二字，同以「韱」爲聲母，可通用。「攕」於《詩》爲本字，則「纖」爲借字矣。

二〇三、掐

《說文》十二篇上手部「掐」字下曰：「搯也。从手，舀聲。周書曰：師乃掐。掐者，擂兵刃以習擊刺也，詩曰：左旋右擂。」段注：「刀切」〔註 1687〕。

按：「左旋右擂」出自〈鄭風・清人〉。《毛詩》云：「左旋右抽」〔註 1688〕，「擂」作「抽」義謂：「御者在將軍之左，執轡御馬以旋動車子，勇士在將軍之右，執兵器以擊刺。」〔註 1689〕《毛傳》曰：「右抽，抽矢以射」〔註 1690〕。《鄭箋》曰：「「「抽刃」。《釋文》曰：「抽《說文》作掐，他牢反。云：抽刃以習擊刺也」。孔穎達《正義》曰：「右手抽矢而射。」大徐本《說文》作「拔兵刃」〔註 1691〕「拔，擢也」，「擢，引也」〔註 1692〕。「抽」、「拔」二字義實相同，《說文》「掐」作「搯也」〔註 1693〕。「搯」字下曰「掐搯也，一曰援也。」〔註 1694〕引《周書》

〔註 1681〕同註 5，頁 206。
〔註 1682〕同註 4，頁 652。
〔註 1683〕同註 4，頁 617。
〔註 1684〕同註 4，頁 600。
〔註 1685〕同註 4，頁 617。
〔註 1686〕同註 9，頁 579。
〔註 1687〕同註 4，頁 601。
〔註 1688〕同註 5，頁 165。
〔註 1689〕同註 6，頁 132。
〔註 1690〕同註 5，頁 165。
〔註 1691〕同註 14，頁 401。
〔註 1692〕同註 4，頁 611。
〔註 1693〕同註 4，頁 601。
〔註 1694〕同註 4，頁 601。

曰:「師乃搯。搯者,擂(拔)兵刃以習擊刺也」。蓋許氏已明言「搯」字之義,下引《詩》以佐證。《毛傳》「抽」作抽矢,《說文》作拔兵刃。廣義而言,矢刃統稱爲兵器也。又「搯」、「抽」二字爲動詞,有引也、拔取也、執持也等義。《說文》手部「擂」字下曰:「引也,抽擂或从由,擂或从秀」〔註 1695〕,「抽」爲「擂」之或體。又「搯」,段注:「土刀切」,透母,二十一幽部(段氏三部)。「抽」,段注:「敕鳩切」,徹母,古歸透母,二十一幽部(段氏三部),「搯」、「抽」二字音同義近,可通用無分正借。黃永武《許慎之經學》曰:「王先謙曰:『三家抽作搯』。」又曰:「毛與三家俱非假借也。」〔註 1696〕

二〇四、捊

《說文》十二篇上手部「捊」字下曰:「引堅也。从手,孚聲。詩曰:原隰捊矣。(抱)捊或从包」段注:「步侯切。」〔註 1697〕

按:「原隰捊矣」出自〈小雅・常棣〉。《毛詩》云:「原隰裒矣,兄弟求矣」〔註 1698〕,「捊」作「裒」。義謂:「死者的尸體,不論是仆斃高原或低地,只有兄弟們到處去尋找,聚殮安葬之」〔註 1699〕。《毛傳》曰:「裒,聚也」。《鄭箋》曰:「原也,隰也,以相聚居之故,故能定高下之名,猶兄弟相求,故能立榮顯之名。」〔註 1700〕作「相聚居」者,乃鄭氏之別出新裁也,非毛氏原義。《爾雅・釋詁》曰:「裒,聚也。」〔註 1701〕訓與《毛傳》同。《說文》「捊」作「引堅也」,段玉裁曰:「堅,義同聚。引堅者,引使聚也。」〔註 1702〕許說與毛傳實合。《廣韻》十九侯「裒」下亦作「聚也」。〔註 1703〕《說文》無「裒」字,衣部有「褎」字下曰:「衣博裾。」〔註 1704〕段注曰:「隸作褒作裒」〔註 1705〕,與《詩》義不合。又「捊」,段注:「步侯切」〔註 1706〕,

〔註 1695〕同註 4,頁 611。
〔註 1696〕同註 29,頁 327。
〔註 1697〕同註 4,頁 606。
〔註 1698〕同註 5,頁 320。
〔註 1699〕同註 6,頁 286~287。
〔註 1700〕同註 5,頁 320。
〔註 1701〕同註 7,頁 21。
〔註 1702〕同註 4,頁 606。
〔註 1703〕同註 11,頁 215。
〔註 1704〕同註 4,頁 397。
〔註 1705〕同註 4,頁 397。
〔註 1706〕同註 4,頁 606。

並母，二十一幽部（段氏三部）。「㝅」，段注：「博毛切」，幫母，二十一幽部（段氏三部）。是「捊」、「㝅」二字，音同，可通用，「捊」於《詩》爲本字，則「㝅」爲假借字矣。

二〇五、揫

《說文》十二篇上手部「揫」字下曰：「束也。从手，秋聲。詩曰：百祿是揫。」段注：「即由切。」〔註1707〕

按：「百祿是揫」出自〈商頌・長發〉。《毛詩》云：「敷政優優，百祿是遒」〔註1708〕，「揫」作「遒」。義謂：「推行政令，從容不迫，所以百般的福祿都歸聚於他了」。《毛傳》曰：「遒：聚也」。孔穎達疏曰：「百眾之祿於是聚而歸之」〔註1709〕。《爾雅・釋詁》云：「揫，聚也。」〔註1710〕。《說文》「揫」作「束也」〔註1711〕，引申有「集聚」之義，是《說文》《爾雅》與《毛傳》吻合之佐證。《說文》辵部「遒」字下作「迫也」〔註1712〕。《廣韻》十八尤「遒」字下曰：「縣名在燕。又迫也，促也。」〔註1713〕不作「聚也」，與《詩》義不合。又「遒」，段注：「自秋切」〔註1714〕，從母，二十一幽部（段氏三部）。「揫」、段注：「即由切」〔註1715〕，精母，二十一幽部（段氏三部），是「揫」、「遒」二字爲旁紐雙聲，疊韻，可通用，「揫」於《詩》爲本字，則「遒」爲假借字矣。

二〇六、掌

《說文》十二篇上手部「掌」字下曰：「積也，一曰搣頰旁也。从手，此聲，詩曰：助我舉掌。」段注：「前智切。」〔註1716〕

按：「助我舉掌」出自〈小雅・車攻〉。《毛詩》云：「射夫既同，助我舉柴」〔註1717〕，

〔註1707〕同註4，頁608。
〔註1708〕同註5，頁802。
〔註1709〕同註5，頁802。
〔註1710〕同註7，頁21。
〔註1711〕同註4，頁608。
〔註1712〕同註4，頁74。
〔註1713〕同註11，頁205。
〔註1714〕同註4，頁74。
〔註1715〕同註4，頁608。
〔註1716〕同註4，頁608。
〔註1717〕同註5，頁368。

「訾」作「柴」。義謂：「諸侯從王田獵畢，賜射餘獲之禽，則以此射取之，此射夫皆已射，若中得禽者，則同復將射之位，欲更射以求禽也，若已射而不中者，則助我中者舉積禽。」〔註 1718〕《毛傳》曰：「柴、積也。」與《說文》同。《鄭箋》補充曰：「雖不中，助中者舉積禽也」。馬瑞辰謂：「石鼓詩，『柴』又通作『胔』。〈西京賦〉「收禽舉胔。」〔註 1719〕薛注：『胔、死禽獸將腐之。』李善曰：『胔、聚肉名，不論腐敗也』。」〔註 1720〕《說文》無「胔」字，骨部「骴」字下曰：「鳥獸殘骨曰骴。」〔註 1721〕《廣韻》五寘「胔」下曰：「同骴，有肉者。」〔註 1722〕蓋「胔」爲「骴」之異體，本義爲「將腐之死禽獸」，引申爲「聚肉」名，即「積禽也」，釋與《詩》義正合。《說文》木部「柴」字作「小木散材」段注：「士佳切。」〔註 1723〕訓與《詩》義不合。「訾」段注：「前智切」〔註 1724〕，從母，十支部（段氏十六部）。「柴」，段注：「士佳切」〔註 1725〕，從母，十支部（段氏十六部）。「胔」，同「骴」，段注：「資四切」〔註 1726〕，精母，十支部（段氏十六部）。是「訾」、「柴」、「胔」三字音同，可通用。「胔」於《詩》爲本字，則「訾」與「柴」二字，皆爲假借字矣。

二〇七、掔

《說文》十二篇上手部「掔」字下曰：「固也。从手，臤聲。讀若詩：赤舄掔掔。」段注：「苦閑切」〔註 1727〕。

按：「赤舄掔掔」出自〈豳風・狼拔〉。《說文》於「己」字下曰：「讀若詩：赤舄几几」，段注云：「几几各本作己己」〔註 1728〕，與《毛詩》同。《毛詩》云：「公孫碩膚，赤舄几几」〔註 1729〕，「掔」作「己」又作「几」。義謂：「周公雖處於跋前疐後之境，但以其寬宏大量，故仍能步履安定，處之裕然」〔註 1730〕。《說文》「掔」

〔註 1718〕同註 481，頁 322～323。
〔註 1719〕同註 174，頁 83。
〔註 1720〕同註 111，頁 171。
〔註 1721〕同註 4，頁 168。
〔註 1722〕同註 11，頁 348。
〔註 1723〕同註 4，頁 255。
〔註 1724〕同註 4，頁 608。
〔註 1725〕同註 4，頁 255。
〔註 1726〕同註 4，頁 168。
〔註 1727〕同註 4，頁 609。
〔註 1728〕同註 4，頁 748。
〔註 1729〕同註 5，頁 304。
〔註 1730〕同註 6，頁 250。

字作「固也」,「掔掔」連文，乃壯「重固貌」。柳榮宗氏曰:「掔掔者，重固之貌。」〔註1731〕。《毛傳》曰:「赤舄，人君之盛屨也。几几，絇貌」〔註1732〕。《鄭箋》曰:『赤舄几几然。』孔穎達〈疏〉曰:「赤舄几几然，美其盛德，故說其衣服。」孔氏《正義》申《傳》云:「几几、絇貌。謂舄頭飾之貌，以爵弁祭服之尊飾之。」以上皆狀周公冕服之履「絇盛安重貌」，毛與許實相同也。《說文》几部「几」字作「凥几也，象形」〔註1733〕，象其高而上平可倚，下有足。又尸部「凥」字作「脾也」。段注:「脾，今俗云屁股是也」。〔註1734〕「几」，即坐几也，與《詩》義不合。

又《說文》己部「己」字下曰:「中宮也，象萬物辟藏詘形也」〔註1735〕，與《詩》義異。「掔」、段注:「苦閑切」，溪母，六真部（段氏十四部）。「几」、段注:「居履切」，見母，四脂部（段氏十五部）。「己」、段注:「居擬切」，見母，二十四之部（段氏一部）。是「几」、「己」二字為雙聲，可通用。又「掔」、「几」二字為旁紐雙聲，真、脂為陰陽對轉（見章太炎先生，成均圖）〔註1736〕。是「几」、「掔」二字音近，可通用。段氏曰:「掔掔當依《豳風》作几几。云讀若者，古合音」〔註1737〕。筆者以為，《說文》「掔」字下曰:「讀若詩:赤舄掔掔」，而未書作「几几」，蓋「讀若」二字為衍文，是「掔」於《詩》為本字，則「几」與「己」皆為假借字矣。

二〇八、摡

《說文》十二篇上手部「摡」字下曰:「滌也。从手，既聲。詩曰:摡之釜鬵。」段注:「古代切。」〔註1738〕

按:「摡之釜鬵」出自〈檜風・匪風〉。《毛詩》云:「誰能亨魚？溉之釜鬵」〔註1739〕，「摡」作「溉」。義謂:「誰能烹魚？我願意為他洗鍋」〔註1740〕。《毛傳》曰:「溉、

〔註1731〕〔清〕柳榮宗:《說文引經考異》,（道光年間，微軟版）,卷八。
〔註1732〕同註5，頁304。
〔註1733〕同註4，頁722。
〔註1734〕同註4，頁404。
〔註1735〕同註4，頁748。
〔註1736〕同註4，頁43。
〔註1737〕同註4，頁609。
〔註1738〕同註4，頁613。
〔註1739〕同註5，頁265。
〔註1740〕同註6，頁227。

滌也」〔註 1741〕。訓與許說同。《釋文》曰：「漑本又作摡」。孔穎達《正義》曰：「漑者，滌器之名。」又引《周禮・大宗伯》云：「祀大神則視滌濯，少牢禮祭之日，雍人漑鼎，廩人漑甑」〔註 1742〕。據孔氏言，「漑」非單謂滌也，乃滌器之名，是孔氏以「漑之釜鬵」統釋之。《說文》水部「漑」字作「水出東海桑瀆，覆甑山，東北入海，一曰灌注也。」段注：「古代切」。段玉裁以爲「東海桑瀆應是北海郡桑犢之誤」。〔註 1743〕「漑」本義爲水名，無「滌」之義，非《詩》義本字也。是「摡」「漑」二字、皆爲「古代切」，又同以「既」爲聲母，二字音同，可通用。「摡」於《詩》爲本字，則「漑」爲借字矣。

二〇九、搜（挖）

《說文》十二篇上手部「挖」字下曰：「眾意也。一曰求也。从手，叜聲。詩曰：束矢其挖。」段注：「所鳩切」。〔註 1744〕

按：「束矢其挖」，詩句出自〈魯頌・泮水〉。《毛詩》云：「角弓其觩，束矢其搜」〔註 1745〕，「挖」作「搜」。義謂：「角弓其觩然，弛而不張，束矢其搜然，眾而不用」。或作「魯侯的弓，極其強健，魯侯的矢，極其疾速」〔註 1746〕。《毛傳》曰：「搜、眾意也」〔註 1747〕，訓與許說同。釋文曰：「搜依字作挖。」《鄭箋》曰：「束矢搜然，言勁疾也」。據鄭氏之解與《毛傳》異。或以「搜」、「速」二字同音，假借耳。孔穎達〈疏〉云：「角弓其觩然，弛而不張，束矢其搜然，眾而不用」。「搜」，段注：「所鳩切」，心母，二十一幽部，（段氏三部）。〔註 1748〕「速」，段注：「桑谷切」，心母，十七屋部（段氏三部），馬宗霍《說文引經考攷》云：「『挖』者，今《詩》作『搜』，隸變也」〔註 1749〕。

二一〇、妐

《說文》十二篇下女部部字「妐」下曰：「好也。从工，殳聲。詩曰：靜女其

〔註 1741〕同註 5，頁 265。
〔註 1742〕同註 18，頁 283。
〔註 1743〕同註 4，頁 544。
〔註 1744〕同註 4，頁 617。
〔註 1745〕同註 5，頁 769。
〔註 1746〕同註 6，頁 587。
〔註 1747〕同註 5，頁 769。
〔註 1748〕同註 4，頁 617。
〔註 1749〕同註 9，頁 589。

𡛴。」段注：「昌朱切。」〔註 1750〕

按：「靜女其𡛴」出自〈邶風・靜女〉。《毛詩》云：「靜女其姝」。〔註 1751〕「𡛴」作「姝」。義謂：「美麗的淑女。」〔註 1752〕。《說文》作好也，即美好，與《詩》義合。《毛傳》曰：「姝、美色。」《鄭箋》云：「女德貞靜，然後可畜美色。」孔穎達《正義》》曰：「言有貞靜之女，其美色姝然。」蓋形容貞靜色好貌也，毛、許實相合也。《說文》女部「姝」字下作「好也。」〔註 1753〕與「𡛴」字訓同，與《詩》義合。「𡛴、「姝」二字，同爲段注：「昌朱切」，穿母，古歸透母，十六侯部（段氏四部）。二字音義全同，蓋不分正借也。

二一一、孌（嫋）

《說文》十二篇下女部「嫋」字下曰：「順也。从女，𤔔聲。詩曰：婉兮嫋兮。孌籀文嫋」段注：「力沇切。」〔註 1754〕

按：「婉兮嫋兮」出自〈齊風・甫田〉〔註 1755〕及〈曹風・侯人〉〔註 1756〕。「嫋」《毛詩》作「孌」，段玉裁曰：「小篆之孌爲今戀字，訓慕，籀文之孌爲小篆之嫋，訓順，形同義異，不嫌複見也」〔註 1757〕。〈齊風・甫田〉「婉兮孌兮，總角丱兮。」義謂：「婉孌的兒童，頭上束著兩條小辮。」〔註 1758〕《說文》「嫋」作「順也」，《廣韻》二十八「獮」云：「嫋、從也。」〔註 1759〕即順從貌，引申有好貌。是《說文》與《詩》義近也。〈齊風・甫田〉《毛傳》曰：「婉孌、少好貌」〔註 1760〕。又於〈曹風・侯人〉《毛傳》曰：「婉、少貌。孌、好貌」〔註 1761〕。《鄭箋》曰：「婉兮而少，孌兮而好」。蓋《毛傳》與《說文》於義相足也。「孌」籀文作「嫋」。

〔註 1750〕同註 4，頁 624。
〔註 1751〕同註 61，頁 104。
〔註 1752〕同註 6，頁 70～71。
〔註 1753〕同註 4，頁 624。
〔註 1754〕同註 4，頁 624。
〔註 1755〕同註 5，頁 197。
〔註 1756〕同註 5，頁 270。
〔註 1757〕同註 4，頁 624。
〔註 1758〕同註 11，頁 172。
〔註 1759〕同註 11，頁 293。
〔註 1760〕同註 5，頁 197。
〔註 1761〕同註 5，頁 270。

二一二、妟

《說文》十二篇下女部「妟」字下曰：「安也。从女，从曰。詩曰：以妟父母。」段注：「烏諫切。」〔註 1762〕

按：「以妟父母」《毛詩》無此文，段玉裁以爲〈周南・葛覃〉「歸寧父母」〔註 1763〕之異文，段注：「《毛傳》曰：『寧，安也』。《詩》上文『言告言歸』，歸謂嫁也，方嫁不當遽歸寧，此則『歸』字，作『以』字爲善，謂可用以安父母之心」〔註 1764〕；而嚴可均以爲「『以妟父母』乃〈小雅・吉日〉三章『以燕天子』〔註 1765〕之異文」，謂：「今《詩》作『以燕天子』涉上天子而改耳」。此說未見他處，可茲佐證者，故嚴氏之說，不足採也。〈周南・葛覃〉「言告師氏，言告言歸，……歸寧父母」〔註 1766〕，義謂：『我告於女師，向她請教適人爲婦之道，……準備穿得乾乾淨淨的回娘家向父母請安』〔註 1767〕。〈詩序〉謂：「〈葛覃〉，后妃之本也，后妃在父母家，則志在於女功之事，躬儉節用，服澣濯之衣，尊敬師傅，則可以歸安父母，化天下以婦道也」〔註 1768〕。〈葛覃〉詩序言之甚白，謂后妃歸寧父母也。何以段氏謂方嫁不當遽歸，其說甚爲費解。《說文》作「安也」，與《詩》義合。《毛傳》曰：「寧、安也。父母在，則有時歸寧耳」〔註 1769〕。是毛許義同。《說文》丂部「寧」字下作「願詞也」，段注：「奴丁切」〔註 1770〕，「寧」字本義與《詩》義不合。又宀部「寍」字下作「安也」段注：「奴丁切」〔註 1771〕，與《詩》恉合也。又「寧」以「寍」爲聲母，二字音同，通用。作「安也」，「寍」於《詩》爲本字，則「寧」爲借字，今「寧」行而「寍」廢矣。

又「妟」《毛詩》作「寧」。「妟」、段注：「烏諫切」〔註 1772〕，影紐，三元部（段氏十四部）。寍、段注：「奴丁切」〔註 1773〕，泥紐，十二眞部（段氏十

〔註 1762〕同註 4，頁 627。
〔註 1763〕同註 5，頁 31。
〔註 1764〕同註 4，頁 627。
〔註 1765〕同註 5，頁 370。
〔註 1766〕同註 5，頁 31。
〔註 1767〕同註 6，頁 6～7。
〔註 1768〕同註 5，頁 30。
〔註 1769〕同註 5，頁 31。
〔註 1770〕同註 4，頁 205。
〔註 1771〕同註 4，頁 342。
〔註 1772〕同註 4，頁 627。
〔註 1773〕同註 4，頁 342。

一部）。「旻」、「盜」二字聲韻俱異，古音部居隔遠，絕不可通。或許氏以二字義同，引《詩》以證義，與音無關也。承培元以爲「旻」引《詩》以證「从女之義也」〔註 1774〕。

二一三、娑

《說文》十二篇下女部「娑」字下曰：「舞也。从女，沙聲。詩曰：市也媻娑。」段注：「素何切。」〔註 1775〕

按：「市也媻娑」出自〈陳風·東門之枌〉。《毛詩》云：「不績其麻，市也婆娑」〔註 1776〕，「媻」作「婆」。義謂：『陳國子仲氏之女，不在家裡紡織，卻聚眾如市的，婆娑而舞。』〔註 1777〕《說文》「娑」作「舞也」，「婆娑」連文乃舞踏貌，與《詩》義合也。《說文》女部「媻」字作「奢也，一曰小妻也。」〔註 1778〕「奢」者，「張也」〔註 1779〕，張舞即舞貌。《說文》無婆字。徐鉉本《說文解字》女部「媻」字下曰：「奢也，从女般聲臣鉉等曰：今俗作『婆』非是薄波切。」（同註 14，頁 414）。《玉篇》女部有「婆」字曰：「婆娑，又婆母。」〔註 1780〕《毛傳》曰：「婆娑，舞也。」釋文云：「婆、步波反，《說文》作媻，音同。」是釋文亦以「媻」爲「婆」之正字也。孔穎達《正義》曰：「婆娑，舞也。」又曰：「言陳國男女棄其事業，候良辰美景而歌舞淫泆，聚會婆娑而舞。」〔註 1781〕引「《爾雅·釋訓》：『婆娑，舞也』。郭曰：『舞者之容。』李巡曰：『婆娑，盤辟舞也。』即盤旋而舞。孫炎曰：『舞者之容，婆娑然』。」〔註 1782〕是「婆娑」，舞者之狀貌也。「婆」、《玉篇》：「蒲何切」，並紐，一歌部（段氏十七部）。媻、段注：「薄波切」〔註 1783〕，並紐，三元部（段氏十四部）。「媻」、「婆」二字爲雙聲，歌韻、元韻爲陰陽對轉，二字音近義同，可通用。「媻」爲正字，則「婆」爲俗字也。

〔註 1774〕承培元撰：《說文引經證例》（臺北：廣雅書局刊。上海：上海古籍出版，1995 年序版），頁 577。
〔註 1775〕同註 4，頁 627。
〔註 1776〕同註 5，頁 251。
〔註 1777〕同註 6，頁 212。
〔註 1778〕同註 4，頁 627。
〔註 1779〕同註 4，頁 501。
〔註 1780〕同註 10，卷第三，頁 73。
〔註 1781〕同註 5，頁 251。
〔註 1782〕同註 7，頁 61。
〔註 1783〕同註 10，卷第三，頁 73。

二一四、姕

《說文》十二篇下女部「姕」字下曰：「婦人小物也。从女，此聲。詩曰：婁舞姕姕。」段注：「即移切。」〔註 1784〕

按：「婁舞姕姕」出自〈小雅・賓之初筵〉。「婁」《毛詩》作「屢」，又「姕姕」作「傞傞」。《說文》人部「傞」字下，亦引《詩》同《毛詩》〔註 1785〕。《毛詩》云：「側弁之俄，屢舞傞傞」〔註 1786〕，義謂：「酒醉歪戴著帽子，蹦蹦跳跳，亂舞不休」〔註 1787〕。《毛傳》曰：「傞傞、不止也。」釋文曰：「傞傞、是舞不止」，孔穎達《正義》曰：「傞傞然，不能止」〔註 1788〕。是毛與許訓異也。《說文》人部「傞」字作「醉舞貌。詩曰：屢舞傞傞。」〔註 1789〕。訓與《詩》義正合。又「姕」，段注：「即移切。」〔註 1790〕，精母，十支部（段氏十六部）。「傞」，段注：「素何切」〔註 1791〕，心母，一歌部（段氏十七部）。精母心母，爲旁紐雙聲，段玉裁謂：「古『此』聲、『差』聲最近，〈鄘風〉『玼兮玼兮』，或作『瑳兮瑳兮』。」此亦「此」「差」通用之證，「傞」於《詩》爲本字，則「姕」爲借字耳。

又《說文》女部「婁」字下曰：「空也，婁空之意也。一曰婁務愚也」〔註 1792〕。段氏以爲，「凡一實一虛，層見疊出曰『婁』。」故「婁」之義又爲「數也」。俗加尸旁爲「屢」字，《說文》有「婁」，而無「屢」字。《玉篇》尸部「屢」字曰：「數也，良遇切」〔註 1793〕。《廣韻》十遇韻「屢」字曰：「數也，疾也。」〔註 1794〕又「屢」以「婁」爲聲母，二字音義相近，可通用。段氏云：「婁俗加尸旁爲屢字」。「婁」爲正字，則「屢」爲俗字也。

二一五、媄

《說文》十二篇下部「媄」字下曰：「巧也。从女，芙聲。詩曰：桃之媄媄。

〔註 1784〕同註 4，頁 627。
〔註 1785〕同註 4，頁 384。
〔註 1786〕同註 5，頁 495。
〔註 1787〕同註 6，頁 404。
〔註 1788〕同註 5，頁 495。
〔註 1789〕同註 4，頁 384。
〔註 1790〕同註 4，頁 627。
〔註 1791〕同註 4，頁 384。
〔註 1792〕同註 4，頁 630。
〔註 1793〕同註 10，頁 173。
〔註 1794〕同註 11，頁 366。

女子笑貌。」段注：「於喬切，俗省作妖」〔註1795〕。

按：「桃之媄媄」，出自〈周南・桃夭〉，《說文》木部「枖」字亦引《詩》曰：「桃之枖枖」，《毛詩》云：「桃之夭夭」〔註1796〕，「媄」作「枖」作「夭」。義謂：「桃樹長得是那樣的旺盛。」〔註1797〕《毛傳》曰：「夭夭、其少壯也。」孔穎達〈疏〉曰：「毛以爲少壯之桃，夭夭然。」《正義》曰：「夭夭言桃之少。」是《毛傳》與《說文》不合也。段氏《說文》「夭」字下曰：「屈也，從大象形。」段注：「於兆切」。〔註1798〕又云：「此皆謂物初長可觀也，物初長者，尙屈而未申」。是「夭」非專謂「桃樹」之旺盛也，與《詩》義略異。《說文》木部「枖」字作「木少盛皃」。段注：「於喬切」〔註1799〕，與《詩》義正合。又「枖」、「媄」二字，同以「夭」爲聲母，可通用。「枖」於《詩》爲本字，則「夭」與「媄」皆假借字，又「媄」俗作「妖」也。（見八十四、「枖」字條）。

二一六、媕

《說文》十二篇下女部「媕」字下曰：「含怒也。一曰難知也。从女，酓聲，詩曰：碩大且媕。」段注：「五感切」〔註1800〕。

按：「碩大且媕」出自〈陳風・澤陂〉。《毛詩》云：「碩大且儼」〔註1801〕，「媕」作「儼」。義謂：「身材碩大，矜莊而美麗」〔註1802〕。《說文》「媕」作「含怒也」，與《詩》義不合。《太平御覽》引「《韓詩》曰：『有美一人，碩大且媕』。薛君曰：『媕，重頤也』。」〔註1803〕是《說文》引《詩》爲《韓詩》也。曰：「重頤」，即「碩大美好貌」。《毛傳》曰：「儼、矜莊貌。」《禮記・曲禮》曰：「儼若思，釋文曰：『儼，矜莊貌』。」〔註1804〕是《詩》與《禮記》釋同也。又《說文》人部「儼」字下曰：「昂頭也，一曰好貌。」〔註1805〕，訓與《詩》義正合；「媕」，

〔註1795〕同註4，頁628。
〔註1796〕同註5，頁36。
〔註1797〕同註6，頁12。
〔註1798〕同註4，頁498。
〔註1799〕同註4，頁252。
〔註1800〕同註4，頁629。
〔註1801〕同註5，頁256。
〔註1802〕同註6，頁220。
〔註1803〕李昉：《太平御覽》三百六十八，人事部九（臺北：新興書局，民國48年初版），頁368。
〔註1804〕同註12，頁12。
〔註1805〕同註4，頁373。

段注：「五感切」〔註 1806〕，疑紐，二十八侵部（段氏部七）。儼、魚儉切，疑紐，三十二談部（段氏部八）；是「嬐」、「儼」二字爲雙聲，又「侵」、「談」旁轉，每多相通。「儼」於《詩》爲本字，則「嬐」爲借字也。

二一七、嬒

《說文》十二篇下部「嬒」字下曰：「女黑色也。从女，會聲。詩曰：嬒兮蔚兮。」段注：「古外切」〔註 1807〕。

按：「嬒兮蔚兮」出自〈曹風・候人〉。又《說文》艸部「薈」字下亦引《詩》作「薈兮蔚兮」〔註 1808〕，與《毛詩》同。《毛詩》云：「薈兮蔚兮，南山朝隮」〔註 1809〕，「嬒」作「薈」義謂：「南山早晨的虹氣，叢蔚而騰勃」〔註 1810〕。《說文》「嬒」字作「女黑色也」，與《詩》義不合。段氏曰：「按艸部既稱薈兮蔚兮矣，此或爲三家詩，或本作讀若詩曰：薈兮蔚兮。今有舛奪，皆未可定也」。《毛傳》曰：「薈蔚、雲興貌」〔註 1811〕。《鄭箋》曰：「薈，蔚之小雲，朝升於南山不能爲大雨」。孔氏《正義》曰：「薈兮蔚兮，皆是雲興之貌」。《毛傳》、《鄭箋》訓與《說文》義不合。又《說文》艸部「薈」字作「艸多貌，詩曰：薈兮蔚兮」〔註 1812〕。訓與《詩》義合。「嬒」，段注：「古外切」〔註 1813〕，見母，二月部（段氏十五部）。「薈」，段注：「烏外切」〔註 1814〕影母，二月部（段氏十五部）。二字韻同，可通用。「薈」於《詩》爲本字，「嬒」爲假借字矣。

二一八、戩

《說文》十二篇下戈部「戩」字下曰：「滅也。从戈，晉聲。詩曰：實始戩商。」段注：「即淺切。」〔註 1815〕

按：「實始戩商」出自〈魯頌・閟宮〉。《毛詩》云：「實始翦商」〔註 1816〕，「戩」作

〔註 1806〕同註 4，頁 629。
〔註 1807〕同註 4，頁 631。
〔註 1808〕同註 4，頁 40。
〔註 1809〕同註 5，頁 269。
〔註 1810〕同註 6，頁 231 及註 965，頁 255。
〔註 1811〕同註 4，頁 40。
〔註 1812〕同註 4，頁 40。
〔註 1813〕同註 4，頁 631。
〔註 1814〕同註 4，頁 40。
〔註 1815〕同註 4，頁 637。
〔註 1816〕同註 5，頁 776。

「翦」。義謂：「太王，開始有削奪商朝的企圖」〔註1817〕。《說文》「戩」作「滅也」，訓與《詩》義合。《毛傳》曰：「翦，齊也。」《鄭箋》曰：「翦、斷也」。蓋訓齊也，斷也，皆謂滅也。又《說文》羽部「翦」字作「羽生也，一曰矢羽」〔註1818〕。本義無「齊，斷，滅」之義，與《詩》義不合。又「翦」、段注：「即淺切」〔註1819〕，精紐，三元部（段氏十二部）。「戩」，段注：「即淺切」〔註1820〕，精紐，六眞部（段氏十二部）。是「戩」、「翦」二字音同。「戩」於《詩》爲本字，則「翦」爲借字矣。

二一九、緀

《說文》十三篇上糸部「緀」字下曰：「帛文皃。从糸，妻聲。詩曰：緀兮斐兮，成是貝錦。」段注：「七稽切」〔註1821〕。

按：「緀兮斐兮」出自〈小雅・巷伯〉。毛詩云：「萋兮斐兮，成是貝錦」〔註1822〕，「緀」作「萋」。義謂：「以文彩交錯的編織方法，完成了這樣光澤如貝的錦品」〔註1823〕。《毛傳》曰：「萋斐、文章相錯也。」〔註1824〕毛氏以文章相錯，比喻織錦之文采也。孔穎達《正義》申《傳》云：「女工集彼眾采而織之，使萋然兮，斐然兮」。又曰：「《論語》云：「『斐然成章』，是斐爲文章之貌，萋與斐同類。」蓋《毛傳》訓與《說文》同。《說文》艸部「萋」字作「草盛」〔註1825〕。「萋」，本義無「文彩貌」。「緀」段注：「七稽切」〔註1826〕，清母，四脂部（段氏十五部）。「萋」段注：「七稽切」〔註1827〕，清母，四脂部（段氏十五部），二字音同，可通用。「緀」於《詩》爲本字，則「萋」爲借字矣。

二二〇、綼

《說文》十三篇上糸部「綼」字下曰：「帛蒼艾色也。从糸，畀聲。詩曰：

〔註1817〕同註6，頁255。
〔註1818〕同註4，頁140。
〔註1819〕同註4，頁140。
〔註1820〕同註4，頁637。
〔註1821〕同註4，頁656。
〔註1822〕同註5，頁428。
〔註1823〕同註6，頁356。參考同註965，頁255。
〔註1824〕同註4，頁428。
〔註1825〕同註4，頁38。
〔註1826〕同註4，頁656。
〔註1827〕同註4，頁38。

縞衣綥巾。未嫁女所服。一曰不借綥。(綨)綥或从其。」段注:「渠之切。」〔註 1828〕

按:「縞衣綥巾」出自〈鄭風・出其東門〉。《毛詩》云:「「縞衣綦巾,聊樂我員」〔註 1829〕,「綥」作「綦」。義謂:「穿著白色之衣,蒼艾色之巾的樸素女子,爲己所愛之人也」。《說文》「綥」作「帛蒼艾色也」,與《詩》義合。《毛傳》曰:「綦巾、蒼艾色女服也」〔註 1830〕。未言爲「未嫁之女服」,此乃泛言之也,與許說實合。《鄭箋》曰:「縞衣綦巾、所爲作者之妻服也。」釋與《說文》略異,《詩》謂:「縞衣綦巾」,乃言未嫁女子之服也,孔穎達《正義》引《尚書・顧命》云:「四人綦弁。注云:青黑曰綦。《說文》云:『綦蒼艾色也。』然則綦者,青色之小別,〈顧命〉爲弁色,故以爲青黑,此爲衣巾,故爲蒼艾色,蒼即青也。艾謂青而微白,爲艾草之色也。」〔註 1831〕蓋孔氏就綦巾之色而言。又「畀」,段注:「渠之切」〔註 1832〕,群母,古歸匣母,二十四之部(段氏一部)。「其」,段注:「渠之切」〔註 1833〕,群紐,二十四之部(段氏一部)。是「畀」、「其」二字音同,可通用,「綥」爲「綦」之或體也。

二二一、緂

《說文》十三篇上部「緂」字下曰:「帛騅色也,从糸,剡聲。詩曰:毳衣如緂。」段注:「土敢切」〔註 1834〕。

按:「毳衣如緂」詩句出自〈王風・大車〉。《毛詩》云:「毳衣如菼」〔註 1835〕,「緂」作「菼」。義謂:「大夫被著青黑色的毳衣」〔註 1836〕。《說文》「緂」字作「帛騅色也」,「騅」《說文》作「馬蒼黑襍毛」〔註 1837〕,許說借「騅」之色,以形容「帛」之色也。釋與《詩》義合。《毛傳》曰:「毳衣、大夫之服,菼、鵻也,蘆之初生者也」〔註 1838〕。「鵻」《說文》曰:「祝鳥也」〔註 1839〕,本義爲鳥名,

〔註 1828〕同註 4,頁 657。
〔註 1829〕同註 5,頁 181。
〔註 1830〕同註 5,頁 180。
〔註 1831〕同註 5,頁 180。
〔註 1832〕同註 4,頁 104。
〔註 1833〕同註,頁 201。
〔註 1834〕同註 4,頁 658。
〔註 1835〕同註 5,頁 153。
〔註 1836〕同註 6,頁 122。及同註 965,頁 131。
〔註 1837〕同註 4,頁 466。
〔註 1838〕同註 5,頁 153。

借鳥羽之色，及蘆之初生者，以喻「毳衣之色也」，《毛傳》訓與許說近也。《鄭箋》曰：「菼，薍也」〔註1840〕。又《說文》「薍」字曰：「菼也，八月薍爲萑，葭爲葦」〔註1841〕。釋文曰：「騅本亦作萑」。孔穎達《正義》曰：「毳冕之衣，其有青色者，如菼草之色」。又引《爾雅・釋言》曰：「菼、騅也。釋文曰：『詩曰毳衣如菼，菼草色如騅，在青白之間』。」〔註1842〕《說文》艸部「菿」字下曰：「萑之初生，一曰薍，一曰騅。从艸，剡聲，或从菼」。〔註1843〕「菼」本義爲草名，與《詩》義不合。又「緂」、「菼」二字皆爲段注：「土敢切」，透母，三十二談部（段氏八部）。二字音同，可通用。「緂」於《詩》爲爲本字，則「菼」爲假借字矣，又「菿」爲「菼」之或體字。

二二二、綅

《說文》十三篇上糸部「綅」字下曰：「線也。从糸、侵省聲，詩曰：貝冑朱綅。」注：「子林切」。〔註1844〕

按：「貝冑朱綅」出自〈魯頌・閟宮〉。《毛詩》作「貝冑朱綅」〔註1845〕，「綅」作「綅」義謂：「步卒們身上的甲冑都飾之以貝，用朱線綴貝」〔註1846〕。《說文》「綅」作線也，與《詩》義正合。《毛傳》曰：「朱綅，以朱綅綴之」〔註1847〕。釋文曰：『綅、《說文》云：線也。』孔穎達《正義》曰：「《說文》云：『綅：線也』。然則朱綅直謂赤線耳」。段玉裁以爲「各本『線』上有『絳』字，依〈閟宮・釋文・正義〉正，以『綅』訓『線』，不言色也，綅既爲絳線，則經不必言朱矣」〔註1848〕，蓋段氏刪「絳」字。據《廣韻》二十一侵部「綅」字下曰：「《說文》曰：絳線也。詩曰：貝冑朱綅」〔註1849〕。蓋《廣韻》所據《說文》也。馬宗霍云：「按卷子《玉篇》糸部『綅』下，引《韓詩》『綅、線也』。《說文》『縫線也』。」〔註1850〕

〔註1839〕同註4，頁151。
〔註1840〕同註5，頁153。
〔註1841〕同註4，頁34。
〔註1842〕同註7，頁42。
〔註1843〕同註4，頁34。
〔註1844〕同註4，頁662。
〔註1845〕同註5，頁780。
〔註1846〕同註6，頁591。
〔註1847〕同註5，頁780。
〔註1848〕同註4，頁662。
〔註1849〕同註11，頁216。
〔註1850〕同註9，頁607。

是以「縵」訓線也，乃《韓詩》，而顧野王所見《說文》作「縫線」，「縫」、「絳」字形相近，故《說文》誤將「縫」書作「絳」字，應依卷子《玉篇》，訂正之。朱縵者，謂以朱線縫之，則義與《毛傳》合也，又「縵」，隸省作「縵」。

二二三、紑

《說文》十三篇上糸部「紑」字下曰：「白鱻衣皃也。从糸，不聲。詩曰：素衣其紑。」段注：「匹丘切」〔註1851〕。

按：《說文》「紑」作「白鱻衣皃也」，段玉裁曰：「鱻各本作鮮，今正」，《說文》魚部「鱻」字曰：「新魚精也，从三魚，不變魚也。」〔註1852〕，段注曰：「从三魚之意，謂不變其生鮮也」，又《說文》「鮮」字下曰：「鮮魚也，出貉國。」〔註1853〕，爲魚名，引申有「魚羶」之義。又「鮮」、「鱻」二字同爲段注：「相然切」，心母，三元部（段氏十四部）。二字音同，通用。《玉篇》「鱻」字下曰：「亦作鮮」〔註1854〕，是亦通用之證也，則「鮮」爲「鱻」之假借字耳。

「素衣其紑」出自〈周頌・絲衣〉。段玉裁云：「絲衣乃篇名，『素』恐訛字。」〔註1855〕；柳榮宗《說文引經考異》曰：「〈小雅〉『雨無正』，篇名也。《韓詩》作『雨無極』，是不必篇名盡同」〔註1856〕，柳氏之說亦信而有徵也。《毛詩》云：「絲衣其紑」〔註1857〕，「素」作「絲」。義謂：「穿著潔白緻繒的禮服」〔註1858〕。《說文》訓「紑」字與《詩》義吻合。《毛傳》曰：「紑、絜鮮貌」〔註1859〕。未言「白」，而曰「絜」，與《詩》義略異。孔穎達〈疏〉曰：「於祭之前，使士之行禮，在身所服以絲爲衣，其色紑然而鮮絜」。又《正義》曰：「絲衣，詩者繹賓尸之樂歌也。」又曰：「爵弁之服，玄衣纁裳，皆以絲爲之，故云絲衣也。絲衣與紑共文，故曰鮮絜貌」〔註1860〕。《說文》糸部「纁」字曰：「淺絳也。」〔註1861〕則絲衣之色，爲玄色。裳爲淺絳色也。與許說異。據《廣韻》十八尤韻「紑」字兩見；一在「甫

〔註1851〕同註4，頁658。
〔註1852〕同註4，頁587。
〔註1853〕同註4，頁585。
〔註1854〕同註10，卷第二十四，頁353。
〔註1855〕同註4，頁658。
〔註1856〕〔清〕柳榮宗著：《說文解字引經考異》（微軟版、政大圖書館），卷六。
〔註1857〕同註5，頁750。
〔註1858〕同註6，頁574。
〔註1859〕同註5，頁751。
〔註1860〕同註5，頁750。
〔註1861〕同註4，頁656。

鳩切」下，引「《說文》云：『白鮮衣貌』。一在「匹尤切」下，引《毛傳》云：『潔鮮貌』。」〔註1862〕二義並存，分別甚明，「白」字非「絜」之誤也。《說文》「絲」字曰：「蠶所吐也」〔註1863〕，即生絲也。又「素」字曰：「白緻繒也。从絲華，取其澤也」〔註1864〕。「繒」，絲織品之總稱，是許說訓與《詩》義合也。又《禮記・雜記》下曰：「純以素」釋文云：「素、生帛也」〔註1865〕。「素」爲生帛，乃狀其色白色。用以製成衣者必曰：絲衣。又「絲」，段注「息茲切」〔註1866〕，心母，二十四之部（段氏一部）。「素」段注：「桑故切」〔註1867〕，心母，十三魚部（段氏五部）。「絲」「素」二字爲雙聲也，又支、魚韻爲次旁轉，每有相通。「素」與「絲」何者爲正？何者爲借，尚待考耶。

二二四、轡（䜌）

《說文》十三篇上糸部「䜌」字下曰：「馬䜌也。从絲車，與『連』同意。詩曰：六䜌如絲。」段注：「兵媚切」。又曰：『各本篆文作『轡』，解作从絲、从軎。』又曰：『《廣韻》六至『轡』下云：『《說文》作䜌』，此蓋陸法言、孫愐所見《說文》如此。』〔註1868〕

按：「六䜌如絲」出自〈小雅・皇皇者華〉。《毛詩》云：「六轡如絲」〔註1869〕，「䜌」作「轡」。義謂：「六轡柔韌如絲。」〔註1870〕劉熙《釋名・釋車》曰：「轡、咈也，牽引咈戾，以制馬也」〔註1871〕。《說文》口部「咈」字曰：「違也。」〔註1872〕陸佃曰：「御駑馬以鞭爲主，御馹馬以轡爲主」。《說文》「䜌」作「馬䜌也，與『連』同意」〔註1873〕。《說文》辵部「連」字曰：「負車也。」段玉裁曰：「負車，各本作『員連』，今正。連即古文輦也」〔註1874〕。據《說

〔註1862〕同註11，頁208。
〔註1863〕同註4，頁669。
〔註1864〕同註4，頁669。
〔註1865〕同註12，卷第四十三，頁756。
〔註1866〕同註4，頁669。
〔註1867〕同註4，頁669。
〔註1868〕同註4，頁669。
〔註1869〕同註5，頁319。
〔註1870〕同註6，頁255。。
〔註1871〕〔漢〕劉熙撰：《釋名》（台灣：商務書局印行，民國55年3月臺1版），卷七，頁121。
〔註1872〕同註4，頁59。
〔註1873〕同註4，頁669。
〔註1874〕同註4，頁74。

文》耳部「聯」字作「連也。从耳，耳連於頰，从絲，絲連不絕也」〔註 1875〕。蓋許說，「聯」訓「連」，「連」訓「員連」，「員連」，意爲絲連不絕也，即制馬之「轡也」。是《說文》訓與《詩》義合。蓋「連」字之訓，宜採大徐本作「員連也」〔註 1876〕。《毛傳》曰：「六轡如絲，言調忍也」〔註 1877〕。此釋「如絲」之意而矣，未訓「轡」字。《廣韻》六至韻「轡」下曰：「馬轡。《說文》作𦆠」〔註 1878〕，《說文》車部「軎」字下曰：「車軸耑也。杜林說：（轊）軎或从彗」〔註 1879〕。高鴻縉先生《中國字例》第二篇象形：「軎」字謂：「按字原倚車，畫其軸端形『○』，由物形『○』生意，故爲車軸端軎。秦人另造『轊』字，从車，彗聲，『轊』行而『軎』廢，秦漢而還，『軎』字只見於偏旁中」〔註 1880〕。「軎」爲象形字，「轡」，从絲，从軎會意，《說文》曰：與「連」同意。是「轡」爲篆體，會意字也。蓋「轡」爲正字，則「𦆠」爲隸省，宜從大徐本也〔註 1881〕

二二五、虺

《說文》十三篇上虫部「虺」字下曰：「以注鳴者。从虫，兀聲。詩曰：胡為虺蜥。」段注：「許偉切」〔註 1882〕

按：「胡爲虺蜥」出自〈小雅・正月〉。《毛詩》云：「胡爲虺蜴」〔註 1883〕，「蜥」作「蜴」。義謂：「爲什麼都變爲像蛇蜴一類的爬行動物了呢？」〔註 1884〕，《說文》虫部「蜥」字作「蜥易也」〔註 1885〕。「易」字下曰：「蜥易、蝘蜓，守宮也，象形。秘書說曰：日月爲易，象侌易也」〔註 1886〕，《說文》無「蜴」字。「易」象「蜥易」之形也，後借爲「陰陽」之說。又《說文》「蝘」字下曰：「在壁曰蝘蜓，在艸曰蜥易。」蜥易、蝘蜓、守宮，爲同物類，異名耳。《毛傳》

〔註 1875〕同註 4，頁 597。
〔註 1876〕同註 4，頁 54。
〔註 1877〕同註 5，頁 319。
〔註 1878〕同註 11，頁 351。
〔註 1879〕同註 4，頁 732。
〔註 1880〕高鴻縉編著：《中國字例》（明昌美術印刷公司，民國 58 年 9 月 7 版），頁 285。
〔註 1881〕同註 14，頁 440。
〔註 1882〕同註 4，頁 671。
〔註 1883〕同註 5，頁 398。
〔註 1884〕同註 6，頁 323。
〔註 1885〕同註 4，頁 671。
〔註 1886〕同註 4，頁 463。

曰：「蜴、蠑也」〔註1887〕，「蠑」即「蠑螈」，守宮類之水陸兩棲動物。〈釋文〉曰：「蜴字又作蜥」。蓋《毛傳・釋文》亦以「蜥」「蜴」爲同字也。《鄭箋》曰：「虺蜴之性，見人則走」，此就虺蜴之性而言之。孔穎達《正義》引「《爾雅》曰：『〈釋魚〉云：蠑螈，蜥蜴。蜥蜴，蝘蜓。蝘蜓，守宮也』。釋文曰：「轉相解，博異語，別四名也」，〈疏〉曰：『《詩・小雅・正月》云：胡爲虺蜴。謂此也，蠑螈、蜥蜴、蝘蜓、守宮，一物形狀相類，而四名也。東方朔云：『在草澤中者名蠑螈，蜥蜴。在壁者，名蝘蜓，守宮也』〔註1888〕又「易」，段注：「羊益切」〔註1889〕，定母，十一錫部（段氏十六部）。「蜥」，段注：「先擊切」〔註1890〕，心母，十一錫部（段氏十六部）。「蜥」「易」二字，同在十一錫部爲疊韻，可通用。「蜥」「易」二字，爲聯綿詞。又「蜴」从易聲，「蜴」「易」二字，音義俱同。「易」爲古字，則「蜴」爲今字也。

二二六、蜀

《說文》十三篇上虫部「蜀」字下曰：「葵中蠶也。从虫，上目象蜀頭形，中象其身蜎蜎。詩曰：蜎蜎者蜀。」段注：「市玉切」〔註1891〕。

按：「蜎蜎者蜀」出自〈豳風・東山〉。《毛詩》云：「蜎蜎者蠋，烝在桑野」〔註1892〕，「蜀」作「蠋」。義謂：「那一條蜎蜎的野蠶，孤獨的蠕動於桑野之地」〔註1893〕。《說文》「蜀」作「葵中蠶也」，以別於蠶，即類蠶之蟲也，段玉裁云：「『葵』，《爾雅・釋文》作『桑』」〔註1894〕。《毛傳》曰：「蜎蜎、蠋貌。蠋、桑蟲也。」毛氏謂「桑蟲」，而未曰「蠶」，蓋類蠶之蟲也，訓與許說義實相合。《鄭箋》曰：「蠋、蜎蜎然，特行久處桑野。」孔穎達《正義》曰：「《爾雅・釋蟲》云：『蚅烏蠋』樊光引此詩，郭璞曰：『大蟲如指似蠶。見韓子』韓子云：『虫似蠋言在桑野，知是桑蟲』〔註1895〕。」《說文》虫部無「蠋」字，段玉裁以「蜀」爲本字，何以再加「虫」於左旁，疑乃訛字也。《集韻》三燭韻「蜀」下曰：「或作蠋。殊玉切」

〔註1887〕同註5，頁398。
〔註1888〕同註7，頁167。
〔註1889〕同註4，頁463。
〔註1890〕同註4，頁671。
〔註1891〕同註4，頁672。
〔註1892〕同註5，頁294。
〔註1893〕同註6，頁255。
〔註1894〕同註4，頁672。
〔註1895〕同註7，頁164。

〔註 1896〕「蜀」，段注：「市玉切」〔註 1897〕，禪母，古歸定母，十七屋部（段氏三部）。「蠋」，以「蜀」爲聲母，是「蜀」、「蠋」二字音同，可通用。雷浚《說文引經例辨》曰：「蜀、今詩作蠋，俗字。」〔註 1898〕「蜀」爲正字，則「蠋」爲俗字矣。又《說文》「蠶」字作「任絲蟲也」〔註 1899〕。《詩・豳風・七月》曰：「蠶月條桑」，孔氏《正義》曰：「養蠶之月，條其桑而采之」〔註 1900〕。蓋在桑野者爲「蜀」，養於家中，以任絲者謂之「蠶」也。

二二七、蝸

《說文》十三篇上虫部「蝸」字下曰：「蝸蠃，蒲盧。細要土蜂也，天地之性，細要純雄無子。詩曰：螟蠕有子，蝸蠃負之。从虫，㒼聲。（蜾）蝸或从果。」段注：「古火切」〔註 1901〕。《說文》十三篇上虫部「蠕」字下曰：「螟蠕、桑蟲也。」段注：「郎丁切」〔註 1902〕。

按：「螟蠕有子，蝸蠃負之」出自〈小雅・小宛〉。《毛詩》曰：「螟蛉有子，蜾蠃負之」，〔註 1903〕「蠕」作「蛉」；「蝸」《毛詩》作「蜾」。義謂：「螟蛉的幼子，蜾蠃可以孵育它」。〔註 1904〕《說文》與《詩》義合也。《毛傳》曰：「螟蛉、桑蟲也。蜾蠃、蒲盧也。」其訓與《說文》同，詩義合。《鄭箋》曰：『蒲盧取桑蟲之子負持而去，煦嫗養之以成其子。』釋文曰：「鄭注《禮記》云：以氣曰煦，以体曰嫗。」鄭玄從《詩》之別義爲訓，卻未經查證，實則蜾蠃以桑蟲之子喂食其幼蜂耳。孔穎達《正義》引「《爾雅・釋蟲》云：『郭璞曰：蒲盧即細腰蜂也，俗呼爲蠮螉。桑蟲俗謂之桑蟃，亦呼爲戎女』」〔註 1905〕。孔氏引《爾雅・釋蟲》稱其俗名。《說文》訓「蛉」字作「蜻蛉，一曰桑根。」段注引「『戰國策曰：六足四翼，飛翔於天地之閒，《方言》曰：蜻蛉謂之蝍蛉。今人作蜻蜓，蜻蜓』。」〔註

〔註 1896〕同註 126，頁 652。
〔註 1897〕同註 4，頁 672。
〔註 1898〕雷浚撰：《說文引經例辨》（臺北：藝文印書館，民國 61 年，三編影印），卷中，頁 21。
〔註 1899〕同註 4，頁 681。
〔註 1900〕同註 5，頁 276。
〔註 1901〕同註 4，頁 673。
〔註 1902〕同註 4，頁 674。
〔註 1903〕同註 5，頁 419。
〔註 1904〕同註 6，頁 343。
〔註 1905〕同註 7，頁 164。
〔註 1906〕同註 4，頁 675。

1906〕「蛉」，不作桑蟲也。又「蛉」，段注：「郎丁切」，來紐，六眞部（段氏十一部）。「蠕」、段注：「郎丁切」〔註1907〕，來紐，十二耕部（段氏十一部）。是「蛉」、「蠕」二字音同，通用。「蠕」於《詩》爲本字，則「蛉」爲借字矣。又「蝸」从𣏟聲，「蜾」从果聲，「𣏟」聲，「果」聲同在一歌部（段氏十七部），韻同，可通用，《說文》以「蝸」爲「蜾」之或體也〔註1908〕。

二二八、䵷

《說文》十三篇下黽部「䵷」字下曰：「䶑䵷，詹諸也。从黽，爾聲。詩曰：得此䶑䵷。言其行䵷䵷。」段注：「式支切」〔註1909〕。

按：「得此䶑䵷」出自〈邶風・新臺〉。《毛詩》云：「燕婉之求，得此戚施」，〔註1910〕「䶑䵷」作「戚施」。義謂：「美麗的少女本求良配，料不到竟落到這樣一個醜陋而臃腫的癩蝦蟆之口」。《說文》「䵷」作「䶑䵷，詹諸也」〔註1911〕，段玉裁以爲「詹諸即蟾蜍也」〔註1912〕，許說無「蟾蜍」二字，有「蝦蟆」二字，段氏以爲二者似同而異，非同一物。蓋俗謂癩蝦蟆是也。段注《說文》「鼀」字下曰：「圥鼀，詹諸也。其鳴詹諸，其皮鼀鼀，其行圥圥，从黽，从圥，圥亦聲，（䵹）鼀或从酋」。〔註1913〕是「鼀」、「䵹」爲重文也。又虫部「蝲」字下曰：「蝲鼀，詹諸，以脰鳴者，从夕匊聲，居六切。」〔註1914〕訓與《詩》義合，蓋一物四名曰：「䶑䵷、詹諸（蟾蜍）、圥鼀、蝲鼀」，是《說文》訓與《詩》義合。《毛傳》曰：「戚施不能仰者。」是戚施之人，老態龍鍾，佝僂者也。又《詩》前段爲「燕婉之求，籧篨不鮮」。籧篨、《說文》竹部「籧」字作「籧篨，爲粗竹席也」〔註1915〕。蓋亦與「戚施」，同爲醜惡之物，借以爲喻粗竹席不可卷，故爲不可俯者也。戚施、籧篨，皆借喻醜惡之人。《爾雅・釋訓》云：「戚施，面柔也」。〔註1916〕《鄭箋》曰：「戚施面柔，下人以色，故不能仰也。」孔穎達《正義》曰：「面柔者必低首下人，媚以容色，似戚施之

〔註1907〕同註4，頁674。
〔註1908〕同註4，頁673。
〔註1909〕同註4，頁686。
〔註1910〕同註5，頁106。
〔註1911〕同註4，頁686。
〔註1912〕同註4，頁685。
〔註1913〕同註4，頁685～686。
〔註1914〕同註4，頁678。
〔註1915〕同註4，頁194。
〔註1916〕同註7，頁61

人，因名面柔者爲戚施。」訓「戚施面柔」，此又別爲一解耳。《說文》「戚」字作「戉也。」〔註 1917〕爲斧鉞之名。「施」字作「旗旖施也」〔註 1918〕，蓋「戚施」二字，與《詩》義不合。又「鼁」，段注：「七宿切」〔註 1919〕，清母，二十二覺部（段氏三部）。「戚」段注：「倉歷切」〔註 1920〕，清母，二十二覺部（段氏三部）。「蝌」，段注：「居六切」〔註 1921〕，古音見紐，二十二覺部（段氏三部）。是「鼁」、「戚」、「蝌」三字音同，可通用。「鼁」於《詩》爲本字，「戚」爲借字耳。又「蝌」爲「鼁」之異體字。「鼁」爲「𪓰」之或體也〔註 1922〕。又「鼊」、「施」二字同爲段注：「式支切」，透母，古音十七部。二字音同，可通用，「鼊」於《詩》爲本字，則「施」爲假借字矣。

二二九、坺

《說文》十三篇下土部「坺」字下曰：「坺土也。一臿土謂之坺。从土，犮聲。詩曰：武王載坺。」段注：「蒲撥切」〔註 1923〕。

按：「武王載坺」出自〈商頌・長發〉。《毛詩》云：「武王載旆」〔註 1924〕，「坺」作「旆」。義謂：「武王興師伐桀」〔註 1925〕，《玉篇》土部「坺」字曰：「一曰臿土，詩曰：武王載坺。一曰塵貌。又音跋」〔註 1926〕，又「墢」字下曰：「與坺同，亦耕土」〔註 1927〕。蓋《玉篇》就《說文》不詳之處，言之更爲清楚，「坺」與「墢」爲重文，本義爲「臿土，耕土也」，而無「興師，討伐」之義。《毛傳》曰：「旆、旗也」〔註 1928〕。《鄭箋》曰：「建旆，興師出伐。」孔穎達〈疏〉曰：「湯載其旌旗，以出征伐」〔註 1929〕。是毛許之義不合。《說文》方部「旆」字作「繼旐之旗也，沛然而垂」〔註 1930〕。是「旆」爲旗也，引申

〔註 1917〕同註 4，頁 638。
〔註 1918〕同註 4，頁 314。
〔註 1919〕同註 4，頁 685～686。
〔註 1920〕同註 4，頁 638。
〔註 1921〕同註 4，頁 678。
〔註 1922〕同註 4，頁 685～686。
〔註 1923〕同註 4，頁 691。
〔註 1924〕同註 5，頁 803。
〔註 1925〕同註 6，頁 602。
〔註 1926〕同註 10，卷第 2，頁 50。
〔註 1927〕同註 10，卷第 2，頁 50。
〔註 1928〕同註 5，頁 800。同註 7，頁 164。
〔註 1929〕同註 251。
〔註 1930〕同註 4，頁 312。0

雖有「建旆，興師，出伐」之義，然本字爲旗名，不作動詞也。據《荀子・議兵篇》引《詩》作「武王載發」〔註 1931〕。馬宗霍《說文解字引詩考》曰：「《韓詩外傳》三引此詩，並作『發』。」〔註 1932〕《說文》「發」字下曰：「射發也。」〔註 1933〕本義有「征伐」之義，引申作興師也，與《詩》義合。又「發」，段注：「方伐切」〔註 1934〕，非母，古歸幫母，二月部（段氏十五部）。「坺」，段注：「蒲撥切」〔註 1935〕，並母，二月部（段氏十五部）。「旆」，段注：「蒲蓋切」〔註 1936〕、並母，八沒部（段氏十五部）。是三字音同，可通用。「發」於《詩》爲本字，則「坺」及「旆」皆爲假借字矣。

二三〇、圪

《說文》十三篇下土部圪字下曰：「牆高貌。从土，乞聲。詩曰：崇墉圪圪。」段注：「魚迄切」〔註 1937〕。

按：「崇墉圪圪」出自〈大雅・皇矣〉。《毛詩》云：「崇墉仡仡」〔註 1938〕，「圪」作「仡」。義謂：「崇國的城垣，很是高大」。《毛傳》曰：「仡仡猶言言也」，又曰：「言言、高大貌」〔註 1939〕。釋文曰：「仡，《韓詩》云：搖也。《說文》作忔」。《說文》無「忔」字，或「圪」之訛也。孔穎達《正義》曰：「言言、是城之狀，故爲高大。《傳》唯云言言，不言高大，不說其高大之意。王肅云：高大言其無所壞，《傳》意或然。若城無所壞，則是不戰而得」。孔氏之訓乃依《傳》義，予以附會之辭，實則毛氏於前文「言言」二字已訓高大貌，故此處不再語意重複也。《說文》人部「仡」字作「勇壯也」〔註 1940〕，乃指人之「勇壯」，訓與《詩》義不合也。又「圪」「仡」二字均爲段注：「魚迄切」，疑母，八沒部（段氏十五部），是「圪」「仡」二字音同，可通用，《說文》所引「崇墉圪圪」爲三家《詩》，《毛詩》作「崇墉仡仡」。「圪」於《詩》爲本字，則「仡」爲假借字耳。

〔註 1931〕同註 319，〈議兵篇〉。
〔註 1932〕同註 9，頁 618。
〔註 1933〕同註 4，頁 647。
〔註 1934〕同註 4，頁 647。
〔註 1935〕同註 4，頁 691。
〔註 1936〕同註 4，頁 312。
〔註 1937〕同註 4，頁 691。
〔註 1938〕同註 5，頁 567。
〔註 1939〕同註 5，頁 567。
〔註 1940〕同註 4，頁 373。

二三一、堀（𡑿）

《說文》十三篇下土部「𡑿」字下曰：「突也，从土、屈聲，詩曰：蜉蝣𡑿閱。」段注：「苦骨切」〔註1941〕。

按：「蜉蝣堀閱」出自〈曹風・蜉蝣〉。《毛詩》云：「蜉蝣掘閱，麻衣如雪。」〔註1942〕，「堀」作「掘」。義謂：「蜉蝣從地穴中出生之始，一身的白衣服好像是雪一般的，眞是美觀」。《說文》「堀」作「突也」，段玉裁云：「突爲犬從穴中暫出，因謂穴中可居，曰突亦曰堀，俗字作窟」〔註1943〕。蜉蝣幼蟲生糞土中，成蟲突穴而出，是許說與詩義合也。《毛傳》曰：「掘閱、容閱也」。《鄭箋》曰：「掘閱、掘地解謂其始生時也。」蓋鄭氏之說與《毛傳》略異。孔穎達《正義》曰：「蜉蝣之蟲，初掘地而出，皆鮮閱」。又曰：「此蟲土裏化生，閱者，悅懌之意。掘閱者，言其掘地而出，形容鮮閱也」〔註1944〕。蓋孔氏綜合二者之意，而爲之說。又引「《爾雅・釋蟲》陸機疏云：『蜉蝣夏月陰雨時地中出。』郭璞曰：『蜉蝣藂生糞土中，朝生而暮死』〔註1945〕」。《說文》手部「掘」字作「搰也」〔註1946〕，又「搰」曰：「掘也」〔註1947〕，二字互訓。本義無「突出」之義，與《詩》義不合。又「堀」，段注：「苦骨切」〔註1948〕，溪母，八沒部（段氏十五部）。「掘」，段注：「衢忽切」〔註1949〕，群母，古歸匣母，八沒部（段氏十五部）。二字韻同，可通用，「堀」於《詩》爲本字，則「掘」爲假借字也。

二三二、墒

《說文》十三篇下土部「墒」字下曰：「裂也。从土，㢊聲。詩曰：不墒不疈。」段注：「丑格切」〔註1950〕。

按：「不墒不疈」詩句出自〈大雅・生民〉。《毛詩》云：「不坼不副」〔註1951〕，「墒」

〔註1941〕同註4，頁692。
〔註1942〕同註5，頁268。
〔註1943〕同註4，頁692。
〔註1944〕同註5，頁268。
〔註1945〕同註7，頁162。
〔註1946〕同註4，頁613。
〔註1947〕同註4，頁613。
〔註1948〕同註4，頁692。
〔註1949〕同註4，頁613。
〔註1950〕同註4，頁698。
〔註1951〕同註5，頁589。

作「坼」;「疈」作「副」。義謂:「母體沒有一點的破裂,沒有一點的痛苦」〔註1952〕,稱后稷誕生之奇也。《毛傳》曰:「言易也,凡人在母,母則病,生則坼副,災害其母,橫逆人道」〔註1953〕。毛氏未詳解而統言「易也」,謂母體頭胎生子,順易無傷害也。釋文曰:「坼副,《說文》云:『分也』。《字林》云:『判也』。」〔註1954〕「分」「判」皆與「裂」義同也。孔穎達《正義》曰:「坼副,皆裂也。引《禮記》曰:『爲天子削瓜者副之,是副爲裂也』。」《說文》「坼」作「裂也」,又「副」字下曰:「副,判也,疈籀文副从畐。」段玉裁曰:「狀分析之聲。」〔註1955〕。毛許之義合也。「㡿」,段注:「丑格切」〔註1956〕。馬宗霍《說文解字引經考》云:「『㡿』,即『坼』之隸變」〔註1957〕。又「疈」,段注:「芳逼切」〔註1958〕。敷母,古歸滂母,二十五職部(段氏一部)。段玉裁曰:「今《詩》作『副』,許作『疈』者,所據用籀文也」〔註1959〕。

二三三、壇

《說文》十三篇下土部「壇」字下曰:「天陰塵起也。从土,壹聲。詩曰:壇壇其陰。」段注:「於計切。」〔註1960〕

按:「壇壇其陰」出自〈邶風・終風〉。《毛詩》云:「曀曀其陰,虺虺其雷」〔註1961〕,「壇」作「曀」。義謂:「天氣陰沈而昏暗,風起塵揚,雷聲又在虺虺的震響」〔註1962〕。《說文》作天陰塵起也,未云刮風,蓋字从土,風起塵揚,義在其中矣,「曀曀」二字相重,形容天陰塵起之狀也。訓與《詩》義實合。《毛傳》曰:「如常陰曀曀然」〔註1963〕,與許說略異。《鄭箋》曰:「曀不見日矣」。孔穎達《正義》引「《爾雅・釋天》曰:『陰而風曰曀。』〔註1964〕釋文曰:『詩

〔註1952〕同註6,頁469。
〔註1953〕同註5,頁589。
〔註1954〕同註5,頁589。
〔註1955〕同註4,頁181。
〔註1956〕同註4,頁698。
〔註1957〕同註9,頁624。
〔註1958〕同註4,頁181。
〔註1959〕同註4,頁698。
〔註1960〕同註4,頁698。
〔註1961〕同註5,頁79。
〔註1962〕同註6,頁48。及同註971,頁52。
〔註1963〕同註5,頁79。
〔註1964〕同註7,頁96。

曰：終風且曀』。孫炎曰：『雲風曀日光』。」〔註 1965〕蓋鄭氏，孔氏之訓「曀」，从日，故曰：「曀不見日」。《說文》日部「曀」字作「天陰沈也。」引《詩》曰：「終風且曀」段注：「於計切」〔註 1966〕，而未有「塵晦」之義，訓與本章《詩》義不合。是「曀」字，作「終風且曀」之句，除《毛詩》作「曀曀其陰」之外，未見他本作「曀曀」也。吳玉搢《說文引經攷》云：「今《詩》・〈邶風・終風〉作「壇壇」，桉《韓詩》作「壇」，與《說文》同，上章「終風且曀」謂既風而陰不見日也，此章「壇壇其陰」謂陰而塵晦也，本各有義，字形相近，故蒙上文而誤」〔註 1967〕。是《韓詩》作「壇壇其陰」與《說文》同。又「曀」、「壇」二字，同爲段注：「於計切」，影母，五魚部（段氏十二部）。二字音同，可通用。「壇」於《詩》爲本字，則「曀」爲假借字矣。

二三四、垤

《說文》十三篇下土部垤字下曰：「螘封。从土，至聲。詩曰：雚鳴于垤。」段注：「徒結切。」〔註 1968〕

按：「雚鳴于垤」出自〈豳風・東山〉。同五十六、「雚」字。

二三五、𤸺

《說文》十三篇下田部「𤸺」字下曰：「殘薉田也。从田，差聲，詩曰：天方薦𤸺。」段注：「昨何切」。〔註 1969〕

按：「天方薦𤸺」出自〈小雅・節南山〉。《毛詩》云：「天方薦瘥，喪亂弘多」〔註 1970〕，「𤸺」作「瘥」。義謂：「上天屢次降下災難，人民之死喪禍亂紛起。」〔註 1971〕，《說文》「𤸺」作「殘薉田也」，謂田殘薉而不治。此爲上天降下災難，使田地荒廢也。《毛傳》曰：「瘥，病也」，與《爾雅・釋詁》〔註 1972〕同。訓與許說義不合，或毛氏以「瘥」，从疒部，而爲訓也。《鄭箋》云：「又重以疫病。」孔穎達〈疏〉曰：「今又重下以疫病，使民之死喪禍亂甚多。」孔氏《正義》曰：「此

〔註 1965〕同註 5，頁 79。
〔註 1966〕同註 4，頁 308。
〔註 1967〕同註 65，頁 191。
〔註 1968〕同註 4，頁 698。
〔註 1969〕同註 4，頁 702。
〔註 1970〕同註 5，頁 394。
〔註 1971〕同註 6，頁 319。
〔註 1972〕同註 7，頁 22。

喪亂連文，喪者死亡之民，云亂則爲未死是疫病也，故云又重以疫病也。」〔註1973〕《說文》疒部「瘥」字作「瘉也。」〔註1974〕無「病也」之義，訓與《詩》義不合。又「瑳」，段注：「昨何切」〔註1975〕，從紐，一歌部（段氏十七部）。「瘥」，段注：「才他切」〔註1976〕。從母，一歌部（段氏十七部）。是「瑳」「瘥」二字音同，可通用。「瑳」於《詩》爲本字，「瘥」爲假借字也。

二三六、疃

《說文》十三篇下田部「疃」字下曰：「禽獸所踐處也。从田，童聲。詩曰：町疃鹿場。」段注：「土短切。」〔註1977〕

按：「町疃鹿場」出自〈豳風・東山〉。《毛詩》作「町畽鹿場」〔註1978〕，「疃」作「畽」。義謂：「田地曠廢，變爲野鹿活動的場所」。《說文》「疃」字作，「禽獸所踐處」，本不專謂「鹿」，《詩》則言「鹿」也，又《說文》「町」字作「田踐處曰町」〔註1979〕。《玉篇》「町」字作「田處」〔註1980〕，段氏疑「踐」字爲衍文，《廣韻》十五青「町」下曰：「田處」〔註1981〕。「町疃」二字，合訓爲「田處，鹿跡所在也」。段玉裁引「《郡國志》廣陵郡，東陽劉昭云：『縣多麋，引《博物志》十百群掘食艸根，其處成泥，名曰麋畽，民人隨此畽種稻，不耕而穫，其收百倍』畽亦作疃」〔註1982〕，《廣韻》二十四緩韻「畽」下曰：「同疃」〔註1983〕。蓋「町疃」，義同「麋畽」也。《毛傳》曰：「町畽，鹿跡也。」是《毛傳》以二字合訓，與許義實相同。釋文曰：「畽本又作疃。」《說文》田部無「畽」字。又「童」，段注：「徒紅切」〔註1984〕，定紐，十八東部（段氏九部）。「重」段注：「柱用切」〔註1985〕，定紐，十八東部（段氏九部）。「童」、「重」二字，音同，可通用。「疃」、「畽」二字爲音義全同之重文，「疃」爲正字，則「畽」爲俗體耳。

〔註1973〕同註5，頁393。
〔註1974〕同註4，頁356。
〔註1975〕同註4，頁702。
〔註1976〕同註4，頁356。
〔註1977〕同註4，頁704。
〔註1978〕同註5，頁294。
〔註1979〕同註4，頁701。
〔註1980〕同註10，頁55。
〔註1981〕同註11，頁197。
〔註1982〕同註4，頁704。
〔註1983〕同註11，頁285。
〔註1984〕同註4，頁103。
〔註1985〕同註4，頁392。

二三七、鍠

《說文》十四篇上金部「鍠」字下曰：「鐘聲也。从金，皇聲。詩曰：鐘鼓鍠鍠。」段注：「乎光切」。〔註 1986〕

按：「鐘鼓鍠鍠」出自〈周頌・執競〉。《毛詩》云：「鐘鼓喤喤」〔註 1987〕，「鍠」作「喤」。義謂：「鐘鼓之聲，喤喤和鳴。」〔註 1988〕《說文》「鍠」訓「鐘聲也」，蓋「鍠」字从金，「鍠鍠」乃狀鐘鼓和鳴之聲也，《說文》訓與《詩》義合。《毛傳》曰：「喤喤、和也」。即鐘鼓和鳴之聲與許說義實相同，《鄭箋》曰：「武王即定天下，祭祖考之廟，奏樂而八音克諧，神予之福。」孔穎達《正義》曰：「喤喤將將俱是聲也。故言和與集，謂與諸聲相和，諸樂合集也。引《爾雅・釋訓》云：『鍠鍠、樂也』〔註 1989〕。舍人曰：『喤喤、鐘鼓之樂也』。」〔註 1990〕《說文》口部「喤」字作「小兒聲。」段注：「乎光切」。〔註 1991〕與《詩》義不合。又「鍠」「喤」二字均爲段注：「乎光切」，匣母，十五陽部（段氏十部），二字音同，通用。「鍠」於《詩》爲本字，「喤」爲假借字耳。

二三八、鐓

《說文》十四篇上金部「鐓」字下曰：「矛戟柲下銅鐏也。从金，敦聲，詩曰：厹矛沃鐓。」段注：「徒對切。」〔註 1992〕

按：「厹矛沃鐓」出自〈秦風・小戎〉。《毛詩》云：「俴駟孔群，厹矛鋈錞」〔註 1993〕，「沃」作「鋈」；「鐓」作「錞」。義謂：「四匹裝飾著薄金介的馬，很協調的行動著，車上設著以白金爲錞的三隅矛。」〔註 1994〕《說文》「鐓」作「矛戟柲下銅鐏也」。又「柲」曰：「欑也」〔註 1995〕。「欑」曰：「積竹杖」，段玉裁曰：「柲，猷柄也，按戈戟矛柄，皆用積竹杖。」〔註 1996〕。《說文》多「銅鐏」二字。據「鋈錞」，乃白金錞也。許氏訓「銅鐏」者，爲「錞」字不連「鋈」。

〔註 1986〕同註 4，頁 716。
〔註 1987〕同註 5，頁 720。
〔註 1988〕同註 6，頁 558。
〔註 1989〕同註 7，頁 460。
〔註 1990〕同註 5，頁 720。
〔註 1991〕同註 4，頁 55。
〔註 1992〕同註 4，頁 718。
〔註 1993〕同註 5，頁 237。
〔註 1994〕同註 6，頁 199。
〔註 1995〕同註 4，頁 266。
〔註 1996〕同註 4，頁 266。

《毛傳》曰：「錞、鐏也」，訓與《說文》義同。釋文曰：「錞、一音敦。《說文》云：矛戟下銅鐏」。孔穎達《正義》引「《禮記．曲禮》曰：『進戈著，前其鐏後其刃，進矛戟著，前其鐓』。注云：『銳底曰鐏，取其鐏地，平底曰鐓，取其鐓地』〔註 1997〕。則「鐓」「鐏」異物，言「鐓，鐏者」，取類相明，非訓為鐏也」〔註 1998〕。此乃孔氏就「鐏」之形狀為說，實「鐓」、「鐏」有別，泛言之「錞」即「鐏也」。《說文》「鐏」字作「柲下銅」〔註 1999〕。又「錞」段注：「徒對切」，定母，九諄部（段氏十三部）。「鐏」，段注：「徂寸切」〔註 2000〕，從母，九諄部（段氏十三部）。「鐓」「鐏」二字聲同義近，取以為訓，又段氏曰：「《玉篇》《廣韻》皆『鐓』為正字，『錞』注同上。又云：『元』應書卷二十一引《說文》作『鐓』而謂梵經作『錞』乃樂器『錞于』字，然則東晉，唐初《說文》作『鐓』可知」〔註 2001〕。是「鐓」為正字，「錞」為俗字也。又《說文》金部「鋈」字作「白金也」〔註 2002〕。與《詩》義正合。段玉裁云：「《說文》本無『鋈』字，古本《毛詩》祇作『沃』，『沃』即『鐐』之假借字，淺人乃依今《毛詩》補之」〔註 2003〕。《說文》金部「鐐」字作「白金也」〔註 2004〕。據水部「沃」字作「溉灌也」〔註 2005〕。而無「白金」之義，與《詩》義不合。又「沃」，段注：「烏酷切」〔註 2006〕，影母，十九宵部（段氏二部）。「鋈」段注：「烏酷切」〔註 2007〕，影母，二十藥部（段氏二部）。「鋈」、「沃」二字音同，可通用。又「鐐」，段注：「洛蕭切」〔註 2008〕，來母，十九部（段氏二部）。是「鋈」、「沃」、「鐐」同在古音二部，為疊韻，可通用。「鐐」於《詩》為本字，「沃」為假借字矣。又「鋈」為「鐐」之重文。「沃」篆作「渂」。

二三九、鉞

《說文》十四篇上金部「鉞」字下曰：「車鑾聲也，从金、戉聲，詩曰：鑾聲

〔註 1997〕同註 12，頁 44。
〔註 1998〕同註 5，頁 238。
〔註 1999〕同註 4，頁 718。
〔註 2000〕同註 4，頁 718。
〔註 2001〕同註 4，頁 718。
〔註 2002〕同註 4，頁 709。
〔註 2003〕同註 4，頁 709。
〔註 2004〕同註 4，頁 709。
〔註 2005〕同註 4，頁 560。
〔註 2006〕同註 4，頁 560。
〔註 2007〕同註 4，頁 709。
〔註 2008〕同註 4，頁 709。

鉞鉞。」段注：「呼會切」〔註 2009〕。

按：「鑾聲鉞鉞」，今《詩》無此文，段氏玉裁以爲〈小雅・采菽〉文，《毛詩》云：「鸞聲嘒嘒」〔註 2010〕；王應麟《詩考》引在〈小雅・庭燎〉，《毛詩》云：「鸞聲噦噦」〔註 2011〕；桂馥以爲〈魯頌・泮水〉文，《毛詩》云：「鸞聲噦噦」〔註 2012〕；「鉞」作「嘒」作「噦」。〈采菽〉義謂：「鈴聲和諧而合拍。」《說文》「鉞」作「車鑾聲也」，二字相重，蓋謂車馬之前行和舒有序，其鈴聲和諧而合拍也，釋與《詩》意合。《毛傳》曰：「嘒嘒、中節也。」孔穎達《疏》曰：「嘒嘒然，鳴中節。」多一然字，狀鸞鈴之聲，中節貌，是《毛傳》訓與許說義近也。段氏《說文》口部「嘒」字作「小聲也」〔註 2013〕。訓與《詩》義亦不合。又口部「噦」字作「氣啎也」。〔註 2014〕而無「鈴聲中節」之意，與《詩》義不合。又「噦」，段注：「於月切」〔註 2015〕，影紐，二月部（段氏十五部）。「嘒」，段注：「呼惠切」〔註 2016〕，曉母，二月部（段氏十五部）「鉞」，段注：「呼會切」〔註 2017〕，曉母，二月部（段氏十五部）。是「鉞」、「嘒」、「噦」三字音同，可通用。「鉞」於《詩》爲本字，「噦」、「嘒」爲借字耳。

「鑾」作「鸞」。又《說文》金部「鑾」字作「人君乘車四馬鑣，八鑾鈴，象鸞鳥之聲，聲龢則敬。」〔註 2018〕許氏訓「八鑾鈴，象鸞鳥之聲」，指天子車馬之鈴聲也，與《詩》義合。又「鳥」部「鸞」字作「赤神靈之精也。鳴中五音，頌聲作則至。」〔註 2019〕，鸞爲鳥名，不作「鈴聲」與《詩》義不合。「鑾」，段注：「洛官切」〔註 2020〕，來母，三元部（段氏十四部）。「鸞」，段注：「洛官切」〔註 2021〕，來母，三元部（段氏十四部）。「鑾」、「鸞」二字音同，可通用。「鑾」於《詩》爲本字，「鸞」爲假借字矣。

〔註 2009〕同註 4，頁 719。
〔註 2010〕同註 5，頁 501。
〔註 2011〕同註 5，頁 375。
〔註 2012〕同註 5，頁 767。
〔註 2013〕同註 4，頁 58。
〔註 2014〕同註 4，頁 59。
〔註 2015〕同註 4，頁 58。
〔註 2016〕同註 4，頁 58。
〔註 2017〕同註 4，頁 719。
〔註 2018〕同註 4，頁 719。
〔註 2019〕同註 4，頁 150。
〔註 2020〕同註 4，頁 719。
〔註 2021〕同註 4，頁 150。

二四〇、鐊

《說文》十四篇上金部「鐊」字下曰：「馬頭飾也。一曰鍱車輪鐵也。从金，陽聲。詩曰：鉤膺鏤鐊。」段注：「與章切。」〔註 2022〕

按：「鉤膺鏤鐊」出自〈大雅・韓奕〉。《毛詩》作「鉤膺鏤錫」〔註 2023〕，「鐊」作「錫」。義謂：「馬頭的裝飾有鉤膺，有鏤錫」〔註 2024〕。《毛傳》曰：「鏤錫、有金鏤其錫也」。《鄭箋》申《傳》云：「眉上曰錫，刻金飾之，今當盧也。」指「馬頭也」，段玉裁云：「按人眉目閒廣揚曰揚，故馬眉上飾曰錫，盧即顱字」〔註 2025〕，毛許義實同也。《周禮・春官・御史》云：「重翟錫面朱總。」鄭司農注：「錫、馬面錫。」〔註 2026〕可證許說與毛傳、鄭箋合。〔註 2027〕「鐊」爲篆文，隸省作「錫」，雷浚《說文引經例辨》曰：「『鐊』，今詩作『錫』俗省」〔註 2028〕。

二四一、所

《說文》十四篇上斤部「所」字下曰：「伐木聲也。从斤，戶聲。詩曰：伐木所所。」段注：「疏舉切。」〔註 2029〕

按：「伐木所所」出自〈小雅・伐木〉。《毛詩》作「伐木許許」〔註 2030〕，「所」作「許」。義謂：「伐木的聲音，許許的響著。」〔註 2031〕《毛傳》曰：「許許、柿皃。」〔註 2032〕《鄭箋》云：「此言許者、伐木許許之人。」孔穎達《正義》曰：「以許許非聲之狀，故爲柿皃。」段玉裁以爲「柭隸變作柿」〔註 2033〕。《說文》木部「柭」字作：「削木朴也。」〔註 2034〕。段注：「朴者，木皮也。毛云：許許，柭皃。泛謂伐木所斫之皮。許云削木，猶斫木也。」〔註 2035〕

〔註 2022〕同註 4，頁 719。
〔註 2023〕同註 5，頁 680。
〔註 2024〕同註 6，頁 533。
〔註 2025〕同註 4，頁 719。
〔註 2026〕同註 18，注疏卷第二十七，頁 415。
〔註 2027〕同註 4，頁 719。
〔註 2028〕雷浚著：《說文引經例辨》卷三（臺北：藝文印書館，四部分類叢書集成→安編影印），頁 23。
〔註 2029〕同註 4，頁 724。
〔註 2030〕同註 5，頁 328。
〔註 2031〕同註 6，頁 260。
〔註 2032〕同註 5，頁 328。
〔註 2033〕同註 4，頁 270。
〔註 2034〕同註 4，頁 270。
〔註 2035〕同註 4，頁 270。

依孔氏之說：毛氏訓「栿皃」，乃狀伐木之眾多也，《詩》義謂伐木之聲也，是《毛傳》訓與《詩》義略異，與《說文》不合也。《說文》言部「許」字作「聽言」〔註 2036〕，不作伐木之聲也。又「許」，段注：「虛呂切」〔註 2037〕，曉母，十三魚部（段氏五部）。「所」，段注：「疏舉切」〔註 2038〕，心母，十三魚部（段氏五部）。又「所」、「許」二字同在十三魚部，爲疊韻，可通用。《文選》〈謝朓在郡臥病呈沈尚書詩〉曰：「良辰竟何許」。李善注曰：「許猶所也。」〔註 2039〕此亦二字通用之證也。是「所」於《詩》爲本字，則「許」爲借字矣。

二四二、輶

《說文》十四篇上車部「輶」字下曰：「輕車也。从車，酋聲。詩曰：輶車紟鑾鑣。」段注：「以周切。」〔註 2040〕

按：「輶車紟鑾鑣」出自〈秦風・四驖〉。《毛詩》云：「輶車紟鸞鑣」〔註 2041〕，（見於二三九、紟字。）「鑾」作「鸞」。義謂：「輶車，響著鈴聲」〔註 2042〕。《說文》金部「鑾」字作「人君乘車，四馬鑣，八鑾鈴，象鸞鳥之聲，聲龢則敬」〔註 2043〕，訓與《詩》義合。《毛傳》「鸞」字無訓。《鄭箋》曰：「置鸞於鑣，異於乘車也」〔註 2044〕。《鄭箋》說明在鑣之兩端繫以鸞鈴，又「輶」爲輕車，故異於乘車也。孔氏《正義》引「《周禮・夏官・大馭》及《玉藻》經解之註皆云：『鸞在衡和軾，謂乘車之鸞也，此言鸞鑣，則鸞在鑣』。」〔註 2045〕孔氏分別，說明甚詳。段氏《說文》鳥部「鸞」字作「赤神靈之精也，赤色五彩，鳴中五音，頌聲作則至」〔註 2046〕。「鸞」爲鳥名，本義非鈴也，蓋「鑾」於《詩》爲本字，「鸞」假借字耳。

〔註 2036〕同註 4，頁 747。
〔註 2037〕同註 4，頁 747。
〔註 2038〕同註 4，頁 724。
〔註 2039〕同註 174，卷二十六，頁 564。
〔註 2040〕同註 4，頁 728。
〔註 2041〕同註 5，頁 235。
〔註 2042〕同註 6，頁 197。參考同註 971，頁 219。
〔註 2043〕同註 4，頁 719。
〔註 2044〕同註 5，頁 235。
〔註 2045〕同註 5，頁 235。
〔註 2046〕同註 4，頁 150。

二四三、軜

《說文》十四篇上車部「軜」字下曰：「驂馬內轡，繫軾前者，从車、內聲，詩曰：渼以觼軜。」段注：「奴荅切。」〔註 2047〕

按：「渼以觼軜」出自〈秦風・小戎〉。《毛詩》云：「鋈以觼軜」〔註 2048〕，（參見二三八、鐱字。）「渼」作「鋈」。義謂：「觼軜之上鋈以白金」〔註 2049〕。《毛傳》曰：「軜、驂內轡也。」唯少一「馬」字，訓與許說同。《傳》於「鋈」字未訓，訓於「陰靷鋈續」曰：「鋈，沃也，冶白金沃灌也。」〔註 2050〕《鄭箋》曰：「鋈以觼軜、軜之觼以白金爲飾也。軜繫於軾前。」鄭氏補足毛意，釋之甚詳。又《說文》金部「鋈」字作「白金也」〔註 2051〕。段玉裁以爲「《說文》無「鋈」字，古本《毛詩》衹作「渼」，「渼」即「鐐」之假借字，淺人乃依今《毛詩》補之。」〔註 2052〕《說文》金部有「鐐」字作「白金也。」〔註 2053〕與《詩》義合。《廣韻》二沃，「鋈」下曰：「白金也，烏酷切。」〔註 2054〕又水部「沃」字作「溉灌也。」〔註 2055〕本義不作白金，訓與《詩》義不合。「沃」，段注：「烏酷切」〔註 2056〕，影母，十九宵部（段氏二部）。「鋈」、段注：「烏酷切」〔註 2057〕，影母，二十藥部（段氏二部）。「鋈」、「沃」二字音同，可通用。「鐐」，段氏：「洛蕭切」〔註 2058〕，來母，十九宵部（段氏二部）。「鐐」、「鋈」二字同在古音二部，韻同，通用。「鐐」於《詩》爲本字，則「沃」爲假借字矣，又「鋈」與「鐐」爲異體字。

二四四、醹

《說文》十四篇下酉部「醹」字下曰：「厚酒也。从酉，需聲。詩曰：酒醴惟醹。」段注：「而主切。」〔註 2059〕

〔註 2047〕同註 4，頁 733。
〔註 2048〕同註 5，頁 237。
〔註 2049〕同註 6，頁 199。
〔註 2050〕同註 5，頁 236。
〔註 2051〕同註 4，頁 709。
〔註 2052〕同註 4，頁 709。
〔註 2053〕同註 4，頁 709。
〔註 2054〕同註 11，頁 459。
〔註 2055〕同註 4，頁 560。
〔註 2056〕同註 4，頁 560。
〔註 2057〕同註 4，頁 709。
〔註 2058〕同註 4，頁 709。
〔註 2059〕同註 4，頁 755。

按：「酒醴惟醹」出自〈大雅・行葦〉。《毛詩》云：「酒醴維醹」〔註 2060〕，「惟」作「維」。義謂：「酒醴是味道醇濃的酒」〔註 2061〕。《毛傳》曰：「醹，厚也。」〔註 2062〕毛氏唯云「厚」，未云厚者為酒也。《鄭箋》云：「有醇厚之酒禮。」蓋鄭氏補足《傳》義之不足也。孔穎達《疏》曰：「酒禮維醹厚」，《正義》曰：「醹厚，謂酒之醇者。《說文》云：醹、厚酒也。」「醹」字从「酉」，本字即為「厚酒」之義。是毛許實相同也。又《說文》心部「惟」字曰：「凡思也。」〔註 2063〕引申作語詞用。又糸部維字作「車蓋維也。」〔註 2064〕「維」本義為車蓋，名詞，不作語詞。又「惟」「維」二字同為、段注：「以追切」，定母，七微部（段氏十五部）。二字音同，通用。「惟」於《詩》為本字，則「維」為假借字耳。

二四五、醺

《說文》十四篇下部字下曰：「醉也，从酉、熏聲，詩曰：公尸來燕醺醺。」段注：「許云切。」〔註 2065〕

按：「公尸來燕醺醺」出自〈大雅・鳧鷖〉，《毛詩》云：「公尸來止熏熏，旨酒欣欣」。〔註 2066〕，「燕」作「止」；「醺」作「熏」，義謂：「公尸來饗燕，喝了旨酒，醺醺然很是高興。」「公尸來止熏熏」句，語意上無法解釋通。若換「止」字為「燕」字，則暢達矣。再者，詩中前三首皆作「公尸來燕」獨該句作「公尸來止」。《毛傳》曰：「熏熏、和說也」〔註 2067〕。訓與許說不合。《鄭箋》云：『其來也不敢當王之燕禮，故變言來止。熏熏、坐不安之意。』是《鄭箋》圓《毛傳》之說也。或鄭氏亦以毛氏訓有待商榷耶？釋文曰：「《說文》作『醺』，云：醉也。」孔穎達〈疏〉曰：「燕公尸，公尸之來止，燕坐熏熏然，其又和悅而得其宜。」又曰：「神之卑者而來止，熏熏文異於上，故知其來不敢當王之燕禮，故變言來止，熏熏，是坐不安之意。」據孔氏與鄭氏之訓皆謂「熏熏」，是坐不安之意，如飲酒醉之狀。《說文》「熏」字作「火煙上出也。」〔註 2068〕

〔註 2060〕同註 5，頁 603。
〔註 2061〕同註 6，頁 476。
〔註 2062〕同註 5，頁 603。
〔註 2063〕同註 4，頁 509。
〔註 2064〕同註 4，頁 664。
〔註 2065〕同註 4，頁 757。
〔註 2066〕同註 5，頁 609。
〔註 2067〕同註 5，頁 609。
〔註 2068〕同註 4，頁 22。

無酣悅或和悅之義，與《詩》義不合。又「醺」，段注：「許云切」〔註 2069〕，曉母，九諄部（段氏十三部）。「熏」，段注：「許云切」〔註 2070〕，曉母，九諄部（段氏十三部），是「熏」、「醺」二字音同，可通用。「醺」於《詩》爲本字，則「熏」爲假借字矣。

〔註 2069〕同註 4，頁 757。
〔註 2070〕同註 4，頁 22。

結　論

《說文》爲我國最早的一部系統完善之字書，凡研讀古文典籍者，必先閱《說文》，查其字義之由來，其爲用至大矣。許君爲廣異文，備多識，使讀者能明文字之運用，於昭明義理之後，時爰經以證，其中所引又以《詩經》爲數最多。《詩經》爲我國最早之詩歌總集，分〈國風〉、〈大雅〉、〈小雅〉和〈周頌〉、〈魯頌〉、〈商頌〉。收當時民間之歌謠；及諸侯朝會、燕饗之雅樂詩歌；與宗廟祭祀時，蹈歌樂舞之作。詩中涉及歷史事件之篇章亦不少，可供史料之佐證，又多草、木、鳥、獸、魚、蟲之名，爲今人欲知古博物名者所必備，內容生動活潑，極富趣味性及教育性，流傳至今，仍廣受歡迎。唯自秦始皇焚書，《詩經》同遭亡佚。今之《毛詩》文多假借，恉意晦暗難明。於研讀《詩經》之時，查證《說文》，發現其中引《詩》有與《毛詩》異者甚多，遂啓探賾尋幽之動機與興趣。歷經數載，審愼考證，別其異文，校正訛誤，期能爲以後讀《詩經》與《說文》者清掃蒺藜，略盡棉薄。

《說文》引《詩》，極俱保存三家《詩》之價值：故引《詩》，不可不詳加考徵，以達去僞存眞之目的。今考《說文》引《詩》，一以毛《詩》爲宗，若其遇《毛詩》字義皆異時，則許從三家而不從毛矣，爲存其眞知正見也。故於《說文》引《詩》中，珍藏有無數已亡佚之三家《詩》文在內。許愼博學，時人譽爲「五經無雙」，其撰《說文》引《詩》夥眾。筆者嘗求之於群經矣，見其所引，泰半相合，除偶有錯亂外，餘皆信而有徵。察其所訛誤，殆爲年代久遠，聲音之學晦，或爲傳抄所致，蓋如段氏言「妄人所增改耳」。

陳新雄教授《訓詁學》云〔註1〕：「我國文字當中，本字與借字間相雜用，極爲繁複。就訓詁言，則必須考明其本字本義，及其假借通用之故」又云：「若其字本義

〔註1〕陳新雄著《訓詁學》（臺北：學生書局印行，民國83年9月初版），頁229。

尙未廢除，則不將本字求明，而依假借字之本義釋之，自難免有望文生義之弊矣」。今考《說文》引《詩》，其形之異者，借字最多，次爲異體字，重文，俗字，或訛字。茲將筆者探討之心得結論如后：

一、《說文解字》引《詩》考異計二百九十組，其中假借佔絕大多數，計一百九十組，可見通假爲漢朝普遍之現象。

二、《說文解字》引《詩》通假一百九十組中，同音假借一百三十九組，約佔73%，同聲假借十四組約佔 7.4 %，同韻假借三十一組約佔 16.3%，爲異韻同類假借六組約佔 3.2 %。

茲依其類型分別列表如下：

（一）《說文解字》引《詩》異文「同音」假借類型表

組號	《說文》引《詩》	《毛詩》	其他引《詩》	備　　注
1	髳		髳	《魯詩》
2	禂	禱	※騗	※徐鉉作或體字
3	瑟	瑟		
4	瑲	鶬	※鎗	※《爾雅》李巡註
5	攸	鞗	鋚	
6	玤	唪	※菶	※三家《詩》
7	墫	蹲		
8	藼	諼		
9	枝	支		
10	薺	茨		
11	虉	鷊		
12	蕣	舜		
13	薾	爾		
14	蔽	滌		
15	殞	隕		
16	檾	褧	※檾	※《說文》引《詩》：讀若
17	萑	蓷		
18	菉	綠		
19	嶷	嶷		
20	呬	喙		

組號	《說文》引《詩》	《毛詩》	其他引《詩》	備　　注
21	呭	泄		
22	咠	緝		
23	嗔	闐		
24	唯	維		
25	吚	屎		
26	趚	蹐		
27	管	筦		
28	蹩	將	※鎗	※《漢書》引《詩》
29	詁	古		
30	謚	溢		
31	謍	營		
32	詍	泄		
33	翕	滃		
34	譺	噦		
35	譌	訛		
36	巨	虡		
37	叏	挑		
38	敼	譈		
39	楙	樊		
40	眓	濊		
41	矉	頻	※闠	※《說文通訓定聲》曰
42	暥	燕	※宴	※馬瑞辰《毛詩傳箋通釋》曰
43	鷐	晨		
44	殣	墐		
45	膻	襢		
46	臠	欒		
47	觲	騂		
48	朁	憯	※慘	※《左傳》引《詩》
49	㸑	淵		
50	鼞	鏜		

組號	《說文》引《詩》	《毛詩》	其他引《詩》	備　　注
51	訏	吁		
52	甤	牟		
53	憂	優		
54	竷	坎		
55	夃	姑		
56	妖、※枖	夭		※《說文》一詩二引
57	槮	參		
58	咢	鄂	※蕚	※《玉篇》
59	惄		※愵	※《韓詩》
60	晤	寤		
61	種	重		
62	緐	蕠		
63	疚	疚		
64	煢	惸		
65	窒	罄		
66	瘣	壞		
67	髗	楚		
68	侗	恫		
69	僾	愛		
70	仄	側		
71	褻	紲		
72	袢	絆		
73	袾	姝		
74	璊	璊	※虋	※《說文》曰：「色如虋」
75	欥	遹		
76	于	乎		
77	岨	砠		
78	厝	錯		
79	佗	它		
80	豣	肩		

組號	《說文》引《詩》	《毛詩》	其他引《詩》	備　　注
81	豻	岸		
82	騜	皇		
83	四	駟		
84	駫	駉		
85	騯	彭		
86	驛	奕		
87	昆	混		
88	駉	坰		
89	猲	歇		
90	獜	令	※鈴	※《毛傳》及《正義》釋作「鈴」
91	烰	浮		
92	罟	罛		
93	驖	濊		
94	戜	秩		
95		憬	※獷	※《韓詩》引詩作獷
96	愃	咺		
97	嘆	歎		
98	怞	妯		
99	懕	厭		
100	㦽		※散	※段玉裁以爲漢石經《尚書》作「散」
101	怛	旦		
102	汍		※洹	※《韓詩》
103	洍	汜		
104	湝	淒		
105	※漪	猗		※大徐本《說文》作漪
106	滭	觱		
107	止	沚		
108	瀆	墳		
109	烝	蒸		
110	淒	萋		

組號	《說文》引《詩》	《毛詩》	其他引《詩》	備　　注
111	瀑	暴		
112	瀀	優		
113	滭	觱		
114	犮	發		
115	溧	栗		
116	冽	烈		
117	霝	零		
118	攕	摻		
119	捊	裒		
120	⿱此手	柴	※⿱此齒	※《石鼓詩》
121	摡	溉		
122	※枖、⿰女芺	夭		※一《詩》二引
123	戩	翦		
124	緀	萋		
125	鱻		※鮮	※《玉篇》
126	蠕	蛉		
127	鼀	施		
128	坺	旆	※發	※《韓詩》
129	圪	仡		
130	⿰氵芺	鋈		
131	⿰土壹	噎		
132	⿰目差	瘥		
133	鍠	喤		
134	鋈	沃		
135	鉞	嘒		
136	佖	怭		
137	鑾	鸞		
138	惟	維		
139	醺	熏		

以上同音假借一百三十九組，約佔 72.8%

（二）《說文解字》引《詩》異文「同聲」假借類型表

組號	《說文》引《詩》	《毛詩》	其他引《詩》	備　　注
1	躓	疐		
2	不	弗		
3	餤		※醧	※《韓詩》
4	穎	役		
5	秩	栗		
6	舀	揄		
7	顰	蓁		
8	獢	驕		
9	关	惔		
10	輖	調	※朝	※大徐本引《詩》
11	乑	眾		
12	姕	傞		
13	嬒	儼		
14	素	絲		

以上爲同聲假借十四組，約佔 7.4%

（三）《說文解字》引《詩》異文「同韻」假借類型表

組號	《說文》引《詩》	《毛詩》	其他引《詩》	備　　注
1	禡	伯		
2	玭	泚		
3	髕	會		
4	觓	捄		
5	粸	以		
6	布	敷		
7	昌	明		
8	旝	會		
9	覆	復		
10	戴	載		
11	催	摧	※讙	※《韓詩》

12	僔	噂		
13	忮	跂		
14	褅	裼		
15	媝	靜		
16	紞	髧		
17	废	茇		
18	獢	驕		
19	㦣	獷		
20	愃	烜		
21	怖	邁		
22	炎	惔		
23	汍	渙	※洹	※《韓詩》
24	灘	暵		
25	汽	幾		
26	羕	永		
27	揫	遒		
28	掔	几	※己	※段注云：「各本作己己」
29	嬒	薈		
30	堀	掘		
31	所	許		

以上爲同韻假借三十一組約佔 16.3%

（四）《說文解字》引《詩》異文「異韻同類」假借類型表

組號	《說文》引《詩》	《毛詩》	其他引《詩》	備　　注
1	唸	殿		
2	誐	假		
3	穀	種		
4	㷀	嬛		
5	痑	嘽		
6	伾	儦		

以上爲「異韻同類」假借六組，約佔 3.2%

歸結上述：

由《說文解字》引《詩》異文假借類型中之比例與黃季剛先生〈求本字捷術〉，所呈現之假借條件類合，假借同音最多。然同韻之比例，又多於同聲，是筆者實際考察所得事實，故亦據記之。

三、《說文解字》引《詩》異文中若聲韻俱異，絕不可通者，即所謂「訛字」也。茲爲表列如下：

組號	《說文》引《詩》	《毛詩》	其他引《詩》	備　　注
1	言	薄		衍上篇而誤
2	鳶	鳶		段氏云音誤甚
3	如	有		部距遠隔不可通。
4	罙	𥦗		字形之訛誤
5	梁	涇		相涉而誤。
6	驍	駉		段氏云轉寫訛作。
7	熠	燿		段氏云當從說文爲正
8	澮	溱		同音之誤
9	㛐	宓		部距遠隔不可通。

以上《說文解字》引《詩》異文計二百九十組，「訛字」九組約佔 3.1%。

歸結其造成「訛字」之原因有如下幾點：

（一）因形近致誤

如：「鳶」書作「鳶」。「𥦗」書作「罙」。或二字形近之誤也。

（二）同音致誤者

如：「澮」、「溱」，爲二水之名，按《水經注》地點一南一北，各不相同，無由通假，二字音同，後人以同音字而誤入也。

（三）因襲前篇或前文而致誤者

如：「言采」書作「薄采」也。「熠熠」書作「熠燿」是也。

（四）義同而致誤者

如：「㛐」書作「宓」是也。「㛐」、「宓」二字，同作「安」也，義同，而聲韻俱異，絕不可通，蓋以義同而致誤者。

（五）古人引書不檢本《詩》，有「維鵜在梁，鴛鴦在梁」，相涉而誤

如：「涇」書作「梁」是也，二字聲韻俱異，絕不可通，又「梁」字，與整首詩之押韻不合，究其致誤之由，爲相涉 他詩之句而誤也。

（六）其他原因致誤者

如:「如」書作「有」是也。「如」、「有」二字，聲韻俱異，部距隔遠，絕不可通。而於《經傳釋詞》卷三曰:「有，狀物之詞也。如:〈周南・桃夭〉:『有蕡其實』是也」。蓋「如翬斯飛」誤作「有翬斯飛」也。

參考書目

一、專　著。

（一）古　籍。

1. 《十三經注疏・左傳》，臺北：新文豐出版公司，民國 67 年。
2. 《十三經注疏・周禮》，臺北：新文豐出版公司，民國 67 年。
3. 《十三經注疏・孟子》，臺北：新文豐出版公司，民國 67 年。
4. 《十三經注疏・尚書》，臺北：新文豐出版公司，民國 67 年。
5. 《十三經注疏・易經》，臺北：新文豐出版公司，民國 67 年。
6. 《十三經注疏・詩經》，臺北：新文豐出版公司，民國 67 年。
7. 《十三經注疏・爾雅》，臺北：新文豐出版公司，民國 67 年。
8. 《十三經注疏・儀禮》，臺北：新文豐出版公司，民國 67 年。
9. 《十三經注疏・公羊傳》，臺北：新文豐出版公司，民國 67 年。
10. 《十三經注疏・穀梁傳》，臺北：新文豐出版公司，民國 67 年。
11. 《十三經注疏・論語》，臺北：新文豐出版公司，民國 67 年。
12. 《十三經注疏・禮記》，臺北：新文豐出版公司，民國 67 年。
13. 丁度，《集韻》，臺北：學海出版社，民國 75 年 11 月。
14. 丁以此，《毛詩正韻》，民國 13 年，日照丁氏留餘堂刊。
15. 毛亨，《毛詩傳箋》，清嘉慶二十一年（1542）木瀆周氏枕經樓刊本。
16. 王筠，《說文釋例》，光緒十二年（1886）上海積山書房石印本。
17. 王引之，《經傳釋詞》，臺北：藝文印書館，民國 60 年。
18. 王念孫，《廣雅疏證》，臺北：華聯出版社印行，民國 58 年。
19. 王應麟輯、丁晏補注，《詩考補注》，臺北：新文豐出版公司，民國 78 年。
20. 包世榮，《毛詩禮徵》，臺北：新文豐出版公司，民國 78 年。

21. 朱熹，《詩集傳》，臺北：中華書局，民國 61 年 10 月。
22. 朱駿聲，《說文通訓定聲》，臺北：藝文印書館，民國 83 年 1 月。
23. 吳玉搢，《說文引經考》，北京：中華書局，1985 年。
24. 李昉，《太平御覽》，臺北：新興書局，民國 48 年。
25. 杜牧注，《考工記》，臺北：藝文印書館，民國 59 年。
26. 姚際恒，《詩經通論》，臺北：河洛圖書出版公司，民國 67 年 1 月。
27. 柳榮宗，《說文解字引經考異》，政大圖書館（道光年間，微軟版）。
28. 范家相，《三家詩拾遺》，臺北：新文豐出版公司，民國 73 年。
29. 孫炎，《爾雅音義》，臺北：藝文印書館，民國 60 年。
30. 徐鍇，《說文解字通釋》，烏絲欄舊鈔本。
31. 《說文解字繫傳》，北京：中華書局，1998 年 12 月。
32. 桂馥，《說文解字義證》，臺北：廣文書局，民國 61 年。
33. 班固，《漢書》，上海：商務印書館，民國 19 年，四部叢刊百衲本二十四史影印。
34. 翁方綱，《詩附記》，臺北：新文豐出版公司，民國 73 年。
35. 馬瑞辰，《毛詩傳箋通釋》，臺北：廣文書局，民國 69 年 8 月。
36. 張揖撰、楊家駱主編，《廣雅疏證》，臺北：鼎文書局，民國 61 年 9 月。
37. 張自烈，《正字通》，譚陽成萬材本，1678 年。
38. 許慎撰、段玉裁注，《說文解字注》，臺北：洪葉文化事業公司，民國 87 年。
39. 許慎撰、徐鉉校定，《說文解字》，叢書集成新編．三十六冊，臺北：新文豐出版公司，民國 74 年。
40. 陳奐，《毛詩傳疏》，臺灣：學生書局，民國 75 年 10 月。
41. 陳瑑，《說文引經考證》，清同治甲戌（1874）湖北崇文書局刊本。
42. 陳啓源，《毛詩稽古編》，道光九年（1829）廣東學海堂刊。咸豐十一年（1861）補刊本。
43. 陳喬樅，《毛詩鄭箋改字說》，清光緒十五年上海蜚英館石印縮本。
44. 陳彭年等重修，《廣韻》，臺北：黎明文化事業公司，民國 81 年 10 月。
45. 陳壽祺撰、陳喬樅述，《三家詩遺考》，臺北：新文豐出版公司，民國 78 年。
46. 陸璣，《毛詩草木鳥蟲疏》，臺北：新文豐出版公司，民國 74 年。
47. 陸德明，《經典釋文》，臺北：漢京文化事業，民國 59 年。
48. 勞孝輿，《春秋詩話》，臺北：新文豐出版公司，民國 73 年。
49. 黃公紹，《古今韻會舉要》，明嘉靖十五年（1536）江西刊本。
50. 楊倞注、王先謙集解，《荀子集解》，臺北：世界書局，民國 54 年。
51. 楊雄，《太僕箴》，《四庫全書．集部》，臺灣：商務印書館發行。
52. 熊公哲，《荀子》，臺灣商務印書館發行，民國 64 年 9 月。

53. 雷浚，《說文引經例辨》，臺北：藝文印書館，民國 60 年（清・光緒中長洲蔣氏刊，民國 14 年文學山房重印）。
54. 輔廣，《詩經協韻考異》，臺北：新文豐出版公司，民國 74 年。
55. 劉安，《淮南子》，臺北：臺灣古籍出版社，民國 89 年。
56. 劉熙，《釋名》，臺北：臺灣商務印書館，民國 55 年 3 月。
57. 盧文弨，《經典釋文考證》，臺北：新文豐出版公司，民國 74 年。
58. 蕭統編、李善注，《昭明文選》，臺北：河洛圖書出版公司，民國 69 年 8 月。
59. 錢大昕，《十駕齋養新錄》，臺北：台灣商務印書館，民國 57 年。
60. 《潛研堂答問》，臺北：台灣商務印書館，民國 57 年。
61. 龍起濤，《毛詩補正》，北京：北京出版社，2000 年。
62. 韓嬰，《韓詩外傳》，臺北：藝文印書館，民國 56 年。
63. 豐坊，《魯詩世學》，明越勤軒藍格抄本（微軟版）。
64. 瀧川龜太郎，《史記會注考證》，臺北：樂天出版社，民國 61 年。
65. 釋慧琳，《一切經音義》，臺北：大通書局，民國 59 年 4 月。
66. 顧野王，《玉篇》，臺北：新興書局，民國 52 年 2 月。

（二）民國以後專著

1. 丁福保，《說文解字詁林》，臺北：鼎文書局，民國 72 年。
2. 弓英德，《六書辨正》，臺北：台灣商務印書館，民國 55 年 10 月。
3. 孔仲溫，《類篇研究》，臺北：臺灣學生書局，民國 76 年 12 月。
4. 王力，《漢語語音史》，北京：中國社會科學出版社，1985 年 5 月。
5. 王輝，《古文字通假釋例》，臺北：藝文印書館，民國 82 年。
6. 王忠林、應裕康，《說文研究》，高雄：復文出版社，民國 80 年 1 月。
7. 王彥坤，《古籍異文研究》，臺北：萬卷樓圖書出版，1996 年 12 月。
8. 朱珔撰・余國慶、黃德寬點校，《說文假借義證》，合肥：黃山書社。
9. 竹添光鴻，《毛詩會箋》，臺北：大通書局，民國 9 年 2 月。
10. 吳步江，《詩經義韻臆解》，宏博排版印刷公司，民國 71 年 12 月。
11. 李行杰主編，《說文今讀暨五家通檢》，濟南：齊魯書社，1997 年 6 月。
12. 李國英撰，《說文類釋》，臺北：新文化彩色印書館股份有限公司，民國 59 年 3 月。
13. 李植泉編著，《別字變正》，臺北：正中書局印行，民國 67 年 4 月。
14. 承培元，《說文引經證例》，上海：上海古籍出版社，1995 年。
15. 林尹，《中國聲韻學通論》，臺北：黎明文化事業出版公司，民國 87 年 8 月。
16. 《文字學概要》，臺北：正中書局，民國 86 年 3 月。

17. 《訓詁學概要》，臺北：正中書局，民國 61 年 3 月。
18. 徐國慶，《說文學導讀》合肥：安徽教育出版社，1995 年 10 月。
19. 翁世華編，《說文段注索引》，臺北：藝文印書館，民國 53 年 11 月。
20. 高鴻縉，《中國字例》，臺北：明昌美術印刷廠有限公司，民國 59 年 9 月。
21. 馬衡，《凡將齋金石叢稿》，臺北：明文書局，民國 70 年 9 月。
22. 馬宗霍，《說文解字引經考》，臺北：台灣學生書局，民國 60 年 4 月。
23. 張其昀，《說文學源流考略》，貴陽：貴州人民出版社，1998 年 1 月。
24. 陳建信、錢玄同，《說文部首提要與今讀》，臺北：藝文印書館，民國 66 年 1 月。
25. 陳飛龍，《說文無聲字考》，臺北：文史哲出版社，民國 81 年 11 月。
26. 陳新雄，《古音學發微》，臺北：文史哲出版社，民國 61 年 1 月。
27. 《音略證補》，臺北：文史哲出版社，六十七年。
28. 《訓詁學》（上冊，增訂版），臺北：台灣學生書局，民國 85 年 9 月。
29. 陳溫菊，《詩經通論》，臺北：文津出版社，民國 90 年 8 月。
30. 章炳麟，《文始》，民國 2 年（1915）浙江圖書館影印手稿本。
31. 《國故論衡》，臺北：廣文書局，民國 56 年。
32. 曾忠華，《玉篇零卷引說文考》，臺北：臺灣商務印書館，民五十九年七月。
33. 馮浩菲，《中國訓詁學》，濟南：山東大學出版社，1995 年 9 月。
34. 黃永武，《許慎之經學》，臺北：中華書局，民國 61 年 9 月。
35. 黃侃，《黃侃論學雜著》，臺北：中華書局，民國 53 年。
36. 《說文箋識四種》，臺北：藝文印書館，民國 74 年 9 月。
37. 黃偉博，《韓非子通假文字考證》，高雄：興國出版社，民國 62 年 4 月。
38. 臧克和，《說文解字的文化說解》，武漢：湖北人民出版社，1997 年 8 月。
39. 齊佩瑢，《訓詁學概論》，臺北：華正書局，民國 73 年 8 月。
40. 潘富俊著、呂勝由攝影，《詩經植物圖鑑》，臺北：貓頭鷹出版社，2001 年 6 月。
41. 鍾如雄，《說文解字論綱》，成都：四川人民出版社，2000 年 4 月。
42. 蘇寶榮，《許慎與說文解字》，鄭州：大象出版社，1997 年 12 月。
43. 《說文解字導讀》，西安：陝西人民出版社，1995 年 12 月。

二、學位論文。

1. 李鍌，《昭明文選・通假文字考》，臺灣省立師範大學國文研究所，明民國 53 年 11 月。
2. 李綉玲，《說文段注・假借字研究》，國立中正大學中文系碩士論文，民國 91 年。
3. 林慶勳，《段玉裁之生平及其學術成就》，中國文化大學中文研究所博士論文，民國 68 年。
4. 柯師淑齡，《黃季剛先生之生平及其學術》，中國文化大學中國文學研究所博士論文，民國 71 年。
5. 南基琬，《說文段注古今字研究》，輔仁大學中文研究所碩士論文，民國 78 年。
6. 姜允玉，《尚書通假字研究》，國立政治大學中文研究所碩士論文，民國 82 年。
7. 陳美琪，《古今字之研究》，中國文化大學中國文學研究所碩士論文，民國 84 年。
8. 陳智賢，《荀子集解之通假研究》，國立中央大學中文研究所碩士論文，民國 80 年。
9. 《清儒以說文釋詩之研究：以段玉裁、陳奐、馬瑞辰之著作爲依據》，國立政治大學中國文學系博士論文，民國 85 年。
10. 趙汝眞，《詩國風通假字考》，中國文化大學中文研究所碩士論文，民國 58 年。
11. 鮑國順，《段玉裁校改說文之研究》，國立政治大學中文研究所碩士論文，民國 63 年。
12. 謝美齡，《詩經韻部說文字表》，東海大學中國文學系博士論文，民國 86 年。

三、期刊論文。

1. 丁喜霞，〈古漢語假借字的造字解釋〉，《洛陽師專學報》第十六卷第三期，1997 年 6 月。
2. 孔仲溫，〈論假借義的意義與特質〉，《國立中山大學人文學報》第二期，1994 年 4 月。
3. 史玲玲，〈詩經小雅谷風之什假借字辨正〉，《復興岡學報》第二十三期，1980 年。
4. 〈詩經小雅甫田之什假借字辨正〉，《復興岡學報》第二十四期，1980 年。
5. 〈毛詩小雅假借字辨正〉，《復興岡學報》，第二十期，1979 年。
6. 〈毛詩周頌假借字辨正〉，《復興岡學報》，第十七期，1977 年。
7. 〈毛詩商頌假借字辨正〉，《復興岡學報》，第十九期，1979 年。
8. 〈毛詩魯頌假借字辨正〉，《復興岡學報》，第十八期，1978 年。
9. 〈詩經小雅鴻雁之什假借字辨正〉，《復興岡學報》，第二十一期，1979 年。
10. 〈詩經小雅節南山之什假借字辨正〉，《復興岡學報》，第二十二期，1979 年。
11. 〈詩經蕩之什假借字考〉，《復興岡學報》，第二十九期，1983 年。
12. 朱廷獻，〈尚書通假字考〉，《中興文史學報》，年第十一期，1981 年。
13. 〈尚書通假字考〉，《中興文史學報》，第十二期，1982 年。
14. 〈詩經異文集證〉，《中興文史學報》，第十三期，1983 年。
15. 〈詩經異文集證〉，《中興文史學報》，第十四期，1984 年。

16. 〈詩經異文集證〉，《中興文史學報》，第十五期，1985 年。
17. 吳培德，〈說文解字引詩辨析〉《貴州文史叢刊》，1987 年，第四期。
18. 李先華，〈說文詩宗毛氏亦不廢三家說〉《古漢語研究》，1989 年增刊。
19. 〈說文用三家詩凡例說略〉《安徽師大學報》（哲學社會科學版），1990 年，第四期。
20. 《語言文字學》（複印報刊資料），1991 年，第一期。
21. 周何，〈訓詁學中的假借說〉，《訓詁論叢》第三輯，1997 年。
22. 孟廣道，〈對虛詞中某些借字說的商榷〉《大連教育學院學報》第二期，1997 年。
23. 〈四書假借字彙〔下〕〉，《孔孟月刊》第二十五卷第十期 1987 年 6 月。
24. 柯師淑齡，〈論駢詞同音同用〉《中國文化大學中文學報》第二期，民國 83 年。
25. 邵詩譚，〈四書假借字彙〔上〕〉《孔孟月刊》第二十五卷第九期，1987 年 5 月。
26. 夏啓良，〈通假字源流考〉，《河南教育學院學報》（哲學社會科學版）第二期，1996 年。
29. 孫化龍，〈假借字的性質〉，《丹東師專學報》第二十卷第一期，1998 年 2 月。
30. 徐侃，〈「假借」與「通假」初探〉，《人文雜誌》第四期，1982 年。
31. 高其良、馬應芳，〈假借述略〉《天中學刊》第十二卷第六期，1997 年 2 月。
32. 張繼，〈漢字通假的識別〉《遼寧師專學報》（社會科學版）第一期，2001 年。
33. 張玉春，〈《說文解字》引《詩》釋例〉，古籍整理研究學刊，1986 年，第三期，頁 76～80，1986 年。
34. 陳建雄，〈《說文》引詩證義與詩毛詩傳同異考〉，明志工專學報，1971 年，第三期，1971 年 11 月。
35. 陳鴻邁，〈通假字述略〉，《海南師專學報》第二期，1982 年。
36. 楊合鳴，〈說文引詩略考〉《武漢大學學報》〔社會科學學報〕第一期，1991 年。
37. 楊春霖，〈古漢語通假簡論〉，《語言文字學》《人文雜誌》第二期，1981 年。
38. 劉精盛，〈《詩經今注》濫言通假評議〉《古漢語研究》第一期，2001 年。

附錄：《說文解字》引《詩》異文表

<table>
<tr><th rowspan="3">字碼</th><th colspan="4">假借字</th><th>古今字</th><th>或體字</th><th>隸變</th><th>正俗字</th><th>訛字</th><th rowspan="3">備注</th></tr>
<tr><th>聲韻俱同</th><th>聲異韻同</th><th>聲同韻異</th><th>聲韻俱異</th><th rowspan="2">古字—今字</th><th rowspan="2">正字—或體</th><th rowspan="2">正字—隸字</th><th rowspan="2">正字—俗字</th><th rowspan="2">正字—訛字</th></tr>
<tr><th colspan="3">本字－借字</th><th>異韻同類</th></tr>
<tr><td>1</td><td>鬃－閍</td><td></td><td></td><td></td><td></td><td>鬃－祊</td><td></td><td></td><td></td><td>說文曰或从
※《魯詩》作閍。</td></tr>
<tr><td>2</td><td>禂－禱</td><td>禡－伯</td><td></td><td></td><td></td><td>禂－騳</td><td></td><td></td><td></td><td>鉉本作或从</td></tr>
<tr><td>3</td><td></td><td></td><td></td><td></td><td></td><td>瑱－顛</td><td></td><td></td><td></td><td>說文曰或从</td></tr>
<tr><td>4</td><td></td><td>泚－玼</td><td></td><td></td><td></td><td></td><td></td><td></td><td></td><td></td></tr>
<tr><td>5</td><td>璱－瑟</td><td></td><td></td><td></td><td></td><td></td><td></td><td></td><td></td><td></td></tr>
<tr><td>6</td><td>鎗－鶬</td><td></td><td></td><td></td><td></td><td></td><td></td><td></td><td></td><td></td></tr>
<tr><td></td><td>鋚－鞗攸</td><td></td><td></td><td></td><td></td><td></td><td></td><td></td><td></td><td></td></tr>
<tr><td>7</td><td>玤－唪菶</td><td></td><td></td><td></td><td></td><td></td><td></td><td></td><td></td><td></td></tr>
<tr><td>8</td><td></td><td></td><td></td><td></td><td></td><td></td><td>琇－璓</td><td></td><td></td><td>段云隸變</td></tr>
<tr><td>9</td><td>壿－蹲</td><td></td><td></td><td></td><td></td><td></td><td></td><td></td><td></td><td></td></tr>
<tr><td>10</td><td>藼－蕿諼</td><td></td><td></td><td></td><td></td><td>藼－蕿萱</td><td></td><td></td><td></td><td>說文曰或从</td></tr>
<tr><td>11</td><td>支－枝</td><td></td><td></td><td></td><td></td><td></td><td></td><td></td><td></td><td></td></tr>
<tr><td>12</td><td>薺－茨</td><td></td><td></td><td></td><td></td><td></td><td></td><td></td><td></td><td></td></tr>
<tr><td>13</td><td>鷊－鷊</td><td></td><td></td><td></td><td></td><td></td><td></td><td></td><td></td><td></td></tr>
<tr><td>14</td><td>蕣－舜</td><td></td><td></td><td></td><td></td><td></td><td></td><td></td><td></td><td></td></tr>
<tr><td>15</td><td>爾－薾</td><td></td><td></td><td></td><td></td><td></td><td></td><td></td><td></td><td></td></tr>
<tr><td>16</td><td>蓧－滌</td><td></td><td></td><td></td><td></td><td></td><td></td><td></td><td></td><td></td></tr>
<tr><td>17</td><td>隕－殞</td><td></td><td></td><td></td><td></td><td></td><td></td><td></td><td></td><td></td></tr>
<tr><td>18</td><td>蘗－縈蔂</td><td></td><td></td><td></td><td></td><td></td><td></td><td></td><td></td><td></td></tr>
<tr><td>19</td><td>萑－蔥</td><td></td><td></td><td></td><td></td><td></td><td></td><td></td><td></td><td></td></tr>
<tr><td>20</td><td></td><td></td><td></td><td></td><td></td><td>藻－璪</td><td></td><td></td><td></td><td>說文曰或从</td></tr>
<tr><td>21</td><td>菉－綠</td><td></td><td></td><td></td><td></td><td></td><td></td><td></td><td></td><td></td></tr>
</table>

字碼	假借字				古今字	或體字	隸變	正俗字	訛字	備注
	聲韻俱同	聲異韻同	聲同韻異	聲韻俱異	古字—今字	正字—或體	正字—隸字	正字—俗字	正字—訛字	
	本字—借字			異韻同類						
22						蘼—縻				《集韻》曰或作縻。
23							贙—蕢			馬氏云隸變
24								※茷—茆	言—薄	段氏曰俗作茆
25						薅—茠				說文曰或从
26							犉—犉			馬氏云隸變
27	啜—疑									
28	呬—喙									
29							噂—哼			馬氏云隸變
30	呭—泄					※詍—呭				段曰音義皆同
31	咠—緝									幡翩爲轉注字
32	嗔—闐									
33	唯—維									
34								嗸—嗷		段曰「嗷」後人所妄改。
35	吚—屎			唸—殿						
36	蹐—趚									
37	管—筦 鎗—鏜、將							※鎗—鏘		段氏云正俗字
38			躓—疐							
39						※諶—忱				段曰通用無分正借
40	詁—古									無分正借
41	謐—溢			誐—假						
42	謍—營									
43	詍—泄					※呭—詍				段曰音義同
44	翕—潝									
45	譈—噦									
46	譌—訛							※吪—訛		段曰正俗字
47	虡—巨									
48						鬻—羹				說文曰或从
49						埶—蓺藝				徐鍇曰或作
50	叏—挑									

字碼	假借字				古今字	或體字	隸變	正俗字	訛字	備注
	聲韻俱同	聲異韻同	聲同韻異	聲韻俱異	古字—今字	正字—或體	正字—隸字	正字—俗字	正字—訛字	
	本字－借字			異韻同類						
51								𨽻－迨		段曰正俗字
52	𣪊－鞹									
53	棥－樊									
54	濊－眓									
55	顰－矉頻									
56										
57	宴－曣燕				雚－鸛					段氏曰古今字
58									梁－涇	水名無分正借
59									鳶－鳶	段氏云音誤甚
60	鷐－晨									
61	殣－墐									
62		䯤－會								
63	膻－襢									
64	臠－欒									
65						膫－膋				說文曰或从
66						玷－㓠				玉篇曰或作
67		觓－捄								
68	觲－騂									
69									設其楅衡	◎段曰周禮文誤入。
70									如－有	部距遠隔不可通。
71	朁－憯慘									
72			不－弗							
73	鼘－淵					※鞀－鼗鞉				說文曰或从
74	鼞－鏜									
75						𩜼－餴饋				說文曰或从
76			醧－饇				※饇－飫			馬氏云隸省。
77	訏－吁				※訏謩－吁嗟					段云今字作吁嗟。
78	麰－牟									
79		粸－以				※粸－疚				說文曰或从
80	憂－優	敷－布								
81	竷－坎									

字碼	假借字				古今字	或體字	隸變	正俗字	訛字	備注
	聲韻俱同	聲異韻同	聲同韻異	聲韻俱異	古字—今字	正字—或體	正字—隸字	正字—俗字	正字—訛字	
	本字－借字			異韻同類						
82	夃－姑									
83						椽－樣				黃永武引陳喬縱曰樣或體
84	枖－妖、夭									
85	槮－參									
86	蕚－咢、鄂									
87							𡇲－壼			馬氏云隸變。
88										毛詩增「即」字無差
89									合－郃、洽	爲水名不分正借。
90	寤－晤									
91		明－昌								
92		旝－會								
93					稺－稚					段氏曰方言作古今字。
					尗－菽、豆					段氏曰此以漢時語釋古語。
94	重－種					※稑－穋				說文曰或从
95			穎－役							
96				穀－種						
97					穦－積					承培元以爲同源字也
98			秩－栗							※同 97
99			舀－揄			※舀－抭				說文曰或从
100	蘇－毀									
101	疚－宂			煢－嬛						
	㷀－煢									
102		復－復								
103	罄－窒					※缾－瓶				說文曰或从
104	瘣－壞									
105					瘴－尰	※尰－尰				《爾雅音義》云：或作尰
106				嘽－痑						
107								[illegible]－粟		字形之訛誤

字碼	假借字				古今字	或體字	隸變	正俗字	訛字	備注
	聲韻俱同	聲異韻同	聲同韻異	聲韻俱異	古字—今字	正字—或體	正字—隸字	正字—俗字	正字—訛字	
	本字－借字			異韻同類						
108						罦－罳				說文曰或从
109	髗－楚									
110		戴－載								
111	佖－怭									
112				儦－伾						
113	侗－恫									
114										
115	僾－愛								※薆－篗	形近誤
116						佸－佸				
117						佌－佌				
118								愉－偷		段氏云正俗字
119					※僻－辟					※同源字
120						鞫－鞫				段氏云隸作
121	仄－側									
122		讙－催、摧								
123		僔－噂								
124		忮－跂								
125					卬－仰					段氏云
126							襮－襮			馬宗霍云隸變
127		褅－裼								
128	褻－紲									
129	袢－絆									
130	姝－袾									
131		靜－袳								
132	虋－璊璊									
133					歗－嘯	※歌－謌				《說文》曰籀文嘯从欠 ※《說文》曰歌或从言
134	吹－遹									
135			螓－頱							
136						㐱－鬒				《說文》曰或从
137		髧－紞				髦－髳				

字碼	假借字				古今字	或體字	隸變	正俗字	訛字	備注
	聲韻俱同	聲異韻同	聲同韻異	聲韻俱異	正字—今字	正字—或體	正字—隸字	正字—俗字	正字—訛字	
	本字—借字			異韻同類						
138	于—乎									王引之曰
139	岨—砠									
140		废—茇								
141	厝—錯 它—佗									
142								一—壹		段氏云壹俗字
143	豣—肩									
144	犴—岸					豻—犴				說文曰或从
145	騜—皇									
146	駟—四									
147									驍—駉	段氏云轉寫訛作。
148			獢—驕							
149									騋牝驪牝	⓪毛詩無此文郭注本爾雅文。
150	駫—駉									
151	騯—彭									
152	驛—奕									
153	昆—混									國名譯音無分正借。
154	坰—駉									
155	猲—歇	獢—驕								
156	獜—鈴令									
157								火—焜燬		爲方言
158	烰—浮									
159			炎—惔							
160									熠—燿	段氏云當從說文爲正
161							熚—爗			馬氏云隸變也
162						威—滅				馬氏云義同字變之例《釋文》作或體
163						桱—禎				說文曰或从
164	罛—罟 㓕—濊									
165	戜—秩									
166							爨—爂			

字碼	假借字				古今字	或體字	隸變	正俗字	訛字	備注
	聲韻俱同	聲異韻同	聲同韻異	聲韻俱異	古字－今字	正字－或體	正字－隸字	正字－俗字	正字－訛字	
	本字－借字			異韻同類						
167	獷－憬	懬－獷								
168						※諶－忱				說文曰或从
169	愃－咺	愃－烜								
170		怖－邁								
171	嘆－歎									
172										句法與毛詩略異
173	怞－妯									
174	懕－厭									
175	惄－愵		朝－輖－調							《後漢書》引《韓詩》作愵
176	悪－散								悪－憸	◎出自《尚書・盤庚》
177	怛－旦					悬－怛				說文曰或从
178		羙－惔								
179	洹－汍	渙－洹汍							※澮－溱	同音之誤
180	洍－汜									
181	湝－淒									
182							滮－淲			說文曰隸省
183						瀛－瀸				段氏以爲重文
184	猗－漪									
185	鸒－滭									
186	沚－止									
187	濆－墳									
188										「寘何之湑」毛詩無此文
189		灘－暵								
190	烝－蒸		烝－眾							
191						濿－砅				
192	淒－萋									
193	曓－㬥瀑				※曓㬥－暴					今通作暴
194	瀀－優									
195		幾－汽					汽－汔			隸省
196								州－洲		段氏云俗字

字碼	假借字				古今字	或體字	隸變	正俗字	訛字	備注
	聲韻俱同	聲異韻同	聲同韻異	聲韻俱異	古字—今字	正字—或體	正字—隸字	正字—俗字	正字—訛字	
	本字－借字			異韻同類						
197		※羕－永								音近義同轉注
198						滕－凌				說文曰或从
199	滭－觱 泧－發									
200	溧冽－栗烈									
201	霝－零									
202	攕－摻									
203						擂－掐				
204	捊－裒									
205		挈－迺								
206	訾－柴、鹼									
207		掔－几、己								
208	摡－溉									
209						捘－搜				馬氏云隸變
210						妴－姝				音義全同
211					嫡－孌					籀文
212									旻－盌	部距遠隔不可通。
213								媻－婆		音近義同
214			傞－娑					婁－屢		段氏云俗字
215	枖－娱						娱－枖			段氏云俗字
216			儼－嬐							
217		薈－嬒								
218	戩－翦									
219	緀－萋									
220						綥－綦				說文曰或从
221						茭－茢				說文曰或从
222						縷－縵				說文曰或省
223	鱻－鮮		素－絲							
224						轡－緣				
225					易－蜴	蜥－蜴				
226							蜀－蠋			雷浚云蠋俗字
227	蛉－蠕					蝸－蜾				說文曰或从

字碼	假借字				古今字	或體字	隸變	正俗字	訛字	備注
	聲韻俱同	聲異韻同	聲同韻異	聲韻俱異	古字—今字	正字—或體	正字—隸字	正字—俗字	正字—訛字	
	本字－借字			異韻同類						
228	鼉－施					※鼁－䵶				說文曰或从
229	發－坺、旆				※墢－坺					玉篇曰
230	圪－仡									
231		堀－掘								
232						塀－坼 疈－副				馬氏云隸變。
233	曀－�									
234										
235	瘥－瘥									
236								曈－疃		說文曰
237	鍠－喤									
238	鋈－沃				渓－沃	鐐－鋈		鐓－錞。		段氏云
239	鑾－鸞 鉞－噦									
240							鐊－錫			馬氏云隸變。
241		許－所								
242	鑾－鸞									
243										同鐓二字三條八
244	惟－維									王發引語之詞云：
245	醺－熏